rororo

«Mit seinem neuen Thriller entführt uns Thierry Serfaty in das unheimliche Reich der Psychoanalyse und des Traumes.» (L'Écho)

Thierry Serfaty wurde 1967 geboren. Der Autor mehrerer Romane arbeitet hauptberuflich in der medizinischen Forschung. Mit «Todestraum» beginnt eine Reihe von Thrillern, die die Geheimnisse der menschlichen Psyche ausloten.

THIERRY
SERFATY

TODES
TRAUM

THRILLER

Deutsch von Antje Kaiser
und Annette Lallemand

Rowohlt Taschenbuch Verlag

Die Originalausgabe erschien 2006
unter dem Titel «La nuit interdite»
bei Éditions Albin Michel, Paris.

Deutsche Erstausgabe
Veröffentlicht im Rowohlt Taschenbuch Verlag,
Reinbek bei Hamburg, Juni 2007

Übersetzung: Kapitel 1–49 Antje Kaiser,
Kapitel 50-91 Annette Lallemand
Umschlaggestaltung Simon Schmidt
(Foto: CORBIS / Lester V. Bergman)
Satz TrinitéNo2, InDesign,
bei Pinkuin Satz und Datentechnik, Berlin
Druck und Bindung Clausen & Bosse, Leck
Printed in Germany
ISBN 978 3 499 24500 8

Für Marcelle Benisty
in grenzenloser Liebe;
für sie, die in ihrem Enkel doch immer noch lieber
einen Arzt im Dienst seiner Patienten sehen möchte
als einen Mörder.

1

Die letzte Nacht.

Wie ein endloses Echo hallen seine Worte in ihr wider, als prallten sie gegen die Wände ihres Schädels.

Die letzte Nacht.

Weitere wird es nicht geben, darauf wird er bestehen, das weiß sie. Seine Entschlossenheit war ihm heute Morgen schon an seiner starren Haltung anzusehen gewesen, an seinem leeren Blick, an dieser für ihn typischen Art, die Hände zu kneten.

Ihre Schritte hämmern auf dem Boden. Köpfe drehen sich nach ihr um, sie hält nicht an. Ein Patient kommt ihr entgegen: Sein stumpfer Blick streift sie voller Gleichgültigkeit, sie hat das Gefühl, durchsichtig zu sein. Sie vergisst ihn sofort. Sie denkt an ihren Mann, den sie in diesen undurchschaubaren Mikrokosmos gezwungen hat, eingesperrt in diese eiskalten Zimmer. Etwas in ihr krampft sich zusammen. Sie muss Kurs halten, jetzt darf sie nicht weich werden.

Sie läuft die Flure entlang. Schreie ertönen und ersterben hinter den Türen. Ein Zipfel ihres Kittels bleibt an einem Türgriff hängen, mit einer abrupten Bewegung zerrt sie an dem Stoff, sie hört das Reißen. Sie geht weiter.

Ja, das ist die letzte Nacht.

Und sie wird ihr Versprechen halten.

2

ZWEI

«Wo?»

«Zimmer 22.»

Stefania Strelli ging wieder hinaus. Die Krankenschwester eilte ihr nach, hielt aber an der Schwelle der Krankenstation inne: Die Neuropsychiaterin schien keine Lust auf Begleitung zu haben.

«Er wollte nicht, dass ich ihm einen venösen Zugang lege.»

«Ich komme gleich wieder», sagte die Ärztin.

«Er will nicht bleiben, er sagt, er habe seine Meinung geändert, er …»

Stefania wandte sich ab.

«Ich komme gleich wieder.»

Stefania legte die Hand an die Zimmertür und schloss für einen Moment die Augen. Dann erst griff sie nach der Türklinke.

Ihr Mann stand neben dem Bett. Sein Atem malte einen nebelhaften Schleier auf die Scheibe.

«Letzte Nacht», sagte er.

Die Worte waren auch ihm seit dem Morgen nicht aus dem Kopf gegangen, wie ein hartnäckiger Refrain. Die junge Frau trat zu ihm. Ihre Hände glitten über den rasierten Nacken, den Rücken hinab, unter die Arme und trafen sich auf seinem Brustkorb. Laurent schützte sie vor dem harschen Winterlicht, das allmählich verblasste. Sie schmiegte sich an ihn. Der Rücken ihres Mannes war kalt.

«Ja. Dies ist die letzte Nacht, die du hier verbringst.»

«Danach gehe ich nach Hause und komme nie mehr wieder. Egal, wie das Ergebnis aussieht.»

«Ich hole dich morgen ab.»

«Früh», stellte er klar.

«Ja, früh. Ich bin da, wenn du aufwachst.»

«Ich werde nicht schlafen.»

«Du wirst schlafen.»

«Mit Sicherheit nicht.»

Stefania antwortete nicht. Er hatte dasselbe in der Nacht zuvor gesagt und in der davor. Jedes Mal, seit Monaten. Sie lockerte ihre Umarmung. Der Schatten seines hochgewachsenen Körpers zeichnete sich an der Wand ab.

«Fangen wir an», sagte sie.

Laurent betrachtete seinen Unterarm. Narben und Hämatome hatten Flecken auf der Haut hinterlassen.

«Einen venösen Zugang?»

«Ist besser. Dann ist es einfacher, Blut abzunehmen oder etwas zu injizieren.»

Er blickte zu seiner Frau auf.

«Injizieren? Wozu?»

«Wenn es dir lieber ist, nehmen wir wieder eine Spritze. Einverstanden.»

Sie konnte seinen Gesichtszügen nichts entnehmen, weder Genugtuung noch Erleichterung. Der Stuhl: Mit jeder Faser seines Körpers konzentrierte er sich auf den Stuhl. So, wie er sich auf einen Tisch, einen Baum oder einen kleinen Zweig konzentrieren konnte. Stundenlang erstarrte er so. Dagegen hatte der therapeutische Marathon in der Klinik nichts ausrichten können. Niemand hatte Zugang zu der mentalen Struktur ihres Mannes – sie anscheinend noch weniger als andere.

«Diese Bilder», sagte er. «Ich habe sie den ganzen Tag gesehen.»

Sie nahm seine Hand und zwang ihn, sich aufs Bett zu setzen.

«Welche Bilder?»

«Vor allem, wenn ich die Nacht hier verbracht habe», sagte er, ohne ihr wirklich zuzuhören. «Und dann verschwinden sie. Das habe ich jedes Mal, es dauert immer länger an. Wann war das, die letzte Nacht hier?»

«Ungefähr vor einer Woche. Dienstag, glaube ich.»

Angespannt unterbrach er sie.

«Vor wie vielen Tagen?»

Stefania zählte in Gedanken nach. Laurent brauchte diese Präzision, er ertrug das Ungefähre nicht. Die Genauigkeit beruhigte ihn. So war es, seit sie sich begegnet waren, vor zehn Jahren.

Die Klinik, die Fondation Mankiewicz, hatte damals ihr dreihundertjähriges Jubiläum gefeiert. Der Eingangsbereich wurde für den Festakt in eine Galerie verwandelt. Man hatte Laurent Strelli gebeten, die triste Halle zum Leben zu erwecken. Die Wände wurden in einer Nacht weiß gestrichen, dann trugen zwei Arbeiter, den genauen Anweisungen des Künstlers folgend, Kalk auf. Er stand hinter ihnen, während ihre Spachtel wie zufällig über die glatten Oberflächen glitten. Im Morgengrauen luden zwei Lastwagen die Spotleisten ab. Zwei Stunden später war alles arrangiert und angebracht. Am Abend wurde die Lichtinstallation eingeschaltet: Die Farben trafen auf die Reliefs und Unebenheiten, weckten die Wände zum Leben, indem sie die Oberflächen in Schwingungen versetzten und die menschlichen Schatten in diese Bewegung mit hineinstürzten.

Es war verblüffend. Der Künstler hielt sich im Abseits, seltsam fern von allem – nur nicht von seinem Werk. Er schien der Rotation der Lampen zu folgen, der Tanz von Ocker, Blasslila und Orange nahm ihn gefangen. Stefania ging zu ihm, um ihn zu beglückwünschen.

«Es ist bezaubernd. Wie machen Sie das?»

Er reagierte nicht, sie brach in Lachen aus.

«Entschuldigen Sie. Ich versuche, Kunst zu definieren. Idiotisch, oder?»

«Das ist Berechnung.»

«Was ist Berechnung?»

«All das», sagte er lapidar, während sein Blick auf seinem Werk haftete.

«Diese Farben, diese Schatten und diese Lichter – Berechnung?»

Sie lachte erneut, denn es war ihr nicht gelungen, den Graben zu überbrücken, der sie trennte.

«Dreißig Spots in sieben verschiedenen Farbschattierungen an jeder Leiste», lautete die knappe, sachliche Antwort. «Fünf Abstufungen desselben Farbtons. Keine Leiste gleicht farblich einer anderen. Siebzehn Leisten insgesamt, in ebenso viele Richtungen, auf siebzehn vertikale Oberflächen zielend. Ständig.»

«Ständig?»

«Ständig.»

Stefania betrachtete die vergänglichen Kunstwerke.

«Tja, ich hätte nie gedacht, dass es so einfach ist, Kunst zu schaffen. Wenn ich bedenke, dass ich mich zwölf Jahre damit herumgeschlagen habe, Medizin zu studieren, und man hat mich nicht einmal gebeten, die Einladungskarten für diese Veranstaltung heute Abend zu falten.»

«Sie haben zwölf Jahre studiert, um zu lernen, wie man Karten faltet?»

Stefania starrte ihn an, lächelte dann angesichts der Ernsthaftigkeit seiner Frage.

«Vergessen Sie's.»

Da er diszipliniert und ziemlich desinteressiert war, dachte er nicht weiter darüber nach.

Sie schon.

Als sie ihn geheiratet hatte, hatte er alles gezählt, sich alles eingeprägt. Die Anzahl der Blumen in jedem Bouquet, die Sitzreihen in der Kirche, die Teller auf dem Tisch, die Stäbe des Parketts, die Lampen an der Decke. Ihr war damals schon durch den Kopf gegangen, dass von nun an Berechnung und Ordnung mit ihrem Leben eng verbunden sein würden.

Wie an diesem Abend in diesem Zimmer in der Klinik.

Sie konzentrierte sich, bevor sie antwortete.

«Du warst vor genau neun Tagen hier.»

Laurent lächelte sie zum ersten Mal erleichtert an. Dann verschwand das Lächeln wie ein vorbeihuschender Schatten.

«Diese Bilder. Neun Tage danach. Das hat sonst nicht so lange angehalten, die anderen Male. Jetzt ... überwältigt es mich.»

Sein Blick war unstet und flackernd. Stefania horchte auf, stellte aber keine Fragen. Er hatte diese Bilder, diese ätherischen, flüchtigen Erscheinungen schon erwähnt, diese Blasen, die aufstiegen und dann an der Oberfläche des Bewusstseins zerplatzten. Er konnte sie nur mit Mühe beschreiben – ein Flimmern, ein Echo, vielleicht Teile eines Gesichts. Es überkam ihn am Tag, manchmal mitten in der Nacht, wie ein Albtraum, der den Schlafenden aus seiner Benommenheit reißt. Dann versuchte er wieder, diese Bilder zu beschreiben, und schwieg doch letztendlich. Die Unsicherheit seiner eigenen Worte tauchte ihn in Hilflosigkeit und Schweigen. Diese fremdartigen Halluzinationen – denn die Kollegen von Stefania hatten diese Erscheinungen als Halluzinationen bezeichnet – überforderten ihn. Es kam ihm vor, als entwiche ihm ein Teil seiner selbst und verwandelte sich in diese visuellen und akustischen Elemente. Stefania hatte die Diagnose vorausgesehen – oder vielmehr eine der möglichen Diagnosen. Es handelte sich um einen progressiven Eintritt in eine Psychose. Um ein dynamisch fortschreitendes Delirium, um chronische halluzinatorische Anwandlungen. Zur eigenen Beruhigung hatte sie es schließlich heruntergespielt.

«Vielleicht sind es Tagträume. Überreste deiner Nacht. Jedenfalls nichts Beunruhigendes, wie Vullierme mir versicherte.»

«Nein, das sind keine Träume. Das sind Dinge, die … die mir fremd sind, die irgendwie von außen auf mich einwirken.»

Sie stand auf und zog ihn am Arm mit sich.

«Komm, Laurent, wir gehen ins Schwesternzimmer, Chantal wird die Elektroden anschließen.»

Er zögerte. Seine Augen suchten in den Gesichtszügen seiner Frau einen überzeugenden Ausdruck. Sie streichelte ihm übers Gesicht und legte ihre Stirn an seine.

«Gehen wir. Vertrau mir», sagte sie mit sanfterer Stimme.

Laurent fuhr sich mit der Hand über den Kopf und stand auf. Es schien ihm, als berührte das kalte Metall bereits seine Haut.

3

Er lag auf dem Bett, den Blick zur Decke gerichtet.

In dem Halbdunkel leuchteten die Elektroden wie helle Flecken auf seinem verschatteten Gesicht. Bunte Kabel verliefen zu Schädel, Augen, Kinn, Hals. Andere Bänder umspannten den Körper zur Überwachung von Herzschlag, Blutdruck und Atemfrequenz. Ein gefangener, vom Geist losgelöster Körper: Sobald man den einen an die Maschinen anschloss, entwich der andere. Die Schwester reichte ihm die Maske und den Kopfhörer. Laurent rührte sich nicht. Sie setzte sie ihm schließlich selbst auf und verließ das Schlaflabor.

Auf der anderen Seite der getönten Scheibe beobachtete Stefania ihren Mann.

«Die letzten Nächte zu Hause hat er insgesamt nicht mehr als fünf Stunden geschlafen.»

«Das haben wir nicht von ihm verlangt», sagte der Mann im weißen Kittel.

«Es ist ihm egal, was man von ihm verlangt. Er hört es nicht einmal. Er ist unruhig, es geht ihm schlecht. Diese Halluzinationen, permanent …»

Sie drehte sich zu Vullierme um.

«Die Therapie sollte ihm doch guttun.»

«Alle Therapien sollen guttun. Mit ein bisschen Geduld natürlich. Und keine Therapie ist unfehlbar.»

Stefania sah Vullierme einen Augenblick lang an. Schwarze, zu große Augen, ein dunkler Bartschatten lag auf dem runden Gesicht. Eine ruhende Kraft in der hektischen Welt der Medizin. Innerhalb weniger Minuten konnte er Bewunderung oder auch Verärgerung in ihr hervorrufen.

Vullierme betrachtete prüfend die Kurve, die auf dem Computerbildschirm erschien. Das Elektroenzephalogramm zeichnete Zacken und Wellen, die an Laurents Kopf befestigten Elektroden saßen richtig.

«Das ist wohl die letzte Nacht», sagte er schließlich, um seine Kollegin zu beruhigen.

Stefania beobachtete ihren Mann: weit geöffnete Augen, ein starrer Blick.

«Ja, das ist die letzte. Weitere wird es nicht geben, das weiß ich.»

Vullierme beugte sich zum Mikrophon hinunter.

«Guten Abend, Monsieur Strelli. Sie können jetzt einschlafen, wenn Sie wollen. Heute ist Ihre letzte Sitzung, nutzen Sie sie.»

Die Worte – die er sich selbst seit dem Morgen unablässig wiederholt hatte – schienen Laurent aus seiner Apathie zu reißen. Als Antwort schloss er die Augen. Vullierme betrachtete die anderen Kurven auf dem Bildschirm.

«Man könnte erwägen, Bilder und Ton der heutigen Therapiesitzung zweimal laufen zu lassen. Als krönenden Abschluss.»

Stefania entfernte sich von der Scheibe. Die Schwester kam zu ihnen in den Überwachungsraum.

«Nein. Nur einmal. Im richtigen Moment, mehr nicht.»

4

Der korallenfarbene Renault Modus fuhr den breiten Kiesweg entlang bis zum Metalltor, Stefania kramte in ihrer Handtasche, drückte auf die Taste der Fernbedienung, und das Garagentor öffnete sich.

Der Weg. Die Fernbedienung. Das kippende Tor.

Sie verspürte ein Unbehagen, eine Art Übelkeit, weil sie im Geiste diese Ereignisse aneinanderreihte. Wie all diese Tag und Nacht automatisch ausgeführten Gesten, die unveränderlichen Abläufe des Alltags, die sie jetzt widerwillig registrierte und die sie an die Obsession ihres Mannes erinnerten. Er hat sie gewissermaßen angesteckt, da er sein gesamtes Dasein mit Automatismen füllte. Die Litaneien von Zahlen, die Art – die immer gleiche und einzige Art –, über einen Stoff zu streichen, ein Glas genau dorthin zu stellen, wo es vorher gestanden hatte. Laurent, der Mann, den sie liebte und der sie auslaugte. Aus Liebe hatte sie so darauf beharrt, vor acht Monaten.

«Ich glaube sehr an dieses Programm. Wir alle glauben daran.»

Sie ging zu ihm, um ihn zu umarmen. Er befreite sich etwas heftig aus dieser Umarmung.

«Ich bin kein Verbrecher.»

«Das hat doch damit nichts zu tun. So werden in der Medizin nun mal Fortschritte gemacht: Eine bestimmte Behandlung wird bei verschiedenen Indikationen eingesetzt. Laurent, wenn die Methode in solchen Fällen anschlägt, dann funktioniert sie mit Sicherheit auch bei weniger gravierenden Problemen.»

«Ich bin *kein* Verbrecher.»

«Und du bist auch nicht krank», antwortete sie geduldig. «Jeden Tag sehe ich in den Sprechstunden Leute, die keine psychiatrische Erkrankung haben, die einfach nur eine Therapie machen, um sich besser zu fühlen. Und dich belastet deine ... Schüchternheit. Das weißt du doch, oder?»

Laurent antwortete nicht. Sie legte die Hand auf seine Brust. Dieses Mal stieß er sie nicht zurück.

«Für mich ist es auch schwierig, diese langen Phasen des Schweigens, diese Stunden großer Distanz, obwohl wir uns doch eigentlich so nah sind. Wir müssen es versuchen, Schatz. Wir müssen – für uns beide.»

Laurent senkte den Blick. In diesem Moment der Kapitulation wusste Stefania, welcher Folter sich ihr Mann auslieferte. Es tat ihr in gewisser Weise weh. Er hob den Kopf, so als bedauerte er bereits den verlorenen Kampf.

«Was muss ich machen?»

«Eine Therapie mit einem der Ärzte aus meiner Abteilung in der Klinik. Einige von ihnen kennst du ja.»

«In deiner Abteilung?»

«Ja, in meiner. Ich werde ganz in der Nähe sein.»

Seinem Blick konnte Stefania kein Gefühl der Erleichterung entnehmen. Zum ersten Mal beruhigte ihre Gegenwart ihn nicht.

«Wie oft pro Woche?»

«Einmal.»

«Das ist alles?»

«Du wirst die Nacht nach der Sitzung dort verbringen. Damit dein Schlaf aufgezeichnet werden kann.»

Laurent verspannte sich. Er verabscheute die Aussicht, in einem *Labor* erforscht zu werden, das wusste sie. Sie nahm es sich selbst übel, dass sie nicht behutsamer vorgegangen war.

«In einem Bett, in einem Zimmer. Nichts Schlimmes, keine Sorge.»

«Sie zeichnen meinen Schlaf auf?», sagte er nur.

«Sie kleben Elektroden auf den Oberkörper, das Gesicht und den Schädel, und daran werden sehr dünne Kabel angeschlossen, die mit Aufzeichnungsgeräten verbunden sind.»

«Was zeichnen die auf?»

Sein Tonfall war aggressiv geworden. Stefania gab sich Mühe, sich im Zaum zu halten.

«Die elektrische Aktivität deines Gehirns während des Schlafs. Das nennt sich EEG, Elektroenzephalogramm.»

Laurent flüchtete sich in seinen Lieblingssessel. Hinter dem großen Fenster bewegten sich die Bäume unruhig im Wind. Er fixierte einen undefinierbaren Punkt in dem winterlich kahlen Garten.

«Du hast gesagt: Elektroden auf Gesicht und Oberkörper. So weit unten ist mein Gehirn nicht.»

Stefania musste lächeln. Bei Laurent gab es keine unbedachten Worte. Seine systematische Analyse des Gesagten konnte beinahe als Humor durchgehen.

«Es werden auch die Augenbewegungen, der Muskeltonus,

das Elektrokardiogramm und die Atemfrequenz aufgezeichnet.»

«Wozu?»

«Um den geeigneten Moment auszuwählen, in dem dir in Ton und Bild die Therapiesitzung vom selben Tag noch einmal vorgespielt wird. Die wird nämlich gefilmt.»

«Ich werde gefilmt? Das will ich nicht.»

«Die Sitzung wird gefilmt», fuhr Stefania fort, «und wenn du schläfst, werden dir Ton und Bilder über einen Kopfhörer und eine Videomaske vorgespielt. Du kannst sie so ein zweites Mal ‹miterleben›, unbewusst. Mehr nicht.» Sie ließ ihm keine Zeit zu antworten. «Das funktioniert, Laurent, es funktioniert sehr gut. Die Ergebnisse sind hervorragend. Die Therapien sind kürzer, wirkungsvoller.»

«Ich würde lieber nicht dorthin gehen.»

Er hatte sich wieder verschlossen.

Dann hatte er nachgegeben – sie hatte nicht lockergelassen, dieses Mal nicht.

Und heute Abend war die letzte Nacht. Acht Monate Therapie, eine Nacht pro Woche – der Plan war eingehalten worden. Wenn sie heute eine Bilanz dieser mühevollen Monate zog, dann erschienen ihr die Ergebnisse mager. Sie hatte auf eine Persönlichkeitsveränderung gehofft, auf einen Ehemann, der sich im Umgang mit anderen wohlfühlte. Stattdessen mied Laurent sämtliche Situationen, in denen er mit Menschen in Kontakt kam. Er isolierte sich von der Welt, ertrug nur noch sein Atelier und ein extrem in sich gekehrtes Leben. Er hatte eine zusätzliche Tür verschlossen, zu der sie keinen Schlüssel hatte.

Müde verriegelte sie das Auto, während sich das Metalltor wieder senkte. Sie durchquerte die Küche, die an die Garage angrenzte und in das Wohnzimmer überging, und warf ihre Handtasche auf das Ecksofa.

«Guten Abend, Madame.»

«Guten Abend, Irene.»

Stefania blickte auf die Wanduhr in der Küche. Es war nach 20 Uhr. Irene wartete darauf, dass sie gehen konnte. Wie jeden Donnerstag, seit acht Monaten. Die Philippinin wusste, dass Monsieur Laurent heute nicht zu Hause schlafen, dass ein Gedeck reichen, dass Madame Stefania spät kommen und sie selbst sich erst gegen Abend auf den Heimweg machen würde.

«Léa?»

«Sie schläft.»

Stefania ging die freitragende Treppe hoch. Laurent hatte sie gezeichnet, nachdem sie das Haus gekauft hatten – ein L aus Beton und Glas, das ein Architekt in den sechziger Jahren gebaut hatte. Zu dieser Zeit hatte man in den Gassen des Quartiers Mouzaïa für die Häuser fast nichts bezahlen müssen. Sie hatten alles herausgerissen. Und Stefania hatte ihm in groben Zügen ihre Vorstellungen unterbreitet. Er hatte gezeichnet und entworfen. Sie hatte ihrer Phantasie freien Lauf gelassen, während er mehr und mehr Tritt gefasst hatte. Stefania hatte die Materialien ausgesucht; die Treppe sollte aus poliertem Eichenholz, aus einem Stück sein. Doch nie hatte sie die Stufen hinaufsteigen können, ohne von Schwindel erfasst zu werden, einem Gefühl der Instabilität. Es kam ihr vor, als stiege sie auf eine flüssige, schwimmende Oberfläche – eine Schöpfung, die das Wesen ihres Mannes widerspiegelte. Sie klammerte sich an die Drahtseile.

«Sie können nach Hause gehen, Irene. Danke.»

«Bis morgen, Madame.»

Im Obergeschoss drückte Stefania die halboffene Zimmertür links von der Treppe weiter auf.

Das Zimmer lag im Halbdunkel. Nur von dem Hello-Kitty-Nachtlicht, das auf dem Wickeltisch in der Ecke stand, ging ein rosa Schimmer aus. Stefania trat vorsichtig an ihr schlafendes Kind heran. In ihrem Brustkorb zog sich etwas zusammen. Acht Monate, so alt war Léa. Seit dem Ende des Mutterschaftsurlaubs hatte sie die Kleine öfter in der Wiege gesehen, als sie sie auf dem Arm gehabt hatte.

Warum? Warum kam sie nicht früher nach Hause? Warum nahm sie sie nicht aus Irenes mütterlichen Armen, um ihren rechtmäßigen Platz einzunehmen? Die Antwort auf diese Frage drängte sich auf. Sie versuchte, sie aus ihren Gedanken zu verscheuchen, vergeblich. Als Psychiaterin hatte sie es gelernt, sich ihren Ängsten zu stellen – besonders diesen unerklärlichen, die mit Mutterschaft und Herkunft zusammenhingen. Nur diese eine Angst konnte durch die Analyse nicht besiegt werden. Die Angst, Léa könnte ihrem Vater gleichen, könnte seine seltsame Persönlichkeit geerbt haben. War das ein Grund, sein Kind abzulehnen?

Stefania näherte sich mit der Hand dem kleinen Körper. Ihre Finger strichen über den Frottéstoff. Als ihre Augen sich an die Dunkelheit gewöhnt hatten, konnte sie das Gesicht ihres Kindes ausmachen. Und dessen geöffnete Augen. Léa schlief nicht. Sie weinte auch nicht, sie war da und gleichzeitig woanders – schon jetzt. Stefania zog hastig die Hand zurück. Sie verließ das Zimmer, ohne besonders leise zu sein, überquerte den Flur und schloss sich im Badezimmer ein.

Sie drehte den Wasserhahn auf, und ein brühend heißer Strahl füllte die Badewanne. Sie zog sich aus und ließ sich ins Wasser gleiten. Das Brennen durchdrang sie, dann beruhigte sie die Wärme. Der Dampf legte sich wie ein Schleier auf den Spiegel, umhüllte ihr Gesicht. Sie löste ihr Haar, die kastanienbraunen Locken fielen ihr auf die Schultern und klebten an ihrer Haut. Mit dem Finger fuhr sie über die Kurven ihres Halses, ihrer Brüste, ihres Bauches. Sie legte die Hand zwischen ihre Beine und schloss die Augen. Das Gesicht von

Laurent, seine Hände. Ihr einsamer Körper schmerzte. Sie wollte schreien. Ein Schrei gegen ihn, gegen die Entscheidung, die sie getroffen hatte, gegen die zum Scheitern verurteilte Therapie. Sie streichelte sich behutsam, dann brutal. Sie wusste nicht, ob es Wut oder Lust war, die sie zum Orgasmus führte.

Dann ließ der Sinnesrausch nach, und sie wurde allmählich wieder auf ihre Umgebung aufmerksam.

Erst jetzt hörte sie das Geräusch einer Tür, die geöffnet und wieder geschlossen wurde.

5

Ein Nachtvogel, das war sie.

Schon als Kind war Anita nie vor zwei Uhr morgens eingeschlafen. Sie wurde Krankenschwester und fand darin ihr Glück. Junge Frauen widmeten sich doch gern einer guten Sache.

Inzwischen war Anita über vierzig, und das Gute an der Sache hatte sie aus dem Blick verloren. Das Glück hatte sich in einen Albtraum verwandelt, die wilden, durchwachten Nächte in harte Nachtdienste – besonders seit sie zur Nachtschicht in dieser Klinik eingeteilt worden war. Kranke, die für ihren Geschmack zu krank waren, unerreichbar, mit unüberwindbaren Schutzmauern. Die Schreie, die in den leeren Korridoren widerhallten, unvorhersehbare Reaktionen, wirre, verstörte Blicke. Sie hatte dabei fast den Verstand verloren. Drei Monate war sie krankgeschrieben worden und einer Depression nur knapp entkommen.

Die Frau in der Personalabteilung hatte in ihrem Fall Verständnis gezeigt. Und zwanzig Jahre gute und loyale Dienste, denen waren ja trotz allem Respekt und Anerkennung zu zollen. Sie hatte dorthin wechseln dürfen, wovon ihre Kollegen vor dem Ende ihrer Laufbahn in der Fondation nicht einmal zu träumen wagten: ins Schlaflabor. Nächtliche Überwachung der Zimmer, in denen der Schlaf der Patienten aufgezeichnet wurde. Vier aufeinanderfolgende Nächte, drei Nächte Ruhe, und dann ging's wieder los. Ein ruhiger Posten: Routine, nie etwas Unberechenbares.

Und dann waren da noch die Patienten von der Wohlfühlstation auf derselben Etage.

Die waren zwar auch nicht verrückt, aber irgendwie abgehoben. Verklemmt, verängstigt – das war's auch schon, nichts Schlimmeres. Schwere Neurosen, wie man so sagt. Wenn es nach ihr ginge, hätte sie denen einige Tritte in den Hintern verschrieben, um sie aufzurütteln. Stattdessen weideten sie sich während endloser Therapien in Selbstmitleid.

Also überwachte sie sie, nicht mehr und nicht weniger. Ab und zu wachte jemand unsanft aus einem Albtraum auf. Eine Elektrode löste sich bei einer unkontrollierten Bewegung. Schlimmstenfalls fiel ein Computer aus, und die Aufzeichnung war ruiniert. Für sie bedeutete das lediglich, dass sie den Patienten in der nächsten Nacht wiedersah.

Dann hatte Anita vor acht Monaten eine Veränderung bemerkt.

Es herrschte eine spürbare Anspannung, als sie um 19 Uhr eingetroffen war, um ihre Kolleginnen vom Tagesdienst abzulösen. Das, was ihnen zu schaffen machte, hatte einen Namen: den der Abteilungsleiterin Dr. Strelli. Deren Mann, Laurent Strelli, schien weitaus merkwürdiger zu sein als die üblichen Patienten der Station. Er sollte die Kombinationstherapie machen: Therapiesitzung am Tag und dann die

Nacht mit Maske und Kopfhörer – letztlich nichts anderes als bei den anderen. Kein Grund zur Aufregung. Für Anita änderte das nicht viel, ob er nun der Mann der Chefin oder der Sohn von Eddy Merckx war: Ein schlafender Kerl war ein schlafender Kerl.

Der Unterschied zu anderen Patienten wurde ihr erst bewusst, als sie das Zimmer betrat, in dem Laurent Strelli auf dem Bett liegend wartete.

Ein Blick genügte ihr: Das war nicht nur ein VIP, und sein Verhalten war nicht nur ein wenig auffälliger als das der anderen Patienten. Ohne ihr Gefühl an etwas festmachen zu können, wusste Anita sofort, dass diesen Kerl und die Leute, die sie sonst jeden Abend verkabelte und überwachte, Welten trennten. Er hatte etwas Sonderbares an sich, eine ansteckende Anspannung. Der Stress der Nachtdienste, den sie bewältigt zu haben schien, überkam sie augenblicklich wieder.

Die erste Nacht verbrachte sie mit dem Gesicht dicht vor dem Einwegspiegel, die Augen auf den reglosen Mann mit seinem starren Blick gerichtet, der nicht die geringste Gefühlsregung, nicht die geringste Reaktion auf die Stimulationen gezeigt hatte.

Die anderen Nächte waren ohne Zwischenfälle verlaufen. Er war eingeschlafen, die Aufzeichnung hatte jedes Mal perfekt funktioniert.

Und heute Abend – die letzte Nacht im Therapieplan stand bevor – war sie fast schon überzeugt gewesen, dass sie sich von der allgemeinen Hysterie hatte anstecken lassen und dass Laurent nichts anderes war als ein armer, etwas wirrer Typ. Bis die Hölle losging.

Der Bildschirm alarmierte sie zuerst. Die Kurven des EEGs … sie hatte schon so viele gesehen wie in diesem Beruf kaum jemand sonst. Aber keine von denen hatte dieser hier im Entferntesten geähnelt: eine riesige, unregelmäßige Amplitude, ein anarchisches Gebilde – so als sei der elektronische Cursor verrückt geworden, ein Spielzeug in den Händen eines Kindes. Anita stürzte zur Glasscheibe.

Was sie dort sah, erschien ihr noch beunruhigender: Laurent Strelli, der für gewöhnlich wie versteinert unter seinen Laken lag, bäumte sich auf wie vom Teufel besessen. Sein Körper krümmte sich zusammen und entspannte sich wieder, erfasst von einem beängstigenden Zittern. Reflexartig eilte sie zur Tür. Oft beruhigten eine sanfte Hand, ein kurzes Erwachen oder ein beschwichtigendes Wort den Schlafenden wieder. Ruckartig drehte sie sich zum Bildschirm um: Die rote Linie verlief seit zwei Minuten und vierunddreißig Sekunden außerhalb des Normbereichs. Die Bilder der Therapiestunde liefen vor den geschlossenen Lidern in der Maske ab, der Ton drang über den Kopfhörer in den Schlaf des Patienten ein. Die Worte von Dr. Vullierme kamen ihr in den Sinn: Kein Eingreifen, so lautete seine Anweisung. Schon gar nicht während der Übertragung der Therapiesitzung.

Anita hielt ratlos auf der Türschwelle inne: Die Spasmen erschütterten Laurent Strellis ganzen Körper, und sie konnte nichts für ihn tun. Sie entfernte sich wieder, während er mit sich kämpfte, gefesselt durch die Kabel und die Laken. Sie wandte den Blick ab, wühlte auf dem Schreibtisch herum, auf der Suche nach irgendetwas, das sie von dem Drama ablenken konnte, das sich im Zimmer abspielte. Sie wollte weggehen, war aber nicht imstande, den Überwachungsraum zu verlassen und den Patienten seinem Schicksal zu überlassen. Die Erschütterungen waren so heftig, dass das Kopfende des Bettes gegen die Wand stieß. Der Drang war schließlich stärker als sie, sie musste eingreifen – zum Teufel mit Vullierme und seinen Anweisungen.

Sie öffnete die Tür, doch der Anfall schien urplötzlich vorbei zu sein: Innerhalb weniger Sekunden war Laurent wieder völlig ruhig geworden.

Sie ging zurück und ließ sich auf den Schreibtischstuhl fallen. Hektisch blätterte sie in der Krankenakte und gab einen Seufzer der Erleichterung von sich. Sie hatte sich nicht geirrt: Dies war tatsächlich die letzte Nacht, die er hier verbrachte. Gott sei Dank.

6

Vielleicht war es nur ein harmloses Knacken im Haus.

Stefania stand auf und blieb regungslos stehen, während das Wasser an ihr hinunterrann. Nichts mehr zu hören. Sie stieg aus der Wanne, griff nach dem Bademantel und wickelte sich darin ein. Sie wischte über das Ziffernblatt der Uhr: Es war zwanzig nach acht. Sie horchte in die Stille, verharrte noch einige Sekunden. Vermutlich machte ihr der Stress zu schaffen.

Sie schaltete den Haartrockner ein und richtete ihn auf den beschlagenen Spiegel. Ihr Gesicht erschien, von der Hitze gerötet. Sie beugte sich vor, um die kleinen Fältchen zu betrachten, die sich um die Augen und in den Mundwinkeln gebildet hatten. Mit der Spitze ihres Zeigefingers entnahm sie einer Tube etwas Creme.

Sie schloss die Augen und fing an, ihre Augenlider zu massieren.

Genau in dem Moment hätte sie die Bewegung hinter ihrem Rücken sehen können, die sich öffnende Tür, das Gesicht, das in den Hintergrund des Spiegelbilds tritt. Die Hand, die sich nach vorne streckt, den Stecker des Haartrockners zieht und das Licht ausschaltet. Sie hörte ein Atemgeräusch, eine Art Lachen, spürte nur die eiskalte Berührung im Nacken. Sie hatte nicht einmal Zeit, Angst zu haben.

Eine wolkenlose Nacht. Weißes Mondlicht zeichnet einen Umriss an die Wände – einen Schatten, der das Badezimmer verlässt, über die Leiche der Frau hinwegsteigt, den Flur entlanggeht und die Tür zum ersten Zimmer links oben an der Treppe aufstößt.

Mitten im Zimmer das Kinderbett. Sie schläft jetzt. Der Körper liegt etwas schräg, Léa nuckelt an ihrem Daumen.

Einen Schritt weiter, das Parkett knarrt, Léa zuckt zusammen, wacht aber nicht auf.

Noch einen Schritt.

Eine behandschuhte Hand greift nach einem Stofftier. Das Licht wirft einen blassen Schimmer auf den Säugling. Die Hand sucht nach dem richtigen Winkel, der idealen Position. Schließlich drückt sie das Stofftier gegen die Stirn. Der kleine Körper spannt sich an. Die andere Hand drückt den Lauf der Waffe in das synthetische Fell. Ein Klicken, ein erstickter Knall.

Weißes Licht, rotes Laken. Der Mörder beugt sich hinunter. Sein Gesicht erscheint im Licht. Dann ist es wieder dunkle Nacht.

7

SIEBEN

Der Alarm der Überwachungsbildschirme ließ sie zusammenzucken.

Anita sprang auf: flache Kurve, Zimmer 2 – natürlich. Wieder Strelli. Das hörte wohl nie auf. Sie verfluchte die Abteilungsleiterinnen, die ihre Ehegatten einwiesen, die nächtlichen Therapien, die den Schlaf der Patienten beeinträchtigten, und die schlechte Qualität der Elektroden, die sich bei der geringsten Bewegung lösten. Es war 21.35 Uhr. Sie verknotete den Gürtel ihres Kittels – die Müdigkeit ließ sie frösteln – und verließ den Ruheraum. Sie ging den Flur entlang an den Sprechzimmern vorbei und machte die Tür zum Überwachungsraum auf.

Was sie durch die Scheibe erblickte, ließ sie erstarren. Sie fluchte und eilte ins Zimmer.

Laurent saß auf dem Bett. Der Schweiß rann ihm über Kopf und Gesicht, sein Oberkörper glänzte. Anita schaltete ein Nachtlicht an und drückte auf den Anwesenheitsknopf. Sie stolperte über den Kopfhörer und die Maske. Sie legte eine Hand auf Laurents Schulter: Seine Muskeln waren extrem angespannt, sein Körper zitterte, so steif, als wäre er aus Holz. Laurent hatte die Kabel abgerissen, die ihn mit dem Gerät verbunden hatten. Dort, wo die Elektroden gesessen hatten, waren offene Verletzungen. Anita zog die Hand zurück: Der Schweiß hatte sich mit der Wundflüssigkeit vermischt.

«Monsieur Strelli, was ist passiert?»

Laurent öffnete den Mund, ohne auch nur einen Laut hervorzubringen.

Die schmutzig rosa Flüssigkeit lief über die Stirn und die

Augenlider und verschleierte seinen Blick. Eine unerträgliche Last erdrückte seinen Oberkörper, er bekam keine Luft.

«Meine ... meine Tochter», stieß er schließlich hervor.

«Sie werden Ihre Tochter morgen sehen. Schauen Sie nur, wie Sie aussehen. Legen Sie sich wieder hin, ich hole etwas, womit ich das alles sauber machen kann.»

Mit einer abrupten Bewegung ergriff er ihr Handgelenk. Anita spürte eine Angst in sich aufsteigen, die sie aber sofort unter Kontrolle brachte.

«Nein», sagte er, «meine Tochter ... Léa ...»

Die Krankenschwester kannte ihren Patienten. Es war sinnlos, ihn zur Vernunft bringen zu wollen.

«Bewegen Sie sich nicht», ordnete sie an, während sie die Umklammerung löste. «Ich komme sofort zurück. Einverstanden?»

Sie rannte in das Stationszimmer. Eilig legte sie ein Päckchen mit sterilen Kompressen, Handschuhe, Desinfektionsmittel und ein sauberes Hemd auf den Wagen. Die Flasche mit dem Desinfektionsmittel fiel um. Anita streckte die Hand aus und merkte, dass ihre Finger zitterten. Sie nahm eine andere, verschlossene Flasche und schob den Wagen vor sich her.

Im Flur ließ die offene Tür des Überwachungsraums – die sie immer ganz automatisch hinter sich schloss – ihre Angst wieder erwachen wie eine Blase, die aufstieg und an der Wasseroberfläche zerplatzte. Sie ließ den Wagen stehen und lief zu Zimmer 2.

Es war leer.

8

«Wie lange ist er schon verschwunden?»

«Ein paar Minuten, so lange, wie es dauerte, einen Verbandswagen zu holen. Er ist verletzt.»

Anita bereute diese Äußerung sofort. Sie verschlimmerte die Situation nur noch – und ihre Lage gleich mit. Der Ehemann der Abteilungsleiterin war ausgebrochen, während sie für ihn verantwortlich gewesen war, und als ob das noch nicht reichte, lief er auch noch blutüberströmt herum.

«Haben Sie seine Familie benachrichtigt? Sind Ihre Vorgesetzten auf dem Laufenden?»

Anita zögerte.

«Nein, ich habe sie noch nicht angerufen.»

«Warum nicht? Ich gehe davon aus, dass es in einem Krankenhaus ein ganz genau zu befolgendes Procedere gibt.»

Sie schloss die Augen und drückte den Hörer an sich. Weil zufällig die Familie und die Vorgesetzten ein und dieselben sind und ich gehofft hatte, dank *deiner* Fähigkeiten meinen Kopf zu retten. Sie entschied sich für eine gewisse Zurückhaltung.

«Er ist sicher nicht weit gekommen», sagte sie, «vielleicht ist er im Garten der Fondation. Ich bin allein auf der Station, ich kann die anderen Patienten nicht unbeaufsichtigt lassen, um ihn zu suchen. Und am Eingang ist nur ein Nachtwächter. Sie …»

Der Polizist unterbrach sie mitten im Satz.

«Der soll dortbleiben und die Augen offen halten. Ich schicke Ihnen einen Wagen. Eine Streife wird in Ihrem Viertel herumfahren.»

Anita schaute auf die Uhr. Die Stille auf der Station war ihr unerträglich. Strelli war seit einer Viertelstunde verschwunden. Die Polizei suchte die Gegend um das Gebäude ab, die Wachmänner und Nachtschwestern durchkämmten sorgfältig die anderen Abteilungen. Während sie auf ihrem Posten festsaß, hatte sie das Gefühl, verrückt zu werden. Na klar, ausgerechnet er musste so etwas anstellen. Schließlich rief sie die diensthabende Oberschwester und dann Stefania Strelli an. Die Psychiaterin war weder zu Hause noch über ihr Handy zu erreichen. Das fehlte jetzt noch. Was ist in diesem Typen nur vorgegangen, dass er weglief? Ein simpler Albtraum? Von ihm würden sie es sicher nicht erfahren, falls er zufällig den guten Einfall haben sollte, zurückzukommen oder einem Bullen in die Arme zu laufen. Genauso gut konnte man mit einer Wand reden und auf Antwort warten. Die Tür ging auf, und ein Polizist riss sie aus ihren Gedanken.

«Nichts. Weder im Park, noch in der Tiefgarage.»

Anita fasste sich an den Kopf.

«Guter Gott, der kann sich doch nicht innerhalb einer Viertelstunde in Luft aufgelöst haben!»

«Machen Sie sich keine Sorgen. Wir werden weitere Wagen anfordern, um die Gegend abzusuchen. Er kann nicht sehr weit sein, wir werden ihn sicher finden.»

Der Polizist drehte sich in der Tür noch einmal um.

«Halten Sie ihn für gefährlich?»

«Nein, glaube ich zumindest nicht. Merkwürdig, aber nicht gefährlich. Nicht für andere.»

«Geben Sie mir noch einmal eine ganz genaue Personenbeschreibung, wir werden eine Suchmeldung an die Streifen und die Kommissariate der drei Arrondissements herausgeben. Auch wenn er das 19. verlassen hat, kann er das 10. und 20. Arrondissement nicht in so kurzer Zeit durchquert haben.»

«Er hat in aller Eile eine Hose und seine Schuhe angezogen, man kann ihn eigentlich nicht verfehlen.»

Der Mann näherte sich dem Stapel mit den sorgfältig zusammengelegten Kleidungsstücken.

«Um es zusammenzufassen», meinte er, «Ihr Patient ist aus der psychiatrischen Klinik abgehauen und läuft jetzt mitten im November im Krankenhaushemd durch die Straßen von Paris? Wie sagten Sie, *nur merkwürdig*?»

9

Laurent kauerte sich gegen die Rückenlehne eines Sitzes. In der verlassenen Eingangshalle schien sein eigener Atem in jeder Ecke ein Echo hervorzurufen.

Meine Tochter. Léa.

Der Nachtwächter saß neben der Glastür. Er klopfte mit seinem Schlüssel gegen den Metallrahmen. Eine nervöse, regelmäßige Bewegung. Einmal, zweimal, dreimal. Dann nichts. Und von neuem. Laurent zählte in Gedanken mit. Eins, zwei, drei. Er atmete tief ein, den Blick auf die Tür geheftet. Nach dem elften Mal stand der Nachtwächter auf und ging die Glasfront entlang. Laurent richtete sich auf. Das Hemd, das im Rücken zugeknotet war, glättete sich mit einem knisternden Geräusch. Er hielt inne. Der Kerl führte seine Runde unbeirrt fort. Laurent zählte die Fliesen, die ihn von der automatischen Schiebetür trennten. Dreiunddreißig. Es waren Vierecke mit einer Seitenlänge von vierzig Zentimetern. Ergibt insgesamt dreizehn Meter zwanzig. Etwas mehr als die Hälfte der Entfernung, die ihn von dem Nachtwächter trennte. Er stürmte los.

Erst zwei Schritte vor der Tür stellte er sich die wichtigste

Frage: War der automatische Öffnungsmechanismus abgestellt? Zu spät, um noch darüber nachzudenken oder umzukehren. Aufgeschreckt durch den plötzlichen Lärm hinter ihm, drehte sich der Mann um. Laurent schaute zum Bewegungsmelder. Das Bild seiner Tochter in ihrer Wiege tauchte vor ihm auf, und er beschleunigte seinen Schritt. Schneidende Kälte empfing ihn: Die zwei Türen hatten sich auseinandergeschoben, und Laurent eilte in die Nacht hinaus.

Die Stimme des Nachtwächters schien weit entfernt. Jetzt musste er laufen. Die Rue Meynadier hinauf, rechts abbiegen, in Richtung Park. Vier Laternen. Dann den Park entlang. Die Bäume zählen, atmen. Die Hecken zählen. Das Hemd flatterte, die eiskalte Luft peitschte ihm auf den Oberkörper. Größere Schritte machen. Noch größere. Und dann die Rue de Crimée hinunter.

Ein Auto kam ihm entgegen, die Scheinwerfer blendeten ihn. Er versteckte sich hinter einer kahlen Platane. Das Polizeiauto fuhr vorbei, sie sahen ihn nicht. Meine Tochter. Meine Frau. Links, um die Ecke, war die Rue de Mouzaïa. Die Steigung raubte ihm den Atem. Er lief noch schneller, das Atmen schürte in seinem Inneren ein Feuer, seine Lunge drohte zu zerbersten. Seine Muskeln schmerzten.

Nur noch fünfzig Meter bis zur Villa de la Renaissance, ihrem Haus. Er wollte sofort dort sein, sich vergewissern, dass alles nur ein Albtraum war. Die Sackgasse war ganz in der Nähe. Über ihr lag ein gelber Schein, in dem sich Äste wanden – gebräunt, verbrannt. Laurent lief an den ersten Gebäuden vorbei bis zu seinem Haus.

Es brannte.

Die Flammen loderten aus den Fenstern und leckten an den Außenwänden. Das Erdgeschoss glich einem Aquarium, in dem ein Feuermeer anschwoll. Laurent eilte zu einer der

Terrassentüren und schob sie auf. Die Sofas spuckten ihre Flammen durch die Öffnung, gierig nach Luft.

Laurent drängte sich in die Feuerkugel und verschwand.

10

Ihm war sehr warm gewesen in seiner schwarzen Kleidung, die ihm am Körper klebte. Aber er hatte noch einige Augenblicke dortbleiben wollen. Reglos, geschützt durch den Schatten der Bäume, während das Haus brannte, das Glas schmolz und die Fenster zersprangen. Er hatte gesehen, dass er sich in das Wohnzimmer wie in das Maul eines Monsters geworfen hatte. War es Mut oder Leichtsinn? Vermutlich Blindheit. Er hätte genauso gehandelt, wenn seine Frau und sein Kind dadrinnen gewesen wären. Dennoch sah er in dem Handeln dieses Mannes, der verrückt vor Sorge war, eine Art Mut, ein gewisses Heldentum, das ihm Respekt abverlangte. In dieser Hinsicht – ohne deshalb von Reue zu sprechen – war ihm das, was er gerade getan hatte, diesem Mann gegenüber unangenehm. Strelli war nun Witwer.

Nach der Feuerwehr waren die Bullen am Tatort eingetroffen. Die waren nicht so mutig. Hatten ja auch keine Frau und kein Kind dadrinnen. Sie waren vor dem brennenden Gebäude stehen geblieben, aufgeregt umhergelaufen, bis einer von ihnen schließlich ein Telefon gezückt hatte. Nur wenige Meter von ihm entfernt.

Dann hörte er noch mehr Sirenen in der Nähe der Buttes-Chaumont. Es wurde Zeit zu gehen.

Die Arbeit war getan.

Er wartete, bis niemand mehr auf der Straße war, und ging dann zur Nummer 3 in der Passage du Bois. Das sehr schmale Haus aus Kalkstein erhob sich in dem Dämmerlicht zwischen zwei Laternen. Die Lampen im Wohnzimmer waren ausgeschaltet. Eine Frau, die hinten im Zimmer stand, ließ den Vorhang vor dem Fenster fallen.

«Schönes Spektakel?»

Er antwortete nicht. Sie drehte sich zu ihm um.

«Du musstest dortbleiben, zuschauen, stimmt's? Manchmal frage ich mich, wer der Perversere von uns beiden ist.»

Sie fuhr sich mit der Hand durch ihre kurzgeschorenen Haare. Sie hatte große Augen, wirkte fast jungenhaft, vielleicht wie Jean Seberg, sehr dunkel, südländischer. Er trat zu ihr.

«Du solltest mir lieber gratulieren, Schatz.»

Er umarmte sie, in gespielter Mattigkeit ließ sie es geschehen.

«Nicht ‹Schatz›, sondern Carole. Gewöhn dich dran. Dort bin ich Carole.»

«In Ordnung. Du könntest mir gratulieren, Carole.»

«Mach's jetzt nicht noch schlimmer. Ist alles gutgegangen?»

«Wie geplant.»

«Ist er gekommen?»

Er nickte.

«Er lebt», sagte er, ohne die Frage abzuwarten.

Sie nahm einen langen Zug von ihrer Zigarette. Die Glut leuchtete rot in der grauen Umgebung. Sie setzte sich an den Rand eines nicht mehr neuen Sofas und spielte mit den Posamenten an der Armlehne.

«Wo?»

«Die Feuerwehr hat ihn rausgeholt und ins Krankenhaus gebracht.»

Sie lächelte.

«Hast du angerufen?»

Er hatte sich von der Mitte des Teppichs nicht fortbewegt. Sie zog ihn zu sich und warf ihn aufs Sofa.

«Du hast recht», sagte sie, «ich sollte dir gratulieren. Du bist aber nicht so dreist gewesen und hast behauptet, du wärst ein Angehöriger, oder?»

«Nein.»

Sie setzte sich auf und sah ihn an.

«Ich habe nur Spaß gemacht, weißt du. Ich habe nur Spaß gemacht, mein Liebling.»

Er ließ einen gleichgültigen Blick über die Decke gleiten. Sie griff mit der Hand unter die Kissen und holte eine Zigarettenschachtel hervor, die sie gerade wiedergefunden hatte.

«Ist er bei Bewusstsein?»

«Er liegt im Koma. Die Verbrennungen sind oberflächlich, aber er hat eine Schädelverletzung erlitten.»

Er stützte sich auf die Arme.

«Sicher hat er einen Schock.»

«Ich weiß, dass er hart im Nehmen ist», sagte sie nur. «Wann verlegen sie ihn in die Fondation?»

«Morgen.»

Sie atmete tief durch. Das Lächeln war aus ihrem Gesicht gewichen. Sie beschloss, eine kleine Tischlampe einzuschalten. Das Licht schimmerte durch den staubigen Lampenschirm.

«Und die anderen? Die Frau und das Kind?»

«In schlechtem Zustand. Aber das waren sie bereits vor dem Feuer.»

Sie ließ die Hand über den Oberschenkel ihres Freundes gleiten.

«Wie konntest du nur?», sagte sie lächelnd.

Er stand auf. Er teilte ihre Meinung nicht: Von ihnen beiden war unbestritten sie die Perversere.

«Du musst deine Sachen packen. Wir hauen ab.»

«Wohin?»

«Zum Pré-Saint-Gervais. Hier sind wir zu nah dran. Zu exponiert.»

11

Tief einatmen. Erick beugte den Arm, ganz langsam. Die Hantelstange senkte sich bis zum Brustkorb, er hielt den Atem an. Dann drücken. Die Brustmuskeln spannten sich an. Der vordere Deltamuskel zog sich zusammen und rollte unter dem T-Shirt nach oben. Während des Hochdrückens ausatmen. Die Trizepse wurden hart.

Erick spürte den Schweiß seine Stirn und die Schläfen hinunterlaufen und dann die Mulde unten am Hals, oberhalb des Brustbeins, füllen. Die Hantel war schwer. Fünfundfünfzig Kilo auf jeder Seite und noch einmal zwanzig die Stange selbst. Und keiner, der ihn «sicherte». Sich auf die Brustmuskeln konzentrieren, an nichts anderes denken. Noch zwei Wiederholungen. Und atmen, um eine Übersäuerung zu verhindern. Neun. Nur noch einmal. Die Spannung im Kreuz halten. Er zog die Knie an, die Lendenwirbel lagen auf der Bank. Er konzentrierte sich, bevor er ein letztes Mal drückte. Auf der Hälfte fingen seine Arme an zu zittern.

Im selben Augenblick klingelte das Telefon und lenkte ihn ab.

Er weigerte sich, seine Anstrengung zu unterbrechen, und drückte. Die Hantel schwankte, Erick kontrollierte die Bewegung und stellte das Gleichgewicht wieder her.

Es klingelte zum zweiten Mal.

Er spannte die Muskeln seines Thorax an, hob die Hantel und atmete geräuschvoll aus. Die Arme streckten sich endlich, und die Hantel fiel geräuschvoll in ihre Halterung. Beim vierten Klingeln stürzte er sich auf den Hörer.

«Ja?»

«Erick? Hier ist Laura. Habe ich dich geweckt?»

Erick setzte sich auf den Parkettboden und wischte sich mit dem Arm übers Gesicht.

«Klar. Was gibt's?»

«Einen Brand, Villa de la Renaissance.»

«Wir sind von der Kripo, Laura, nicht von der Feuerwehr.»

«Im Haus sind zwei Leichen.»

«Eingesperrt? Gefesselt?»

«Nein, glaube ich nicht.»

«Was machst du dann da?»

«Eine von beiden ist ein Kind. Ein Kleinkind.»

«Kam wahrscheinlich nicht mehr raus.»

«Nein, doch die Frau hätte es schaffen können. Aber sie ist auch vollkommen verkohlt. Ich glaube, es ist besser, du kommst. Marina ist schon da und der Gerichtsmediziner auch.»

Erick stieß mit dem Fuß die Hantelbank weg.

«Komme.»

Sein Magen fing an zu knurren. Er hatte noch nichts gegessen, es war 22 Uhr, und er würde nicht vor 1 Uhr nachts nach Hause kommen. Er schob die Bank gegen eine Wand und rollte den Perserteppich auf dem Boden aus. Die Hanteln blieben neben dem Schreibtisch und der Directoire-Kommode liegen. Er schloss die Tür und ging in Richtung Küche. Das Parkett knarrte unter seinen Füßen. Er hatte das dringende Bedürfnis, sich umzudrehen, so wie er die letzten zwei Jahre dieses Bedürfnis gehabt hatte, wenn auch nur das geringste

Geräusch die Stille der Wohnung störte. Das Bedürfnis zu glauben, dass noch jemand anderes als er die Leere dieser Räume füllte, in den toten Schlafzimmern wohnte, die Teppiche betrat, sich gegen die Vertäfelungen lehnte, die Gemälde bewunderte. Aber es war niemand mehr da, niemand außer ihm, der sich geweigert hatte, nach dem Unfall umzuziehen. 220 Quadratmeter am Boulevard des Batignolles, in denen er über seine eigene Einsamkeit nachsinnen konnte.

Er machte den Kühlschrank auf. Joghurts, Äpfel, überreifes Gemüse und ein Liter angebrochene Milch. Er biss in einen Apfel, trank ein paar Schlucke aus der Flasche und schloss den Kühlschrank wieder.

Er ging ins Badezimmer: Der Spiegel zeigte ihm seinen V-förmigen Oberkörper mit den sich vorwölbenden Muskeln – ein perfekter Torso. Er schaltete das Licht ein, drehte den Wasserhahn auf und bespritzte sich Gesicht, Achseln, Hals und Nacken mit kaltem Wasser. Das Gefühl der Frische beruhigte ihn. Er fuhr mit der Hand über seinen spärlichen Bart, und das Spiegelbild seiner Gesichtszüge holte ihn in die Realität zurück: das Gesicht eines Jugendlichen, der sich zu früh den blonden Flaum rasiert hatte – vergeblich –, und der Körper eines Erwachsenen, der dessen Unreife nicht wettmachte. Er wandte den Blick ab und beugte sich über einen Stapel sauberer Wäsche. Er zog eine Jeans an, überlegte es sich aber anders. In seinem Zimmer suchte er ein weißes Hemd, einen dunklen Anzug und Mokassins heraus und griff nach den Autoschlüsseln.

Er ignorierte den Aufzug und rannte die fünf Stockwerke hinunter. Vor dem Gebäude protzten zwei Jugendliche auf ihren Motorrollern vor einem zu stark geschminkten Modepüppchen. Sie kicherte grundlos, wie alle Mädchen in ihrem Alter, die gefallen wollen und gleichzeitig ahnen, dass sie nichts zu sagen haben. Erick ging an ihnen vorbei.

«He, Mélanie, was guckst du so? Stehst du auf Anzugtypen, oder was?»

Das Mädchen lachte nun noch dümmlicher. Der andere Junge wollte noch einen drauflegen.

«Die Krawatte bekommt er aber erst zum dreizehnten Geburtstag!»

Erick ging zu der Gruppe. Er schob sein Jackett einen kurzen Augenblick zur Seite, gerade lange genug, um seine breiten Schultern und die Waffe in dem Schultergurt zu demonstrieren. Mélanie schrak zurück und wankte auf ihren Plateau-Schuhen. Sie knetete die mit Gel verklebte Haarsträhne, die ihr steif vor die Augen fiel. Die beiden anderen fuchtelten mit den Armen.

«Entschuldigen Sie, Monsieur ...»

«Wir dachten, Sie wären ...»

«Ich wäre was?»

Die Jungen schwiegen. Mélanie versteckte ihr Gesicht hinter ihren Fingern, von denen jeder mit einem Ring geschmückt war, und setzte ihr Lachen dort fort, wo sie aufgehört hatte. Die Schminke verdeckte nur schlecht die hartnäckige Akne. Erick warf einen Blick auf seine Uhr: 22.12 Uhr. Er war spät dran, seine beiden Mitarbeiter würden die Ermittlungen abschließen, bevor er überhaupt am Tatort eingetroffen war. Laura würde mit Sicherheit eine bissige Bemerkung fallenlassen, das war klar. Er war wütend auf sich, dass ihn das überhaupt kümmerte, beeilte sich aber dennoch. Von weitem entriegelte er das Auto. Ein schlichter schwarzer Golf.

Im Rückspiegel sah er noch den hochgestreckten Mittelfinger.

12

Eine Trage tauchte aus der dreckig grauen Rauchspirale auf, die das Haus umschloss.

Laura Génisier beugte sich über den ersten Körper und deckte das verkohlte Gesicht auf. Das Geschlecht der Leiche war kaum auszumachen. Die Haut hatte sich gelöst und bildete Blasen. An einigen Stellen war sie aufgesprungen, pergamentartig, rissig. Der Gerichtsmediziner würde seine helle Freude haben. Sie sah zur zweiten Trage auf und zog den Reißverschluss des Leichensacks auf. Ein kleiner zusammengekrümmter Körper, ein verkohltes Häuflein. Ihr wurde übel.

«Beruhige dich, an dem Tag, an dem dich das kaltlässt, musst du den Kram hinschmeißen.»

Erick schloss den Sack und beobachtete seine Kollegin. Laura warf ihre Rastazöpfe zurück und schaute betont auffällig auf die Uhr.

«Sieh an, der Chef. Während wir auf dich gewartet haben, hatten wir Zeit, den Namen des Täters zu ermitteln.»

«Hausarrest. Ich musste verhandeln.»

«Du solltest bei Papa und Mama ausziehen, danach ist man freier. Und außerdem bist du jetzt groß.»

Erick versagte sich eine Antwort.

«Und du nimmst ihn auf, wenn er sich zu diesem Schritt in Richtung Emanzipation entschließt?»

Marina Trévès hatte sich zu ihnen gesellt und dabei den Blick nicht von ihrem Schreibblock abgewandt. Sie hatte schon zwei Seiten vollgeschrieben und die Leute vom Labor befragt. Laura lächelte. Die kräftige Stimme ihrer Kollegin hatte dem Duell ein Ende bereitet, fast nahm sie es ihr übel. Einen Kerl aus der Fassung zu bringen, der das Bedürfnis hat, sich durchzusetzen, das bereitete ihr Vergnügen, ebenso sehr, wie ihn anschließend zu beschützen. Die meisten Männer hatten die Regeln ihres Spiels akzeptiert, denn es funktionierte nach dem Prinzip der Verführung. Aber nicht dieser.

«Nein», sagte Laura, «ihn werde ich nicht aufnehmen, man würde mich nur für seine Mutter halten.»

Marina verglich die Frau aus Kamerun mit dem blonden Kommissar. Eine verwandtschaftliche Beziehung konnte man durchaus anzweifeln. Aber abgesehen von den Äußerlichkeiten und den jugendlichen Gesichtszügen Ericks trennte sie noch etwas anderes voneinander. Sie betrachtete Laura unverhohlen: Ihre gespielte Selbstsicherheit amüsierte sie. Warum musste ein Teil der jungen weiblichen Generationen auf diesem Feld noch Krieg führen, mit diesen Waffen? Der Kampf ließ die Gesichtszüge reifen, zwangsläufig. Davon konnte sie ein Lied singen. Außerdem war *sie* es mit ihrer Größe von eins achtundsiebzig und ihrem Alter von Mitte fünfzig, die ihrer beider Mutter hätte sein können. Erick unterbrach ihre Gedanken.

«Wann ist das Feuer ausgebrochen?»

«Das Labor arbeitet an der genauen Zeit. Die Feuerwehr ist gegen 22 Uhr eingetroffen, die Polizei fünf Minuten später. Ein Nachbar hat angerufen, er kam gerade nach Hause. Die anderen Häuser in der Straße sind verlassen. Der Brückentag wegen des 11. Novembers …»

Die Tragen verschwanden in einem Krankenwagen. Laura entspannte sich.

«Wer hat die Leichen entdeckt?», fragte der Polizist.

Marina schaute auf ihre Notizen.

«Ein Feuerwehrmann. Sie haben sie mit Hilfe des Nachbarn identifiziert.»

«Stefania Strelli und ihr Kind wohnten hier», erklärte Laura.

«Kein Vater?»

«Doch. Hat auch Verbrennungen erlitten, ist aber am Leben. Vom Krankenwagen weggebracht.»

«Marina, kannst du für uns herausfinden, in welches Krankenhaus er gebracht wurde?»

«Schon geschehen: Laurent Strelli ist in der Notaufnahme von Tenon.»

Erick betrachtete den rauchenden Schutt. Dass dort eine Frau und ein Kind in den Flammen umgekommen sein sollten, erschien ihm irreal. Das konnte nicht Gegenstand der Ermittlungen eines jungen Kommissars sein, es kam ihm fast unanständig vor, seine Karriere mit einem so willkürlichen Tod zu starten, mit solch hilflosen Opfern – einem Kind. Er dachte über seine Berufung nach, seine bewussten Ambitionen, seine uneingestandenen Motive. Das Bild seiner Eltern tauchte vor ihm auf, kaum erkennbar in dem Auto, als er an dem Ort der Tragödie eingetroffen war. Man konnte sein Leben beenden, indem man leichtgläubig die Scheibe herunterdrehte, während man an einer roten Ampel stand, um einem armen Jungen zu antworten und ihm eine Münze zu geben. Oder einem Mörder, einem Irren. Er dachte auch an Strelli, der in einem Krankenhausbett lag und der nun Witwer war, ohne Kind. Allein.

Er ließ seinen Blick noch einmal über den verwüsteten Ort gleiten. Die Feuerwehr bespritzte die restlichen Feuerstellen und die Bäume im Garten. Sie hatten einen Sicherheitsbereich abgesperrt, den niemand betreten durfte. Zwei andere Personen hatten sich zu dem Mann gesellt, der die Feuerwehr benachrichtigt hatte. Sie irrten fassungslos umher.

«Laura, befrage diejenigen, die in der Lage sind zu antworten. Bestell die anderen Nachbarn für morgen, auch die, die heute Nacht nicht zu Hause waren. Damit wir mehr über die Strellis herausfinden.»

Die junge Frau entfernte sich. Erick wandte sich an Marina. Sie hatte keinen einzigen Blick für das Feuer übriggehabt, für die Leichen, für die bestürzende Geschichte. Sie war ganz von den Ermittlungen in Anspruch genommen. Und hatte vielleicht keinen einzigen Gedanken an die Tragödie verschwendet. Und vielleicht war das die Lösung; er würde es lernen.

«Wer ist der Gerichtsmediziner?»

Seine Mitarbeiterin schaute endlich auf.

«Florian. Dahinten, bei den Krankenwagen.»

Florian Bègle zog die zwei Paar Latexhandschuhe aus, die er übereinandergezogen hatte. Er hockte am Boden und legte sorgfältig sein Material auf eine Plastikunterlage. Schweiß glänzte auf der gewölbten Stirn, das Haar war von hellen Partikeln übersät. Erick ging zu ihm. Bègle hob den Kopf und lächelte. Die Gläser seiner Brille waren ebenfalls von Asche bedeckt.

«Hallo, Kommissar. Schöner Abend, was?»

Mit einer unbewussten Geste fuhr er sich durch seine Haarmähne. Grauer Staub rieselte auf seine Schultern.

«Feuerwerk, Flitter. Schönes Ende für diese Leute, trotz allem.»

Ohne zu antworten schloss Erick die Türen des Krankenwagens, so wie man einen Sarg schloss.

«Deine Diagnose?»

«Dermaßen entstellt, dass es mir schwerfällt, eine Aussage zu machen.»

Der Gerichtsmediziner hielt eine durchsichtige Tüte in die Höhe. Erick erkannte schwarze Fasern.

«Am Körper der Erwachsenen gefunden», erklärte Bègle.

«Was ist das?»

«Zunächst mal eine Frau. Schwer, ihr Alter zu schätzen. Vom Gebiss her zu urteilen, etwas unter vierzig. Hatte sehr wenig an, nur eine Art von Textilfaser», sagte er und wedelte mit der Tüte. «Vielleicht ein Bademantel. Die Haare sind nicht so stark verbrannt, wie man es erwarten könnte. Waren sicher nass.»

«Anzeichen von Gewaltanwendung?»

«Keine offensichtliche Schädelverletzung, keine Deformation und auch keine Fraktur der Gesichtsknochen. Kein Blut an dem Ort, an dem sie gefunden wurde, auf den ersten Blick. Schwer zu sagen bei dem Feuer.»

«Verletzung durch den Eintritt einer Kugel?»

«Nein, aber das Gewebe ist in hohem Maße zerstört; ich will hier nicht an der Leiche herumhantieren, ohne jegliche Vorkehrungen. Ich werde sie im Institut genauer untersuchen.»

Florian Bègle stand auf, und – wie jedes Mal – war Erick überrascht: Er selbst war nur durchschnittlich groß, und doch überragte er den Gerichtsmediziner um einen Kopf. Instinktiv wich Bègle zurück. Der Krankenwagen fuhr los.

«Bei dem Kind sieht's anders aus.»

«Was ist anders?»

«Perforation der Schläfen. Ein Projektil wurde nicht gefunden, glaube ich, aber wahrscheinlich handelt es sich um einen aufgesetzten Schuss. Der geht rein, vernichtet alles und tritt dann hübsch auf der anderen Seite wieder aus.»

Die Miene des Gerichtsmediziners hatte sich verdüstert. Von dem kleinen Opfer zu sprechen, schien Mühe zu kosten, so als führte man sich eine schlechte Erinnerung vor Augen.

«Sie war sicher noch kein Jahr alt, Erick.»

Bègle trat an den Polizisten heran. Hinter den dicken Gläsern schienen seine Augen zu verschwinden.

«Man muss krank sein, um so was zu machen. Mir ist das nicht immer bewusst, ich verbringe die meiste Zeit meines Lebens mit Leichen. Aber das hier ...»

Er wischte sich das Gesicht mit einem geschwärzten Taschentuch ab. Über den noch roten Feuerstellen flimmerte die heiße Luft.

«Wenn das der Vater war, Erick, dann lass ihn nicht davonkommen.»

Seine eigene Tochter mit einem aufgesetzten Schuss töten, dann seine Frau, sein Haus anzünden und sich von einem Krankenwagen wegfahren lassen. Selbstverständlich musste man einen solchen Tathergang in Betracht ziehen, auch wenn Erick dazu keine Lust hatte. Die beiden Männer gingen zu ihren Autos.

«Das war kein Unfall», schlussfolgerte Florian Bègle. «Ich weiß nicht, was der Mutter angetan wurde, aber es kann kein Unfall gewesen sein. Wenn die Mutter und das Kind nicht aus dem Haus gekommen sind, als das Feuer ausbrach, dann wahrscheinlich, weil sie bereits tot waren – oder bewusstlos. Das Feuer war Maskerade.»

«Kannst du den Todeszeitpunkt bestimmen?»

«Mit ein bisschen Arbeit vielleicht. Die Obduktion wird nicht einfach, besonders bei dem Kind nicht. Ich werde versuchen, die Tiefe und den Grad der Verbrennung zu ermitteln, um den Jungs vom Labor dabei zu helfen, den Zeitpunkt des Ausbruchs des Feuers zu bestimmen. Wir werden auch Organteile entnehmen und eine DNS-Analyse vornehmen. Aber der Grad der Verkohlung ist so stark, dass ich wenig Hoffnung habe.»

«Die ersten Ergebnisse?»

«Vierundzwanzig Stunden, bestenfalls. Nicht verhandelbar. Achtundvierzig, für einige etwas mehr. Das gibt dir Zeit, um mit dem Ehemann in der Cafeteria des Krankenhauses etwas trinken zu gehen. Und ihn beim geringsten Zweifel einzubuchten.»

13

DREIZEHN

Vier Stunden Schlaf pro Nacht. Jede Nacht. Und in jeder Nacht griff Erick im Dunkeln nach seiner Uhr: Die Leuchtzeiger standen auf 3.50 Uhr. Er drehte sich dann um, betrachtete die unsichtbaren Zierleisten an der Decke und versuchte vergeblich, wieder einzuschlafen. So auch in dieser Nacht.

Es hatte nichts mit dem Feuer zu tun, mit den verbrannten Leichen vom Vorabend. Der Stress neuer Ermittlungen beunruhigte ihn nicht, auch wenn er mit Anfängereifer an die Sache heranging. Seine Vorzüge lagen in seiner Entschlossenheit, seiner Unerbittlichkeit. Und in der Gewissenhaftigkeit, über die sich immer alle lustig gemacht hatten, die sich aber nun als Trumpf erwies und die eine seltene Waffe der Polizisten war. Nein, damit hatte es nichts zu tun, das wusste er. In dieser Schlaflosigkeit hatte er eine Zeit lang ein Zeichen von Genie erkennen wollen: einer, dem zu große Dinge klar wurden, als dass er schlafen könnte. Präsidenten, Wissenschaftler und andere Nobelpreisträger, irgendeine dieser Möglichkeiten schlummerte in ihm. Aber abgesehen von den bei ihm nur spärlich vorhandenen Fähigkeiten für Politik oder Quantenmechanik sah Erick noch einen weiteren wesentlichen Unterschied zwischen diesen Leuten und sich: Er war erschöpft. Der mangelnde Schlaf brachte ihn um. Schnell hatte er auf die großen nächtlichen Gedanken und das Edle der Schlaflosigkeit verzichtet und sich auf Schlafmittel und Beruhigungstees gestürzt. Er hatte sich durch Fernsehkonsum und Lektüre betäubt, war immer später ins Bett gegangen. Nichts hatte geholfen. Seit zwei Jahren schlief er vier Stunden pro Nacht und stand wie gerädert auf. Im Grunde seit dem Unfall. Der Anruf – genau um 3.50 Uhr. Die Panik, das Ende, das man ablehnt, die Worte des Arztes, die man nicht verstehen will, die Fahrt quer durch Paris in halsbrecherischer Geschwindigkeit, das Heulen der Sirenen. Das Krankenhaus, die Leichenhalle, die Stille. Die totale Stille. Das Fehlen von jeglichem Geräusch riss ihn aus dem Schlaf, davon war er überzeugt. Die Stille, die ihn zwang, aus der großen Wohnung zu fliehen und wieder dorthin zurückzukehren – klar, so spät wie möglich – angezogen von dieser Leere, die es auszufüllen galt. Und wieder die Stille, die ihn mitten in der Nacht aus seinem letzten Zufluchtsort verjagte; ohne Albtraum.

Erick wurde nicht von traumatischen Bildern heimgesucht. Er hatte die Hände gelöst, die sich um das Lenkrad geklammert hatten, das Blut an der Windschutzscheibe gesehen, die zerrissene Schläfe seines Vaters, seine entstellte Mutter. Statt von den Bildern war er von der Leere besessen, wurde von ihr aufgesogen. Um ihr zu entkommen, wachte er auf.

Er stand resigniert auf. Es war weniger mühsam, sehr früh einen Arbeitstag zu beginnen, als hartnäckig einen Schlaf zu suchen, der sich ihm mit gleicher Verbissenheit verweigerte. Er spritzte sich kaltes Wasser ins Gesicht und zog einen Jogginganzug und Turnschuhe an.

Die frische, kalte Luft tat ihm gut. Die Gehwege waren verlassen und glänzten noch von dem Regen, der kurz zuvor gefallen war. Erick liebte den Herbst und noch mehr den Winter. Die Kälte half ihm, die Müdigkeit zu besiegen, während ihn die Feuchtigkeit eines Sommermorgens erdrückte. Er lief mit kleinen Schritten los, über den Boulevard de Rochechouart, dann den Boulevard de la Chapelle entlang. Noch verpestete kein Auto die Luft. Er verließ den Gehweg. Seine Schritte hallten auf dem Teer der Straße wider. Dann lief er die Avenue Secrétan hinunter und mied die Pfützen, die unter dem nebeligen Schein der Laternen schillerten. Er lief um die Buttes-Chaumont herum und rannte dann die Rue de Mouzaïa hinauf. Schließlich wurde er langsamer und hielt vor der letzten Auffahrt inne.

Er näherte sich dem bräunlichen Baugerippe, schlüpfte unter der Sicherheitsabsperrung hindurch und ging um das Haus der Familie Strelli herum. Ein Haus mit schlichten Formen, geraden Winkeln, viel Glas. Wo war der Schatten? War das Paar auch so durchsichtig wie das Haus? Erick ging vorsichtig durch das, was vom Wohnzimmer übrig geblieben war. Mit jedem Schritt stob eine Aschewolke auf. Entblößte Sofagestelle. Metalllampen. Die freitragende Treppe hing freier als je zuvor. Die Kriminaltechniker hatten den Zutritt untersagt. Er sah zum Zwischengeschoss und zur halboffenen Tür links von der Treppe hinauf. Dort oben hatte sich die Tragödie abgespielt. Ein junges Paar, ein Kind. Eine moderne Familie, eine kleine Großraumlimousine in der Garage. Oder aber ein entzweites Paar, das ein Kind nicht hatte versöhnen können. Ein verrückter Mann, ein ungewolltes Kind. Ein seelisch gestörter Vater, eine Waffe an die Schläfe seines Kindes, eine in der Badewanne ertränkte Frau, durch einen Stromschlag getötet, erwürgt – wie viele mögliche Szenarien gab es?

Erick verließ das Haus. Es war zu früh, um etwas zu verstehen. Er schaute auf: eine sternenklare Nacht, wie er sie liebte. Angesichts der Trümmer bekam er Lust auf Licht, Tag, Menschen. Er würde woanders nach dem suchen müssen, was ihm das Haus nicht offenbarte.

14

Vor dem Geruch fürchtete er sich am meisten, als er die Tür zur Fondation Mankiewicz aufstieß. Durchdringend haftete dieser Geruch an den Wänden, am Boden, an den Kranken, an den Kitteln. Im Krankenhaus roch alles gleich, sogar um acht Uhr morgens.

Der Mann am Empfang wirkte überrascht; Besuche waren um diese Uhrzeit ungewöhnlich. Er gab Erick seinen Ausweis zurück.

«Frau Dr. Meer ist noch nicht eingetroffen. Ihre Sekretärin auch noch nicht. Sie können hier auf sie warten. Im Flur rechts ist ein Automat», sagte er mitfühlend, «wenn Sie einen Kaffee wollen …»

Erick hatte sich in die Eingangshalle gesetzt und blickte sich staunend um. Das Originalparkett knarrte unter dem Gewicht seines Stuhls, Teppiche führten zu einer gewaltigen Treppe. Zu beiden Seiten eines Treppenabsatzes führten Marmorgeländer hinauf. Das Licht fiel durch alte Buntglasfenster auf einen kleinen runden Tisch im Empire-Stil. An den Wänden umgaben Barockrahmen finstere Porträts aus der holländischen Schule. Kein Linoleum, keine Frauenzeitschriften auf einem niedrigen Tisch aus Sperrholz, nicht einmal ein Bild von Freud. Erick strich über den Samt der Armlehne. Statt in der Eingangshalle einer psychiatrischen Klinik fühlte er sich wie in einem Vestibül eines großbürgerlichen Hauses des vorigen Jahrhunderts. Die Frau, die in diesem Moment eintrat, passte irgendwie zu dieser Vorstellung.

«Sie wollten mich sprechen?»

Erick wurde aus seinen Überlegungen gerissen und erhob

sich. Aschblonder Pagenschnitt, klassische Erscheinung, eine Frau um die fünfzig – von altmodischer Eleganz.

«Ja, wenn Sie ein paar Minuten erübrigen können.»

Die Frau lächelte.

«Also reden Sie, Monsieur, und hören Sie auf, mich wie ein Möbelstück in diesem Raum zu taxieren. Das ist nicht sehr höflich. Sie sind Polizist, nicht wahr?»

Ihr Lächeln schwand, so als riefe Ericks Beruf auf Anhieb eine düstere Erinnerung wach.

«Ich heiße Erick Flamand, ich bin in der Tat Kommissar bei der Kriminalpolizei.»

«Kripo? Hat man sie etwa … getötet?»

«Ich sehe, ich brauche Ihnen nicht mitzuteilen, dass Ihre Kollegin in dieser Nacht verstorben ist», erwiderte Erick bedächtig.

Françoise Meer hatte mit gesenkter Stimme gesprochen, so wie man – unterschwellig entsetzt – mit Worten und Gedanken umgeht, die schwer zu ertragen sind – oder die auszusprechen fast unanständig ist. Dem setzte Erick Methode und Ruhe entgegen. Im Allgemeinen funktionierte das gut. Die Psychiaterin stand bereits am Fuß der Treppe.

«Folgen Sie mir bitte, Kommissar.»

Sie wartete im ersten Stock auf ihn, vor einer Doppeltür. Françoise Meer war groß, trug einen grauen Hosenanzug und keinen Kittel. Sie schien seine Gedanken zu lesen.

«Hier tragen wir keine Arbeitskleidung. Vielleicht weil die Grenze zwischen ihnen und uns nicht so klar verläuft, wie man denkt. Gehen wir.»

15

FÜNFZEHN

Der Flur erschien ihm endlos.

Gefliest vom Boden bis zur Decke, glanzlos, hier und da durch ein wenig Farbe aufgelockert, wie es in den achtziger Jahren bei den langen Blöcken des sozialen Wohnungsbaus üblich gewesen war. Eine grüne Linie über einer Tür, ein blaues Viereck zwischen zwei Türrahmen. Die Wände waren nackt, jeder Schritt trat eine Explosion los, die unendlich widerhallte. Fast hätte Erick seine Schuhe ausgezogen und wäre auf Zehenspitzen davongelaufen. Stattdessen folgte er Françoise Meer.

Eine Tür ging auf. Die Ärztin verlangsamte ihren Schritt, damit der Polizist zu ihr aufholen konnte.

«Antworten Sie nicht», sagte sie und blickte weiterhin stur geradeaus. «Sagen Sie nichts, tun Sie einfach so, als seien Sie nicht da, als könne sie Sie nicht sehen.»

Sie. Erick verstand ihre Bemerkung erst einen Augenblick später, als sie an der offenen Tür vorbeigingen. Eine Frau im Morgenrock erschien im Flur. Der Morgenrock stand etwas offen, darunter war sie nackt.

«Georges!»

Erick konnte eine Kopfbewegung nicht verhindern. Die Psychiaterin zog ihn am Arm weiter, aber zu spät. Die Frau trat ihnen entgegen und griff nach dem Ärmel des jungen Mannes. Sie war mittleren Alters, ungekämmt und schaute ihm aufgeregt in die Augen.

«Nimm mich mit nach Hause, Georges. Mir geht es jetzt besser.»

Françoise Meer drängte sich dazwischen, um Erick zu befreien.

«Das ist nicht Georges, Madame Egloff. Gehen Sie in Ihr Zimmer zurück, die Schwester kommt gleich zu Ihnen.»

«Sagen Sie ihm, dass es mir bessergeht! Mir geht es besser, Georges, schau mich an.»

Erick begegnete unweigerlich ihrem Blick und dann dem der Ärztin, der vollkommen ausdruckslos war. Die Patientin schob ihren Morgenmantel auseinander, schmiegte sich an den Polizisten und rieb sich an seinem Oberschenkel.

«Das magst du doch, oder, das weiß ich, das machen wir, sobald wir zu Hause sind», sagte sie. «Ich habe auch Lust darauf.»

Erick schob sie behutsam von sich. Eine Krankenschwester kam herbeigelaufen.

«Kommen Sie, Marie, es ist Zeit zum Waschen, kommen Sie mit mir? Lassen Sie den Herrn in Ruhe.»

Marie Egloff wehrte sich. Ihre Gesichtszüge nahmen plötzlich einen wütenden Ausdruck an. Die Hand schnellte hoch. Der Polizist hatte keine Zeit zurückzuweichen – sie kratzte ihn im Gesicht. Seine Wange brannte heftig.

Die Schwester umklammerte die Frau.

«Marie! Beruhigen Sie sich!»

Die Patientin stieß einen Schrei aus und sackte schwer in die Arme der Krankenschwester. Als sie sich wieder aufrichtete, schien sie sich in einer unbekannten Welt verirrt zu haben. Artig folgte sie der Pflegerin und verschwand in ihrem Zimmer. Die Psychiaterin trat an Erick heran, um seine Wange zu untersuchen.

«Das ist sehr oberflächlich, Sie werden keine Narbe davontragen. Es tut mir leid.»

«Sie können nichts dafür.»

«Da haben Sie eine Kostprobe unseres – aber vor allem ihres – Alltags erlebt.»

Erick starrte auf die geschlossene Tür.

«Wenn die Patienten die Tür geschlossen haben, Monsieur Flamand, haben selbst wir Ärzte keinen Zutritt zu ihrer Welt. Versuchen Sie nicht, diese Frau zu verstehen. Sie erleben nicht dieselben Dinge wie sie, Sie sprechen nicht dieselbe Sprache.»

«Und Sie?»

«Seit dreißig Jahren versuche ich, sie zu lernen. Ich bin noch beim Alphabet.»

Erick vernahm in der Stimme eine Spur von Ernüchterung. Françoise Meer wandte sich zum Flur um.

«Es gibt so viele Sprachen wie Zimmer, so viele Worte für die gleiche Botschaft wie Patienten. Das hier ist ein Babylonischer Turm, und wenn Gott existiert, dann hat er ihn vergessen. Kommen Sie, bevor noch eine weitere Tür aufgeht.»

Sie setzte sich gegenüber von Erick an den Schreibtisch. Auch wenn das Zimmer schlicht gehalten war, so nahm es doch die gemütliche Atmosphäre der Eingangshalle wieder auf. Sie saßen in zwei karminroten Sesseln vor einem Kachelofen und schwiegen einen Augenblick.

«Ich möchte, dass Sie mir von Stefania Strelli erzählen.»

Die Psychiaterin schien sich jetzt wieder an den Grund seines Besuches zu erinnern, und die Traurigkeit war ihren Gesichtszügen abzulesen, vermischt mit einer tiefgründigen Verstimmung.

«Was wollen Sie wissen?»

«Zunächst einmal ihre Funktion.»

«Sie leitete die neuropsychiatrische Abteilung.»

«Sie war Ihre Vorgesetzte?»

Françoise Meer zögerte.

«Wenn Sie so wollen, ja. Aber sie und mich verband ein anderes berufliches Verhältnis.»

Erick erinnerte sich an die Worte des Gerichtsmediziners:

Stefania Strelli war ungefähr vierzig Jahre alt gewesen, also zehn Jahre jünger als seine Gesprächspartnerin. Die Verstorbene war sicher geschickter gewesen als er: Sie hatte die ältere Kollegin keine Hierarchie spüren lassen.

«Erklären Sie mir Ihre Zusammenarbeit», bat er.

«Die Abteilung besteht aus vier Stationen. Station I ist eine Pflegestation, die man als ‹klassisch› bezeichnen könnte; das ist diejenige, durch die Sie gerade gegangen sind. Dort werden die neuropsychiatrischen Erkrankungen behandelt, denen man in der gängigen Praxis begegnet. Der andere Flügel ist dem Schlaflabor und dem Wohlfühlzentrum gewidmet, sie wird von Lionel Vullierme geleitet. Die vierte Station dagegen befindet sich in einem Gebäude am anderen Ende des Parks.»

«Eine Station ganz woanders? Warum?»

«Sie ist den psychisch Kranken vorbehalten, die von gerichtlichen Gutachtern als gefährlich eingestuft wurden. Das ist der Hochsicherheitstrakt – Stefania Strelli und ich waren gemeinsam verantwortlich.»

Der Hochsicherheitstrakt. Die Station der als «Psychopathen» abgestempelten Verbrecher, für all diejenigen – wie bei der Polizei behauptet wurde –, die man nicht ins Gefängnis stecken will. Die Typen, die man einige Jahre mit einer Psychotherapie und zehn Tabletten jeden Abend wegsperrt und die man dann wieder in die freie Wildbahn entlässt, um sie nach dem unweigerlichen Rückfall wieder aufzugreifen. Der Hochsicherheitstrakt, von der Polizei wie von den Familien der Opfer verabscheut.

«Ich weiß, was Sie denken», sagte Françoise Meer. «Ein Versteck für Mörder. Ein unwirksames Vorzimmer, in dem sie auf ihre Freilassung warten können. Ich werde Sie überraschen: Ich bin davon überzeugt, dass Sie recht haben.»

«Und Sie spielen das Spiel mit?»

«Nein, oder doch, aber wir befolgen hier andere Regeln.»

«Ich höre Ihnen zu; Regeln mag ich.»

Die Psychiaterin überlegte kurz, so als zögerte sie, einen Weg einzuschlagen, der sie zwingen würde, ihren Gast weiter zu führen, als sie es konnte. Sie blickte den Polizisten prüfend an – ein eher sanfter Blick, eine abwägende Einschätzung. Schließlich kam sie zu einem Entschluss.

«Wenn Sie den Begriff kombinierte Psychotherapie hören, sagt Ihnen das etwas?»

«Ich hab schon viele Spiele gespielt, aber das noch nie.»

«Hausgemacht, Herr Kommissar.»

«Wollen Sie mir erklären, dass Sie Ihre Hausrezepte an Ihren Patienten ausprobieren?»

Erick stand auf. Durch die facettierten Fensterscheiben sah er auf die Gartenwege. Auf den Bänken, in den Rollstühlen, an den Armen der Schwestern würde es bald weitere Marie Egloffs geben, die in ihren eigenen Welten verloren waren.

Françoise Meer ging um den Schreibtisch herum und setzte sich auf ihren Stuhl, so als bedauerte sie es, diese Distanz nicht von vornherein hergestellt zu haben.

«Vielleicht war es falsch, von einem Spiel zu sprechen. Diese Hausrezepte, wie Sie es nennen, sind seit über zehn Jahren Gegenstand gewissenhafter, zukunftsorientierter Studien und Veröffentlichungen, Kommissar. Sie werden von allen anerkannt, die in der Psychiatrie als seriös gelten. Sie wurden hier in der Fondation ausgearbeitet und werden hier besser als an jedem anderen Ort angewandt.»

«Entschuldigen Sie. Ich wollte Ihre Integrität nicht in Frage stellen.»

«Ihre Bemerkung ließ darauf schließen.»

Erick setzte sich wieder. Er brauchte sie, ihre Vorstellungen und ihre Kenntnisse, und er hätte es nicht ungeschickter anstellen können: Die Seriosität einer Therapie anzuzweifeln bedeutete, den Kontakt zu dem Psychiater abzubrechen, der sie anwandte. Das konnte er sich nicht erlauben, schon gar nicht im Anfangsstadium einer Ermittlung.

«Ich höre Ihnen zu», sagte er nur.

Françoise Meer machte sich am Schreibtisch zu schaffen, womit sie womöglich das Ende der Unterhaltung andeuten wollte. Damit konnte Erick sich nicht abfinden.

«Wir alle wollen verstehen, wie und warum Stefania Strelli gestorben ist. Ich brauche Ihre Erklärungen, Doktor Meer. Erzählen Sie mir von der kombinierten Psychotherapie.»

Die Psychiaterin blickte zur Wanduhr hoch.

«Die kombinierte Psychotherapie verbindet eine Gruppen- oder Einzeltherapie mit einer Behandlung im Schlaf.»

«Wollen Sie mir sagen, dass man sich des Schlafs bedient, um psychiatrische Probleme zu behandeln?»

«In gewisser Weise. Die Therapiesitzungen wurden bislang immer im Wachzustand abgehalten, quasi bei vollem Bewusstsein des Patienten. Wir haben uns entschieden, die wertvollen Nachtstunden nicht zu vernachlässigen, um die sonst kaum Aufhebens gemacht wird, und den Schlaf zu nutzen, um die Psychotherapie effizienter zu machen. Und es funktioniert.»

«Die Leute im Schlaf behandeln», murmelte Erick. «Ich verstehe den Nutzen nicht so recht. Ist der Austausch mit einem wachen Patienten nicht konstruktiver?»

«Ihre Überlegungen gleichen denen der Therapeuten vor dreißig Jahren. Denn für Sie ist der Schlaf nichts anderes als eine Erholung, ein Verlust des Bewusstseins, eine Art Lethargie, während der alles mit verminderter Kraft funktioniert. Ein regloser Körper, ein untätiger Geist. So ist es doch, oder?»

Françoise Meer lächelte. Während sie redete, war ihr Gesichtsausdruck lebendiger geworden.

«Dabei ist der Schlaf eine Phase mit einer bemerkenswerten

Hirn- und Organtätigkeit, Monsieur Flamand. Bemerkenswert.»

Erick dachte an seine traumatisierten Nächte, seinen verstümmelten Schlaf.

«Mir erscheint der Schlaf wie eine Art Schlund, eine absolute Leere. Eine Zeitverschwendung», sagte er mit zu großem Nachdruck. «Ich schlafe wenig; ich habe Besseres zu tun.»

Die Psychiaterin beäugte ihn, so wie man einen Patienten untersuchte.

«Das sieht man. Wie auch immer, täuschen Sie sich nicht, der Schlaf ist weit von intellektueller Verlangsamung entfernt. Im Gegenteil, für das Gehirn ist es eine dynamische und abwechslungsreiche Phase. Eigentlich eine ständige Aktivität, wie ein Perpetuum mobile. Zum Glück: Im Alter von sechzig Jahren haben Sie zwanzig Jahre mit Schlafen und davon fünf mit Träumen verbracht. Wenn es sich nur um leere und passive Stunden handelte, dann wäre es in der Tat Zeitverschwendung …»

«Was verstehen Sie unter einem Perpetuum mobile? Niemand verbringt sein Leben mit Schlafen.»

«Dennoch funktioniert der Schlaf wie ein Schrittmacher, wie ein Herz, das unablässig schlägt. Dass Sie nicht ständig schlafen, liegt daran, dass Sie in sich ein komplexes Wachsystem haben, das Ihren Schlaf blockiert. Und erst wenn Ihre innere Uhr, äußere geophysische Faktoren oder Ihr müder Körper und Geist es einfordern, dann wird das Wachsystem ausgebremst: Sie fallen wieder in den Schlaf zurück, das ist das Einschlafen, Monsieur Flamand.»

Françoise Meer fing an zu lachen, sie freute sich über die Wirkung des Gesagten.

«Ja, unser Leben ist ein langer Schlaf, versehen mit Wachphasen, und nicht umgekehrt. Sie sind überrascht, oder?»

«Zugegeben, schon etwas.»

«Wie jeder. Und wie die Mehrzahl der Psychiater, die leider nicht den Reichtum und die phänomenale Dimension des Schlafes begriffen haben. Wie könnten sie ihn also nutzen, um ihre Patienten zu behandeln?»

Sie beugte sich über den Schreibtisch, als wollte sie ein Geheimnis preisgeben, den Schlüssel zu einem Mysterium. Erick las in ihren Augen eine tiefe Überzeugung.

«Hätten Sie den Mut, noch einmal den Flur zu durchqueren, Kommissar? Ich weiß etwas Besseres als all die Erklärungen, die ich Ihnen in diesem Büro geben könnte. Sie werden erfahren, was uns hier in der Klinik antreibt und wofür Stefania Strelli kämpfte.»

16

«Lange Zeit war man davon ausgegangen, der Schlaf sei ökologischen Ursprungs, Monsieur Flamand. Er soll quasi mit der Homöothermie entstanden sein: Damit die warmblütigen Wirbeltiere – in diesem Fall der Mensch – ihre Körpertemperatur auf einem konstanten Niveau halten können, müssen einige von ihnen Winterschlaf halten. In eine Art Benommenheit fallen, Energie einsparen im Grunde, und die unzureichende Menge an Nahrung im Winter kompensieren. Aber nicht allzu lange, um angesichts der natürlichen Feinde wachsam zu bleiben. Der Schlaf soll aus diesen Anforderungen heraus entstanden sein.»

Im Halbdunkel funkelten die Augen von Françoise Meer wie die einer Raubkatze. Sie schien ihrer Beute aufzulauern, und ihre Beute war eine Kurve, eine Welle, ein klinisches

Zeichen. Die ihr nicht entkommen würden. An diesem technischen Ort, hinter dem Einwegspiegel, empfand Erick seine Anwesenheit als unpassend, ja sogar obszön. Auf der anderen Seite der durchsichtigen Wand schlief eine ihm unbekannte Frau, und die Ärzte und das Pflegepersonal verletzten die Privatsphäre ihres Schlafs. Sogar ein Polizist, der hier gar nichts zu suchen hatte. Auch wenn sein eigener Schlaf sich ihm verweigerte, wenn die Müdigkeit ihn Tag für Tag ein wenig mehr zerfraß, so gestand Erick dieser Phase doch etwas Geheimes zu, das er respektierte und dessen Wesen er nicht kennen wollte. Dieser Schlaf, der sich ihm entzog, war sein Kreuz, und er wollte es lieber tragen – selbst als überzeugter Atheist –, als den Schlüssel zu einer dunklen Welt zu suchen. Medikamente, exzessives Training, um die Festung zu zermürben, sie zu belagern, damit sie sich ergab, ja; aber niemals war es ihm in den Sinn gekommen, in sie einzudringen. Er beobachtete die Psychiaterin. Etwas an ihr vermittelte Sicherheit, sie legte eine respektvolle Neugier an den Tag und schuf Vertrauen bei ihrem Gesprächspartner.

«Sportler reagieren letztlich auf die gleiche ökologische Anforderung», sagte er. «Während der Anstrengung reduzieren sie ihre Verluste auf ein Minimum.»

Die Psychiaterin trat an die Monitore heran.

«Sie setzen Schlaf mit einer einfachen körperlichen Erholung gleich; das ist eine sehr eingeschränkte Perspektive. Aber ich kann es Ihnen nicht übelnehmen. Selbst die Wissenschaftler haben im Schlaf eine simple organische Antwort auf Müdigkeit gesehen: die Notwendigkeit des Körpers, sich zu erholen. Doch die Realität geht weit über diese Gleichung hinaus. Aktivität, Erholung, Wachen, Schlafen; es ist alles unendlich viel komplexer, Kommissar. Der Schlaf ist ein grundlegender Zustand, aktiv, ein Zustand der Wachsamkeit ebenso wie das Wachen und das Träumen. Schauen Sie.»

Françoise Meer ließ fünf übereinanderliegende Linien auf dem Bildschirm erscheinen und fuhr mit dem Finger auf einer entlang.

«Diese Patientin ist um 1.12 Uhr morgens eingeschlafen. Ihr Wachsystem wird nach und nach gehemmt, das ist das erste Schlafstadium. Wenige Minuten später beginnt das zweite Stadium, das des langsamen Leichtschlafs. In diesem Stadium hätten wir sie leicht wecken können. Die Wellen sind ausladender, länger; die Hirntätigkeit ist verlangsamt. Würde es sich um einen alten Mann handeln, dann bestünde ein Großteil seiner Nacht aus diesem langsamen, leichten Schlaf.»

Erick vergaß seine Zurückhaltung und versuchte, die Gesichtszüge der Patientin auszumachen. Im gleichen Augenblick fuhr ein Zucken durch ihren Körper, und sie drehte sich im Bett um. Die Ärztin schaute auf.

«Sie ist jung, noch keine dreißig. Und sie ist aus Gründen hier, die Sie unter Umständen gezwungen hätten, sie niederzuschießen, wären Sie ihr im Laufe Ihrer Ermittlungen begegnet. Aber das ändert nichts an der grundsätzlichen Eigenart ihres Schlafs», erklärte sie. «Sie ist eine Verbrecherin, aber sie schläft wie Sie und ich. Auf den ersten Blick», sagte sie mit einem Lächeln zu dem Polizisten.

Erick entfernte sich von der Scheibe. Die Enthüllungen und die Atmosphäre faszinierten ihn, waren ihm aber zugleich unangenehm. Die Psychiaterin fuhr fort:

«Dann ist sie in die beiden langsamen Tiefschlafphasen eingetreten. Es ist schwer, sie dort herauszuholen. Die Gehirnaktivität ist noch langsamer, ersichtlich an den langen Delta-Wellen.»

«Sie reden vom Schlaf, als sei es eine Zeit intensiver Aktivität …»

«Die Beschreibung ist tatsächlich trügerisch. Der langsame Tiefschlaf ist keine Phase der Verlangsamung, wie man denken könnte, sondern stellt eine Zeit der sehr aktiven Regeneration dar: Physische Schäden werden repariert, organische Funktionen wiederhergestellt, Energie wird neu verteilt. In dieser Phase wird sogar das Wachstumshormon ausgeschieden. Schließlich, Monsieur Flamand, vertreibt der Tiefschlaf die Müdigkeit. An diesem Schlaf mangelt es Ihnen ungeheuer, glaube ich – oder sollte ich mich irren?»

Erick antwortete nicht. Er näherte sich dem Monitor.

«Die Kurven verändern sich danach radikal», sagte er schließlich.

«Ganz genau. Sie legen den Finger auf die fünfte und letzte Phase eines Schlafzyklus, Kommissar. Die geheimnisvollste, die schillerndste: die des paradoxen Schlafs, des REM-Schlafs.»

Der paradoxe Schlaf. Erick hatte schon davon gehört, er hatte diesen Ausdruck gelesen, ohne jedoch die genaue Bedeutung zu verstehen.

«Hier ist die Linie, die ihm seinen englischen Namen verleiht», erklärte die Ärztin. «Sie zeichnet die Kontraktionen der Augenmuskeln auf. In diesem ganz besonderen Stadium rollen die Augen unentwegt hin und her, das ist das berühmte REM, das ‹rapid eye movement›. Aber diese Bewegung kennzeichnet diese Schlafphase bei weitem nicht allein.»

Erick folgte der Kurve, in den Bann gezogen von den Erläuterungen der Psychiaterin.

«In Wirklichkeit entspricht der paradoxe Schlaf einem totalen Bruch mit den ersten vier Schlafphasen. Schauen Sie, Kommissar, während der Körper bis zu diesem Zeitpunkt noch eine gewisse Anspannung hielt, ist dieser Muskeltonus jetzt aufgehoben. Man kann höchstens noch einige Zuckungen der Extremitäten beobachten. Und bei Männern die Manifestation ihrer ‹Männlichkeit›, wie sie es gern interpretieren. Der Herzrhythmus und die Atmung sind unregelmäßig, der Blutdruck fährt Achterbahn. In dieser Phase können übrigens Gefäßverletzungen auftreten wie zum Beispiel die Ruptur eines Aneurysmas. Aber beunruhigender ist die Gehirnaktivität: Sie ist äußerst schnell, fast ebenso wie im Wachzustand.»

Françoise Meer begeisterte sich sichtlich für ihr Thema. Ihre ausladenden Gesten wirkten beinahe theatralisch.

«Der paradoxe Schlaf, Monsieur Flamand, ist ein Donnerschlag am beschaulichen Himmel des Schlafs. Das Paradoxe daran: ein hyperaktives Gehirn in einem leblosen Körper. Und es ist auch der Zeitpunkt der Träume; eine Kommunikation zwischen dem Menschen und den Göttern, wie es die Denker der Antike sahen. Was ist es wirklich? Niemand weiß es.»

«Ich habe mir noch nie die Frage gestellt. Ich träume nicht.»

Françoise Meer ließ sich zu einem Lachen hinreißen.

«Jeder träumt, Monsieur Flamand. Aber um sich daran zu erinnern, muss man während einer Phase des paradoxen Schlafs aufwachen, mehr nicht.»

Ein Alarm wurde ausgelöst: Die Frau war aufgewacht. Sie stützte sich auf ihre Unterarme und drehte den Kopf zur Scheibe hin. Instinktiv wandte Erick den Blick ab. Eine Krankenschwester verließ den Raum, um zur Patientin zu gehen. Die Psychiaterin schaltete das Licht an.

«Ein Schlafzyklus mit seinen fünf Phasen dauert durchschnittlich anderthalb Stunden, und man kommt auf vier oder fünf Zyklen pro Nacht, je nach Dauer des Nachtschlafs.»

Sie zögerte und fuhr dann fort:

«Wenn man den Schlaf verkürzt, weil man ihn für ‹Zeitverschwendung› hält, dann enthält man seinem Körper und seinem Geist einen fundamentalen, grundlegenden, wie soll ich sagen – einen wesentlichen Moment vor. Ihre Entscheidung. Es sei denn, natürlich, es liegt nicht in Ihrer Macht …»

Erick hielt – zum ersten Mal – dem forschenden Blick der Ärztin stand. Schließlich hatte er nicht um diese Art von Hilfe gebeten. Sie hatte sich aufgedrängt und den Finger in die Wunde gelegt. Sie hatte ihn mit seiner eigenen Schwäche und deren Konsequenzen konfrontiert. Doch er brauchte sie nicht, um zu erfahren, dass seine Schlaflosigkeit ihn nach und nach zerstörte. Er verspürte plötzlich das Verlangen, draußen zu sein und frische Luft zu atmen. Jetzt war er es, der versuchte, ihre Begegnung zu einem Ende zu bringen.

Françoise Meer schien sich dessen bewusst zu werden. Sie öffnete die Tür, Erick folgte ihr auf den Flur. Sie brach das Schweigen.

«Ich wollte Ihnen nur zeigen, dass der Schlaf ein so dichtes, so reiches Universum ist wie das Reich des Bewusstseins und des Wachseins, Kommissar. Und Sie haben nur einen Bruchteil davon kennengelernt. Freud hin oder her, der Schlaf ist zweifellos ebenso unverständlich und aufschlussreich wie das Unterbewusstsein.»

«Im Gegenteil, Freud würde Ihre Überzeugungen sicherlich teilen: Er hat den Traum gedeutet.»

«Die neuen Erkenntnisse über den Schlaf haben die Grundlagen der auf der Traumdeutung beruhenden Psychoanalyse allerdings ins Wanken gebracht. Für die in der Schlafanalyse praktizierenden Ärzte ist der Traum von geringem psychologischem Wert, er ist ein Überbleibsel ohne Zusammenhang oder besteht aus Erinnerungsfetzen, die zufällig aktualisiert werden und deren Inhalt uns merkwürdig, mehr oder minder organisiert erscheint, wenn man sich daran erinnert. Das liegt wahrscheinlich daran, dass die beiden Gehirnhälften unabhängig voneinander funktionieren. Können Sie sich die Verstimmung der Psychoanalytiker vorstellen? Was nicht heißen soll, dass der Traum nicht zu etwas dienlich wäre, bei weitem nicht. Aber das ist nicht die Frage. Wichtig ist es, die grundlegende Rolle des Schlafs zu verstehen, um ihn in den Dienst der Psychiatrie zu stellen. Habe ich Ihre Fragen beantwortet, Monsieur Flamand? Sie wirken etwas verunsichert.»

«Wenn man Ihnen so zuhört, könnte man glauben, die Nächte seien aufreibender als die Tage. Sie haben mich davon überzeugt, wach zu bleiben.»

«Es war meines Erachtens die beste Art, Ihnen zu erklären, warum wir mit dem Schlaf arbeiten und warum Stefania Strelli, wie wir alle, fest daran glaubte. Wenn Sie diese Frau verstehen wollen, dann müssen Sie unweigerlich ihre Welt erforschen: die des Schlafs.»

Sie waren am Eingang der Abteilung angekommen. Die Nähe der vertrauten Welt beruhigte den Polizisten und brachte ihn dichter an seine Untersuchung heran.

«Doktor Meer, Sie teilten das berufliche Engagement mit Stefania Strelli. Hatten Sie auch außerhalb der Fondation mit ihr zu tun?»

«Man kann vieles miteinander teilen und dabei das Privatleben der anderen respektieren. Das war zwischen uns der Fall.»

«Sie kennen ihre Familie nicht?»

«Wenig.»

«Was können Sie mir über ihren Mann sagen?»

Françoise Meer antwortete nicht sofort. Über Laurent Strelli zu reden, schienen eine Überlegung und eine Anstrengung des Gedächtnisses zu erfordern.

«Ich weiß von ihm nur, was hier über ihn geredet wird», sagte sie schließlich.

An den Grenzen ihrer Welt verschloss sich die Ärztin wieder. Doch Erick wollte mehr.

«Madame, gestern Abend wurden die verkohlten Leichen

seiner Frau und seiner Tochter gefunden. Die Kleine starb durch einen Kopfschuss.»

«... einen Kopfschuss?»

Ericks Worte erschütterten sie. Sie wandte den Blick ab, so wie man vor einem unangenehmen Bild flüchten würde.

«Ich weiß es nicht. Alles ist möglich, der Geist des Menschen hält finstere Überraschungen bereit, und die Psychiatrie ist der alltägliche Beweis dafür. Ich kann Ihnen nur sagen ...»

«Ja?»

«... dass er hier behandelt wurde, im Wohlfühlzentrum. Eine Station für die Patienten, die keine psychiatrischen Erkrankungen aufweisen, die aber Hilfe in Form einer Psychotherapie benötigen. Wenn Sie mehr wissen wollen, müssen Sie mit Lionel Vullierme sprechen.»

«Er ist verantwortlich für das Wohlfühlzentrum, richtig?»

«Er selbst hat Laurent Strelli behandelt.»

Erick drückte die Tür auf.

«Monsieur Flamand ...»

Er hielt inne.

«Ja», sagte die Psychiaterin, «ich halte Laurent Strelli in der Tat für fähig, das Unwiderrufliche zu begehen. Aber nicht, weil er ‹verrückt› ist, und auch nicht, weil seine mentale Struktur ihn besonders dazu befähigt.»

«Sondern?»

«Weil wir alle zu dem Schlimmsten fähig sind, Monsieur. Alle. Es reicht ein Augenblick, ein Auslöser, ein winziges Ereignis, um uns aus dem Gleichgewicht zu bringen. Diese Unsicherheit zu stabilisieren, das ist hier unser Bestreben.»

Erick dachte an die schlafende Patientin, an die unverständlichen Kurven, an die Worte der Psychiaterin.

«Und der Schlüssel liegt ...»

«Im Schlaf? Das wäre mein Traum, Kommissar. Mein Traum.»

17

SIEBZEHN

Die Stimmen vermischen sich, sind ohrenbetäubend. Dann tauchen diese Lichter auf, die ihn blenden. Er bewegt sich nicht, wird aus allen Richtungen bedrängt. Alles geht schnell, sehr schnell, wie ein Tanz um ihn herum, unendlich viele Lichtstrahlen, die Ellipsen in seine Nacht zeichnen. Inmitten des Dröhnens werden Schreie lauter, zuerst schwach, dann durchdringend. Er erkennt Freudenschreie, das Geschrei von Kindern. Vor allem eines Mädchens. Sie ist in einem Wirbel gefangen, er streckt den Arm aus, um sie zu berühren, der Wind ist so stark, dass er nicht mehr atmet. Die Hitze verbrennt seine Haut, seine Lungen, seine Eingeweide. Feuer. Die Farben tanzen, die Flammen wiegen sich, zerfetzen ihn, sie zerreißen das Kind. Inmitten des Feuers glänzt die Waffe, die Hand trägt einen Handschuh, der Handschuh färbt sich rot, die Waffe ist weißglühend.

Léa erstickt, ich will dorthin, mich dazwischendrängen und sie in meine Arme nehmen. Léa erstickt, Stefania im Flur, ihr Bademantel verhüllt sie kaum. Den Finger am Abzug, ein Schuss, Léa hat aufgehört zu atmen, Stefania steht nicht wieder auf, Léa in den blutigen Laken, Stefania brennt.

Ich habe die Hand gesehen, ich habe das Gesicht gesehen.

Noch ein rundes Licht, eine Sonne. Ein anderes Gesicht über ihm, verschwommen. Immer deutlicher, immer näher. Ein Mann. Er spricht, aber die Worte dringen erst nach unendlicher Zeit zu ihm durch.

«Beruhigen Sie sich, Monsieur Strelli. Antworten Sie mir, hören Sie mich?»

Er zwinkerte mit den Augen, erkannte schließlich den Tropf, das Gesicht des Mannes in Weiß, das leuchtende Band am Kopfende des Bettes. Ein Krankenhausbett. Er wollte mit den Händen über den Körper fahren, seine Gliedmaßen schienen sich unter der Berührung seiner Finger zu verschieben. Der Schmerz entriss ihm ein Stöhnen. War es der Schmerz oder die Tatsache, wieder im Krankenhaus zu sein? Oder der Schock der Bilder, die er wieder vor Augen hatte, das Entsetzen bei der Vorstellung, dass es etwas anderes als ein Albtraum gewesen sein könnte.

«Ich heiße Stéphane, ich bin Pfleger auf der Intensivstation. Sie werden sich schon sehr bald besser fühlen. Sie kommen von weit her, Ihre Reaktion ist normal, machen Sie sich keine Sorgen. Das ist oft so, wenn man aus dem Koma erwacht.»

Laurent drehte den Kopf zur Seite. Stéphane schob die Nadel in die Flasche und zog den Inhalt auf, um ihn in das Infusionssystem zu geben. Das Licht schimmerte diffus, die Gesichtszüge des Pflegers lösten sich auf und verschwanden dann in der Dunkelheit.

Lionel Vullierme hängte sein Jackett an einen Kleiderhaken und faltete den sauberen grünen Kittel auseinander. Er zog ihn über, plagte sich ab, um die Bänder im Rücken zu verknoten, und gab dann, nach längeren Versuchen, auf. Er stieß die Tür zur Intensivstation auf und ging zu den Überwachungsräumen. Er blieb vor dem zweiten Zimmer stehen: Laurent Strelli schien friedlich zu schlafen. Er ging an dem dritten vorbei und trat zu dem Pfleger in das Stationszimmer.

«Er ist sehr unruhig aus dem Koma erwacht.»

«Hat er mit Ihnen geredet?»

«Nein», sagte Stéphane. «Allerdings bin ich fast sicher, dass er mich gehört und verstanden hat.»

«Hat er auf Schmerz reagiert?»

«Ich hab's nicht versucht, aber ...»

Vullierme wurde ungeduldig.

«Ihre Gefühle sind eine Sache, die Klinik eine andere. Es kann sich sehr wohl um einen unruhigen Traum handeln. Was haben Sie gemacht?»

«Ich habe eine halbe Ampulle Tranxene gegeben, wie Sie es im Fall von Unruhe empfehlen.»

Tranxene. Ein Benzodiazepin, das den Dämmerzustand steigern kann.

«Geben Sie nichts mehr», ordnete der Arzt an. «Rufen Sie mich, wenn sich auch nur das Geringste tut, aber vor allem geben Sie nichts ohne Anordnung meinerseits.»

Stéphane holte drei 500-ml-Flaschen der Glukoselösung heraus und stellte sie nebeneinander auf den Labortisch. Er setzte die sterile Nadel auf die Spritze, brach jeweils das Ende der drei Natrium-Ampullen und der zwei Kalium-Ampullen ab und zog den Inhalt auf, den er dann in die erste Flasche spritzte. Das Gleiche machte er mit den beiden anderen Flaschen. Dann tränkte er drei Wattebausche mit Betadine und legte sie auf jeden Gummipfropfen, der die Flaschenöffnung der Glukoselösungen schützte. Da er mit dem Gesicht zur Arbeitsfläche stand, wandte er der verglasten Wand den Rücken zu, durch die die drei nebeneinanderliegenden Räume einsehbar waren. Aber die visuelle Kontrolle war für ihn überflüssig. Stéphane besaß einen sechsten Sinn, der ihn bei seiner Arbeit leitete und ihn alarmierte, sobald etwas bei einem der drei Kranken auf der Station nicht richtig lief.

Dieser innere Alarm, diese plötzliche Erhöhung der Wachsamkeit, schlug in ihm an, während er das Infusionssystem mit einer Flasche verband. Er legte den durchsichtigen Schlauch hin und drehte sich um. Nichts Unnormales – und doch, irgendetwas Ungewöhnliches war geschehen. Es lag in der Luft, die Spur einer Bewegung vielleicht. Dann hörte er das Klicken der Stationstür, die wieder zufiel. Er stürzte zu den Zimmern. Das zweite war leer. Auf der Matratze bildete sich um die herausgerissene Kanüle ein dunkler Fleck.

«Scheiße! Schon wieder er!»

Er lief auf den Flur: niemand. Stéphane spürte eine Woge der Angst in sich aufsteigen. Er hätte nicht eine halbe Ampulle injizieren sollen, sondern die ganze. Er dachte an die albtraumhafte Nacht, die Anita, das Mädchen aus der Nachtschicht, erlebt hatte. Mit Strelli, immer Strelli. Dieses Mal durfte man ihm nicht die Zeit lassen, das Gebäude zu verlassen. Das durfte sich nicht wiederholen, nicht mit ihm, mit Stéphane. Es war unnötig, Aufmerksamkeit zu erregen, noch weniger wollte er Vuillermes Zorn auf sich ziehen. Er griff nach dem Hörer und wählte die Nummer des Büros des Psychiaters. Er, der ein greifbares klinisches Zeichen haben wollte, um sich von dem Erwachen des Patienten zu überzeugen, würde bekommen, was er wollte.

18

Zahra bekam nichts mit von dem Aufruhr, der durch den Anruf des Pflegers ausgelöst worden war. Oder vielleicht achtete sie nicht auf die Leute vom Sicherheitsdienst, die durch die Gänge rasten, und auch nicht auf die Mädchen, die kopflos auf den Stationen umherirrten und jedes Zimmer durchsuchten. Gewissenhaft, wie sie war, hatte sie sich aufgeopfert, um sich um das zu kümmern, wovor ihre Kolleginnen weggelaufen waren: das Büro von Frau Dr. Strelli sauber zu machen und in Ordnung zu bringen. Sie hatte den Auftrag mit einer gewissen Freude angenommen, vielleicht um der Verstorbenen eine Form der Ehrerbietung entgegenzubringen. Sie hatte sie als lebenden Menschen geschätzt und respektiert, sie würde der Toten den gleichen Respekt entgegenbringen. Es war ihre letzte Huldigung.

Sie öffnete die Tür, die nicht abgeschlossen war, und machte sie hinter sich zu.

Zahra blieb reglos stehen, ergriffen angesichts des Schreibtisches voller Papiere, Unterlagen, Bücher. Ein Filzstift lag auf einem Untersuchungsprotokoll. Sie sah es sich genauer an: Der Satz war nicht zu Ende geschrieben worden. Wahrscheinlich hatte man die Psychiaterin zu einem Notfall geholt, oder ein Anruf hatte sie unterbrochen. Zahra nahm den Deckel und machte den Filzstift zu.

Sie ging um den Schreibtisch herum und wollte das Fenster öffnen, um das Zimmer zu lüften, als sie ein Pfeifen hörte. Automatisch drehte sie sich zum Computer um: Der Bildschirm war schwarz, der Prozessor lief nicht. Das Pfeifen änderte seine Tonlage und verwandelte sich in ein tieferes Stöhnen. Dann war nichts mehr zu hören.

Dann blickte Zahra auf den Körper hinab – ein nackter Körper, ein Mann mit sehr heller Haut, auf dem Boden zusammengekauert. Sie schreckte zurück, fing sich aber rasch wieder. Sie beugte sich zu dem rasierten Schädel hinunter und streckte instinktiv die Hand aus. Statt Angst vor diesen gequälten Gesichtszügen zu haben, war sie erschüttert.

Noch nie in ihrem Leben hatte sie ein Gesicht gesehen, das in solchem Maße vom Schmerz entstellt war. Ein Schmerz, der in Wellen aufstieg und den Körper in reptilienartigen Bewegungen durchfuhr. Der Körper streckte sich, und Zahra bemerkte den weißen Stoff, den der Mann an sich drückte. Sie nahm seinen Arm, um ihm beim Aufstehen zu helfen, doch er blieb am Boden. Die Hände krallten sich in den Stoff. Zahra erkannte den Kittel von Stefania Strelli.

Der Mann öffnete den Mund, und sie hoffte geradezu, dass ihn ein Schrei aus dem Schraubstock befreien würde, doch eine tiefe und heisere Stimme war zu vernehmen.

«Sie ist tot. Sie ist wirklich tot.»

19

Nachdem Erick Françoise Meer verlassen hatte, war er bereit, sich die Aussage von Lionel Vullierme anzuhören. Sicher, die Fondation lieferte ihm die Geheimnisse einer bestimmten Wissenschaft, aber auch und vor allem von Strellis Seele. Wenn dieser Kerl seine Familie umgebracht und anschließend das Haus in Brand gesteckt hatte, dann lag der Schlüssel zu dem Rätsel in seiner mentalen Verfassung. Oder in den Tiefen seines Schlafs. Die Worte der Psychiaterin hallten in ihm wider: ein psychisches Universum, das reichhaltiger und geheimnisvoller war als das Reich des Bewusstseins. Diese Vorstellung beängstigte ihn ebenso, wie sie ihn anregte. Er verscheuchte die persönlichen Sorgen, zu denen diese Hypothese ihn führte. Er hatte später noch Zeit genug, sich mit seinem eigenen Fall zu beschäftigen.

Im Erdgeschoss hatte die Sekretärin seinen Elan gebremst: Dr. Vullierme beendete seine Patientengespräche nicht vor 13 Uhr. Er blieb beharrlich und konnte ihr schließlich einen Termin um 14.30 Uhr abringen.

«Ich werde Sie zwischen zwei Behandlungen einschieben, seien Sie pünktlich!»

Es war 11.30 Uhr. Er konnte noch im 17. Arrondissement vorbeifahren, bevor er kurz ins Büro hineinschaute.

Am Ende der Rue Ampère, vor dem japanischen Garten, musste er das Martinshorn seines Privatwagens einsetzen, um zum Präsidium zu gelangen. In der Avenue de Wagram wurde die Fahrbahn frei gemacht, um ihn vorbeizulassen. An der roten Ampel, die er gewissenhaft respektierte, nahm er sich die Zeit, zum Himmel hinaufzuschauen: ein blasses Blau, aber doch helles Licht, und das zu Beginn des Winters. Paris glich einem überbelichteten Foto. Nur das braune Wasser der Seine, das durch die Regengüsse gestiegen war, erinnerte ihn daran, dass es November war.

Er ging an dem Wachmann am Eingang des Präsidiums vorbei und erklomm die vier Stockwerke im Laufschritt. Bevor er die Tür zu seiner Abteilung aufstieß, rückte er seine Krawatte zurecht und fuhr sich mit einem Taschentuch über die Stirn.

Laura hob den Kopf und blickte ihn mit einem Lächeln an, das bei ihr die Begrüßung ersetzte und ihm gleichzeitig den Kampf ansagte. Erick kannte den Grund für seinen eigenen Eifer. Er nahm es sich selbst übel, dass er noch so jung war, dass er auf die Sticheleien seiner Kollegin so empfindlich reagierte, dass er sich manipulieren ließ. Noch bevor sie den Mund aufmachen konnte, warf er das Paket, das er in der Hand hielt, auf den Tisch.

«Japanisch! Marina, mit diesem Kommissar haben wir das große Los gezogen.»

Erick beugte sich über den Schreibtisch.

«Damit das klar ist: Damit will ich dich nicht becircen oder mir eine Stunde Ruhe erkaufen, und auch nicht um deine Hand anhalten.»

Laura verlor ihr Lächeln. Sie suchte eine Antwort in dem Blick des Kollegen. Erick wusste sofort, dass er zu bissig gewesen war, dass hinter seinem Scherz die Aggressivität deutlich wurde. Er hatte sich verteidigt, noch bevor sie ihn angegriffen hatte. Sie hatte wieder einmal gesiegt, ohne etwas zu sagen. Er war wirklich noch sehr jung.

«Danke», sagte sie und wusste nicht recht, wie sie sich verhalten sollte.

Erick setzte sich und nahm eine entspannte Haltung an.

«Die Frauen geben einfach zu schnell auf.»

Der Versuch versandete in Schweigen. Marina öffnete das Paket und verteilte Sushis und Sashimis auf zwei Teller. Sie zog sich einen Stuhl heran und legte einen Stapel Zettel auf den Tisch.

«Wir haben was für dich, Erick.»

«Wer fängt an?»

Laura schien gedankenverloren. Er wagte nicht, sie zur Ordnung zu rufen.

«Wir haben ein paar Erkundigungen über Laurent Strelli eingeholt», sagte Marina. «Ein Künstler, ein richtiger, wie man ihn nicht mal hinbekam, als es noch Mode war: introvertiert, versunken in eine andere Welt. Klar, eine unverständliche Kunst, die für Furore sorgt. Der Ästhet, den man auf keinen Fall versteht und den man vergöttert.»

«Und aus was besteht diese Kunst?»

Laura beschloss, sich am Gespräch zu beteiligen.

«Vergängliches Foto-Design», sagte sie zufrieden.

«Er ist Fotograf?»

Sie fing an zu lachen, besann sich dann aber anders. Sie hatte nur selten einen Sinn für Grenzen, aber der Instinkt bremste sie mitunter im richtigen Moment.

«‹Foto› wie in ‹Licht›, junger Mann. Dieser Typ projiziert Farben auf alles und nichts, es bewegt und dreht sich, und alle erstarren in Ehrfurcht. Also so etwas wie Dorfdiskothek ohne Spiegelkugel. Nach einer knappen Stunde ist es meistens vorbei, wenn sich der Künstler seiner kosmischen Energie entleert hat, so ungefähr. Jedenfalls gibt es keinen Ort mehr, der ohne Strelli als Technicolorist eingeweiht wird.»

«Lästermaul. Abgesehen davon malt Strelli, macht Skulpturen und hat sogar Kurse an der Kunsthochschule gegeben», führte Marina aus.

Laura schaute ihre Notizen durch.

«Zwei Wochen lang. Er war wie erstarrt, und die Studenten suchten während des gesamten Seminars nach der versteckten Kamera. In ihren Augen konnte es sich nur um einen Witz handeln.»

Marina pikste mit ihrer Gabel eine kleine Scheibe Fisch auf und verzog das Gesicht, als sie sich wieder setzte. Sie fasste sich ans rechte Knie.

«Entschuldigung», sagte sie, «man hat euch das Alter in Gestalt einer Kollegin aufs Auge gedrückt.»

Erick beobachtete sie und dachte wieder einmal über das Paradoxe an ihr nach. Dynamisch und gleichzeitig ausgelaugt nach fünfundzwanzig Jahren strapaziöser beruflicher Laufbahn. Streng und konzentriert, fast kalt bei der Arbeit und mütterlich, sobald sie das Büro verließ, voller Aufmerksamkeit für sie beide. Sie bemerkte seinen Blick und streckte das Knie betont lässig unter dem Tisch aus. Erick hatte schon gesehen, wie sie in Schachteln mit entzündungshemmenden und schmerzlindernden Medikamenten herumwühlte, die eine ihrer Schubladen füllten. Er lenkte ab.

«Konntet ihr die Nachbarn heute Morgen befragen?»

«Ja», antwortete Laura mit vollem Mund. «Einen jungen Kerl zuerst, Börsenanalyst. Nie eine ruhige Minute, einer von denen, die essen, während sie sich waschen und einkaufen. Er wusste nicht mal, dass Laurent Strelli existierte, hatte seine

Frau nur zweimal gesehen, sie kamen oft zur gleichen Zeit nach Hause – also spät. Er dachte, sie sei ledig, schien enttäuscht zu sein.»

«Ist das alles?»

«Nein. Da waren noch zwei Omas. Die hingegen haben uns alles über Gott und die Welt und das Paar Strelli erzählt. Er hat offenkundig die meiste Zeit in seinem Atelier verbracht, in der Kapelle eines ehemaligen Klosters in der Rue de Charonne im 11. Arrondissement. Mit so einer ‹Art Maler› und einer Ehefrau, die nicht verstanden hat, dass man nicht nach Hause kommt, wenn das Kindermädchen bereits weg ist, das muss ja übel enden. Sie haben aber auch etwas Interessantes – inmitten all ihrer Ratschläge für die Ehe – erzählt: Von Zeit zu Zeit übernachtete Laurent Strelli auswärts.»

Marina nahm Laura den Teller aus der Hand und rettete einige Sushis für ihren Chef.

«Eine andere Frau?», wollte Erick wissen.

«Jede Menge andere – und alles Krankenschwestern. Idiotische Männerphantasie», sagte Laura.

Marina zuckte mit den Schultern und berichtigte:

«Er wurde in der psychiatrischen Klinik behandelt, in der auch seine Frau arbeitete.»

«Ich weiß», antwortete Erick. «Ich treffe mich heute Nachmittag mit seinem Psychiater.»

«Wenn du willst, kann ich hingehen», ereiferte sich Laura. «Dann komm ich mal raus aus der Bude.»

Erick warf einen Blick auf die blassgelben Wände, die zu hohe Decke, die seelenlosen Möbel. Er betrachtete einen Wandkalender hinter der jungen Afrikanerin. Als der Postbote bei ihr geklingelt hatte, im letzten Dezember, hatte Laura das Modell mit den tropischen Landschaften ausgewählt. Am nächsten Tag hatte sie es über ihrem Schreibtisch aufgehängt und verfügt, dass man sich fortan mit der Seite des Monats

November zufriedenzugeben hatte: Sie wollte Mauritius das ganze Jahr über betrachten. Ein inneres Feuer brodelte in ihr, und Erick hatte sich seit ihrem ersten Tag gefragt, wie sie in einer Welt leben konnte, die ihrem Temperament so zuwiderlief. Er vermutete, dass sie sich genau aus diesem Grunde für die Kripo entschieden hatte – eine Mischung aus Action und Spannung, ein Ort, wo immer was los ist. Und sie hatte das Bedürfnis, sich zu bewegen, in Aktion zu sein, das wusste er. In einem ersten Reflex wollte er ihren Vorschlag annehmen und sich einen weiteren Aufenthalt in der Klinik ersparen. Dann dachte er an das Unbehagen, das er dort verspürt hatte. Andere lenken sich ab oder kompensieren den Mangel durch exzessives Arbeiten, doch er musste sich mit seiner Schwäche wohl auseinandersetzen.

«Nein», sagte er schließlich. «Ich muss selbst hin.»

«Dann begleite ich dich.»

«Mir wäre es lieber, wenn du weiter Nachforschungen über Strelli anstellst. Finanzielle Situation, wie die Ehe war und so. Ich muss die Mordthese untermauern.»

Laura warf wütend ihre Gabel auf den Tisch. Erick stand auf und schob den Fisch von sich, den Marina für ihn aufgehoben hatte.

«Esst in Ruhe zu Ende. Wir sehen uns später.»

20

Er war eine halbe Stunde zu früh dran. Anstatt in der Eingangshalle der Fondation zu warten, wollte er lieber in den Park gehen.

Er hätte nicht gedacht, dass man mitten in Paris zwischen diesen umfunktionierten Wohnhäusern noch so ein grünes Fleckchen finden konnte. Ihm kam es so vor, als habe man alle Schönheit systematisch der Raumknappheit und dem Quadratmeterpreis der Hauptstadt geopfert und moderne Gebäude mitten in jahrhundertealte Gärten hineingebaut. Das Bild des Sommerhauses seiner Eltern drängte sich ihm auf. Ein riesiger, gepflegter Garten, heute der Verwahrlosung überlassen. Seit dem Unfall war er nur einmal dort gewesen. Das war im letzten Jahr gewesen, als er aus dem Haus Unterlagen holen musste, die der Notar angefordert hatte. Er hatte vor dem Zaun angehalten, ohne den Motor abzustellen. Das Unkraut war auf den Weg gewuchert, der zur Außentreppe führte. Die Winde kletterte das Schmiedeeisen hinauf, die Rosen kämpften mit den Brennnesseln, die Brombeerranken wanden sich aggressiv neben den Obstbäumen. Er war wieder weggefahren und wollte auch nie zurückkehren.

Er bewunderte den Park. Die Buchsbaumgruppe hob sich elegant von den gelblich weißen Mauern ab. Die nackten Eichen erhoben sich über den Dächern, der Kies auf den Wegen war geharkt, die ungewöhnlich milde Luft brachte die letzten Dahlien zur Blüte. Sein Blick glitt weiter über eine hohe, von Efeu bedeckte Mauer, die den Garten abgrenzte. Er ging bis zur Tür, die sich an einem Ende der Mauer befand. Sie war verschlossen. Ein Wachmann kam von der anderen Seite an die Metalltür. Ein bewaffneter Wachmann.

«Sie können hier nicht durch, Monsieur. Der Garten ist hier zu Ende.»

Erick trat einige Schritte zurück und hob den Blick.

Er entdeckte Stockwerke eines neueren Baus, der viel später errichtet worden sein musste, zumindest später als das Hauptgebäude. Vor den Fenstern waren im Stein verankerte Gitterstäbe, die Scheiben zu zwei Dritteln blickdicht. Die

Äußerungen von Françoise Meer kamen ihm in den Sinn. Der Hochsicherheitstrakt – die Station der psychisch kranken Verbrecher. Würde Laurent Strelli dort seinen Platz finden?

«Sie warten seit einiger Zeit auf mich, glaube ich.»

Erick drehte sich um. Ein Mann durchschnittlicher Größe reichte ihm die Hand. Ein Zwei-Tage-Bart verdunkelte sein Gesicht, Schatten umgaben seine Augen, doch der Handdruck war energisch. Dem Polizisten fiel ein leichtes Auswärtsschielen auf. Lionel Vullierme fror in seinem kurzärmeligen Kittel. Er schien seit langem kein Tageslicht gesehen zu haben.

«Sollen wir wieder hineingehen?», schlug Erick vor.

«Nein. Ihre Überzeugungskraft hat meine Sekretärin beeinflusst, nicht aber meine anderen Termine. Es wird mir guttun, etwas Sauerstoff zu tanken, bevor ich meine Sprechstunde wiederaufnehme.»

Sie entfernten sich von der Mauer und gingen unter dem Geäst der Birken hindurch in Richtung Fondation. Vullierme spielte mit seinem Reflexhammer, den er hin- und herschwingen ließ.

«Sie sind wegen Laurent Strelli hier, nicht wahr?»

«Ich möchte gern mit Ihnen über ihn reden, ja.»

«Wir haben ihn wiedergefunden.»

«Wiedergefunden? Wieso, hatten Sie ihn verloren?»

Vullierme schwieg kurz.

«Nein, natürlich nicht.»

Er zögerte, bevor er weitersprach. Die kühle Luft im Schatten veranlasste ihn, den Kragen seines Kittels aufzustellen.

«Der Tod seiner Frau und seines Kindes war ein schrecklicher Schock, das können Sie sich denken. Als er aufwachte, konnte er es nicht fassen. Man muss mit Momenten der Auflehnung rechnen. Eine Verweigerung drückt sich auf tausend verschiedene Arten aus. Das war bei ihm heute Morgen der Fall: Er hat sein Zimmer kurz verlassen.»

Er hielt an einer Bank an.

«Die Trauerphase wird lang und schwierig werden, glaube ich.»

«Sie sind besser als jeder andere in der Lage, seine Reaktionen vorherzusehen. Sie behandeln ihn in der Fondation, nicht wahr?»

Die Gesichtszüge des Arztes verhärteten sich.

«Françoise Meer hat bereits mit Ihnen darüber gesprochen. Bevor ich Ihre Fragen beantworte, muss ich Sie daran erinnern, dass ich der ärztlichen Schweigepflicht unterliege.»

«Ich verlange nicht von Ihnen, dass Sie sie brechen. Die Diagnose interessiert mich nicht. Allerdings würde ich gern wissen, was Strelli hierhergeführt hat, welche Behandlung er hier erhielt.»

Vullierme zog den Polizisten etwas beiseite. Ein Patient lief am Arm eines jungen, erschreckend mageren Mädchens vorbei, deren Blick ausweichend war. Der Psychiater setzte sich auf eine Bank, schwieg, verschränkte die Arme. Erick beobachtete ihn aufmerksam. Von den drei Personen in seinem Gesichtsfeld hätte er nicht sagen können, wer einen Platz in der psychiatrischen Klinik verdiente.

«Dr. Vullierme, wenn die Antwort auf meine Frage einen solchen Gewissenskonflikt für Sie darstellt, dann kann ich …»

«Ich behandle Laurent Strelli seit mehr als acht Monaten mit einem oder zwei Gesprächen pro Woche», sagte der Arzt, so als tauchte er aus einer intensiven Überlegung auf, an deren Ende er den Beschluss gefasst hatte, sich zu äußern.

Er wandte den Kopf zum Polizisten, den er zum ersten Mal wahrzunehmen schien.

«Bevor ich weitererzähle … Wissen Sie, was wir auf der Wohlfühlstation machen?»

Erick setzte sich auf die Bank.

«Nein.»

«Ich kümmere mich seit der Gründung um die Station. Sie bietet Therapien für Menschen an, die ‹psychiatrisch gesund› sind, wenn Sie so wollen – falls es denn so etwas gibt. Jedenfalls leiden diese Menschen nicht im eigentlichen Sinne an einer Krankheit, sondern eher an Neurosen, an unbegründeten Ängsten oder Phobien.»

«Ich dachte, wir hätten alle unsere Neurosen …»

«Stimmt, aber sie hindern Sie nicht daran zu leben, beziehungsweise Sie leben mit ihnen, so gut es eben geht. Für diese Leute wird das Leben schwierig, besonders wenn sie sich in der Gesellschaft bewegen. Es kann sich auch um Patienten handeln, deren Persönlichkeit ein soziales Handicap darstellt, genau wie eine Neurose. Extreme Schüchternheit zum Beispiel oder starke Aggressivität.»

«Und das war bei Strelli der Fall.»

«Ja. Er hat immer in der Welt gelebt, die er sich geschaffen hat, um sich vor denen zu schützen, die ihn umgaben.»

«Das ist eine Verteidigungsstrategie, deren wir uns alle bedienen.»

«Nicht in dem Maße wie Strelli. Wenn es ihm möglich gewesen wäre, hätte er sich damit zufriedengegeben, in seinem Atelier zu leben, umgeben von seiner Frau und seiner Tochter – am liebsten schweigend. Die Umgebung leidet oft mehr daran als der Patient.»

Erick dachte an seine karge Wohnung, sein in ein Fitnessstudio umfunktioniertes Arbeitszimmer, an sein lebloses Wohnzimmer, das er in ein Museum verwandelt hatte. Die inneren Welten hatten ihr Gutes.

«War es sein Wunsch, eine Therapie zu machen?»

«Oft geschieht es auf Anstoß der Familie hin, die nicht mehr damit leben kann.»

Vullierme zögerte, bevor er weiterredete. Er grüßte eine Krankenschwester, die einen Patienten begleitete.

«Im Fall von Strelli», sagte er, «hat seine Frau ihn sicher zu diesem Schritt gedrängt, ja.»

Erick spürte eine gewisse Ungeduld in der Stimme des Arztes aufsteigen. Vullierme schaute auf seine Uhr, so als wollte er den Eindruck bestätigen. Seiner Meinung nach hatte das Zwischenspiel lange genug gedauert, die Realität der Verpflichtungen holte ihn ein. Aber Erick musste mehr wissen, und Vullierme würde ihm sicherlich nicht jeden Nachmittag einen bukolischen Spaziergang zugestehen. Er musste mit ihm reden.

«Erklären Sie mir das Prinzip der Behandlung, die er erhielt.»

«Wir haben den anderen Pflegestationen das Therapieprinzip entlehnt, das hier angewandt wird.»

«Die Kombinationstherapie?», warf Erick ein.

Vullierme schaute ihn an: Das Interesse, das der Polizist seiner beruflichen Tätigkeit entgegenbrachte, regte ihn auf seltsame Weise an. Die Situation schien ihn abzulenken.

«Ganz genau. Wir verbinden eine Arbeit am Schlaf mit einer Psychotherapie, um deren Wirkung zu verbessern.»

«Die fünfte Schlafphase», rief Erick sich in Erinnerung. «Die schillerndste, die geheimnisvollste. Guter Schüler, oder?»

«Besser als so manche Psychiater, nebenbei bemerkt.»

«Mehr weiß ich allerdings nicht über die kombinierte Therapie.»

«Sie ist ziemlich einfach, aber um das Prinzip zu verstehen, muss man sich der entscheidenden Rolle bewusst sein, die der paradoxe Schlaf spielt, Kommissar. Oder zumindest dessen, was man heute darüber weiß.»

Erick konzentrierte sich begierig auf die Worte des Arztes, ohne zu wissen, ob die Ermittlungen sein Interesse wirklich erforderten. Vullierme schien vergessen zu haben, dass sie sich mitten in einem winterlichen Park befanden.

«Der paradoxe Schlaf ist für den Geist das, was der Tiefschlaf für den Körper ist.»

Er studierte das Gesicht des Polizisten, bevor er fortfuhr.

«Ich meine damit, dass die Phasen des Tiefschlafs, die Phasen III und IV, die physische Reparatur und Regeneration erlauben. Der paradoxe Schlaf hingegen ist die Zeit des Geistes, des Intellekts, Kommissar. Die Zeit des Lernens. Sie prägen in Ihr Hirn die neuen Kenntnisse ein, die Sie am Tag erworben haben, und Sie festigen die alten. So können Sie sich an ungewöhnliche Umstände anpassen.»

«Dann ist es doch merkwürdig, dass wir nicht alle auf die gleiche Art und Weise von der gleichen Situation lernen und auf sie reagieren ...»

«Weil wir genetisch so programmiert sind, dass wir uns von den anderen unterscheiden. Im Wachzustand wirken die Umgebung und die Lernprozesse auf unsere Nervenbahnen. Aber während des paradoxen Schlafs leistet unser Gehirn eine phänomenale Arbeit: Es sucht Ihr genetisches Erbe ab und vergleicht es mit der neuen Erfahrung. Letztendlich individualisieren Sie so den Lernprozess. Das ist die sogenannte psychologische Vererbung.»

Vullierme schwieg und schaute sich um wie jemand, der aus seinen Träumereien erwachte.

«Sagen wir, um zu einem Ende zu kommen, dass der paradoxe Schlaf die Zeit der geistigen Dekonstruktion und Rekonstruktion darstellt, Kommissar.»

«Die sich der Psychiater logischerweise zunutze machen müsste, um ein psychologisches Problem zu behandeln», sagte Erick. «Ich verstehe Ihre Arbeit jetzt besser.»

Der Arzt lächelte.

«Die Logik verträgt sich nicht immer gut mit unserer Disziplin, aber die Ihre gefällt mir. Begleiten Sie mich, ich werde erwartet.»

Ihre Schritte knirschten auf dem Kies. Der Garten hatte sich geleert, übrig blieben die reglosen Schatten der nackten Bäume. Erick stellte eine allerletzte Frage:

«Wie nutzen Sie diese Schlafphase, Doktor? Welcher Behandlung wurde Strelli unterzogen?»

«Wir bitten die Patienten, in den beiden Nächten vor der Psychotherapie-Sitzung ihre Schlafzeit mit Hilfe von intellektuellen Stimulationen zu verkürzen. Sie kommen mit einem ‹Schlafmangel› zu uns, und jeder, der sich in so einer Situation befindet, verspürt das Bedürfnis, Schlaf nachzuholen: Die Dauer des Schlafs verlängert sich, das ist bewiesen. Da die intellektuelle Stimulation maßgeblich war, wird der paradoxe Schlaf ausgedehnt.»

Sie hielten am Eingang zu dem Gebäude an.

«Wenn Sie die fundamentale Rolle dieser Schlafphase verstanden haben, dann verstehen Sie das Ziel des Vorgehens: Je größer der Anteil des paradoxen Schlafs an der Nacht ist, umso besser ist die Integration der neuen Elemente der Psychotherapie. Die Sitzung wird so wesentlich wirkungsvoller.»

«Aber warum verbrachte Strelli die Nacht in der Klinik?»

«Aus zweierlei Gründen. Zunächst einmal wurde sein Schlaf aufgezeichnet, wodurch wir bestätigen konnten, dass der paradoxe Schlaf in der Tat ausgedehnter war als gewöhnlich. Dann – um das Potenzial dieser Phase maximal zu nutzen – erlebte Strelli die Psychotherapie-Sitzung des Tages noch einmal.»

«Mitten in der Nacht?»

«Ja, aber nicht so, wie Sie es sich denken. Strelli schlief, wie die anderen Patienten, mit einem Kopfhörer und einer Videomaske ein. Die Sitzung des Tages wird gefilmt, und die Bilder und der Ton werden ihm in der Phase des paradoxen Schlafs automatisch über den Kopfhörer und die Maske vorgespielt.»

Erick starrte ihn verblüfft an.

«Insgesamt hat Strelli also jede Woche zweimal die gleiche Sitzung mitgemacht: am Tag bei vollem Bewusstsein und in der Nacht während seines paradoxen Schlafs.»

«Um alles zu vertiefen. Die Kapazitäten des Gehirns während des paradoxen Schlafs werden zu hundert Prozent genutzt: Integration der am Tag erlernten Daten mit gleichzeitiger Wiederholung. Eine Art Bonus, der mit Erfolg in der Fondation erprobt wurde. Darin liegt das ausgeklügelte System der kombinierten Therapie.»

Erick sagte einen Augenblick lang nichts.

«Eine Sache interessiert mich noch: Warum wurde Strelli tagsüber hierbehalten, außerhalb seiner Therapiesitzung?»

«Strelli in der Klinik einzuquartieren erlaubte es uns, seine Umgebung und seine Aktivität vor dem Einschlafen zu kontrollieren. Zu große körperliche Aktivitäten hätten seinen Schlaf zugunsten des Tiefschlafs, der die physische Regeneration begünstigt, aus dem Gleichgewicht gebracht und den paradoxen Schlaf verkürzt.»

«Die Kontrolle von Strellis Aktivitäten wurde in der letzten Nacht wohl etwas gelockert?»

«Bravo. Ihnen entgeht nichts.»

Die Eingangstür ging auf: Erick erkannte die Sekretärin des Psychiaters.

«Sie werden erwartet, Doktor.»

Vullierme drehte sich zum Polizisten um.

«Sie kennen jetzt die Grundzüge der Kombinationstherapie. Sie ist einfach, und sie funktioniert. Die Therapien dauern nicht so lang, ihre Wirkung tritt schneller ein.»

«Und langfristig?»

Der Psychiater hob den Kopf. Wind war aufgekommen, die ersten drohenden Wolken verdunkelten den Himmel.

«Es fehlt uns noch an Erfahrungswerten. Sicher ist allerdings, dass die kombinierte Therapie nie Mörder hervorgebracht hat – denn das haben Sie ja offenbar im Sinn, wenn Sie mich über Strelli befragen. Sie halten ihn des Mordes an seiner Frau und seinem Kind für schuldig.»

«Meine Logik zwingt mich, das in Betracht zu ziehen.»

Vullierme stieg einige Stufen hinauf.

«Egal, ob es sich um einen Psychopathen oder einen harmlosen Neurotiker handelt, man irrt sich oft im Gefahrenpotenzial eines Menschen.»

«Die Opfer haben sich auch geirrt, Doktor. Sie bezahlen dafür im Allgemeinen einen sehr hohen Preis.»

Vullierme tat den Einwand mit einem Schulterzucken ab.

«Sie denken dieses Mal mit der Logik eines Polizisten. Ich will nicht die Verbrechen oder das Unglück, das sie mit sich bringen, bagatellisieren; ich möchte nur, dass Sie sich vorsehen.»

Sein Blick wanderte über die Abgrenzung am Ende des Parks. Erick hatte das seltsame Gefühl, einem Mann gegenüberzustehen, der während des Gesprächs größer geworden war.

«Ich wünsche Ihnen nicht, dass Sie es müssen, aber falls Ihre Ermittlungen Sie zu diesen Leuten führen, auf die andere Seite dieser Mauer, falls Sie in deren Welt eindringen müssen, dann erinnern Sie sich an meine Worte. Sie sind ebenso gefährlich für sich wie für die anderen. Sie sind die ersten und oft die letzten Opfer ihrer Misshandlungen. So entkommen sie uns, und so werden sie Ihnen entkommen, wenn Sie nicht aufpassen.»

Die Tür ging wieder zu. Erick hielt sie fest.

«Ich möchte mit ihm reden.»

Aus der Eingangshalle heraus hatte Vulliermes Stimme einen tieferen Klang.

«Strelli ist noch auf der Intensivstation.»

«Sie haben ihn ins Krankenhaus verlegt?»

«Nein, wir haben hier eine kleine Station. Selbstvernachlässigung, Suizidversuche, Selbstverstümmelung … All diese harmlosen Dinge, deren sich die Patienten schuldig machen, an die Sie nicht denken und die eine sofortige Reanimation nötig machen.»

«Strelli hat sich nichts dergleichen angetan.»

«Nein, er ist aus dem Koma erwacht. Er wird heute Nachmittag auf sein Zimmer verlegt. Aber er braucht Ruhe und Erholung.»

«Vielleicht braucht er einen Zuhörer. Nicht nur einen Psychiater. Und die Ermittlungen brauchen ihn.»

Vullierme zögerte.

«Nun gut. Ich werde in der Abteilung Anweisungen hinterlassen, damit man Ihnen gestattet, ihn zu sehen. Aber übertreiben Sie es nicht, Monsieur Flamand. Er ist mit Sicherheit sehr schwach.»

«Ich werde mich an all Ihre Anweisungen erinnern.»

«Zu Recht. Mord ist auch eine Pein, die man sich selbst zufügt – selbst wenn das nur ein magerer Trost für die Familien der Opfer ist, ich weiß.»

«Und ein Skandal für einen Polizisten.»

«Flüchten Sie sich nicht in Ihren Beruf. Und trösten Sie sich – oder trösten Sie den Polizisten in sich, wenn es Ihnen besser passt: Einen Nahestehenden in einem Anfall von ‹Wahnsinn› zu töten, ist die äußerste Form der Bestrafung. Eine einzige Handlung bringt die endgültige Abwesenheit des anderen und führt zur ultimativen Einsamkeit.»

21

EINUNDZWANZIG

Zimmer 22. Die Fondation, schon wieder. Es war anscheinend sein Schicksal, immer wieder hierher zurückzukehren. Diese Klinik würde seine Welt sein. Der Schraubstock schloss sich immer enger um ihn.

Er hatte keine Lust, diese Wände zu sehen, deren Oberfläche er genau kannte. Er mochte nicht die Fenster und nicht die Bäume hinter den Fenstern sehen. Er wollte nicht die gesteiften Laken riechen, nicht das Desinfektionsmittel für den Boden wiedererkennen. In eine Blase steigen, sie schließen und einfach fort. Wie Stefania. Wie Léa – Léa, meine Tochter, verschwunden. Eine Blase und nichts darum. Seine Welt war gerade vernichtet worden, es würde keine Farben mehr geben, keine Kunst, nichts mehr. Nur die Leere um ihn herum und in ihm. Es würde eine Erleichterung sein, sich zu verschließen und zu warten. Nicht mehr denken. Die Gefühle, die Bedürfnisse verschwinden lassen, die Abwesenheit der anderen ignorieren.

Die Tür ist aufgegangen. Ein Mann kommt herein. Ich will ihn nicht ansehen. Der Schleier zwischen ihm und mir, die Dunkelheit. Er redet, seine Worte haben keine Bedeutung, die Worte sind Laute, die ins Leere fallen.

«Monsieur Strelli, ich glaube, Sie hören mich.»

Laurent öffnete die Augen.

Er wusste, wie man die Welt ignorierte, er wusste auch, wie man sich zurückzog. Diese Übung war ihm schon immer leichtgefallen, schon seit seiner Kindheit. Nicht mehr existieren – oder vielmehr anders existieren, seine Existenz aus seinem Körper heraustransportieren, etwas anderes sein, egal was, nur etwas anderes als das, was die anderen von ihm sahen. Allerdings war er nicht in der Lage, seine Umgebung verschwinden zu lassen. Es war ihm durchaus schon passiert, dass er die Außenwelt nicht wiedererkannte, dass das Durcheinander von Gegenständen, Menschen und Pflanzen, die ihn umhüllten, sich nicht lichtete. Er vermochte, sie auf den Zustand unterschiedlicher Substanzen ohne eigenen Wert zu reduzieren. Aber sie gänzlich zu vernichten, die Materie zu zersetzen, nur ein hohles Bild daraus zu machen, ohne Auswirkung auf sein Gehirn, das, nein, das konnte er nicht. Daher stand ihm nun auch ein mittelgroßer Mann gegenüber, mit hellen Haaren, dunklen Augen und einem sehr trainierten Körper. Es war ihm unmöglich, diesen Mann vollständig zu verleugnen, ihn verschwinden zu lassen. Ein gepflegter, ordentlicher Mann – Ordnung konnte er erkennen, das war alles, was er von dem Bild, das sich auf seiner Netzhaut einprägte, bewahren wollte. Ein tadelloser Anzug, ein perfekter Scheitel, eine geradlinige Haltung. Laurent wollte nur noch die Ordnung und die Leere. Er würde es lernen, Leere zu schaffen. Und der Mann brachte schon die Ordnung mit. Also hörte er seine Worte an.

«Ich heiße Erick Flamand. Ich möchte mit Ihnen darüber sprechen, was Sie in der vergangenen Nacht erlebt haben.»

Laurent fügte die Worte zusammen, und der Satz hatte einen Sinn. Die Zeitangabe erschien ihm unpassend, aber es war ein Anhaltspunkt. Er akzeptierte das Gesagte.

«Verstehen Sie mich, Monsieur Strelli?»

Erick drehte sich um; der Pfleger hatte sich nicht vom Fleck gerührt und lehnte noch immer im Türrahmen.

«Könnte ich mit dem Patienten allein reden?»

Stéphane Mathis zögerte.

«Dr. Vullierme sieht darin kein Problem», erklärte Erick mit energischem Tonfall. «Rufen Sie ihn an, wenn es ein Problem für Sie darstellt.»

Er stand auf und schloss die Tür. Stéphane erschien auf der anderen Seite der verglasten Wand im Stationszimmer. Er beschäftigte sich mit dem Auffüllen der Medikamente für den Tag.

Der Polizist setzte sich auf die Bettkante. Laurent Strelli hatte den Kopf zu ihm gewandt und starrte ihn seltsam an. Es konnte sich um Aufmerksamkeit, aber auch um Distanz handeln, so wie bei einem Kind, das seinen Blick auf einen bestimmten Punkt im Gesicht seines Gesprächspartners konzentriert, mit den Gedanken aber woanders ist. Und doch ging von dem Künstler eine Reife aus, eine tiefe, reife Erfahrung, die in einer starren Haltung eingeschlossen schien. Erick lächelte, ohne die geringste Veränderung in Strellis Gesicht zu entdecken. Er hätte nicht sagen können, was von diesem Körper ausging. Es ging über den Schock, über die tiefe Niedergeschlagenheit von Trauernden hinaus. Vielleicht war es eine Art des Wartens. Laurent Strelli schien auf etwas zu warten, auf jemanden, der seinen Geist, seine Muskeln, seine Gelenke wieder in Gang brachte.

«Sie wurden gestern aufgefunden, in der Nacht, Sie befanden sich bewusstlos in Ihrem brennenden Haus. Erinnern Sie sich daran?»

Nach ein paar Sekunden nickte Laurent.

«Können Sie mir sagen, was Sie dort taten?»

Laurent wandte den Blick zur Decke. Instinktiv befürchtete Erick, den Kontakt zu verlieren. Strelli schien zu entkommen, doch der Polizist ließ ihm nicht die Zeit dazu.

«Zu Beginn des Abends waren Sie hier. Sie sollten die Nacht in der Fondation verbringen, damit Ihr Schlaf aufgezeichnet werden konnte. Sie sind gegen 20 Uhr eingeschlafen, glaube ich, und um 22 Uhr haben die Feuerwehrleute Sie aus den Flammen geholt. Erklären Sie mir, was in diesem Zeitraum passiert ist.»

Laurent antwortete nicht.

«Strengen Sie sich an. Ich kann Ihnen mit dem, was ich weiß, helfen, wenn Sie es wollen.»

«Sie war in der Badewanne», fiel ihm Strelli ins Wort.

Erick schwieg. Die Stimme des Künstlers war belegt. Die Antwort war ebenso seltsam wie der Mann, doch der Polizist unterbrach ihn nicht. Es kam ihm so vor, als tauchte Strelli durch eine unbekannte Tür aus seinem Schweigen auf, als entdeckte er den Gebrauch der Stimme mit unangebrachten Worten, aber als müsste man ihm die Wahl überlassen.

«Sie stieg aus der Badewanne und zog sich ihren Bademantel an, den weißen, den sie immer am rechten Haken aufhängt.»

Strelli wandte Erick den Kopf zu. Der Polizist wusste nicht, ob er Zustimmung suchte; er legte nur die Hand auf den Arm des Patienten. Strelli befreite sich mit einer automatischen Bewegung von der Berührung.

«Die Hand erscheint hinter ihr, dann neben ihr, dann ist da Dunkelheit.»

Strellis Atmung wurde schneller. Seine Finger krallten sich in die Laken, die Muskeln zeichneten Linien auf den Unterarmen. Erick sah darin eine Art Trance. Der Künstler enthüllte die Schreckensnacht, wie ein Hellseher die Geschichte in einer Kristallkugel lesen würde. In seiner Erzählung lag etwas Anstößiges, doch der Polizist hielt sich zurück.

«Er kam heraus, da ist sein Schatten an der Wand im Flur.»

«Wer kam heraus?»

«Er geht … auf das Zimmer von Léa zu», sprach Laurent weiter, ohne die Frage zu hören. «Er hat eine Waffe.»

Die Stimme zitterte. Strellis Gesichtszüge waren verzerrt.

«Er hat das Stofftier auf den Kopf gelegt … er … er hat geschossen.»

Sein ganzer Körper verspannte sich. Erick schaute auf: Jenseits der Scheibe beobachtete Stéphane sie angstvoll.

«Ich bin so schnell gelaufen, wie ich konnte. Ich habe die Flammen schon von weitem gesehen. Das Haus brannte, ich lief hoch, und ...»

«Und?»

Strelli schwieg. Ein Muskel nach dem anderen entspannte sich. Seine langen Gliedmaßen fielen auf das Laken zurück, der Kopf rollte auf dem Kissen zur Seite. Sein Gesicht war wieder maskenhaft, unergründlich.

Erick hatte schon viele Simulanten am Werk gesehen. Experten in der Kunst der Verstellung, einzigartige Schauspieler. Doch in Strellis Spiel entdeckte er nicht den Professionalismus, der die Komödie entlarvte, diese unwahrscheinliche Perfektion – zumal wenn das Drehbuch der reinste Horror war. In der Erzählung dieses Mannes verbarg sich ein zu großer Schmerz, als dass es sich um einen Kunstgriff handeln konnte, ein zu starker Realismus, auch für einen guten Schauspieler. Vulliermes Worte kamen ihm wieder in den Sinn. Konnte dieser Mensch seine Frau und sein Kind getötet haben? Konnte er vor allem seinen Mord hinter einer solchen Maskerade verbergen, einer so derben Aufführung? Wenn der Mord eine Bestrafung war, die der Verbrecher sich auferlegte – wie der Psychiater behauptete –, für welches Vergehen bestrafte Strelli sich dann?

Erick versuchte es mit einer brutaleren Vorgehensart.

«Kurz gesagt, Sie haben in Gedanken der Szene beigewohnt, die Sie gerade beschrieben haben, dann sind Sie zu Ihrem Haus gelaufen, um festzustellen, dass Sie zu spät dran waren. Habe ich das richtig verstanden?»

Strelli reagierte nicht. Erick machte weiter, ohne auf eine Antwort zu warten, die ohnehin nicht kommen würde.

«Es gibt noch eine andere Möglichkeit, Monsieur Strelli.

Dass Sie den Doppelmord begangen haben, den Sie jemand anderem zuschreiben, und dass Sie Ihr Haus in Brand gesteckt haben. Was halten Sie davon?»

Laurent Strelli setzte sich langsam auf. So überragte er den Polizisten um Haupteslänge.

«Ich habe ihn gesehen.»

«Sie haben das Gesicht des Mörders gesehen?»

«Ja, ich habe ihn gesehen.»

«Sie könnten der Polizei ihre Arbeit erleichtern und uns seinen Namen nennen.»

Laurent schwieg. Erick rückte näher an ihn heran.

«Monsieur Strelli, überlegen Sie genau, was Sie jetzt sagen oder machen», redete er in energischem Tonfall auf ihn ein. «Haben Sie den Ernst der Lage und Ihrer Situation verstanden? Im Moment habe ich keine Veranlassung zu glauben, meine Hypothese sei unwahrscheinlicher als jede andere. Verstehen Sie?»

«Es reicht. Er hat mit Sicherheit genug gehört.»

Der Pfleger stellte sein Tablett auf dem Nachttisch ab und drängte sich zwischen die beiden Männer.

«Sie sehen doch, dass er verwirrt ist. Er ist aus einem vierundzwanzigstündigen Koma aufgewacht, und Sie drohen ihm fast schon, ihn einzulochen.»

«Sie werden ihn begleiten, wenn Sie weiterhin die Ermittlungen behindern. Ich möchte Sie daran erinnern, dass ich mit dem Einverständnis des Arztes handele, der Ihr Chef ist.»

«Er hat Ihnen sicher nicht erlaubt, ihn derart aufzuwühlen. Sie können das mit Dr. Vullierme selbst regeln, denn ich habe ihn angerufen, er kommt gleich.»

Erick kapitulierte. Sich mit der Fondation anzulegen, war sicher keine Lösung. Er würde wiederkommen müssen, und dann würde er gern in den Genuss der Kooperation des

Pflegepersonals kommen, wenn er schon nicht dessen Einverständnis hatte.

«Sehr gut, belassen wir es dabei.»

Stéphane zwang den Patienten, sich hinzulegen, und ging mit dem Polizisten hinaus.

«Er wird heute auf die normale Station verlegt, glaube ich», sagte Erick.

«Der Arzt wird seinen Zustand nach Ihrem Besuch beurteilen. Wenn es nötig ist, wird Monsieur Strelli noch eine Nacht hier verbringen.»

Erick antwortete nicht.

Er war am Ende des Flurs, als die Stimme ertönte.

«Ich habe sie nicht getötet.»

Der Polizist lief zurück. Laurent Strelli, riesig und zerbrechlich, hielt sich an der Wand fest.

«Ich habe ihn gesehen», sagte er.

Der Pfleger eilte zu ihm.

«Was machen Sie denn da? Gehen Sie ins Bett zurück!»

Strelli drängte ihn weg, den Blick starr auf Erick gerichtet. Der Polizist machte noch einige Schritte. Sie waren sich jetzt sehr nah.

«Sagen Sie mir, wen Sie gesehen haben. Sie können ganz unbesorgt reden, Monsieur Strelli.»

Laurent zögerte und senkte dann den Kopf. Sein ganzer Körper schrie vor Hilflosigkeit.

«Nein, kann ich nicht.»

«Warum nicht?»

Der Künstler lehnte sich mit dem Rücken an den Türrahmen und ließ sich hinabgleiten. Er legte den Kopf in beide Hände.

«Weil ich sein Gesicht vergessen habe, verstehen Sie? Ich habe sein Gesicht vergessen.»

22

ZWEIUNDZWANZIG

«Vergessen? Wie, vergessen?»

Laura bremste, obwohl die Ampel auf Grün stand, und rief damit ein Hupkonzert hervor. Sie warf einen raschen Blick in den Rückspiegel: ein roter Peugeot 206, Heckspoiler, getönte Scheiben. Sie kniff die Augen zusammen und erkannte den Aufkleber «206 touch» auf der Heckscheibe. Sie lächelte, setzte gerade so weit zurück, dass der kleine Angeber nicht ausscheren und links an ihr vorbeifahren konnte, und wartete geduldig darauf, dass die Ampel auf Rot schaltete. Erick verfolgte ihr Manöver interessiert.

«Was treibst du da eigentlich?»

«Ach, Chef, man wird sich bei der Arbeit doch ein bisschen amüsieren dürfen, oder?»

Der Kerl stieg wild gestikulierend aus seinem Auto. Kurzgeschnittene, glänzende Haare, Jogginghose mit drei Streifen, bis zum Knie hochgekrempelt. Langsam ließ Laura die Scheibe hinunterfahren.

«Komm, mein Hübscher, noch ein bisschen näher und … hopp.»

Sie fasste unter ihren Sitz und holte das Blaulicht hervor. Sie lehnte sich aus dem Fenster und platzierte es auf dem Autodach. Der Typ blieb abrupt stehen.

«Wenn du willst», sagte Laura zu ihm, «machen wir eine kleine Wettfahrt: Wer am meisten Krach macht, hat gewonnen. Um was wettest du? Deinen Führerschein?»

Erick ließ das Fenster seiner Fahrerin hochfahren.

«Ich gebe dir ein Jahr, bis du wegen Amtsmissbrauchs geschnappt wirst. Fahr schon, es ist grün.»

Laura fuhr los wie der Blitz.

«Du solltest dir das auch mal gönnen», antwortete die junge Afrikanerin. «Dann hätten deine Verdächtigen nicht so ein Kurzzeitgedächtnis. Das Gesicht des Mörders seiner Frau und seiner Tochter zu vergessen, das er am Vorabend gesehen hat! Hält er uns für gehirnamputiert, oder was?»

«Strelli ist für Blaulichter bestimmt nicht allzu empfänglich, weißt du.»

«Aber es ist ja nicht nur die Macht der Polizei, Erick. Ich möchte dich daran erinnern, dass ich eine ziemlich attraktive dunkelhäutige Frau bin, und Laurent Strelli ist ein Mann. Stell dir vor, manche Leute sind für den Charme hübscher Frauen empfänglich.»

Sie erwartete eine Reaktion, die er sich hütete zu zeigen. Sie ließ die Reifen auf der Place de la Bastille quietschen.

«Ich hätte ihn dazu gebracht, den Mord an Lady Di zu gestehen, wenn du mich zu ihm gelassen hättest», beharrte sie.

«Das musste ich selber machen. Und ich möchte dich daran erinnern, dass du es trotzdem geschafft hast zu kommen.»

Sprachlos schlug sie mit der flachen Hand auf das Lenkrad.

«Was für 'ne Frechheit! Dein Twingo gibt am anderen Ende des 19. Arrondissements den Geist auf, ich eile dir zu Hilfe, warte auf dich wie dein Handlanger, der ich auch bin, und das ist der Dank dafür!»

Laura war in die Rue Saint-Antoine eingebogen. Das Nadelöhr vor der Rue de Rivoli zwang sie anzuhalten.

«Nur damit das klar ist, Erick: Ich habe dich abgeholt, aber damit will ich dich nicht becircen und auch nicht um deine Hand anhalten, verstanden?»

Erick lächelte. Das war ein fairer Kampf. Schweigend betrachtete er die Stadt in der frühen Dämmerung eines Winternachmittags, während Laura ungeniert den Polizeifunk gegen einen Radiosender eintauschte. Er fuhr durch eine großartige Stadt an der Seite einer ebenso großartigen Frau, die ihn aufzog, wie es Frauen eben tun, wenn sie verliebt sind; ein unangenehmer Tag ging seinem Ende zu, und er verspürte dennoch das Bedürfnis, sich an der Arbeit festzuhalten. Eine herrliche Schutzmauer gegen verliebte Frauen, vor allem, wenn es sich dabei um Arbeitskolleginnen handelte.

«Was hast du noch über die Strellis herausgefunden?»

«Ein unauffälliges Paar, wenn sie sich nicht gerade erschießen.»

«Ihre Finanzen?»

«Marina hat's mehr mit Mathe als ich, sie hat die Bankkonten durchforstet. Eher gutbetucht, keine Schulden, das Haus ist abbezahlt. Kein persönliches Konto auf den Namen des Mannes, laut Auskunft der Leute von der Finanzabteilung. Wir haben auch die Abbuchungen über die Kreditkarte gecheckt: keine Spritztouren an die Place Vendôme an der Seite einer eventuellen Geliebten. Auf alle Fälle hat sich Madame um die wirtschaftlichen Dinge gekümmert, er gab sich damit zufrieden, Bestellungen aufzugeben – Material für seine Kunst. Sie schien sich um alles zu kümmern. Noch einer von diesen Typen, die nichts sind ohne ihre geliebte Frau.»

«Womit hat er den Tag verbracht?»

«Nicht sonderlich kompliziert: Haus – Atelier – Haus. Immer zur gleichen Zeit. Und wenn ich sage ‹gleich›, dann meine ich ‹gleich›. Strelli funktioniert wie ein Uhrwerk, wenn man der Putzfrau Glauben schenkt. Bei einer Minute Verspätung braucht er eine zusätzliche Sitzung bei seinem Analytiker. Ich habe seinen Agenten angerufen. Als ich ihm gegenüber ein mögliches Doppelleben erwähnte, hatte ich das Gefühl, den besten Witz des Jahrhunderts gerissen zu haben. Undenkbar, ein geplantes Programm zu ändern. Eine Ausstellung, eine Vernissage, eine Abendveranstaltung, alles muss sechs

Monate im Voraus festgelegt werden. Ein Doppelleben also, selbst beruflich ...»

Sie näherten sich Notre-Dame. Erick ließ seinen Blick über die äußeren Strebebögen des Bauwerks wandern. Eine in Millimeter eingeteilte Architektur, so wie auch Strellis Geist strukturiert gewesen war, bevor er durch die Geschehnisse aus der Bahn geworfen worden war. Konnte dieser Kerl seine Familie massakriert und seine eigene Existenz in einem Anfall von Wahnsinn zerschmettert haben, wie es sein Arzt behauptete? Das tiefe und unergründliche Verlangen nach Selbstzerstörung – die Bestrafung. Strelli hatte sich vielleicht des Schlimmsten schuldig gemacht. In seinen Augen hatte er es verdient, die eigenen Grundmauern einzureißen, an die er sich doch scheinbar mit aller Kraft klammerte. Erick hatte vorhin einen gebrochenen Mann gesehen, er hatte die Verwirrung und so etwas wie Angst in dem Blick gelesen, in der Art, wie er sich an der Wand festhielt, eine unsichtbare Hand ausstreckte, die Hand eines anderen jedoch ablehnte. Doch spürte man hinter dem Leid nicht so etwas wie Wahrheit, Aufrichtigkeit. Laura riss ihn aus seinen Zweifeln.

«Soll ich dich abholen, morgen früh? Du machst einen Termin mit dem Abschleppdienst, und dann holen wir gleichzeitig deinen Twingo ab.»

«Nein, danke, ist nicht nötig. Ich werde heute Abend einen Dienstwagen nehmen. Setz mich am Präsidium ab und fahr nach Hause, es ist schon 17 Uhr. Das war dein freier Tag.»

«Mein Arbeitgeber schuldet mir zur Entschädigung doch ein Abendessen im Restaurant, oder? Würde ein Krieger wie du nach dem Kampf nicht gern den besten Japaner von Paris erkunden? Deine Sushis zum Mittagessen waren sehr gut, versteh mich nicht falsch ...»

Sie waren auf der Île de la Cité angekommen. Erick öffnete die Tür.

«Ein anderes Mal, Laura.»

Er stieg aus. Laura zuckte mit den Schultern, ohne ihn anzusehen.

«Ist schon richtig, wenn du ablehnst, ich habe nämlich gelogen: Meine Sushi-Adresse ist besser. Bis morgen?»

Sie fuhr los, ohne eine Antwort abzuwarten. Er blickte dem Auto nach. Im Moment wollte er lieber nicht zusammenzählen, wie viele Avancen er zurückgewiesen hatte, welcher Art sie auch gewesen waren. Er hatte noch die ganze Nacht, um zu überlegen, warum er ein Mädchen wie Laura höflich aufgefordert hatte, sich in die Riege der abgewiesenen Bewerberinnen einzureihen. Er wollte gerade den Hof des Präsidiums überqueren, als ihn ein Hupen innehalten ließ. Laura ließ die Scheibe auf der Beifahrerseite hinunterfahren und hielt ihm einen Aktendeckel hin.

«Was ist das? Die Adresse des Restaurants?»

«Die verdienst du nicht. Das hier gefällt dir sicher ohnehin viel besser: noch eine Information zu Strelli. Das war mein allerletzter Trumpf, um dich rumzukriegen, aber da du ja die belegten Brote im Präsidium vorziehst …»

Marina war allein im Büro. Auf einem der Schreibtische, die sie sich mit Laura teilte, stapelte sie systematisch die Unterlagen. Erick las die Initialen LS auf einem roten Aktendeckel – die Farbe der laufenden Ermittlungen.

«Machst du Inventur der verwertbaren Bestandteile nach dem afrikanischen Orkan?»

«Sie hat sich abgerackert, um die Ergebnisse des Gerichtsmediziners noch heute Nachmittag zu bekommen», antwortete Marina. «Bist du nicht etwas zu hart mit ihr?»

«Ich weiß, wie sie schuftet. Offenbar hat sie mir das entscheidende Beweisstück besorgt.»

«Sie schuftet nicht nur, sie ist ein prima Kumpel, Erick. Unruhig, etwas aggressiv, impulsiv – jung eben. Aber in Ordnung.»

«Das weiß ich auch», sagte er, um der Diskussion ein Ende zu bereiten.

Marina lächelte ihn an.

«Und du hast das Recht, es bei dieser Feststellung bewenden zu lassen. Ich preise sie nicht an, das hat sie nicht nötig, und ich möchte, dass sie das versteht.»

Erick hatte keine Lust, über seine junge Kollegin zu diskutieren. Er wollte lieber lesen, was sie ihm gerade gegeben hatte. Marina setzte sich ihm gegenüber. Die Stockwerke leerten sich, die Geräte schwiegen, in den Büros wurde es friedlicher.

«Ich bin keine leidenschaftliche Anhängerin der Ehe. Und noch weniger der Ehen innerhalb der Polizei. Das sind die langweiligsten Paare, wie man weiß.»

Erick erinnerte sich an das Gerede über Marinas Privatleben. Wenn Langeweile der Grund für Untreue und Scheidung war, dann wusste sie, wovon sie sprach: Mit fünfundfünfzig hatte ihr Polizistenehemann sie verlassen, um dem Mädchen zu folgen, das ihn seit zwei Monaten in der Kantine der Dienststelle bediente. Ein Partner bei der Polizei war für die Kleine anscheinend nicht viel spannender als für ihn: Sechs Monate später war sie seiner überdrüssig, und Robert Trévès kehrte kleinmütig mit eingezogenem Schwanz nach Hause zurück. Postwendend verließ er es wieder mit einem Tritt in den Hintern; Marina hatte gelernt, allein zu leben – zumindest ohne ihn.

«Von meiner Seite ist alles klar», sagte Erick.

«Dann wird sie es auch verstehen.»

«Vor allem müssen alle verstehen, dass wir hier sind, um zusammenzuarbeiten, gut zu arbeiten. Nichts anderes.»

Marina stand auf.

«Entschuldige», sagte er.

Sie sammelte ihre Sachen ohne Eile zusammen, als hätten die Worte sie nicht getroffen. Bevor sie ging, fügte sie ohne die geringste Ironie – denn das war nicht ihr Stil und auch nicht ihre Art – hinzu:

«Es freut mich, dass von deiner Seite alles klar ist, Erick. Das ist das Wichtigste.»

Nachdem seine Kollegin gegangen war, fiel es ihm schwer, sich auf die Lektüre von Lauras Unterlagen zu konzentrieren. Als es ihm schließlich gelang, schaute er auf die Uhr und stand eilig auf.

Wenige Minuten später verließ er das Präsidium am Steuer eines Polizeiwagens mit eingeschaltetem Martinshorn.

23
DREIUNDZWANZIG

«Ich habe schon befürchtet, zu spät zu kommen.»

Ein Patient verließ Lionel Vulliermes Sprechzimmer. Das Wartezimmer war voll.

«Um 18 Uhr ist das eine unnötige Befürchtung. Ich habe noch gut zwei Stunden Arbeit vor mir.»

Die letzten Worte waren unzweideutig. Erick ignorierte sie.

«Ich brauche Sie noch einmal, Doktor.»

«Heute noch?»

Erick schwenkte den roten Aktendeckel.

«Ja, heute noch.»

Ein Patient trat in den Flur. Erick kam ihm zuvor und machte einen Schritt in Richtung Tür.

«Es dauert nicht lange.»

Vullierme kapitulierte und schloss die Tür hinter ihm.

Sein Büro war ungleich gewöhnlicher als das von Françoise Meer: Standardmöbel aus Pressholz, eine Untersuchungsliege, ein IKEA-Regal voller Bücher. Gerade Linien. Effizienz auf Kosten von Eleganz. Vullierme beobachtete amüsiert den Polizisten.

«Sie hatten ein Plüschsofa und schwere Vorhänge erwartet, stimmt's? Ich bin in allererster Linie Mediziner, Herr Kommissar.»

«Ich weiß, und über die Medizin wollte ich mit Ihnen reden.»

Vullierme setzte sich auf seinen Stuhl und schien diesen Moment zu genießen wie eine Pause.

«Sie erinnern mich an einen berühmten Kommissar im Regenmantel, der am Ende des Tages immer mit einer letzten Frage zurückkehrt. Aber Sie sind wesentlich jünger. Und viel besser angezogen.»

«Und ich komme nicht aufgrund der Ratschläge meiner Frau», fügte Erick hinzu. «Sondern der meiner Mitarbeiterin.»

Lärm hallte durch den Flur.

«Eine Ermahnung, Kommissar: Wir haben nicht viel Zeit. Ich höre.»

«Sie kennen die Ereignisse der vergangenen Nacht: Wir haben die Leichen der Strellis in ihrem brennenden Haus gefunden.»

Vullierme nickte. Erick reichte dem Psychiater einige Blätter, die dieser wegschob.

«Mediziner, kein Polizist. Erklären Sie mir lieber Ihre Erkenntnisse.»

«Der erste Bericht müsste Ihnen vertraut sein; ein Kollege von Ihnen hat ihn verfasst. Es handelt sich um die ersten Schlussfolgerungen des Gerichtsmediziners; sie gestatten es, den Ausbruch des Feuers anhand des Zersetzungsgrades der Leichen festzulegen. Laut Dr. Bègle haben sie um 21.15 Uhr Feuer gefangen.»

«Ich bewundere die Arbeit der Gerichtsmediziner. Inwieweit kann ich zu dieser Diagnose etwas beitragen?»

«Das Verschwinden von Herrn Strelli wurde der Polizei um 21.35 Uhr gemeldet. Ist es Ihrer Meinung nach möglich, dass die Schwester erst mit zwanzig Minuten Verzögerung seine Abwesenheit bemerkt hat?»

«Nein, das ist unmöglich. Strelli war in dem Zimmer, in dem die polysomnographischen Aufzeichnungen vorgenommen werden. Auch wenn sie die Überwachungsbildschirme im Ruhezimmer nicht permanent anstarrt, so schaut die Schwester doch regelmäßig hin. Selbst wenn sie den Alarm abgestellt hätte, wäre ihr sehr schnell klar geworden, dass die Sensoren nicht mehr an der Haut des Patienten befestigt waren: Die Kurven sind in dem Fall flach. Ich bezweifle, dass mehr als fünf Minuten vergehen konnten zwischen dem Moment, in dem Strelli sich abgekabelt hat, und dem, in dem die Schwester seine Abwesenheit bemerkt hat.»

«Gibt es eine Möglichkeit, das zu überprüfen?»

«Sicher, die Aufzeichnungen sind datiert, man kann die Kurven zeitlich verfolgen und genau feststellen, wann sie unterbrochen wurden.»

Erick schloss einen kurzen Moment lang die Augen. Die Grundlage seiner Ermittlung brach auseinander, seine erste Theorie fiel wie ein Kartenhaus in sich zusammen. Er musste das Bauwerk seiner Überlegung sofort wieder errichten, aber auf einem neuen Fundament. Er verspürte fast ein masochistisches Vergnügen, als er sich dazu zwang.

«Sie haben Laurent Strelli gerade das bestmögliche Alibi

verschafft», sagte er. «Laurent Strelli war also eindeutig noch hier im Haus, als seine Frau und seine Tochter getötet wurden und ihre Leichen zu brennen anfingen.»

Auf dem Flur hatte ein Mann zu einem lautstarken Monolog angesetzt. Es ging um Bevorzugung, respektlose Ärzte, privilegierte Patienten. Erick stand auf.

«Wenn Strelli nicht der Mörder ist und er die Wahrheit gesagt hat, dann ändert sich sein Status vollkommen: Er wird vom Hauptverdächtigen zum Zeugen.»

Vullierme begleitete ihn zur Tür.

«Zeuge von was? Des Mordes? Ich kann Ihnen nicht mehr folgen.»

«Man hat ihn bewusstlos am Tatort aufgefunden, und er behauptet, den Schuldigen gesehen zu haben. Er wäre der einzige Augenzeuge. Und deshalb wird die Polizei Sie und Ihre Diagnose noch brauchen.»

«Ich werde Ihnen gern helfen, aber ich sehe nicht wie.»

«Laurent Strelli ist ein besonderer Zeuge: Er erinnert sich nicht mehr an das Gesicht des Mörders.»

«Amnesie, verursacht durch den Schock; das ist durchaus verständlich. Nun verstehe ich seinen gegenwärtigen Zustand besser.»

Vulliermes kalte Fassade hatte Risse bekommen. Er zeigte Mitgefühl.

«In Anbetracht seines psychologischen Status», sagte er, «ist das, was er gesehen hat, von unglaublicher und verheerender Brutalität für seinen mentalen Zustand. Das Gesicht des Mörders zu vergessen, stellt seinen letzten Schutzwall dar.»

«... vor dem Wahnsinn, meinen Sie das?»

«Ich meine etwas weitaus Schlimmeres als das, was Sie mit diesem Wort verbinden. Wie kann ich Ihnen helfen?»

Der Psychiater antwortete in etwa so, wie Erick es erwartet hatte: Strelli war nicht unbedingt ein Simulant oder ein so

Gestörter, dessen Bericht man nicht glauben könnte. Dieser Kerl hatte vielleicht wirklich gesehen, wer seine Angehörigen umgebracht hatte.

«Ist die Amnesie endgültig?»

Vullierme zuckte mit den Schultern.

«Das weiß niemand. Die Erinnerung kann ohne Vorwarnung wiederkommen, wenn der Patient psychisch bereit ist, sie zu akzeptieren. Dafür kann ich etwas tun, ja. Aber der Weg kann lang sein.»

Es wurde hartnäckig an die Tür geklopft. Erick spürte deutlich, wie sich die anfängliche Distanz zwischen ihnen wieder aufbaute. Während er nach der Türklinke griff, stellte er noch eine letzte Frage:

«Vielleicht müsste man eine schnellere Methode zu Hilfe nehmen, Doktor. Die schnellstmögliche.»

«Die mentale Struktur eines Individuums reagiert nicht auf Zeitvorgaben.»

«Es sei denn, sein Leben hängt davon ab.»

«Er ist jetzt außer Gefahr.»

«Für den Mediziner, ja; nicht für mich.»

«Was wollen Sie damit sagen?»

«Nach seiner Frau und seiner Tochter ist Strelli wahrscheinlich das nächste Opfer auf der Liste. Es gibt keinen Grund, ihn zu verschonen, vor allem, wenn er ein Gesicht gesehen hat, an das er sich erinnern könnte.»

Die Tür öffnete sich einen Spalt. Der Mann schien am Rande eines Nervenzusammenbruchs zu sein.

«Doktor, ich warte seit einer Stunde und …»

«Setzen Sie sich, ich komme gleich.»

Vullierme ging mit Erick auf den Flur hinaus.

«Was genau erwarten Sie von mir? Ich werde ihn nicht in eine Beobachtungszelle stecken, um mit ihm zu arbeiten.»

«Ihn zu beschützen, gehört zu meinen Aufgaben, ebenso

wie es meine Pflicht ist, den Mord an Stefania Strelli aufzuklären. In der Zwischenzeit helfen Sie ihm, seine Erinnerung wiederzuerlangen – und zwar so schnell wie möglich.»

Vullierme dachte kurz nach.

«Ich sehe nur eine Möglichkeit. Ich kann Ihnen natürlich nichts garantieren, aber da alles versucht werden muss …» Vullierme hob die Hand: «Ich habe verstanden, Flamand: schnell.»

VIERUNDZWANZIG 24

Als er zurückkehrte, saß sie noch immer im selben Sessel. Selbst die Zigarette schien in all diesen Stunden nicht heruntergebrannt zu sein. Er fragte sich sogar, ob sie lebte, ob Körper und Geist während des Wartens nicht erstarrt waren. Sie wandte ihm schließlich den Kopf zu.

«Da bist du ja», sagte sie.

Er beobachtete sie. Lebte sie wirklich in Frieden? Konnte sie das überhaupt? Eine unergründliche Kraft trieb sie an, davon war er überzeugt. Er wartete geduldig darauf, dass sie ihn fragte, was er ihr zu sagen hatte. In diesem Spiel war er der Stärkere.

Endlich stand sie auf. Streichelte ihm übers Gesicht, ließ die Hand über den rauen Mantel gleiten und entfernte sich dann einige Schritte von ihm.

«Es war klüger, hierherzuziehen», sagte er.

«Du hast recht. Man fühlt sich hier in Sicherheit.»

«Mach dich nicht darüber lustig.»

Gleichgültig drückte sie die Zigarette aus.

«In zweiundsiebzig Stunden bin ich weg», sagte sie.

«Ohne Pass?»

«Der ist fertig. Ziehst du den Mantel nicht aus? Du machst den Eindruck, als seist du auf der Durchreise.»

«Auch in deinem Leben?»

Sie näherte sich ihm, während der Mantel von seinen Schultern glitt.

«Nein, nicht in meinem Leben.»

Sie umarmte ihn. Er ließ sich in ihre Arme sinken, dann richtete er sich auf.

«Du wirst deinen Flug verschieben müssen», sagte er.

Sie sah ihn prüfend an.

«Warum?»

Sie hatte die Vorhänge zugezogen, zwei Tischlampen beleuchteten das Wohnzimmer. Die Umrisse ihres Gesichts zeichneten sich in einem Spiel von Licht und Schatten ab. Man hätte sie wesentlich jünger geschätzt. Er fand sie hübsch, sogar mit dieser blonden Perücke, die sie tagsüber trug und noch nicht abgenommen hatte.

«Er ist aufgewacht», antwortete er schließlich.

Sie trat an ein Fenster und schob den Vorhang zur Seite. Diese Wohnung war wirklich eine gute Wahl gewesen. Wie alles, was zur Logistik gehörte, um die er sich kümmerte. Sie dagegen hatte einen Horror vor diesen prosaischen Dingen, und die organisatorischen Zwänge brachten sie um den Verstand. Achtzig Quadratmeter in einem anonymen Betonklotz. In der Masse verschwinden, das hatte er gewollt. Es war gelungen. Aus dem 18. Stockwerk glaubte sie die Hügel der Buttes-Chaumont auszumachen. Vielleicht das Dach der Fondation. Zum ersten Mal seit langem hatte sie Lust, dort zu sein. Eine beklemmende, nicht zu unterdrückende Lust. Ungern wandte sie ihren Blick von der Stadt ab.

«Wie hat er reagiert?»

«Nicht, wie wir gehofft hatten.»

«Trauer ist ein komplexes Experiment. Er braucht Zeit. Wir müssen Geduld haben.»

Er beugte sich zu ihr. Sie spürte seinen Atem in ihrem Nacken, dann den Rücken entlang. Seine Lippen berührten sie leicht.

«Ich habe Geduld», sagte er. «Du bist diejenige, die die Bedeutung dieses Wortes nicht kennt.»

«Jedenfalls mussten wir es versuchen. Alles versuchen.»

Er wollte ihre Taille umfassen. Sie machte sich behutsam frei.

«Es ist aus», sagte er. «Er war noch nie instabiler als heute. Alles kann an die Oberfläche gelangen, jeden Augenblick.»

«Ebenso, wie alles sich verdunkeln kann», sagte sie.

Sie setzte sich auf das Sofa und zog die Knie an. Von ihrem Platz aus sah sie die Lichter von Paris nicht mehr. Der Himmel war düster und verhangen. Der Anblick der sternenlosen Nacht ließ sie schaudern. Ihr Blick wanderte im Zimmer umher, dessen Ärmlichkeit sie faszinierte. Warum mussten möblierte Zimmer immer gleich seelenlos wirken? Ihr Blick ruhte auf ihrem Liebhaber. Einen Augenblick lang kam er ihr wie ein Fremder vor. Sie bemerkte am anderen Ende des Wohnzimmers in einer Vitrine ihr eigenes Spiegelbild, das sie nicht wiedererkannte. Sie musste lernen, sich von sich selbst zu entfernen – und sie würde es schaffen. Die Vorstellung, nach Kanada zu gehen, beruhigte sie auf seltsame Art. Sie musste hier raus, weg von den Menschen und dieser Stadt; sie musste hier weg, um die Veränderung, die sich in ihrem Kopf abspielte, akzeptieren zu können. Dort war sie bereits «Carole», man wartete mit einem anderen Leben auf sie beide. Sie würden neu anfangen. Auch diese Vorstellung ließ sie ins Schwärmen geraten, ebenso wie der Ruhm und der Luxus, die ihnen im Vorfeld versprochen worden waren.

«Er kann untergehen», sagte sie, «er kann bis zur Vernichtung seiner selbst abrutschen, und wir werden außer Gefahr sein, auch wenn wir nicht das erreicht haben, was wir wollten. Wir fangen in Kanada einfach noch einmal neu an, das ist alles.»

Er spielte mit einer Glasfigur.

«Die Polizei wird sich nicht mit dem Augenscheinlichen zufriedengeben, dem Mord durch die Hand eines Verrückten.»

«Er ist verrückt», sagte sie mit einem Tonfall, der keinen Widerspruch duldete.

«Um das herauszufinden, befragen die Polizisten reihum die Ärzte in der Fondation. Alle mischen sich ein, es wird schwer für mich werden, ihn davor zu beschützen. Er wird von der Intensivstation auf ein normales Zimmer verlegt.»

«Wenn er für uns verloren ist, wird er es auch für sie sein, mach dir keine Sorgen. Auf alle Fälle war es die richtige Entscheidung.»

«Die einzig mögliche Entscheidung.»

Wind war aufgekommen und zog durch die alten Fenster. Sie wickelte sich in einen Kaschmirschal.

«Wir haben uns darauf eingelassen, jetzt müssen wir abwarten. Ob mit oder ohne ihn, wir sind ganz nah am Ziel.»

Er antwortete nicht. Sicher, er würde abwarten. Aber falls es notwendig werden sollte, würde er dafür sorgen, dass sie ohne Strelli ans Ziel kamen.

25

FÜNFUNDZWANZIG

Acht Jahre Albtraum für erbärmliche hunderttausend.

Der Geldtransporter fuhr jeden Tag zur gleichen Zeit vorbei, in der Nähe von Gardanne, eine ruhige Ecke; keine bösen Überraschungen. Es sollte einfache Kohle sein, und die brauchte er. Es würde ganz von allein gehen. Doch nicht mit dem Typen vom Geldtransporter. Alles lief schief. Er hatte sich gewehrt, der andere hatte sogar eine Waffe dabei. Seine Kumpel hatten sich nicht mal die Mühe gemacht, sich richtig zu informieren, und er war einfach mitgegangen. Wahrscheinlich war er noch blöder als die.

Tja, mitgegangen ist er wirklich, bis hierhin.

Les Baumettes.

Draußen, die Sonne, die nahe Felsbucht, das türkisfarbene Wasser von Morguiou, sogar im Winter. Drinnen enge Zellen, die Gitterstäbe zwischen der Welt und ihm. Marseille in einer Farbenpracht, und sein Leben spielte sich in Grau und Schwarz ab. Zwei Jahre schon, der Fraß in der schwerbewachten Kantine, Gymnastik zwischen vier Wachtürmen, mit einem vergitterten Himmel über dem Kopf.

Noch sechs Jahre, lieber Gott. Sechs Jahre, ohne zu leben.

Und sechs Jahre ohne Sex.

Die Erinnerungen reichten nicht mehr. Auch nicht die Pornozeitschriften, die für ein paar Zigaretten heimlich weitergereicht wurden. Die Phantasien waren verschwunden, übrig geblieben war nur die verzehrende Frustration. Und um einer winzigen Befriedigung willen hatte er es gemacht wie alle anderen: simuliert. Eine imaginäre Magenverstimmung, ein manipuliertes Fieber. All das für einen Blick, einen geklauten Blick auf eine Krankenschwester, eine Schreckschraube, die er nie hätte bumsen können, nicht mal unter Androhung von Gewalt. Aber trotzdem eine Frau. Das war es auch schon. Das hatte genügt, um ihn austicken zu lassen.

Sie hatte geschrien. Er war diesen Monat allerdings auch schon der Dritte gewesen, der ihr ein steifes Glied gegen den Kittel gedrückt hatte. Und er hatte dummerweise versucht, sie zum Schweigen zu bringen. Mit Gewalt. Disziplinarmaßnahmen, zehn Tage im Loch, Psychiater und die ganze Leier.

Dann hatte er von der anderen gehört, der Neuen.

Eine große Dicke, die noch nicht einmal einen Triebtäter auf Viagra erregen könnte. Eine aus der Gegend, keine richtige Psychologin, aber so was in der Art. Auf die schwierigen Fälle spezialisiert, und er war einer. Sie redete nicht, stellte praktisch keine Fragen.

Sie berührte.

Verrückt, in diesem Knast. Eine Frau kommen zu lassen, die die hartnäckigsten Kerle berühren sollte, das war Perversität in ihrer reinsten Form.

Gleich nachdem er aus dem Loch kam, bat er darum, sie zu sehen. Zumindest aus Neugier. Neugier: ein Gefühl, das er seit Monaten nicht mehr empfunden hatte. Dafür allein war er ihr schon dankbar. Und jetzt saß sie hier, in diesem Untersuchungszimmer, ihm gegenüber.

Er musste sich kontrollieren, um ihr keine Angst zu machen und nicht Sekunden später von den Wärtern gepackt zu werden. Auch um die Lust zu beherrschen, die innerhalb von wenigen Augenblicken unbeherrschbar heftig in ihm aufwallte. Es stimmte, sie war dick, aber sie hatte schöne Augen, eine hübsche Tonne – Scheiße, er hatte jetzt schon 'nen Steifen.

«Wissen Sie, weshalb Sie hier sind?»

«Fragen Sie den Richter. Nichts Schlimmes.»

Eva antwortete nicht.

Durch ihre Arbeit im Gefängnismilieu kannte sie sie in- und auswendig. Alle. Sie hatte bisher alle Patienten, die man ihr anvertraut hatte, bestimmten Kategorien zuordnen können. War es möglich, dass das Gefängnis sie letztendlich alle in die gleiche Form goss? Jedenfalls war der Anfang oft ähnlich, fast karikaturenhaft. Einige entschlossen sich für das Schweigen, andere für die Provokation und Vulgarität. Eine dritte, subtilere Gruppe wählte die Zweideutigkeit, die ausweichenden Antworten. Sie versuchten, die Rollen zu tauschen: Sie wurde getestet, die Jungs begutachteten sie. Dieser Kerl gehörte dazu, einige Worte reichten, um das zu offenbaren. Sie beobachtete ihn: Sie erkannte die Kopfbewegungen, die Art, die Unterlippe einzuziehen, die Ungeduld in den Beinen, unter dem Tisch, der zwischen ihnen stand. Der Blick, der vergeblich versuchte, ihre Brüste zu meiden. Natürlich wusste er, warum er hier war, bei ihr. Schließlich ergriff sie wieder das Wort.

«Wir sind hier, um Ihnen zu helfen, Monsieur Banna. Ihnen zu helfen, einige Dinge in Worte zu fassen, die Sie vielleicht leiden lassen oder Sie aggressiv machen.»

Der Mann nickte.

«Ich möchte etwas klarstellen: Ich bin keine Psychiaterin, und Sie sind nicht krank. Aber Sie verspüren vielleicht das Bedürfnis, sich von etwas zu befreien, das Sie stört. Wie soll ich sagen? Wie ein sehr enger Knoten, den man nicht mehr aufbekommt.»

Ja, wirklich, auf Befreiung hatte er sehr große Lust. Er konzentrierte sich auf die Hände der jungen Frau. Sie waren lang, schmal, mit sorgfältig lackierten Nägeln – ein dunkles Rosa, fast lila. Er wartete wortlos ab.

«Wenn Sie nicht darüber reden wollen oder können, ist das nicht schlimm. Man kann sich nicht nur mit Worten ausdrücken. Man kann auch mit dem Körper und mit der Haut sprechen. Der Körperkontakt ist eine Form der Kommunikation. Manchmal ist es sogar einfacher: Es gibt keine Grenzen mehr, keinen Vermittler zwischen den beiden Personen.»

Ihr war nach einem Lächeln zumute. Ihre Ansprache hatte angesichts dieser Kerle etwas Grausames an sich. Sie wandte sich instinktiv zur verglasten Wand um, hinter der die Wärter standen. In diesem Stadium des Gesprächs war sie sich bewusst, dass sie sich an der Grenze zur Anstiftung zur Vergewaltigung befand, und obwohl sie keine Angst hatte, beruhigte sie die Nähe der Aufseher.

«Wollen Sie, dass wir es versuchen, so miteinander zu kommunizieren und Ihnen zu helfen, sich auszudrücken?»

«Ja», antwortete der Inhaftierte.

Das Wort hatte ganz rau geklungen. Er räusperte sich und stand auf. Eva ging zu dem Bett, auf dem er gesessen hatte.

«Ziehen Sie Ihr Hemd aus und legen Sie sich hin. Denken Sie an nichts Bestimmtes. Ich werde die Hand auf Sie legen, an unterschiedlichen Stellen, und werde sie, anfangs, nicht bewegen. Einfach nur mit Ihnen in Kontakt treten, ohne Grenze. So als sei die Berührung eine neue Sprache, und die Temperatur meiner Hand, ihre Kraft, die Schnelligkeit ihrer Bewegung und ihre Beschaffenheit, das sind die Worte. Und Sie antworten mit einem Empfinden, mehr nicht. Los geht's.»

Sie legte ihm die linke Hand auf den Unterleib. Es glich einem Stromschlag, der durch den Oberkörper fuhr und mit noch größerer Intensität bis in die Genitalien ausstrahlte. Der Stoff der Jogginghose wölbte sich deutlich sichtbar. Er drehte den Kopf und lächelte sie an.

«Weiter nach unten», sagte er.

Ohne die Position zu verändern, verstärkte sie den Druck auf den Bauch. Dann ergriff Jeff ihr Handgelenk und führte es zwischen seine Beine. Eva widersetzte sich.

«Schließen Sie die Augen und bewegen Sie sich nicht. Lassen Sie es einfach über sich ergehen», sagte sie ganz ruhig. «Hören Sie lieber darauf, was in Ihnen geschieht, was Sie fühlen.»

«Ich fühle, dass ich Lust hab zu bumsen. Du geilst mich schon von Anfang an auf, und das weißt du genau», stieß er zwischen den Zähnen hervor, «also jetzt mach auch.»

Mit einer heftigen Bewegung drückte er seine Hand auf Evas Busen. Sie zog sie energisch weg und hielt sie fest. Jeff war von ihrer physischen Kraft überrascht. Er beobachtete ihr Gesicht: Die Gesichtszüge der jungen Frau zeigten keine Regung, das Lächeln blieb starr. Jemand klopfte gegen die Scheibe. Eva wandte den Kopf um und gab ein Zeichen. Das Geräusch verstummte. Sie ließ das Handgelenk des Inhaftierten los, hob die rechte Hand, und noch bevor er die geringste Bewegung hätte erahnen können, legte sie ihm die Hand auf die Stirn.

Es traf ihn wie ein Blitzschlag.

Jeff spürte einen brennenden Fluss, der hineinströmte und in jeden Spalt seines Schädels eindrang, den Hals hinunterlief und seinen Körper überflutete. Eva drückte den Kopf des Mannes nach hinten, bis der Nacken das Kissen berührte. Jeff öffnete den Mund: Kein Laut kam heraus. Als die Luft schließlich strömen konnte, atmete er tief ein. Sein Herz raste. Evas Hand glitt über seine Lider, er schloss die Augen. Langsam fielen seine Schultern zurück. Die linke Hand befand sich jetzt auf dem Brustbein. Sie bewegte sich langsam, ging hoch zu einer Schulter, über die Mitte des Brustkorbes hinweg und legte sich sanft auf die andere Schulter. Nachdem sie den Oberkörper in Form eines Sternes abgefahren hatte, fuhr sie wieder hinunter bis zum Bauchnabel, wo sie verharrte.

Der Gefangene atmete nun ruhiger. Von dieser unkontrollierten Hitzewelle blieb ein intensiver, aber organisierter Fluss übrig, ein Strom, der alles mit sich zu reißen schien. Jeff bemerkte erst jetzt das Abschwellen seines Penis, so als verließe die Wut, die sich in einer Erektion konzentriert hatte, seinen Körper.

Die Energie – er hätte die innere Welle, die diese Hände ausgelöst hatten, nicht anders benennen können – schien sich nun um sein Herz zu konzentrieren. Ein Strudel bildete sich und hinderte ihn erneut am Atmen. Ein Druck entstand hinter den Rippen, wurde größer und stieg höher wie auch die warme Handfläche. Mit der anderen übte sie zusätzlichen Druck auf die Stirn aus.

Jeff hörte nur ein Pfeifen. Einen hohen Ton, der anstieg und den aufsteigenden Fluss begleitete. Erst als die Energie ihn überwältigte wie eine überschwappende Welle, als er das Rinnen auf seinen Schläfen und auf dem Hals spürte, als er seine eigene Stimme erkannte, erst da bemerkte er, dass er weinte. Endlich. Nach zwei Jahren.

Eva wartete, bis der Körper nicht mehr von Schluchzern erschüttert wurde, und zog dann ihre Hände zurück. Der Häftling öffnete die Augen und wandte den Blick ab. Sie beugte sich über ihn:

«Ich glaube, für heute haben wir genug geredet.»

26

SECHSUNDZWANZIG

Es war 17 Uhr, als sie durch Saint-Anne fuhr. Sie kannte das Viertel auswendig: Fünf Jahre lang war sie mit dem Bus und dem Auto dort umhergefahren, einmal pro Woche, zur gleichen Zeit, immer erfasst von der gleichen Angst.

Beim ersten Mal hatte sie eine halbe Stunde gebraucht,

um die Praxis zu finden. Der Therapeut hatte ihr erklärt, dass es sich wahrscheinlich um eine Fehlleistung handelte, dass es zu spät wäre, sie zu behandeln, dass er jedoch in der Bezahlung des Honorars – in bar – einen großen therapeutischen Wert sehen würde, in diesem Fall noch mehr als in anderen. Sie hatte bezahlt und war etwas erleichtert wieder gegangen. Anschließend hatte sie sich all die Jahre auf ein unbequemes, abgenutztes Sofa gelegt und versucht zu verstehen, warum eine körperliche Erniedrigung, die ihr im Alter von sieben Jahren von anderen kleinen Mädchen zugefügt worden war, aus ihr eine übergewichtige Frau gemacht hatte, die sie auch heute noch war, trotz all ihrer Bemühungen. Sie war sich nicht sicher, ob sie es im Alter von dreiundzwanzig Jahren bereits verstanden hatte, doch sie erkannte die Leistung ihres Therapeuten, als Ganesh, ein nach Martigues ausgewanderter junger Inder, ihren Körper streicheln konnte, ohne dass sie Widerwillen empfunden hatte und gleich weggerannt war.

Ihren Körper akzeptieren, oder akzeptieren, dass sie ihn abgelehnt hatte, dass sie ihn eingehüllt und ihrer weiblichen Identität einen Maulkorb verpasst hatte. Akzeptieren, dass sie sich schminkte, sich anzog wie andere Frauen, begreifen, dass man begehrt werden konnte. Eva zog die Augenbrauen hoch: Fünfzehn Jahre später war ihre Suche noch immer sehr aktuell, selbst wenn sich die Dinge scheinbar geändert hatten. Doch der Gedanke an Ganesh und an sein Erbe machte sie glücklich. Sein Erbe: die Kunst des Berührens. Es war eine Offenbarung gewesen. Die ayurvedische Massage, der Körper als Verlängerung des Geistes, der Körper, der redet, ohne zu denken, die Hand, die ausdrückt und die empfängt. Der unmittelbare Kontakt, ohne Barriere. Die Nähe und die Distanz, die Annäherung und der Respekt. Ganeshs Worte waren ihr während all der Jahre der Praxis nicht aus dem Sinn gegangen:

«Suche nicht die Verschmelzung, sondern finde die Kontinuität.» Nachdem sie sich getrennt hatten, hatte sie das Prinzip beibehalten, um eine intime Beziehung zu den Menschen aufzubauen, die sie liebte, ohne jemals ihre Individualität zu verlieren. Sie hatte das Prinzip so weit getrieben, dass sie immer eine Verfremdung ihrer selbst vornahm: Sie betrachtete sich wie ein von sich selbst losgelöstes Wesen und fand ihren Frieden in dieser künstlichen Trennung, wenn sie schon nicht alles akzeptieren konnte.

Doch seit einem Jahr hatte sie den Boden unter den Füßen verloren. Seit er in ihr Leben getreten war.

Wie ein Einbrecher: Er hatte dasselbe Individuum wie sie im Spiegel gesehen, hatte es geliebt und besessen, noch bevor sie merkte, dass es sich um ihre eigene Person handelte und dass er der von ihr gewollten Trennung zwangsläufig ein Ende bereitete. Einigermaßen überzeugt, durchschritt sie den Spiegel und tolerierte wieder diesen Körper, von dem sie sich geduldig gelöst hatte, und freundete sich wieder mit ihm an. Er hatte die Hand auf ihren Körper gelegt, und von da an waren Evas Körper und ihr Geist nicht mehr voneinander getrennt. Heute litt sie unter dieser brutalen Verschmelzung; sie war entsetzt und hilflos zugleich.

Sie brauchte mehr als eine halbe Stunde, um zum Museum für Moderne Kunst zu gelangen. Sie fuhr um die César-Skulptur herum – ein Ritual, das sie gern vollzog, da sie überzeugt war, dass die optimistische Geste – ein hochgehaltener Daumen – ihren Abend beeinflussen würde. Der Boulevard Michelet füllte sich bereits mit den Fans von Olympique Marseille, die ins Stadion strömten. Sie beschleunigte gefährlich auf dem Prado, fuhr mit überhöhter Geschwindigkeit über die Castellane und nahm in der Rue de Rome die Busspur. Die Wolken zogen dahin, geschluckt von dem herbstlichen Mistral, und spielten mit dem Licht auf der Stadt. Eva verschwand unter einem Hupkonzert in einer Seitenstraße und kam in der Rue Marengo wieder heraus.

Sie riskierte einen Blick auf die Uhr: Sie hatte noch zehn Minuten, als sie das Auto hinunter ins Parkhaus der Wohnanlage fuhr.

Sie rannte zu den Aufzügen. Nervös drückte sie auf die Taste. Die Post würde sie später mitnehmen.

Sie schlug die Wohnungstür zu, warf ihre Handtasche auf einen kleinen Tisch und eilte ins Schlafzimmer. Anstatt auf die Terrasse hinauszugehen und träumend über die Ziegeldächer der Stadt zu blicken, den Horizont über den Hügeln abzusuchen, die Öffnung des Alten Hafens zum Mittelmeer zu erspähen, wie sie es jeden Abend in dem schwindenden Licht tat, zog sie eilig ihre Kleidung aus und gönnte sich zwei Minuten unter der fast kalten Dusche.

Eingehüllt in ein Badetuch, ging sie zu dem Wandspiegel. Sie beäugte ihren blassen Teint, trug eine dicke Schicht Make-up auf und steckte sich zwei vergoldete Creolen an die Ohren. Sie bändigte die kastanienbraunen Locken und zog einen dicken Kajalstrich unter den Lidrand. «Das bin ich», sagte sie sich, «und niemand anderes.» Sie wollte sich hübsch finden, denken, dass das Blaugrün ihrer Augen gut zu der Wimperntusche und dem rosa Lidschatten passte.

Sie hatte gerade noch Zeit zu hoffen, dass er ihrer Meinung sein würde, als sie seine feuchten Lippen und die Hand spürte, die das Badetuch aufknotete.

27
SIEBENUNDZWANZIG

Lionel Vullierme hatte größte Mühe, sich auf die drei letzten Termine seiner Sprechstunde zu konzentrieren. Das letzte Gespräch hatte er frühzeitig abgebrochen.

Nachdem der Patient hinausgegangen war, kamen dem Arzt die Worte des jungen Kommissars in den Sinn. Wenn Strelli noch eine Chance hatte, sich an den Namen des Mörders zu erinnern, dann mussten sie wirklich schnell handeln. Vor allem, falls er wirklich in Lebensgefahr sein sollte. Aber von was für einer Gefahr sprachen sie? Er, Vullierme, kannte die psychische Zerbrechlichkeit seines Patienten. Wenn er irgendeiner Gefahr ausgesetzt war, dann war es die, aus seinem ohnehin schon labilen mentalen Gleichgewicht zu geraten.

Zu dieser Stunde hatte Strelli wahrscheinlich die Intensivstation schon verlassen. Der Psychiater nahm sich noch ein paar Augenblicke Zeit, um die Unterlagen der letzten Patienten aufzuräumen, und entschloss sich dann, zum Hörer zu greifen. Die Visitenkarte lag vor ihm. Handschriftlich war darauf noch eine Handynummer notiert worden.

«Kommissar Flamand?»

«Ja.»

«Vullierme. Kommen Sie zu mir. Kommen Sie zu uns, zu Laurent Strelli und mir.»

«Jetzt?»

Der Arzt zeigte sich ungeduldig.

«Ich dachte, unsere Zeit wäre begrenzt?»

«Ich komme.»

«Sie haben die Intensivstation verlassen?»

Stéphane Mathis erhob sich. Dr. Vulliermes tiefe Stimme hatte ihn in seinen Bemühungen unterbrochen.

«Hier sind keine Glukoselösungen in Ein-Liter-Flaschen mehr, und ich hatte noch welche», antwortete der Pfleger, die Arme voller Flaschen.

«Die Patienten sind allein, während Sie Ihre Flaschen ausliefern?»

«Nein. Die Schwesternschülerin ist dortgeblieben. Sie weiß, wo sie mich finden kann.»

Vullierme antwortete nicht. Wenn sie miteinander redeten, für gewöhnlich ohnehin nur kurz, gerieten sie immer aneinander. Ihre gegenseitige Abneigung hatte sich schon in den ersten Tagen gezeigt. Der Psychiater hatte sofort die Unvereinbarkeit ihrer Charaktere bemerkt und sich gegen die Einstellung dieses verschlossenen und einzelgängerischen Kerls ausgesprochen.

«Er hat sechs Jahre Erfahrung in der Psychiatrie», hatte die Oberschwester erwidert. «Die anderen halten es im Allgemeinen zwei Jahre aus.»

«Wenn er es sechs Jahre bei den Verrückten ausgehalten hat, dann beruhigt mich das nicht.»

«Ich habe mit dem Personalchef und der Pflegedienstleitung der Psychiatrischen in Straßburg gesprochen. Er hat sich während seiner gesamten beruflichen Laufbahn nichts zuschulden kommen lassen. Außerdem ist er groß und kräftig …»

«Na und? Willst du ihn für den Kalender der Fondation posieren lassen?»

Die Oberschwester schaute zum Himmel auf.

«Lionel, du bist nicht derjenige, der einen hysterischen 90-Kilo-Kerl hochheben muss, der gerade den Toten simuliert.»

Vullierme hatte nachgegeben. Stéphane arbeitete auf allen drei Stationen – das waren sein Wunsch und sogar seine Forderung gewesen, um so die Monotonie einer Abteilung zu unterbrechen. Der Arzt hatte darin lediglich den Ausdruck einer unergründlichen und ausweichenden Persönlichkeit gesehen.

Vullierme ging zu dem Wandplan und las die Namen der stationären Patienten.

«Zimmer 22», sagte der Pfleger.

Die beiden Männer standen sich gegenüber. Undurchschaubar – dennoch konnte Vullierme die geringste Geste seines Gesprächspartners deuten, die geringste Absicht erkennen.

«Ich habe es vorgezogen, die Verlegung von Strelli nicht der Schwesternschülerin anzuvertrauen. Wir hatten schon genug Überraschungen.»

Der Kommentar war verwirrend. Fast hätte Vullierme gelacht. Dieser Kerl schaffte es immer wieder, eine Information in einen kaum verhüllten Vorwurf zu kleiden. In diesem Fall war es, gelinde gesagt, unangebracht.

«Das haben Sie gut gemacht», antwortete Vullierme. «Das letzte Mal hat er das Zimmer ohne Erlaubnis verlassen, als *Sie* auf der Intensivstation Dienst hatten.»

Stéphane griff nach einer Reisetasche, ohne auf die Bemerkung einzugehen.

«Dies sind seine Sachen. Ich begleite Sie.»

Stéphane ging als Erster ins Zimmer. Da die Vorhänge zugezogen waren, lag es im Dunkeln. Das ferne Licht einer Laterne warf den Schatten des Sessels an die Wand.

Ein Klicken, und weißes Licht fiel von der Lampe über dem Kopfende des Bettes herab. Auf Laurent Strellis Schädel, der unter dem Neonlicht glänzte, erschienen alle Knochenreliefs.

Vullierme trat ans Bett. Laurents halbgeschlossene Augen schienen ins Leere zu starren. Der Schatten der Wangenknochen verlängerte sein Gesicht. Er saß im Bett, mit hängenden Schultern und so fahl, dass er mit dem Laken zu verschmelzen schien. Er drückte auf den Knopf, und das Neonlicht erlosch. Der Arzt reagierte zuerst.

«Monsieur Strelli, was machen Sie denn? Geben Sie mir das.»

Strelli drückte ein drittes Mal auf die Fernbedienung, teilnahmslos, so als habe seine Geste auf einen Automatismus geantwortet, auf ein inneres Gesetz, das vollkommen unabhängig von der Umgebung war. Die Lampe am Bett erhellte wieder das Zimmer.

Vullierme betätigte den Schalter an der Wand und schaltete das Deckenlicht ein. Dann ging er zu dem Patienten und legte die Hand auf dessen reglosen Arm.

«Monsieur Strelli? Antworten Sie mir.»

Der Psychiater nahm ihm die Fernbedienung für die Bettlampe aus der Hand. Laurent drehte den Kopf herum.

«Machen Sie das Licht aus», sagte er. «Das Licht in diesem Zimmer gehört mir.»

Vullierme zögerte.

«Das ist meine Kunst», fügte Strelli hinzu.

Stéphane schaltete das Deckenlicht aus. Unter seiner Hand spürte Vullierme die sich entspannenden Muskeln. Er kannte seinen Patienten: Dies war vielleicht das erste Anzeichen dafür, dass er sich ihnen entzog. Bald schon könnte Strelli den Zugang zu seiner Welt verweigern. Es war keine Zeit mehr zu verlieren.

Der Psychiater wandte sich an den Pfleger:

«Lassen Sie uns allein.»

28

ACHTUNDZWANZIG

Er war um das Bett herumgegangen und hatte sich in den Sessel gesetzt. Seine Augen hatten sich an das Halbdunkel gewöhnt: Er konnte nun deutlich die Gesichtszüge seines Patienten erkennen.

«Monsieur Strelli, versuchen Sie zu beschreiben, was Sie seit Ihrem Erwachen empfinden.»

Laurent antwortete nicht, er hatte sich in die ruhige Hülle seines Körpers geflüchtet. Vullierme wartete geduldig und versuchte es schließlich erneut:

«Sie haben einen jungen Mann kennengelernt, heute Nachmittag, einen Polizisten. Sie haben ihm erzählt, was Sie gestern Abend gesehen haben. Können Sie …»

«Nein.»

Es war wie ein Schrei, der die Stille durchbrach.

«Heute schon wieder», sagte er.

«Ja, heute. Erzählen Sie.»

Laurent fuhr sich mit der Hand über den Kopf, so als wollte er einen Schmerz verscheuchen.

«Bilder, sie tauchen ständig auf.»

«Wie kurze Blitze? Wie die, über die Sie sich nach jeder Sitzung beklagt haben?»

Laurent nickte.

«Aber andere. Mein Haus. Das Feuer. Gesichter.» Er hielt inne und sah Vullierme direkt in die Augen. «Von meiner Frau und meiner Tochter.»

Vullierme schwieg weiterhin. Der Elan, von dem sein Patient getragen wurde, war zu selten, als dass er es riskieren wollte, ihn zu unterbrechen. Laurent wandte abrupt den Kopf zur anderen Seite, wie eine Verweigerung, ein Punkt am Ende eines Satzes. Ein endgültiger Punkt. Der Psychiater klammerte sich an die letzten Worte.

«Ja, Gesichter ... Woran erinnern Sie sich?»

Die Frage war vergeblich. Der Künstler kauerte sich nun bewusst zusammen. Die Verweigerung war offensichtlich, und Vullierme wusste nicht, ob sie sich auf die Fakten, die Bilder oder den Therapeuten bezog. Aber vielleicht hatten sie noch Zeit.

«Monsieur Strelli, ich werde Sie noch einige Augenblicke brauchen. Wenn Sie einverstanden sind und kooperieren, dann werden Sie von einer großen Last und von einem Teil Ihres Leidens befreit.»

Vullierme ging zu dem Nachttisch und griff nach der Fernbedienung. Er drückte auf eine Taste, und das Kopfende senkte sich in die Horizontale. Laurent glich einer liegenden Skulptur im Dämmerlicht.

«Jetzt müssen Sie mir aufmerksam zuhören. Ohne Sie, ohne Ihr Einverständnis werden wir es nicht schaffen. Wollen Sie es versuchen?»

Im selben Augenblick öffnete sich die Tür, und Erick Flamand betrat das Zimmer.

29

NEUNUNDZWANZIG

Als er seine erste Hypnosesitzung miterlebt hatte, war Vullierme dreiundzwanzig Jahre alt gewesen.

Anschließend hatte er seine Berufswahl angezweifelt. Zehn Jahre an der medizinischen Fakultät und die Aussicht auf weitere vier Jahre, nur um vor einem Patienten in Trance den afrikanischen Guru zu spielen, das war eher entmutigend. Die Worte des Arztes hatten ihn jedoch aufhorchen lassen: «magnetische Trance» und vor allem «Suggestion». Die Ausübung der Suggestion erschien ihm wie eine künstliche, vergängliche und oft wirkungslose Manipulation. Einem Menschen mit starken Verbrennungen das Gefühl von Kühle zu suggerieren, konnte diesem sicher Erleichterung verschaffen, doch Vullierme hielt dieses Vorgehen in der Psychotherapie für relativ nutzlos. Sein Eindruck hatte sich rasch bestätigt: Bei gewissen Patienten schien es illusorisch zu sein, mit Hilfe von Suggestion einen psychologischen Widerstand brechen zu wollen.

Jahrelang hatte Vullierme die Hypnose gemieden, bis zu dem Tag, als sie bei ihm selbst angewandt wurde, nachdem er alles versucht hatte, um gegen eine verheerende Phobie anzukämpfen: Jedes noch so kleine Insekt ließ ihn die Fassung verlieren.

Diese neue Annäherung, die eher gezwungenermaßen als freiwillig stattfand, war eine Offenbarung gewesen.

Die moderne Hypnose wurde ihm dieses Mal wie eine Therapie erklärt, die eine Veränderung verursachte, indem sie den Patienten dazu ermunterte, sein Selbstbewusstsein wiederzuerlangen und die Initiative zu ergreifen. Der Arzt hatte mit ihm damals über das «Loslassen» geredet:

«Sie müssen spüren, dass Sie sich von Zwängen befreien, seien es nun innere oder äußere.»

Vullierme war skeptisch gewesen.

«Ich bin nicht in der Lage, in dieses Zwischenstadium zu treten, diesen bewussten Schlaf; das ist unmöglich.»

Der Hypnotherapeut hatte gelacht.

«Aber das machen Sie doch täglich, regelmäßig und ohne es zu wissen, zum Beispiel wenn Sie in die Lektüre eines Buches vertieft sind, das Sie fasziniert, oder wenn Sie in einen

Film eintauchen ... Haben Sie auf der Autobahn noch nie das Gefühl gehabt, ‹automatisch› zu fahren? Sie sind nicht der Einzige, der sich dessen nicht bewusst ist. Wer hat noch nicht mit seinem Kind geschimpft, das vor dem Fernseher hockt und nicht antwortet, wenn Sie es schon zum vierten Mal zum Essen rufen ... Es ist nicht schlecht erzogen, Vullierme, es befindet sich in ‹hypnotischer Trance›, wie Sie auf der Autobahn oder beim Lesen. Das ist ein normales und spontanes Phänomen. Lassen Sie es geschehen, und dann werden Sie loslassen, das sage ich Ihnen.»

Dann ließ man ihn also in diesen merkwürdigen Zustand tauchen, zwischen Schlaf und Wachen, nahe dem Traum, in dem er weiterhin mit der Außenwelt kommunizieren konnte. Und, wie ein Wunder, er hatte sich von der Kontrolle gelöst und von der ihn umgebenden Realität getrennt. Er hatte sich aus einer Zwangsjacke befreit, um seinen psychischen Zustand zu ordnen. Und sich seiner Phobie entledigt.

In dieser Zeit fing Vullierme an, sich für den Schlaf zu interessieren, begeisterte sich für das Thema und fasste schließlich den Entschluss, diesem Thema seine Karriere zu widmen. Wenn die Hypnose dieser ‹bewusste Schlaf› war, dann war es in seinen Augen unverzichtbar, die Verlängerung ins Unbewusste zu erforschen. Sicher, der Schlaf war diese vom Bewusstsein unerreichbare Phase, vollzog sich aber stärker auf der Ebene der psychischen Befreiung, denn der Bezugsrahmen fehlte, die geistigen Trennwände wurden abgebaut – eine Verheißung auf dem Gebiet der Psychotherapie.

Die psychischen Widerstände vernichten und die mentalen Barrieren in der Hypnose versetzen: Nur so konnten sie seiner Meinung nach Strellis Erinnerungen noch freisetzen. Sein Patient hatte einen beträchtlichen Schock erlitten. Wenn das Vergessen tatsächlich eine Art Schutz war, ein Widersetzen gegen das Trauma, dann konnte die Hypnose vielleicht helfen, den Schleier zu lüften. Doch Strelli musste davon überzeugt sein. Die Hypnose, so wie sie heute praktiziert wird, kann nur mit dem grundlegenden Einverständnis des Patienten funktionieren; nur wenn er akzeptierte, dem Psychotherapeuten die Zügel zu überlassen, konnte er sich von seiner Kontrolle und seinen Widerständen lösen.

«Monsieur Strelli, Sie hören mich, oder?»

«Ja.»

Die Antwort war seltsam klar. Erick, der regungslos in einer Ecke des Zimmers stand, beobachtete ihn.

«Bevor wir weitermachen», erläuterte der Psychiater, «möchte ich, dass Sie mir mitteilen, was Sie sich von dieser Sitzung erwarten.»

«Ich will …»

«Lassen Sie sich nur Zeit, so viel Sie wollen.»

«Ich will meine Frau und meine Tochter wiedersehen», sagte Laurent mit fester Stimme.

«Konzentrieren Sie sich. Sie sind an einem Ort, den Sie kennen. Sie können ungehindert sprechen, in sich suchen und entscheiden, was Sie suchen werden. Sie werden sich befreien können. Erzählen Sie mir, was Sie sehen, was Sie empfinden.»

«Ihre Stimme klingt anders», antwortete der Künstler. «Die Zeit vergeht langsam. Mein Körper ist sehr groß, und mir ist kalt.»

«Gut. Fühlen Sie sich frei?»

Laurent zögerte.

«Ja.»

Vullierme machte eine Pause. Er selbst musste sich bemühen, seine Stimme, seinen Rhythmus zu kontrollieren. Strellis Ausgeglichenheit hing davon ab.

«Können Sie mir von der letzten Nacht erzählen, Monsieur Strelli?»

Erick trat näher ans Bett heran. Er erkannte den introvertierten Mann, den er einige Stunden zuvor befragt hatte, nicht wieder: Die Metamorphose war verblüffend. Aus Versehen stieß er mit dem Arm gegen einen Stuhl. Er hielt den Atem an. Vullierme sah ihn an. Laurent schien das Geräusch nicht gehört zu haben.

«Ich habe das Krankenhaus verlassen. Ich bin zu meinem Haus gerannt, um zu meiner Frau und meiner Tochter zu kommen … Das Haus stand in Flammen.»

«Ihnen kann nichts mehr passieren», erklärte Vullierme. «Erzählen Sie weiter.»

«Das Haus brannte. Und … und …»

Strelli wurde unruhig. Seine Atmung schneller.

«Bleiben Sie ruhig. Erzählen Sie mir, was Sie gesehen haben.»

«Den, der sie getötet hat.»

«Sehen Sie ihn jetzt? Sehen Sie sein Gesicht? Wer ist es, Monsieur Strelli?»

«Nein! Nein!»

«Wenn Ihnen das Gesicht dieses Mannes nicht erscheint, bleiben Sie konzentriert und warten Sie, bis er wiederkommt. Lassen Sie ihn wiederkommen. Blockieren Sie nichts und richten Sie keine Barriere zwischen sich und ihm auf.»

Strelli lag ausgestreckt auf dem Bett, angespannt und regungslos. Erick suchte den Blick des Arztes. Er sah Unsicherheit.

Im selben Augenblick ging die Tür auf.

«Doktor Vullierme …»

Der Psychiater hob die Hand, um Ruhe einzufordern.

«Doktor», beharrte Stéphane, «wir haben größte Schwierigkeiten auf Zimmer 12. Sie müssen kommen.»

Der Arzt warf ihm einen vernichtenden Blick zu. Stéphane rührte sich nicht vom Fleck.

Vullierme wandte den Kopf ab und seufzte. Hinter ihm hatte Laurent sich aufgerichtet. Er saß mit offenen Augen da, innerlich bereits entflohen. Die Hypnose und die damit verbundenen Hoffnungen waren schon genauso weit weg.

Vullierme begleitete Erick bis zum Ausgang der Station.

«Strelli war ohnehin in einer Verweigerungshaltung. Das war physisch offensichtlich. Vielleicht zu starke innere Widerstände. Tut mir leid: Ich hätte Ihnen gern geholfen. Und ihm auch. Wegen Stefania.»

Erick warf noch einen letzten Blick zum Zimmer 22.

«Ich werde noch einmal mit ihm sprechen. Ich habe das Gefühl, dass er mir vertraut. Und vielleicht hat die Hypnose ja irgendeine Blockade entfernt.»

«Das bezweifle ich. Das hat nichts mit Ihnen zu tun, egal welchen Kontakt Sie herstellen können. Ich glaube, dass es Strelli eher an einer Art Vertrauen zu sich selbst mangelt, das es ihm ermöglichen würde, seine Erinnerungen aus ihrem seelischen Gefängnis zu befreien.»

Vullierme stand mit hängenden Schultern vor ihm, so als drückte sich die Enttäuschung in Form von Ermattung aus.

«Es war meine Aufgabe, ihn dorthin zu führen, aber er hat sich widersetzt. Es ist gescheitert, Kommissar. Ich habe getan, was ich konnte, und wir können meiner Ansicht nach jetzt nur noch geduldig seine Psychotherapie fortführen.»

«Nein, eine letzte Karte können wir noch ausspielen», sagte Erick. «Und die ist jetzt in meiner Hand.»

DREISSIG 30

Er auf ihr. Fast unmittelbar. Er mochte keine Vorspiele, sie hatte das verstanden und akzeptiert. Er wollte eine schwere Last auf ihr sein. So wie er auf ihrem Leben, ihren Entscheidungen lastete.

Karim stützte sich auf die Unterarme, um ihre Brüste zu ergreifen, sie zu kneten, während er sich in ihr hin- und herwiegte. Er versteckte sein Gesicht in der Halsbeuge. Sein keuchender Atem streifte Evas Ohr. Sie wandte den Kopf ab. Bei jeder Bewegung spürte sie, wie ihr Fleisch bebte. Sie schloss die Augen, legte die Hände im Nacken ihres Geliebten zusammen. Sie wollte stöhnen, damit alles schneller ging, denn sie wusste, dass ihr Stöhnen ihn erregte. Stöhnen, auch um zu glauben, dass sie es liebte, wenn er sie liebte, um sich davon zu überzeugen, dass sein kantiger und ihr übergewichtiger Körper füreinander geschaffen waren. In Wirklichkeit hatte sie vor allem Lust zu schreien, damit es aufhörte. Stattdessen schwieg sie. Seine Bewegungen wurden schneller, kürzer. Er quetschte die Brust, kniff die Brustwarzen zusammen, biss hinein. Es tat weh, und gleichzeitig wusste sie, dass es bald vorbei sein würde. Als sich sein Körper straffte, beobachtete sie ihn: offener Mund, die Augen ins Leere gerichtet, spärliche Haare auf einem unmuskulösen Oberkörper. Er ließ sich erschöpft fallen.

Sie lächelte, er sah sie nicht. Sie nahm es sich übel, dass sie glaubte, ihr Martyrium sei vorbei. Martyrium … Ach, höchstens eine lästige Pflicht. Sie litt nicht darunter, auch wenn sie gut darauf verzichten könnte. Er nicht. Und außerdem war sie im Grunde auch zum Teil selbst schuld, das hatte er ihr eines Tages gesagt: Wenn sie nicht irgendwie frigide wäre, wenn sie mit etwas mehr Herz und Elan an die Sache heranginge, käme jeder dabei auf seine Kosten. In seinen Augen war alles klar. Glasklar.

Er hob den Kopf.

«Hat es dir gefallen? Du sagst mir nicht einmal, ob du zufrieden bist.»

Sie fuhr ihm mit der Hand durch die kurzen Haare: Er war verschwitzt. Zumindest er war mit Herz und Elan an die Sache herangegangen.

«Natürlich bin ich zufrieden.»

Er zog sich zurück und verließ das Zimmer. Sie hörte das Wasser im Waschbecken. Dann das Geräusch eines Feuerzeugs. Sie zog das Laken mit sich und hüllte sich darin ein, um ins Badezimmer zu gehen.

Sie wusch sich in aller Schnelle, kämmte sich und zog ein für die Jahreszeit zu leichtes Kleid an, das hauteng auf ihren Hüften lag. Sie hob den Kopf und ging zu ihm.

Er war noch nackt, lag ausgestreckt auf dem Sofa. Die Asche seiner Zigarette war auf die Fliesen gefallen.

Der Tisch am Fenster war gedeckt. Sie zündete die Kerzen an, er sagte nichts. Sie ging ohne Eile in die Küche und hoffte, den Blick zu entschlüsseln, der auf ihr ruhte.

Die Pumps mit den hohen Absätzen taten weh. Sie ignorierte den Schmerz und holte die Salate, die sie vorbereitet hatte, aus dem Kühlschrank. Sie legte die kalten Fleischscheiben auf einen Teller, wärmte das orientalisch zubereitete Gemüse auf; ihr graute vor gewürzten Speisen, doch sie hatte das algerische Rezept bis ins Detail genau befolgt. Mit einer Grimasse schloss sie die Mikrowelle.

Karim war noch immer im Wohnzimmer. Sie entschied sich, die Frage zu stellen, die ihr auf der Seele brannte:

«Können wir uns dieses Wochenende sehen?»

Sie hatte es so ungezwungen gesagt wie nur irgend möglich. Nachdem sie vergeblich auf eine Antwort gewartet hatte, ging sie in die Speisekammer, um eine Flasche zu holen. Er war praktizierender Moslem, aber wenn er mit ihr zusammen war – in trauter Zweisamkeit –, dann trank er Wein.

Nie mit seiner Familie. Nie mit seiner Frau und seinen Kindern.

Sie war gerade dabei, einen gekühlten Bandol aufzumachen, als Karim im Türrahmen erschien. Er war angezogen, hatte den Mantel in der Hand.

«Ich muss los.»

Sie lächelte und stellte die Flasche hin.

«Pech», sagte sie mit einem Schulterzucken. «Ich schenke mir trotzdem ein Glas ein, wenn es dir nichts ausmacht.»

Er kam auf sie zu, um sie zu küssen; sie führte das Glas an ihre Lippen.

«Eva, fang nicht wieder damit an.»

Er hatte einen überdrüssigen Tonfall angeschlagen. Er hatte recht, warum wieder anfangen? Die eigentliche Frage lautete doch: warum weitermachen? Er war ein Mann, dem Werte etwas bedeuteten, der gern Wein mit der fülligen Frau trank, die er bumste, und der immer zu der Frau zurückkehrte – der richtigen, der Mutter seiner Kinder –, die er nie verlassen würde. Ein simples Prinzip, dessen Endgültigkeit in der Aufrichtigkeit zu lesen war: «Eva, fang nicht wieder damit an.»

Sie wandte sich zum Fenster: Wenn sie nachher das Geschirr spülte, würde sie die Lichter des Alten Hafens sehen. Diese Aussicht besänftigte sie, als sie die Tür ins Schloss fallen hörte.

Vor dem Spiegel stehend, ließ sie ihr Kleid auf den Boden fallen. Einige Sekunden stand sie regungslos da, bis sie die

Schranktür mit ihrem Spiegelbild schloss. Sie legte sich hin, ohne sich zuzudecken. Kalte Schauer liefen ihr über den Körper, sie achtete nicht darauf.

Das Telefon klingelte. Sie dachte an Karim und drehte den Kopf herum: Die Nummer, die auf dem Display neben ihr zu sehen war, fing mit 01 an. Eine Pariser Nummer.

Das Klingeln hallte in der Leere wider.

Mit weit offenen Augen fixierte sie einen Punkt am Himmel, weit weg vom Telefon, von dem lauten Leben an einem Donnerstagabend in Marseille und von dem Rest der Welt.

31

EINUNDDREISSIG

Schweißgebadet erwachte Erick. Er brauchte einige Augenblicke, um sich darüber klar zu werden, dass er sich in seinem Zimmer, nur halb zugedeckt in seinem Bett befand. Bilder brachen über ihn herein: ein Krankenhausbett, der weiße Kittel, Vullierme, der flüsternd auf ihn einredete, sein eigenes Gesicht auf dem Kissen. Der Psychiater gab sich alle Mühe, in einer Hypnosesitzung den Grund für Ericks Schlaflosigkeit zu entdecken. Erick setzte sich auf und lachte über sich selbst: Gestern erst hatte er sich damit gebrüstet, nie zu träumen … Die Erklärungen von Françoise Meer kamen ihm in den Sinn. Die Erektion, die seine Unterhose spannte, bestätigte ihm, dass er in der fünften Phase eines Schlafzyklus aufgewacht war; mitten im Traum, mitten im paradoxen Schlaf. Deshalb hatte er eine Erinnerung an seinen Traum behalten.

Er stand auf. Draußen verdickte der Nebel die Nacht, wie eine Verpackung lag er um Bäume, geparkte Autos und Laternen. Er verspürte das Bedürfnis, die Tür zum Zimmer seiner Eltern zu öffnen. Dann ging er durch das Büro seines Vaters und betrachtete lange das Bücherregal, bevor er ein Buch herausnahm.

David Leavitt hatte *Die verlorene Sprache der Kräne* 1986 geschrieben, in einer Zeit, in der Homosexualität lediglich als gefährliche Praktik galt und die Homosexuellen als eine untergehende Spezies, die durch einen Virus dezimiert wurde. Erick vertiefte sich in diese düstere, schmerzliche Lektüre über einen Sohn und einen Vater: einen schwulen Sohn, der den Blick seiner Eltern auf sein Leben fürchtete, und einen Vater, der auf sein eigenes zurückblickte, das aus Selbstverleugnung, Verweigerung und Frustration bestand. Er legte das Buch nach einer langen Weile weg und dachte an seine eigenen Eltern. Nie hatten sie ihrem einzigen Sohn Fragen gestellt, der erst mit dreiundzwanzig und mit dem Diplom in der Tasche von zu Hause ausgezogen war und über dessen Gefühlswelt sie nichts wussten. War er schamhaft, was sein Gefühlsleben anbelangte? War darin eine implizite Wahl versteckt? Wenn er die Gesellschaft einer Frau nicht suchte, so hatte er sie doch auch nie gemieden. Er hatte schon mit Frauen geschlafen, geliebt hatte er keine von ihnen. Jedenfalls nie genug, um eine gewisse Intimität zu empfinden. Darüber hinaus gab es keine affektive Bindung, die ihm absolut notwendig erschien. Im Grunde hatte es nur einen einzigen offen ausgesprochenen Wunsch gegeben – nämlich den seiner Eltern, die die Freuden des Großelterndaseins kennenlernen wollten. Sie waren gestorben, und Erick konnte nicht sagen, ob sie letztendlich glückliche Eltern gewesen waren.

Als er seine Lektüre beendete, war es fast sieben Uhr morgens. Die blinkende Anzeige des Anrufbeantworters zog seine Aufmerksamkeit auf sich: eine Nachricht von Laura vom Vorabend. Ohne nachtragend zu sein, hatte sie die

Adresse des japanischen Restaurants hinterlassen, das er mit ihr oder ohne sie ausprobieren sollte. Er lächelte, stellte sich vor, mit ihr zusammen in seinem schmalen Bett zu liegen, wie er ihre dunkle Haut streichelte, und verscheuchte dieses Bild, wie man über einen Scherz lachte. Eine weitere Nachricht war nicht auf dem Band. Er hörte die Mailbox seines Handys ab. Keine Antwort auf seine wiederholten Anrufe am späten Abend. Dennoch würde er das Programm des Tages nicht ändern. Marina hatte die Militärbehörden bedrängt, und ihre Bemühungen hatten sich ausgezahlt: Sie hatte einen Platz am Vormittag ergattert – die Maschine startete um 10.30 Uhr. In Marignane würde ein Hubschrauber auf ihn warten.

Somit hatte er gerade noch Zeit, ein letztes Mal einen «traditionellen» Abstecher in die verstörte Welt von Strelli zu machen. Wenn er scheitern sollte, wäre sein Trumpf in Marseille der letzte. Und dieses Mal dürfte sich niemand irren.

32

ZWEIUNDDREISSIG

Erick schloss die Tür hinter sich. Er hatte das Zimmer 22 betreten, ohne eine Antwort abzuwarten, die ohnehin nicht gekommen wäre.

Laurent Strelli saß in einem Sessel, der zum Fenster gedreht war, sodass er Aussicht auf den Park hatte. Das Profil – leichte Hakennase, ausgeprägtes Kinn – zeichnete sich gegen das Morgenlicht ab. Erick trat zu ihm. Strelli erschrak, als er ihn bemerkte, und wandte den Blick ab.

«Es ist früh, entschuldigen Sie.»

Er glaubte, ein Lächeln zu erkennen, und betrachtete das als Einladung.

«Erinnern Sie sich an mich? Ich heiße Erick Flamand.»

«Ja. Sie sind Polizist.»

Erick setzte sich auf die Bettkante. Draußen hing ein feiner Schleier über dem Himmel, die Vögel fürchteten sich nicht vor psychiatrischen Kliniken. Erick liebte die fahlen Morgenstunden, die erloschene Vegetation, die Kälte hinter dem Fenster. Strelli schien ein beschaulicher Mensch zu sein, er beneidete ihn.

«Ich würde Ihnen gern ein paar Fragen stellen.»

Laurent drehte den Kopf herum, auf der Suche nach einem unsichtbaren Punkt am anderen Ende des Zimmers.

«Schon wieder?»

«Ja, schon wieder. Vielleicht haben Sie sich nach der Hypnosesitzung gestern an andere Bruchstücke dieser Nacht erinnert.»

Die Hände verkrampften sich auf der Lehne.

«Ich habe alles gesagt.»

«Geben Sie sich bitte Mühe. Es muss sein. Sie müssen mit mir sprechen, wenn etwas an die Oberfläche gekommen ist.»

Laurent hob den Kopf.

«Ich möchte nach Hause.»

«Wohin?»

Strellis Blick huschte über die wenigen Möbel im Zimmer, bevor er den Polizisten ansah. Etwas Kindliches lag in diesem Blick. Strelli wirkte wie ein Kind, das sich verlaufen hatte und das in der Menge nach seinen Eltern suchte. War das die Rolle, die Stefania Strelli innegehabt hatte? Hatte sie wissentlich ein verirrtes Kind geheiratet? Er beobachtete Laurent: Sein Gesicht verriet jetzt Aggressivität. Vielleicht hatte Stefania Strelli selbst letztlich nicht gewusst, welch wechselhaften Menschen sie geheiratet hatte.

«Ich will zu mir nach Hause. Villa de la Renaissance, im 19. Arrondissement», sagte er mechanisch.

Erick brauchte einige Sekunden, um die Inkohärenz dieses Wunsches zu erfassen.

«Ihr Haus wurde bei dem Brand zerstört, Sie können nicht dorthin zurück, zumindest jetzt nicht.»

Strelli schien ungeduldig und ungläubig auf eine andere Antwort zu warten. Erick stand auf.

«Monsieur Strelli, vor achtundvierzig Stunden ist Ihr Haus abgebrannt. Dort hat man Sie gefunden, verwirrt.»

Laurent heftete seinen Blick auf einen Fuß des Bettes und fuhr sich mit der Hand zwanghaft über den Schädel. Erick spürte, wie seine Geduld schwand, und er bemühte sich, nicht die Beherrschung zu verlieren.

«Sie haben mir erzählt, was passiert ist. Sie haben die Fondation verlassen und sind bis zu sich nach Hause gelaufen.»

Der Patient schwieg, so als erzählte der Polizist eine Geschichte, die er nicht kannte. Erick blieb beharrlich, bewusst aggressiv.

«Ihre Frau und Ihre Tochter sind tot. Und Sie haben das Gesicht des Mörders gesehen. Das haben Sie mir gestern erzählt.»

Strelli umfasste mit beiden Händen seinen Kopf.

«Ja, ich habe ihn gesehen.»

«Und Sie erinnern sich nicht an das Feuer?»

Der Künstler schüttelte verzweifelt den Kopf.

«Nein.»

«Sie wollen mich doch verarschen, verdammt nochmal!»

Die Tür wurde aufgerissen.

«Das reicht.»

Erick fasste sich wieder. Vullierme ging zu seinem Patienten, der zusammengekauert im Sessel saß.

«Gehen wir in mein Büro.»

33

DREIUNDDREISSIG

«Der Typ macht sich über uns lustig.»

«Er ist krank.»

Vulliermes Antwort klang wie ein Verdikt – unwiderruflich. Erick brauste auf.

«Er beschreibt den Tod seines Kindes, obwohl er nicht dabei war, und heute erinnert er sich nicht mehr an den Brand. Wie sieht Ihre Diagnose aus, Doktor? Schauspieler, Manipulator oder Verrückter?»

«Nichts von alldem. Psychologischer Schock mit einem Schutzmechanismus. Beruhigen Sie sich.»

«Und wir müssen auch akzeptieren, dass er einfach so aufgewacht ist, mitten in der Nacht, wie ein Prophet, der den Tod seiner Familie erahnt?»

Der Psychiater beobachtete ihn mit dem Blick eines Arztes. Seine bedächtigen Worte flossen wie eiskaltes Wasser.

«Es ist nicht das erste Mal, dass der Tod seiner Familie ihn aus dem Schlaf reißt. Die Angst vor dem Tod ist Teil seiner Persönlichkeit, das ist nun mal so. Aber dieses Mal ist der Albtraum mit der Realität verschmolzen. Es ist Ihre Aufgabe, diese Realität aufzuklären, nicht das psychiatrische Profil von Laurent Strelli anzuzweifeln.»

«Die Medizin ist vielleicht eine Wissenschaft, die mit Variablen arbeitet, meine Ermittlungsarbeit aber nicht. Ich stelle fest, dass sich die Aussagen meines sogenannten Zeugen von einem Tag zum anderen ändern. Wenn Sie mir dafür eine psychiatrische Erklärung liefern können, höre ich gern zu.»

Vullierme spielte einen Augenblick konzentriert mit einem Stift.

«Warum sollte er lügen? Er hat den Mord nicht begangen, dafür haben Sie mir gestern den Beweis geliefert.»

«Ich weiß es nicht», gestand Erick. «Er könnte Komplize des Mordes sein, ohne ihn selbst verübt zu haben. Im Moment bin ich bereit, ihn als einfachen Zeugen zu betrachten. Deshalb bitte ich Sie auch nicht, eine Lüge zu diagnostizieren, sondern mir zu sagen, ob der Zeuge verlässlich ist, das ist alles.»

«Nichts ist weniger verlässlich als ein Mensch ohne Bezugspunkte. Wundert Sie das?»

Dies war nicht mehr der Moment für schöne Phrasen. Erick wollte antworten, doch der Arzt ließ ihm keine Zeit.

«Jeder noch so gefestigte Mensch wird durch den natürlichen Tod eines Nahestehenden aus der Bahn geworfen. Und Sie möchten, dass ein hochneurotischer Mann, der introvertiert ist und die morbidesten Ängste hat, der seine Familie ermordet und verbrannt auffindet, dass dieser Mann in allen Einzelheiten mit Ihnen darüber spricht? Sie haben Glück – offensichtlich wurden Sie außerhalb Ihrer Arbeit noch nie mit dem Tod konfrontiert.»

Erick antwortete nicht. Er hatte mit diesem Arzt nichts anderes zu bereden als die Bestandteile der Ermittlung.

«Trauer und Resignation zeigen sich in ebenso vielen Reaktionen, wie es Persönlichkeiten gibt», schloss Vullierme. «Und diese Reaktionen sind umso fremdartiger, je gestörter die Persönlichkeiten sind.»

Erick beugte sich über den Schreibtisch.

«Ich bin bereit, alles, was Sie sagen, zu akzeptieren. Aber ich muss trotzdem wissen, ob man Erinnerungen wiedererlangen kann, die von einem Tag auf den anderen verschwunden sind.»

«Sie wollen sicher über den punktuellen Gedächtnisschwund reden, Monsieur Flamand. Ich beglückwünsche Sie, das ist genau die Diagnose, die man stellen darf.»

Erick erkannte die Stimme von Françoise Meer, die gerade den Raum betrat.

Sie lächelte und reichte ihm die Hand.

«Wir sind uns heute Morgen begegnet», sagte sie. «Sie verließen gerade das Zimmer von Monsieur Strelli, als ich auf Bitten meines Kollegen dorthin ging.»

Sie setzte sich in einen Sessel, ohne den Blick von dem Polizisten abzuwenden.

«Ich habe das Scheitern der Hypnose auf den Widerstand des Patienten zurückgeführt», erläuterte Vullierme. «Erst anschließend habe ich wirkliche Gedächtnisstörungen in Betracht gezogen. Ich wollte Gewissheit haben.»

«Ich habe ebenfalls das Gedächtnis dieses Patienten überprüft», berichtete die Frau. «Ich bin mir nicht schlüssig, gebe ich zu ...»

Erick sah sie aufmerksam an.

«Ist das alles?»

«Schon gestern gefiel mir Ihre Ungeduld», sagte sie wohlwollend. «Neugier ist in Ihrem Beruf sicher von Vorteil.»

Sie wandte sich ihrem Kollegen zu.

«Laurent Strelli leidet offensichtlich an amnesischen Störungen, aber seltsamerweise ist der Verlust der Erinnerungen nicht strukturiert.»

«Frau Dr. Meer, ich bin kein Arzt», sagte Erick.

«Es gibt genau definierte Arten von Amnesie, Kommissar. Einige betreffen nur die weit zurückliegenden Ereignisse, andere die kürzlich geschehenen. Manche Patienten beschränken ihre Amnesie auf ein ganz bestimmtes Thema und löschen aus ihrem Gedächtnis alles, was damit zusammenhängt. Und gewisse Amnesien betreffen alles, was sich zum Beispiel vor einem Unfall ereignet hat. Das ist die retrograde Amnesie, im Gegensatz zu der anterograden, die alles betrifft, was auf den Unfall folgt. Das gibt Anlass zu komischen und manchmal schrecklichen Situationen: Der Patient vergisst die Identität des Arztes und begrüßt ihn bei jeder Begegnung, als sei es die erste. Das Leben wird zu einer permanenten Strategie, die aus Notizen in einem Block und unaufhörlichen Fragen besteht.»

«Françoise, ich habe dem Kommissar bereits erklärt, welche Schäden ein psychisches Trauma zur Folge haben kann und welche Schutzmechanismen ein Individuum einsetzt.»

«Strelli leidet nicht unter einer anterograden Amnesie: Er hat mich genau wiedererkannt.»

«Die Situation von Monsieur Strelli ist seltsam, ja», sagte die Psychiaterin. «Die Gedächtnisstörungen, unter denen er leidet, folgen keinen Regeln, weder hinsichtlich einer Chronologie noch bezüglich bestimmter Ereignisse. Seine Amnesie kann ältere Fakten ebenso betreffen wie jüngere Ereignisse, ein Thema genauso gut wie das andere. Das meinte ich mit dem punktuellen Gedächtnisverlust, Monsieur Flamand: Die Erinnerungen werden willkürlich, stellenweise ausgelöscht.»

«Ausgelöscht oder versteckt», berichtigte ihr Kollege.

«Was mich stutzig macht, ist, dass es sich nicht nur um Störungen des Gedächtnisses handelt», fuhr Françoise Meer fort. «Der Patient leidet auch unter Konzentrationsstörungen. Die Unterbrechungen des Kontakts treten häufig auf, sie sind beunruhigend ... Sie haben den Ablauf der Tests komplizierter gemacht.»

Ihre Erläuterungen hatten die gleichen mysteriösen Untertöne wie am Vorabend. Erick ignorierte Vullierme für den Augenblick.

«Welche Erklärung haben Sie für diesen Gedächtnisverlust?»

«Im Moment keine. Der Schock spielt sicher eine Rolle, aber er erklärt nicht alles.»

Erick stand auf, um sich die Beine zu vertreten. Das Schweigen der Ärzte ermutigte ihn, Überlegungen anzustellen, die einer anderen Logik als der der Wissenschaft folgten.

«Doktor Vullierme, ist es möglich, dass Strelli seit seiner Aufnahme unter dem Einfluss irgendeiner Substanz steht?»

«Einer Droge? Hier?»

«Oder einem Medikament, einer Behandlung, ich weiß nicht.»

«Nein. Eine halbe Ampulle Tranxene gestern, aber das erklärt nicht diesen Grad der Verstörung.»

«Eine bestimmte Untersuchung, ein Schock, eine Infusion vielleicht?», sagte Erick. «Wir dürfen nichts außer Acht lassen.»

Vullierme griff zum Telefonhörer.

«Falls einer von uns in dieser Nacht ein Medikament verabreicht hat, dann taucht die ärztliche Verordnung zwangsläufig in der Krankenakte des Patienten und in den Übergabeprotokollen der Krankenschwestern auf. Man hätte es mir gesagt, aber ich kann es überprüfen.»

Die Stimme von Françoise Meer erklang, deutlich und bestimmt.

«Zwischen gestern und heute hat sich etwas abgespielt, das Sie außer Acht gelassen haben, Monsieur Flamand.» Erick und Vullierme beobachteten sie schweigend. Vullierme legte den Hörer wieder auf.

«Dabei», sagte sie, «ist das ein bedeutsames Ereignis, dessen Konsequenzen wir hätten voraussehen müssen.»

Sie hielt dem Blick der beiden Männer stand. Erick glaubte, ihr eine ansteckende Unruhe ansehen zu können.

«Er hat geschlafen. Laurent Strelli hat zwischen den beiden von Ihnen vorgenommenen Befragungen eine ganze Nacht lang geschlafen, Kommissar.»

34

VIERUNDDREISSIG

Im Taxi, mit dem Erick zum Flughafen fuhr, rief er sich Françoise Meers Worte in Erinnerung. Das Leitmotiv, das überall aufzutauchen schien, hatte in ihm eine heftige Reaktion hervorgerufen.

«Finden Sie immer eine Verbindung zwischen dem Schlaf und allem anderen, was sich im Leben Ihrer Patienten ereignet?»

«Ich nehme an, Ihre reservierte Haltung lässt sich auf Ihre frühe Kindheit zurückführen. Doch gerade in Ihrem Beruf ergibt man sich letztendlich doch oft den wissenschaftlichen Gegebenheiten. Sie sind nicht überzeugt von dem, was Sie in den letzten vierundzwanzig Stunden gehört haben, nicht wahr?»

«Mein Leben hat sich auch außerhalb der Polizei abgespielt, und ich habe gelernt, dass man sich in der Medizin auf ein Element konzentrieren und es für alles verantwortlich machen kann. Hier bei Ihnen, das habe ich sehr wohl verstanden, stiehlt der Schlaf dem Rest die Schau. Jeder predigt für seine Gemeinde.»

«Sie sehen das zu eng», hatte Vullierme erwidert. «Sie wollten eine mögliche Erklärung, wir bieten Ihnen eine. Niemand zwingt Sie, sie anzunehmen.»

Françoise Meer hatte die Wogen geglättet.

«Ich habe veranlasst, dass sofort eine polysomnographische Aufzeichnung vorgenommen wird. Laurent Strelli ist aus dem Koma erwacht, er ist erschöpft, er wird problemlos einschlafen. Ich schlage Ihnen vor dabeizubleiben. Ein Zyklus müsste reichen, um eine mögliche Anomalie festzustellen und meine Hypothese zu bestätigen.»

«Oder zu entkräften.»

Vullierme hatte für seine Kollegin geantwortet.

«Was machen die Nächte mit Ihnen, Flamand, dass Sie sich so vehement weigern, an die Macht des Schlafes zu glauben?»

Erick war aufgestanden und zur Tür gegangen.

«Bleiben Sie, Monsieur», hatte sie gesagt. «Die Untersuchung wird entscheidend sein, vertrauen Sie mir. Sie werden wissen, woran Sie sind.»

«Ich habe einen Termin, aber in vier Stunden kann ich wieder hier sein», hatte er erwidert. «Wenn es Ihnen nichts ausmacht, verteilen wir die Aufgaben nach Kompetenzen. Und treffen uns wieder, um die Ergebnisse auszutauschen. Bis dahin kümmern Sie sich gut um Strelli.» Dann hatte er sich Vullierme zugewandt. «Anstatt meine Nächte ergründen zu wollen, sollten Sie lieber seinen Tag im Auge behalten.»

Er war zu spät von der Klinik weggefahren, der Fahrer hatte Mühe, sein Taxi durch die verstopften Straßen zu manövrieren. Sie bogen auf den Périphérique ein und wurden erst in der unmittelbaren Umgebung des Flughafens langsamer. Die Dienstmarke machte ihnen den Weg frei bis an die Startbahn, wo Erick in letzter Minute in ein Militärflugzeug sprang, dessen Motoren bereits liefen.

Anderthalb Stunden später betrat er eine vom Mistral gefegte Landebahn. Der Himmel war so strahlend blau, wie man ihn nicht einmal im Pariser Hochsommer kannte. Rote Hügel, die Vegetation, die Wohlgerüche, ein Fest für die Sinne. Er hielt einen Augenblick inne, wie betäubt. Marseille mochte Spott oder Ablehnung provozieren, doch die Stadt verfügte über diese unverschämte, mühelose Pracht, die die Natur darbot, ohne etwas dafür zu verlangen. Diese Stadt atmete den Geist der Freiheit, und diese Freiheit machte einen vom ersten Augenblick an trunken.

«Der Hubschrauber wartet auf Sie, Kommissar.»

Erick warf einen letzten wehmütigen Blick auf die Szenerie; er begriff nun besser, was man unter dem Zauber eines Ortes verstand. Er schaute auf die Uhr: Es blieb ihm gerade noch Zeit genug, über die Stadt zu fliegen, um an sein Ziel zu gelangen. Er hatte abgesehen von dem Treffen selbst nichts vorbereitet. Seinen Erinnerungen zufolge würde die Spontaneität eher zu seinen Gunsten arbeiten als eine perfekte Rede. Umso besser. Es war zu spät für ausgeklügeltes Taktieren.

Das Gefängnis Les Baumettes entsprach genau der Vorstellung, die man sich von einer Strafanstalt machte, wenn man noch nie eine gesehen hatte. Eine Betonmauer, Wachtürme und das riesige Metalltor.

Dahinter die Hölle.

Alles schien zu erlöschen, der Himmel seine Farbe zu verlieren, die Gesichter sich zu verfinstern. Er musste einen ersten Hof überqueren, um die nötigen Formalitäten im Verwaltungsgebäude zu erledigen und dort seine Waffe abzulegen. Er ging über einen zweiten Hof bis zu einem länglichen Block, der älter als die anderen war. Erick hob den Blick: Die eisengepanzerten Fenster an der verwitterten Fassade sahen aus wie Abwasserschächte.

Er folgte dem Aufseher durch ein Labyrinth von Fluren bis zu den verschlossenen Gittertüren. Der Mann fingerte an einem Schlüsselbund herum, um den richtigen Schlüssel herauszufischen. Erick hielt auf der Türschwelle inne. Vor ihm, auf sechs Ebenen, erhoben sich die Gänge, an denen jeweils ungefähr zehn Zellen lagen.

«Das Sprechzimmer ist am anderen Ende.»

Erick beschloss weiterzugehen. Er hörte, wie die ersten Gegenstände gegen die Gitterstäbe geschlagen wurden. Das hämmernde Geräusch breitete sich aus, von Zelle zu Zelle, von Etage zu Etage, wie eine Welle, die ansteigt und über eine Schiffsbrücke hereinbricht. Der Polizist kontrollierte seine Schritte: auf keinen Fall schneller werden. Die Stimmen brachen über ihn herein.

«Komm mal her, du bist hübsch, Kleiner, in deinem neuen Anzug.»

«Ich steh auf Blonde. Außerdem haste 'ne Visage wie 'n Mädchen. Blas mir doch einen, du Schwuchtel!»

Spucke landete auf seiner Schulter. Er hatte erst die Hälfte des Gangs hinter sich. Er faltete in aller Ruhe ein Taschentuch auseinander und wischte über den Stoff. Die Jacke öffnete sich einen kurzen Augenblick lang – lang genug, um den Waffengurt aufblitzen zu lassen.

«Ein Bulle, Scheiße! Hey, Leute, das is'n Bulle!»

Der Schrei breitete sich wie ein Lauffeuer aus. Innerhalb weniger Sekunden prasselte ein Regen von Gegenständen auf den jungen Mann ein: Löffel, Schachteln, Abfall. Alle Etagen spuckten aus, was die Zellen erbrechen konnten und die Häftlinge nicht brauchten. Die Aufseher liefen die Gänge entlang, um mit ihren Knüppeln auf Gitter und Arme einzuschlagen. Ericks Begleiter drängte ihn vorwärts ans Ende des Gebäudes.

«Beeilen Sie sich.»

Erick ging eilig bis zu dem besagten Raum. Die Tür fiel ins Schloss, und der Lärm wurde zu einem dumpfen Geräusch. Er spürte, wie sich seine Herzfrequenz verlangsamte.

Am anderen Ende des langen Raumes stand sie mit dem Rücken zu ihm, über einen Schreibtisch gebeugt. Eher noch als die Umrisse erkannte er die Faust auf der Hüfte wieder, den Stift, der die widerspenstigen Haare zurückhielt, den grellen Stretchrock.

Eva drehte sich um.

«Erick Flamand, richtig?»

Er hatte ihren provenzalischen Akzent vergessen. Von der Stimme hatte er nur die Wärme und die Lebendigkeit und auch die Selbstsicherheit bei ihren Vorträgen in Erinnerung behalten. Er erwiderte das Lächeln und streckte ihr die Hand entgegen.

«Tja, also, ich werde ehrlich sein: Ich erinnere mich überhaupt nicht an dich! Aber wir duzen uns doch, oder?»

35

FÜNFUNDDREISSIG

Eva schob eine Münze in die Maschine. Erick blickte sich um. Das Licht fiel von kleinen Fenstern herab, die in fünf Meter Höhe in die Mauer gehauen waren. Der Flur glich den Bildern eines Todesflures aus amerikanischen Filmen.

«Kaffeefarbenes Wasser oder teefarbenes Wasser?»

«Nichts, danke.»

Ein Becher fiel herab. Eva betrachtete missmutig den Becherboden.

«Ich schäme mich richtig. So empfängt man doch seine ehemaligen Schüler nicht. Wir hätten woanders hingehen können, ans Meer zur Pointe Rouge oder nach l'Escale. Das ist besser als die Seine. Was wird man im Präsidium wohl von mir denken?»

«Nichts Schlimmeres als das, was man ohnehin schon denkt», sagte er.

«Dann hat es sich ja gelohnt, dass ich mich abgerackert habe, um fünfundzwanzig Kinderchen wie dich eine Woche lang unter eurem laugenfarbenen Himmel zu unterrichten.»

«Zumindest eines von ihnen erinnert sich daran.»

Sie lachte.

«Stimmt. Und du bist der Einzige, da bin ich mir sicher. Die haben mich nie wieder angerufen.»

Erick schwieg. Er hatte zwar keinen Plan ausgearbeitet, aber er hatte auch nicht geahnt, dass er eingeschüchtert sein könnte. Bereits in der Teenagerzeit hatte er seine Schüchternheit abgelegt, in dem Alter also, in dem sie den größten Schaden anrichtete. Nur Frauen schafften es mitunter, dass er sich unbehaglich fühlte.

Er hatte Eva seit vier Jahren nicht gesehen. Für die jungen Rekruten der Polizei konnte die Berührungstherapie, unterrichtet von einer Frau, nur wie ein Praktikum in Thai-Massage aussehen. Und doch hatte sie sich mit der Selbstsicherheit derjenigen, die ihr Wesen und ihr Äußeres auch in einer feindlichen Umgebung akzeptieren, durchgesetzt. Sicher, die Unbekümmertheit, die sie an den Tag legte, war zum Teil gespielt. Aber es war vor allem diese Kraft, die er bewundert hatte: Sie war in der Lage, eine Haltung zu konstruieren, eine Persönlichkeit aufzubauen, die die anderen überzeugte und an die man schließlich auch selbst glaubte. Er war sich nicht sicher, ob es ihm so gut gelang wie ihr.

«Du arbeitest doch nicht nur hier, oder?»

«Nur vormittags», sagte sie. «Nachmittags bin ich im Zentrum für funktionelle Rehabilitation. Autounfälle und aus dem Fenster Gestürzte.»

«Schwer mit der Zeit, kann ich mir vorstellen.»

«Anfangs schon. Nach einem Monat fragt man sich, ob Strick oder Gas besser ist. Danach ...»

Sie deutete mit einer Kinnbewegung auf den Zellenbereich.

«Mit denen habe ich mich gegen Hass und Depression geimpft.»

Sie dachte an ihre durchwachte Nacht, diese Nacht der Einsamkeit, die sie noch schmerzte, an das Hin und Her zwischen Bett und Sofa, zwischen Buch und Zeitschrift, die Stunden zählend. Die Müdigkeit lastete jetzt schwerer auf ihr als am frühen Morgen. Sie riss sich zusammen.

«Dir scheint es gutzugehen. Ich kann mir kaum vorstellen, dass Paris jemandem guttun kann, aber du scheinst bei bester Gesundheit zu sein. Man würde dich auf fünfzehn schätzen, mein Junge! Du bist wahrscheinlich der erste Oberschüler, der zum Kommissar befördert wurde.»

«Du hättest mich nicht vergessen, wenn das so wäre.»

«Doch. Männer beeindrucken mich nicht durch ihre Frühreife.»

Sie warf ihren Becher weg, ohne ihn benutzt zu haben.

«Nun, da wir unsere Erinnerungen ausgetauscht haben, kannst du mir ja sagen, warum du die Hauptstadt verlassen hast und das Risiko eingegangen bist, das Spiel des PSG heute Abend zu verpassen, um dich mit mir in diesem grauenhaften Gefängnis einsperren zu lassen.»

«Weil ich Fußball nicht mag.»

«Ich höre.»

Evas Gesichtsausdruck hatte sich von Grund auf geändert. Sie war aufmerksam gewesen, jetzt wurde sie verschlossen und konzentriert. Ihr Gesicht verlor diese ganz eigene Leichtigkeit. Er vergaß die zu roten Lippen, die Klunker, den kurzen Rock, sogar die Anglerstiefel. Sie hörte ihm tatsächlich zu. Er zögerte.

«Ich bin hier, weil ich aufrichtig an die Wirksamkeit der Berührungstherapie glaube.»

«Das sagtest du bereits.»

Sie scherzte nicht mehr. Ohne seine Aufrichtigkeit anzuzweifeln, forderte sie ihn auf, offen zu sein, so wie sie selbst es auch getan hätte.

«Ich habe einen Doppelmord am Hals und komme nicht vorwärts.»

«Die Ermittlungen stocken? Warum?»

«Die Sackgasse ist wissenschaftlich, medizinisch. Psychologisch.»

«Schlecht.» Sie warf einen Blick auf ihre Uhr.

«Ich vermeide hier Überstunden. Wann reist du wieder ab?»

«Abflug um 14.25 Uhr.»

«Dann haben wir ja Zeit für ein gemeinsames Mittagessen.»

36

SECHSUNDDREISSIG

«Ich fasse zusammen: ein Typ, 36, Künstler, abgedreht, in psychotherapeutischer Behandlung und seit achtundvierzig Stunden Witwer. Das andere Opfer?»

«Seine Tochter.»

«Ah. Ich glaube, dann dürften sich seine psychischen Probleme nicht so leicht regeln lassen.»

Erick ließ seinen Blick übers Meer wandern. Sie hatte ihm von der zauberhaften Umgebung erzählt, und sie hatte ihr Versprechen gehalten. Sie waren in südlicher Richtung aus Marseille herausgefahren, an der Küste entlang bis Callelongue. Die Terrasse des Restaurants ragte über das stürmische Meer hinaus. Die Wellen brachen sich an den zerklüfteten Küsten und erstarben wie ein Funkenregen auf den Felsvorsprüngen, die Insel Maïre zeichnete ihren Schatten auf dem Blau – es war von einer wilden Schönheit. Die Naturgewalt, die sich ihm darbot, rief Bilder von Strelli in ihm wach. Wie er sich, überwältigt von seiner Trauer, in seinen Sessel geflüchtet hatte. Es waren Bilder der Verzweiflung. Nein, seine Probleme würden sich nicht einfach so von selbst lösen.

«Er hat den Mörder gesehen.»

«Er war bei dem Mord an seiner Frau und seinem Kind anwesend?»

Entgeistert legte sie die Gabel weg.

«Und ich dachte, ich wäre mit allem in Berührung gekommen, was an Bösem ersonnen werden kann. Der Schrecken kennt keine Grenzen. Der arme Kerl.»

«Er wurde bewusstlos aufgefunden, inmitten der Flammen, in der Nähe der beiden Leichen.»

«Habt ihr herausgefunden, welcher Mistkerl das war?»

«Nein.»

Sie sah ihn fragend an.

«Strelli erinnert sich nicht mehr an das Gesicht des Mörders», sagte er. «Wie in einem schwarzen Loch ist es in seinem kleinen Kopf verschwunden.»

Eva zeigte keine Verwunderung. Im Gegensatz zu ihm konnte sie sich anscheinend vorstellen, dass man aus seinem Gedächtnis die Gesichtszüge desjenigen löschte, der einem gerade die Existenz zerstört hatte. Erick zweifelte mittlerweile an sich. War er vielleicht unempfänglich für menschliche Labilität? Vielleicht hatte er sich noch nie schützen müssen. Die Schicksalsschläge, die er erlebt hatte, hatten es nicht notwendig gemacht, dass er seine Vergangenheit ausradierte. Obwohl er aufgehört hatte, an seine Unverwundbarkeit zu glauben, an diesen Mythos, an dem diejenigen festhalten, die sich vor dem Erwachsenwerden fürchten. Auch er war nicht gegen Traumata gefeit, setzte sich aber auf eine andere Weise gegen sie zur Wehr. Während Strelli sich für das Vergessen entschieden hatte, setzte Erick eher auf Konfrontation. Zumindest glaubte er das.

Eva reagierte schließlich.

«Was sagt der Psychiater?»

«Psychologischer Schock. Schutzmechanismus.»

Der Kellner kam, um Wein nachzuschenken. Erick lehnte ab, Eva hielt ihm das Glas ein viertes Mal hin.

«Vielleicht ist es nur vorübergehend. Die Erinnerung kann jederzeit wiederkehren.»

Er machte eine Pause, bevor er fortfuhr:

«Aber ich habe keine Zeit zu warten.»

Erick lauerte ungeduldig auf ihre Reaktion. Ahnte sie, worauf er hinauswollte? Oder tat sie nur so, als verstünde sie ihn nicht? Er nahm sich seine Winkelzüge übel. Schon vorhin hatte sie auf sein Temperament angespielt: geradewegs das Ziel ansteuern. Sie ließ ihm nicht die Zeit dazu.

«Von den Verbrechern, die ich mittlerweile behandelt habe, stammen viele – im Gegensatz zu dem, was man vielleicht denken mag – aus dem Umfeld ihres Opfers. Und die meisten sind Wiederholungstäter. Sie verschwinden nicht einfach so; sie sind da, ganz in der Nähe, und man denkt nicht an sie. Lass dem Kerl etwas Zeit, seine Erinnerung wird wiederkommen, wenn ihr danach ist, und du wirst den Schuldigen letztendlich dingfest machen.»

«Strelli ist der einzige Zeuge eines Doppelmordes, er ist in letzter Sekunde entkommen. Das nächste Mal könnte es ihn erwischen. Wir haben keine Zeit zu verlieren.»

Eva sah ihn eindringlich an. Er hielt dem Blick nur mit Mühe stand.

«Du willst es mit der Berührungstherapie versuchen, richtig?»

Er nickte. Sie lächelte und fasste liebevoll nach seiner Hand.

«Du bist wirklich ein schlechter Schüler, Erick. Weißt du das? Du hast während der Ausbildung anscheinend nicht aufgepasst. Du hast dir aus der letzten Reihe die Mädchen angeschaut.»

Sie war nicht nur nicht naiv, sie wusste auch, wo es wehtat. Er ließ sie gewähren.

«Mein Lieber, ich praktiziere keine schwarze Magie, tut mir leid.»

«Du musst mir helfen.»

Sie drehte ihren Stuhl herum und wandte sich – so wie er – dem Horizont zu. Sie waren allein im Restaurant.

«Schön, nicht wahr?»

Der Anblick war überwältigend, und doch hatte er in diesem bestimmten Moment keine Bedeutung für ihn. Einzig die Aussicht auf eine Lösung interessierte ihn. Sie drehte den Kopf zu ihm herum.

«Die Berührung ist nicht wie diese Landschaft, sie hat ihre Grenzen. Übrigens steht das, was du mit dieser Kunst erreichen willst, im Gegensatz zu ihrem Prinzip. Du willst die Psyche erforschen, während die Berührung sich für den Körper und die Emotionen interessiert, die sie hervorruft.»

Sie legte die Hände auf den Tisch, so als wollte sie ihre Erläuterung veranschaulichen.

«Wir sind Lichtjahre vom Gehirn und vom Intellekt entfernt, Erick. Ich kommuniziere über die Berührung, und dieser Kontakt nimmt die Gestalt eines Spiegels an. Man berührt sich, um zu beobachten, den anderen und sich selbst. Wenn ich dich berühre, empfindest du etwas im Bauch, im Herzen, in den Beinen, und wir lachen über die Gedanken, die dir durch den Kopf gehen. Das ist keine Psychoanalyse. Wir analysieren nichts. Wir identifizieren ein Gefühl, wir beschreiben ein Empfinden. Das mit der Berührung verbundene Wohlbehagen entsteht dadurch, nicht durch die Reflexion.»

Sie hatte frei gesprochen, und er war neidisch auf die Freiheit der Worte. Gern würde er es ihr gleichtun. Zumindest im Beruf.

«Das weiß ich alles. Und wenn ich hier bin, dann nicht, um dich zu überreden, in Strellis Gehirn herumzustöbern und sein verlorenes Gedächtnis herauszufischen. Er ist gehemmt, blockiert. Er ist gefesselt. Eva, ich erinnere mich an alles, sogar an deine eigenen Worte während der Ausbildung: ‹Mit deinem Empfinden legst du den Finger auf die inneren Knoten. Sobald man diese Knoten identifiziert hat, fängt man an, sie zu lösen.› Wenn man es schafft, Strelli von diesen inneren Zwängen zu befreien, wird die Erinnerung von allein an die Oberfläche gelangen.»

Sie schüttelte skeptisch den Kopf.

«Das lernt man nicht in einer Woche. Schon gar nicht in einer Stunde.»

«Aus diesem Grund bin ich zu dir gekommen.»

Er zögerte.

«Ich will dich holen.»

«Was? Schlag dir das aus dem Kopf.»

«Drei Stunden, Eva. Höchstens der Nachmittag. Dann fliegst du wieder nach Hause.»

Sie lachte ungläubig.

«Eigentlich ist es doch besser, wenn du rot wirst und nichts sagst. Außerdem ist es wahrscheinlich, dass man mit einer Sitzung gar nichts erreicht.»

«‹Die Berührung ist keine Angelegenheit von Zeit, sondern von Glauben.› Das stammt auch von dir. Ich glaube an die Berührung.»

Sie beobachtete ihn unverhohlen.

«Für wen kämpfst du? Du willst etwas beweisen. Dieser Ehrgeiz wird euch Männer noch ins Verderben stürzen.»

Ehrgeiz. Darüber hatte Erick noch nie nachgedacht. Ehrgeiz kam ihm lächerlich vor: Er hatte zu viele andere Dinge im Kopf. Einen Haufen von Sachen, die zu beweisen waren und die mit Sicherheit nichts mit seiner Karriere zu tun hatten. Ein Mann sein, ein Erwachsener, weder Sohn noch Waise, die Einstellung des Verfahrens vergessen, Eltern, die ohne Grund ums Leben kamen. Den Gedanken akzeptieren, dass irgendwo ein Verrückter frei herumlief. Vielleicht hatte er den Ehrgeiz, Lust zu empfinden, anstatt gegen sie anzukämpfen. Er beschloss, die Bemerkung zu ignorieren.

«Wir müssen alles versuchen, und genau das mache ich. Die Hypnose hat nicht funktioniert.»

«Dein Zeuge plagt sich offensichtlich mit ungeheuren inneren Widerständen herum. Schlechtes Zeichen.»

«Die Berührung ist eine andere Sprache, oder?»

«Hör auf, mich zu zitieren, das nervt.»

«Vielleicht ist das aber die Sprache, die Strelli spricht.»

Dieses Mal antwortete sie nicht. Sie hatte diesen Kerl unterschätzt. Er war stärker, entschlossener, als sie gedacht hatte.

«Die Psychiater verfolgen einen anderen Weg», sagte er.

«Welchen?»

«Den des Schlafs. Das ist ihr Steckenpferd. Strellis Schlaf könnte die Gedächtnisstörungen erklären.»

Der Nachtisch wurde serviert. Eva spielte mit den Profiteroles, ohne davon zu probieren.

«Lass diesen Weg nicht außer Acht, Erick», meinte sie ernst. «Ich bin kein Psychiater, aber meiner Meinung nach ist der Schlaf von grundlegender Bedeutung. Er ist ein wesentliches Glied in der Kette des Wohlbefindens. Er spiegelt auch Störungen wider.»

«Ich lasse gar nichts außer Acht. Deshalb bin ich ja hierhergekommen.»

Eva wich dem letzten Ansturm aus und dachte an Karim.

Sie hatte an diesem Morgen versucht, ihn zu erreichen, hatte eine Nachricht hinterlassen – sie habe sich gestern Abend wie ein Idiot benommen, es tue ihr leid. Als sie auflegte, war ihr klar geworden, wie unsinnig diese Geste gewesen war, wie erbärmlich. Heute Abend würde er bestimmt nicht kommen, auch morgen Abend nicht. Er würde kommen, wenn ihm danach wäre. Sie hatte keinen Respekt mehr vor sich, warum sollte er ihn haben? Der Beweis: Sie wartete dennoch auf ihn.

«Ich kann dich nicht begleiten. Ich arbeite heute Nachmittag, und heute Abend habe ich etwas vor.»

«Was die Arbeit angeht, das ist geregelt: Ich habe der Clinique du Parc schon Bescheid gesagt.»

Entrüstet sprang sie auf.

«Du weißt sogar, wo ich arbeite! Du bist anscheinend so ein scheiß Pariser, der glaubt, sich alles erlauben zu können. Und der hier den Schüchternen spielt, der sich nicht traut zu fragen … Was bin ich doch für ein dummes Huhn!»

Sie wandte sich zum Meer um. Die Gischt verschleierte die Fenster, das Wasser wirkte wie Samt. Wenn sie Marseille ein paar Stunden verließ, hatte sie in puncto Männer nichts zu verlieren. Und was dieses prächtige Schauspiel anging, das würde ihr nie jemand nehmen.

«Einverstanden», sagte sie. «Ich komme mit. Aber ich will mein Rückflugticket sehen.»

Sie holte den Kellner als Zeugen herbei.

«Die werden uns doch wohl nicht auch noch die Weiber wegnehmen, oder?»

37

SIEBENUNDDREISSIG

Das Auto hielt vor der Fondation. Eva verspürte tiefe Erleichterung.

Als sie den Périphérique verlassen hatten, um ins Zentrum von Paris zu fahren, hatte sie über sich selbst gelacht: Im Alter von sechsunddreißig Jahren kam sie in die Hauptstadt, als hätte sich der Großteil ihres Lebens vor einem Jahrhundert in freier Natur abgespielt. Sie litt nicht unter dem Komplex einer Provinzlerin, die sich in der für sie zu großen Hauptstadt verirrte. Die Dimensionen machten ihr keine Angst, durch das Meer war sie daran gewöhnt. Das Riesenhafte in städtischer Form war das Belastende für sie. Während der Horizont des Mittelmeers sie beruhigte, fühlte sie sich durch die zu breiten Champs-Élysées schlecht behandelt, vom Strom der Autos, die die Rue de Rivoli überschwemmten, überwältigt, von der Mechanik, die gebieterisch die Stadt beherrschte, war sie wie erschlagen. Überall gab es ein Zuviel an Stadt: zu viele Geräusche, zu viel Metall, zu viel Glas. Auch wenn sich Marseille über ein zweimal so großes Gebiet erstreckte wie Paris innerhalb des Périphérique, so würde einen doch jeder Marseiller daran erinnern, dass die Stadt durch die Verschmelzung von dreizehn Dörfern entstanden war, durch deren Wachstum die Grenzen verschwammen. Ursprünge also, die sich dem städtischen Exzess widersetzten und die Identität erhielten. Sachlich stellte sie fest: Paris war prachtvoll, aber in Marseille hatte sie ihre Bezugspunkte gefunden. Schon jetzt verspürte sie das Bedürfnis zurückzukehren.

In der Eingangshalle der Fondation wurde aus dem Bedürfnis eine Dringlichkeit. Der Ausdruck, den sie im Gesicht des Mannes an der Rezeption sah, ließ in ihr Unruhe aufkeimen.

«Monsieur Flamand? Dr. Vullierme wartet in seinem Büro auf Sie. Ich glaube, es ist dringend, er hat mich schon mehrere Male angerufen, um zu fragen, ob Sie schon zurück seien. Das ist sonst gar nicht seine Art», fügte er in verschwörerischem Tonfall hinzu.

Erick nahm immer zwei Stufen auf einmal und stieß die Tür zur Pflegestation auf. Eva stand noch unten an der Treppe.

«Kommst du?», fragte er.

Eva kämpfte gegen ihren inneren Widerstand an und folgte ihm.

Im Laufschritt durchquerten sie die Station. Bilder brachen über Eva herein. Einige Jahre zuvor. Die Notaufnahme, der Fahrer des Krankenwagens, der ihr Bett schob und ihrem Blick auswich, das Neonlicht auf den Fluren, Weinen um sie herum, Gesichter im Nebel. Sie hört noch die Stimme des Arztes. Außer Gefahr. Ein Selbstmordversuch, das ist ein Hilferuf, eine Alarmglocke, Mademoiselle. Eingewiesen in die Psychiatrie, um herauszufinden, warum der Alarm ausgelöst wurde.

Bulimie und Depressionen hatte sie. Nach der Magenspülung, dem Scheitern und der Erniedrigung, den Blicken, dem Bett in einem überfüllten Flur, kam die Hölle der Türen, die sich vor einer Abteilung schlossen, die von Schreien und Isolierung gekennzeichnet war.

Die Erinnerungen drangen zu ihr vor wie eine Flut, unkontrollierbar. Eine Schwester kam auf sie zu. Eva trat rasch zur Seite.

«Sind Sie der Kommissar?»

«Ja. Der Doktor wartet auf uns, ich weiß.»

Die Doppeltür am Ende des Flures ging auf, und Erick erkannte den Psychiater. Sein Gesicht drückte nichts aus, was der Polizist hätte deuten können.

«Dieses Mal», sagte Vullierme, «suche ich Sie.»

«Ich komme direkt vom Flughafen.»

Der Blick des Arztes glitt an Erick vorbei.

«Darf ich Sie allein sprechen?», fragte er.

Erick wandte sich um. Eva war hinter ihm geblieben.

«Eva Latil begleitet mich. Sie will uns helfen», erklärte Erick. «Eva, Doktor Vullierme behandelt Laurent Strelli.»

Vullierme beobachtete die Frau, die sichtlich beunruhigt vor ihm stand. Eva empfand seinen Blick als aufdringlich.

«Eva praktiziert die Berührungstherapie», fuhr Erick fort, «eine weitere Art, das Ich zu erforschen. Die Ergebnisse sind überraschend, und die Polizei hat schon mehrere Male darauf zurückgegriffen. Sie hat sich bereit erklärt, von Marseille hierherzukommen, um Strelli kennenzulernen.»

Vullierme betrachtete noch immer die junge Frau.

«Was hoffen Sie, von ihm zu erfahren?»

«Das, was er gern sagen oder in sich betrachten möchte.»

«Wenn Sie mit seiner Kooperation rechnen, dann ist Ihr Eingreifen unnütz.»

«Es ist nie angenehm, in Betracht zu ziehen, dass andere dort erfolgreich sein könnten, wo man selbst gescheitert ist, besonders für einen Psychiater. Aber wenn mein Eingreifen für unnütz erachtet wird», sagte sie mit Blick auf den Polizisten, «dann sollten wir keine Zeit verschwenden. Ich gehe.»

Erick hielt sie auf.

«Ich weiß, dass du etwas für ihn tun kannst. Und für uns», sagte er in Richtung Vullierme.

«Ich bezweifle Ihre Kompetenz nicht», sagte der Arzt. «Ich weiß nichts von Ihrer Methode.»

«Ich vertraue ihr», unterbrach ihn Erick. «Wir müssen es versuchen.»

Vullierme blieb seltsam unbeeindruckt. Erick wurde ungeduldig.

«Sie müssen nicht daran glauben. Ich bitte Sie nur um die ärztliche Erlaubnis, es zu versuchen.»

«Die haben Sie. Aber ich befürchte, dass alles, was wir von nun an unternehmen, vergeblich sein könnte.»

Eva und Erick folgten dem Psychiater durch die Station. Im Aufzug schwiegen sie – vielleicht waren sie sich bewusst, dass sie ihre Worte sparen mussten für das, was auf sie zukam.

Die Türen öffneten sich in eine rechtwinklige große Halle hinein, in der fünf Tische mit jeweils einem Bildschirm standen. Jemand vom Pflegepersonal saß an einem von ihnen. Vullierme ging zu ihm.

«Sie mögen die Ihnen zugewiesene Station wohl wirklich nicht.»

Der Mann nahm sich die Zeit, die Datei zu schließen, die er gerade gelesen hatte, bevor er sich umdrehte. Erick erkannte Stéphane Mathis wieder, den Pfleger von der Intensivstation.

«Ich kümmere mich heute Vormittag um die polysomnographischen Aufzeichnungen. Frau Doktor Meer hat mich gebeten, diese letzte Aufzeichnung zu kopieren und zu archivieren.»

Vullierme griff nach der Hülle und las den Namen des Patienten.

«Doktor Meer hat Sie gebeten, sie zu archivieren oder sie durchzusehen?»

«Wir archivieren nichts, ohne zu überprüfen, ob die Aufzeichnung vollständig auf der CD-ROM ist.»

«Sind Sie fertig?»

Stéphane ließ die CD auswerfen und gab sie dem Psychiater.

«Dann können Sie uns jetzt allein lassen», sagte Vullierme abschließend.

Erick trat an den Tisch und las den Namen auf der Hülle. Stéphane begegnete Evas Blick, sah dann den Polizisten an und stand auf.

Als sie allein waren, führte Vullierme sie in das am weitesten hinten gelegene Büro. Die beiden jungen Leute setzten sich neben ihn vor den Bildschirm.

«Laurent Strelli hat gerade das Schlaflabor verlassen. Françoise Meer selbst hat die Aufzeichnung verfolgt.»

«Wo ist sie?», wollte Erick wissen.

«Im Hochsicherheitstrakt. In der Klinik dreht sich nicht alles um Strelli. Auch Dr. Meer hat sehr viel zu tun.»

Erick ignorierte die Anspielung. Es war keine Zeit mehr, um auf Empfindlichkeiten Rücksicht zu nehmen. Vullierme kultivierte das Geheimnis, während Françoise Meer ihm Sicherheit gab. Er hätte ihre Erklärungen gern gehört. Vullierme schien seine Gedanken zu erahnen.

«Sie reist in achtundvierzig Stunden ab.»

«Weit weg?»

«Ein Kongress. In Kanada. Sie werden mit mir vorliebnehmen müssen.»

Erick beugte sich zum Bildschirm vor. Der Psychiater hatte dort gerade die fünf übereinanderliegenden Kurven sichtbar gemacht. Der Polizist betrachtete sie; die Bilder wurden ihm allmählich vertraut. Mit dem Finger fuhr er eine der Linien nach.

«Die elektrische Aktivität des Gehirns», bestätigte der Arzt. «Sie haben ein gutes Gedächtnis.»

Die Gehirnaktivität. Das Wort tönte in Eva wieder wie die Antithese ihrer Kunst. Von Neugier getrieben näherte auch sie sich dem Bildschirm. Vullierme ließ die Kurven schneller ablaufen.

«Strelli ist sehr schnell eingeschlafen: Die Phase I ist sehr kurz, gefolgt von einem klassisch aussehenden Leichtschlaf. Dann, schnell, der Tiefschlaf.»

«Diese Wellen da …»

«… der paradoxe Schlaf, Flamand. Ja.»

Der Klang der Stimme hatte sich geändert. Erick hob den Blick: Der Gesichtsausdruck des Psychiaters hatte sich verfinstert. Eva beobachtete ihn ebenfalls fasziniert.

«Die elektrische Aktivität ist noch intensiver als in der Wachphase. Die Kurve ist absolut anarchisch. So eine Aufzeichnung eines paradoxen Schlafes habe ich noch nie gesehen.»

Vullierme zoomte die Linie weiter weg.

«Worauf Sie gerade mit dem Finger gezeigt haben, das nennt man polymorphe Wellen: Sie nehmen alle möglichen Formen und Amplituden an.»

Eva und Erick konzentrierten sich auf die unregelmäßige Linie. So als sei eine verrückte Nadel auf einem laufenden Blatt hin und her gezuckt, wie die Aufzeichnungen der Erdstöße bei einem Erdbeben.

«Was bedeutet diese Kurve?», fragte Eva. «Wie ist sie zu interpretieren?»

«Wie ein vollkommen gestörter Schlaf. Die fünfte Phase schwappt sogar auf die anderen über. Der paradoxe Schlaf überflutet alles, er ist unstrukturiert, er zeugt von einem übererregten Gehirn.»

Eva und Erick sahen ihn fragend an. Vullierme suchte nach einer Möglichkeit, sich vorzustellen, wie das organische Problem aussah, dessen Kurve sie vor Augen hatten.

«Stellen Sie sich einen Stromkreis mit Überspannung vor, eine Maschine, die mit voller Kraft funktioniert und bei der alle Funktionen gleichzeitig aktiviert werden.»

Erick schaute vom Bildschirm weg zu Vullierme.

«Wie sehen die Konsequenzen für Strellis Geisteszustand aus?»

«So wie das Verhalten, dessen Zeuge Sie wurden, denke ich.»

Vullierme ließ die Kurven verschwinden.

«Erinnern Sie sich an die Rolle des paradoxen Schlafs: die Zeit des Geistes. Dekonstruktion und Rekonstruktion. Die erworbenen Kenntnisse und die neuen Situationen werden mit dem genetischen Erbe konfrontiert und dann integriert. Bei Strelli hat die fünfte Schlafphase monströse Ausmaße angenommen, sie ist wahrscheinlich nicht mehr in der Lage, ihre Funktion zu erfüllen. Die Assimilation der Informationen findet nicht mehr statt. So als verweigerten die Gene jegliche Intervention von außen: Die Türen des Gehirns und des Gedächtnisses sind verschlossen.»

«Wollen Sie sagen, dass er nicht mehr fähig ist, sich Ereignisse, Worte oder Gesichter zu merken, die er vorher nicht kannte?»

Vullierme setzte sich, so als müsste er es sich bequem machen, um fortfahren zu können.

«Jedes Mal, wenn Strelli einschläft, löscht sein paradoxer Schlaf Erinnerungen aus, anstatt sie zu festigen, und dies auf eine vollkommen anarchische und unvorhersehbare Weise. Diese Hypothese erscheint mir am wahrscheinlichsten. Fetzen der Erinnerung werden dort verschlungen.»

Vulliermes Ausführungen überstiegen die Logik des Polizisten. Er wandte sich Eva zu, so als suchte er bei ihr nach einer anderen Erklärung. Sie hörte dem Psychiater aufmerksam zu. In seinen Worten erkannte sie die Worte wieder, die sie gelesen oder gehört hatte und die es ihr erlaubt hatten, die mentale Struktur ihrer Patienten zu verstehen, bevor sie sich entschloss, sich dem Körper ohne intellektuelle Vorurteile zu nähern. Sie wusste, wie sehr der Schlaf – beziehungsweise die Schlafstörung – den Geist des Menschen durcheinanderbringen konnte. Allerdings war sie ihm noch nie aus so technischer, so kalter Perspektive begegnet: Gefühl oder Geist hatten sich nie durch eine elektrische Kurve ausdrücken lassen. Und heute saß sie vor einem Bildschirm, auf dem man ablesen konnte, welches Drama sich in einem Menschen abspielte.

«Das Gesicht des Mörders …», sagte sie.

«… befindet sich innerhalb von Strellis Schlaf in freiem Fall», ergänzte Vullierme.

«Und heute», sagte Erick, «ist es das Feuer, an das er sich nicht mehr erinnert.»

«Und was hält sein nächster Schlaf für uns bereit? Wenn Strelli einen neuen Zyklus beginnt, wenn er noch einen so zerstörerischen paradoxen Schlaf durchmacht, was wird dann aus seinem Gedächtnis gelöscht? Vielleicht kommt das Schlimmste erst noch.»

«Erinnerungen in freiem Fall … Wir können sie noch auffangen», beteuerte Erick voller Überzeugung und mit einem Blick auf Eva gerichtet von sich.

«Das kann ich Ihnen nicht sagen», antwortete der Arzt. «Liegt das in unserer Hand? Dieses verirrte Gedächtnis wiederzufinden, ist das mit einer Therapie, mit einer Berührung zu erreichen? Handelt es sich um einen inneren Widerstand oder um einen Mechanismus im Gehirn, den wir nicht erkennen?»

Er wandte sich an die junge Frau. In seinen Worten lagen weder Zweifel noch Sarkasmus.

«Vielleicht erreichen Sie etwas, aber Sie werden sich auf unbekanntes Terrain begeben.»

«Nein.»

Die beiden Männer sahen sie an.

«Nein», sagte Eva. «Dagegen kann ich nichts ausrichten.»

Sie stand auf und nahm ihre Sachen. Erick sah sie beschwörend an.

«Warum? Niemand kann erklären, woran Strelli leidet, und auch nicht, ob seine Erinnerungen verloren sind. Alles kann funktionieren.»

«Berührung ist in erster Linie Beobachtung, Erick. Diese Art von Massage stellt Präsenz zu sich selbst her. Verstehst du mich? Dieser Kerl kann nicht beobachten, was sich von ihm entfernt, was in unergründlichen Tiefen verschwindet. Wie soll ich ihm da helfen?»

«Nicht seine Seele verschwindet, sondern seine Erinnerung», sagte Erick.

«Woher weißt du das? Vielleicht ist das nur eine erste Stufe. Sie haben es gesagt, Doktor: Das Schlimmste kommt erst noch.»

Sie ging zur Tür. Erick folgte ihr, sie wies ihn zurück.

«Bleib, du hast hier noch zu tun», sagte sie. «Ich nehme mir ein Taxi, ich komme schon zurecht. Orly liegt ja nicht am anderen Ende der Welt.»

Er blieb stehen. Sie sah den Vorwurf in seinem Blick.

«Tut mir leid», sagte sie. «Aber ich glaube, es geht über das hinaus, was ich leisten kann.»

«Wenn ich jedes einzelne Wort deines Unterrichts behalten habe, dann, weil ich deine Überzeugung herausgehört habe.»

«Man muss seine Grenzen kennen, Erick», sagte sie mit einem Lächeln. «Du bist noch etwas zu jung, um das zu akzeptieren.»

«Du bist nicht so abgestumpft, um so leicht aufzugeben.»

Sie öffnete die Tür, ohne zu antworten. Die Stimme des Arztes erklang hinter ihr:

«Die Psychiatrie stützt sich auch auf die Beobachtung; die Worte des anderen wirken wie ein Spiegel. Sie wissen das sicherlich, auch wenn es bei Ihnen nicht gewirkt hat.»

Vullierme stand jetzt ganz in ihrer Nähe.

«Man kann eine entschlossene Frau sein», sagte er weiter, «gelebt und gelitten haben und sich dennoch nicht genügend beobachtet haben. Sie sind der Beweis dafür. Sonst würden Sie nicht so an sich zweifeln, wie Sie es heute tun.»

«Es reicht», sagte sie, «hören Sie mit Ihrem Theater auf. Sie haben es ganz richtig erkannt: Die billige Psychotherapie hat bei mir nie funktioniert. Worauf wollen Sie hinaus?»

«Seien Sie selbstbewusster und enthalten Sie diesem Mann nicht vor, was Ihnen gefehlt hat.» Mit einem Lächeln fügte er hinzu: «Ich würde gern erleben, dass Sie dort Erfolg haben, wo ich gescheitert bin. Sie sehen, auch ich kenne meine Grenzen.»

Sie betrachtete den seltsamen Psychiater. War es eine gewisse Lust an der Provokation oder ein unerwarteter Glaube an ihre Möglichkeiten?

«Ich werde Ihnen auch helfen», sagte er schließlich.

Erick spürte, dass sie weich wurde.

«Du hast recht, wir wissen nicht, wie diese fünfte Phase bei Strelli abläuft. Aber wenn seine Erinnerungen einfach gefangen gehalten werden, irgendwo in seinem Gehirn, und wenn Strelli noch imstande ist, sie freizusetzen, dann müssen wir es versuchen.»

Eva ließ ihre Tasche am Arm hinuntergleiten und lehnte sich an den Türrahmen.

«Schon gut. Einverstanden, wir versuchen's.»

«Jetzt muss ich Sie zur Eile aufrufen», sagte Vullierme.

«Keine Angst, wir werden nicht die Nacht hier verbringen, mein Flugzeug geht heute Abend.»

«Heute Abend», antwortete der Psychiater, «wäre es ohnehin zu spät. Strelli ist geistig erschöpft. Eine Komaphase ist anstrengend, die Nacht davor war aufregend. Sein Organismus schreit nach Schlaf. Und wenn er einschläft ...»

Eva stand bereits im Flur.

«... wird wieder die Tür zur großen Leere aufgestoßen. Ich habe verstanden. Bringen Sie mich zu ihm. Schnell.»

38

Vorsichtig ging er die Stufen hinunter. Ein eisiger Wind pfiff durch die Bäume, eingemummte Patienten traten den Rückzug an. Er ging einige Schritte in Richtung der Seitenallee, die an dem Ostflügel entlangführte. Er kam an den jahrhundertealten Linden vorbei. Der Kies knirschte unter seinen Schuhen. Er sah sie.

Sie saß auf einer Bank. Mit ihren kurzen Haaren sah sie noch mehr als sonst wie ein kleiner Junge aus. Er näherte sich der Bank, ohne sie anzuschauen.

«Du bist verrückt, so hierherzukommen, ohne Perücke.»

Sie richtete den Kragen ihres Mantels auf, der für diese Jahreszeit zu dünn war. Sie fror, aber das hinderte sie nicht daran zu lächeln.

«In achtundvierzig Stunden bin ich weit weg. Ich wollte den Park noch ein letztes Mal sehen. Und die Gebäude. Ich habe so viel Zeit hier verbracht, ohne sie je richtig anzusehen. Meine Jugend in diesen Mauern.» Sie beobachtete den Mann und lächelte erneut. «Ich habe das Gefühl, hundert Jahre alt zu sein. Findest du, dass ich so alt aussehe?»

Sie war geschminkt, die blassen Farben bildeten einen Kontrast zu den kastanienbraunen Haaren.

«Jeder hier könnte dich erkennen.»

Sie schien es nicht gehört zu haben.

«Es ist schon merkwürdig, wie eine Frisur einen Gesichtsausdruck verändern kann», sagte sie. «Du solltest sehen, wie sie mich beobachten, ohne es sich im Grunde zu trauen ...» Sie fuhr sich mit den Fingern durch die Strähnen. «Ich hatte das Bedürfnis, ich selbst zu sein. Und zwar hier.»

Er entfernte sich von ihr. Sein Blick war leer.

«Geh nach Hause.»

«Deshalb ist bei dir alles so geregelt, festgelegt, programmiert. Weil du Angst hast. Du magst das Risiko nicht.»

«Ich mag das unnötige Risiko nicht. Auch nicht die Sorglosigkeit. Du sollst hier in diesem Park nicht herumlaufen – auch nicht glatzköpfig.»

«Deshalb erkennt mich niemand.»

Sie stand auf und hakte sich bei ihm unter, um einige Schritte zu gehen.

«Hast du ihn gesehen?»

«Flüchtig.»

Sie hielt an.

«Ich werde nicht dafür bezahlt, dass ich an seinem Nachttisch stehe», sagte er. «Ich habe auf der Station zu tun.»

Sie verwarf den Einwand mit einer Handbewegung.

«Und?»

«Es ist gescheitert. Sein Zustand verschlimmert sich seit dieser besagten Nacht.»

Er beobachtete sie. In seinem Blick glaubte sie, einen Vorwurf zu erkennen. Zweifellos eine Art, ihr zu sagen, dass er seinen Teil des Vertrags erfüllt hatte. Alles war bis ins Detail genau ausgeführt worden, ohne die kleinste Panne. Wenn jemand die Richtigkeit des Plans, den sie ausgeheckt hatten, anzweifeln wollte, dann musste er sich an sie halten. Ihre Aufgabe war es, Bilanz zu ziehen und die Konsequenzen auf sich zu nehmen. Auch eine zerstörte Familie auf sich zu nehmen. Sie verspürte keinerlei Reue, das wusste er. Sie hatte sich entschlossen, die Last zu ignorieren. Für den Augenblick.

«Hast du die neuen Kurven gesehen?»

«In allen Einzelheiten, auf CD-ROM.»

Die Spannung, die er so gern aufbaute, brachte sie zur Verzweiflung. Sie sah darin eine Art Rache, eine Form, sie mit der Unzulänglichkeit ihrer Entscheidungen zu konfrontieren. Sie riss sich zusammen und stellte keine einzige Frage. Sie hatte die richtige Entscheidung getroffen, sie würde sein Spiel nicht mitmachen. Und ihm keine Genugtuung verschaffen. Schließlich erzählte er:

«Die Aufzeichnung ist sehr gestört. Die Auflösung der mentalen Funktionen hat begonnen. Die fünfte Phase ist anarchisch, sie überwältigt seinen Schlaf.»

Sie atmete erleichtert auf.

«Pech für die Wissenschaft, Glück für uns. Wir sind, im Moment jedenfalls, vor seinen Erinnerungen geschützt.»

Ihr Gesichtsausdruck verfinsterte sich. Sie fragte sich, ob nur die Wissenschaft unter diesem Scheitern litt. Sie verscheuchte diesen Gedanken.

«Vielleicht nicht», sagte er. «Der Bulle war heute Morgen hier. Er ist vor kurzem wiedergekommen. Er ist nicht allein.»

Sie wurde ungeduldig.

«Wen hat er dabei?»

Er zögerte die Antwort grausam hinaus. Sie schien in ihm zu lesen und ließ seinen Arm los.

«Die Hypnose hat keine Wirkung bei Strelli gezeigt», sagte er. «Die Polizei spielt eine letzte Karte.»

«Der Name», sagte sie nur.

Ihr Tonfall hatte sich geändert. Er kannte diesen Ton: Das Spiel hatte seine Grenzen, und er hatte sie erreicht. Sie war nicht in der Stimmung, die es ihm erlaubte, die Grenzen zu überschreiten.

«Eva Latil, aber sicher bin ich mir nicht», sagte er. «Aus Marseille.»

Sie ließ den Blick wandern, so als würde der Park ihr die Antwort geben, die sie suchte.

«Berührung», erläuterte er. «Durch Körperkontakt kann sie das Gedächtnis wachrufen. Blockaden aufheben.»

Sie unterbrach ihn:

«Dick. Stark geschminkt, eher vulgär.»

«Kennst du sie?»

«Ich weiß, wer diese Frau ist. Die Sprache des Körpers, Beobachtung seiner selbst und des anderen – es gab mal einen Artikel in einer Fachzeitschrift darüber. Sie arbeitet im Gefängnismilieu.»

Sie wirkte besorgt.

«Besteht auch nur die geringste Chance, dass sie es schafft?»

«Nein, wir haben nichts zu befürchten – meiner Ansicht nach.»

Den Bruchteil einer Sekunde hatte sie gezögert. Das genügte.

«Das stimmt nicht, oder? Du bist ein intuitiver Mensch, ich handele vernunftgemäß, und wir wissen beide, dass sie etwas ausrichten kann.»

«Niemand ist in der Lage zu sagen, wie das Gedächtnis in diesem unkontrollierbaren Schlaf verschwindet», gestand sie ein.

«Du hast das Ungeheuer aufgeschreckt. Du hast die Büchse der Pandora geöffnet ...»

Sie drehte sich wütend um.

«... und ich weiß nicht, wie dieses Monster tickt, das stimmt. Deshalb kann eine unwahrscheinliche Methode auf unerwartete Weise alles zunichtemachen, das stimmt auch. Wolltest du das hören?»

Ihre dunklen Augen waren pechschwarz geworden. Ihre Gesichtszüge wirkten bedrohlich. Er fragte sich, wozu sie eines Tages in ihrem Zorn wohl fähig wäre. Er machte eine beruhigende Geste; sie riss sich zusammen und lächelte.

«Vertraust du mir nicht mehr?»

«Doch», sagte er. «Doch, ich vertraue dir. Und du musst mir auch vertrauen und mich einschreiten lassen.»

Sie wollte das nicht verstehen. Sie hob den Blick: Sie waren an der Mauer angelangt, die den Garten umgab. Ihr Blick ging darüber hinweg, zu den undurchsichtigen Fenstern und den Gittern.

«Er hätte es machen können», sagte sie. «Eines Tages hätte er es gemacht, er hätte auf sein eigenes Kind geschossen, und er hätte zu denen da gehört. Eingesperrt auf dieser Station.»

Ihr Gewissen schien beruhigt zu sein. Sie wandte sich zu dem Mann neben ihr.

«Jetzt ist er tot – fast tot. Allmählich zerstört. Wir können nichts mehr für ihn tun, er ist am Ende.»

«Aber er, er kann noch etwas gegen uns tun, gegen unser Projekt. Er ist noch gefährlich, er kann unsere Bemühungen mit wenigen Worten zunichtemachen. Mit einem Gesicht, einem Namen.»

Ihr Projekt zunichtemachen. Sie antwortete nicht.

«Sie haben nicht an seine Schuld geglaubt», fuhr er fort. «Der Bulle hat recht: Er ist jetzt der einzige Zeuge. Mit dieser Frau wäre es möglich, dass er redet.»

Er näherte sich ihr, ohne selbst auf die Umgebung zu achten.

«Wir mussten tun, was wir getan haben, das war die richtige Entscheidung. Aber heute drängt sich eine weitere Lösung auf.»

«Du wirst ihn töten?», fragte sie nur.

Nun war es heraus. Sie hatte lediglich das Bedürfnis gehabt, es auszusprechen. Sie ließ ihn stehen und ging an der Mauer entlang. Moos breitete sich auf den Steinen aus, sie hatte das Gefühl, von der Feuchtigkeit durchdrungen zu werden. Es kam ihm vor, als hätte sie gerade gelacht. Er fand sie schön – vielleicht weil sich in ihren Gesichtszügen die Kraft und die Unentschiedenheit des Moments vermischten, eine ihrer wenigen Schwächen. Sie konnte Strellis Tod nicht beschließen, so wie sie den seiner Familie beschlossen hatte. Es war an ihm, dies zu tun. Die Entscheidung war gefallen.

Jetzt musste gehandelt werden.

39

Gemeinsam betraten sie das Zimmer. Der Tag neigte sich seinem Ende zu, die Bäume im Park zeichneten sich gegen den dunkelnden Himmel ab. Laurent Strelli saß regungslos im Sessel, den Kopf leicht zur Seite gelegt. Erick schaltete das Licht an und näherte sich ihm.

«Monsieur Strelli, wachen Sie auf!»

Der Patient schreckte auf. Erick sah die Verwirrung in seinem Blick und wurde sich der Brutalität seines Auftretens bewusst. Er trat einen Schritt zurück und begegnete Evas Blick.

«Er darf doch nicht», rechtfertigte er sich. «Wenn er schläft …»

«Lass uns allein.»

Sie ging zu Strelli. Erick beobachtete sie einen Augenblick lang.

«Ich werde den Pfleger bitten, ihn wach zu halten. Er muss angeregt werden, die ganze Zeit über.»

Sie antwortete nicht. Sie ignorierte ihn bereits. Er schloss die Tür hinter sich.

Eva setzte sich auf die Bettkante.

Ohne Eile nahm sie eine Inventur dessen vor, was sich im Raum befand. Die Gegenstände: ein Bett, ein Stuhl, ein Sessel. Ein Schrank, ein Nachttisch. Das Blutdruckmessgerät an der Wand. Dann sah sie sich die Messergebnisse an, auch die Temperatur. Schließlich beobachtete sie sich selbst. Aufrecht, angespannt, dann ruhiger. Ihr Herz schlug in einem langsamen, regelmäßigen Rhythmus, sie verspürte nicht mehr die Angstattacken, die sie bei ihrer Ankunft beherrscht hatten. Sie atmete ruhig. Ihr war warm, etwas zu warm. Das war alles. Sie hatte ihre Position ermittelt, wie Ganesh es gern gesagt hatte: Sie war sich ihres Empfindens – was ihren eigenen Körper und was ihre Umgebung betraf – bewusst. Jetzt konnte sie sich auf das dritte Element des Systems konzentrieren: Laurent Strelli.

Ihr Blick glitt über den reglosen Körper, die ausdruckslosen Gesichtszüge, die offenen Augen. Der junge Mann wirkte auf sie abwesend. Sein Körper ähnelte einem mineralischen Panzer, einer verlassenen Muschel. Sie zwang sich, den Prinzipien ihrer Kunst zu folgen: Die Beobachtung war weder eine Beurteilung noch eine Analyse, sondern ein Bewusstwerden; sie musste sich darauf beschränken, eine Bestandsaufnahme zu machen, damit sie wusste, auf welchem Fundament sich der Austausch aufbauen würde. Sie stand auf und legte die Hand auf Laurents Schulter. Bewusst hatte sie eine bedeckte Stelle ausgewählt. Der Stoff beschützte sie, sie beide, vor einem Kontakt, für den noch keiner von beiden bereit war.

Zum ersten Mal seit Jahren musste sie die Hand zurückziehen.

Obwohl Strelli nicht im Geringsten zusammengezuckt

war und auch keinen Widerwillen gezeigt hatte. Sie selbst hatte ein Schaudern verspürt, und genau das hatte sie beunruhigt: Laurent Strelli schien aus einem leblosen Material geschaffen; blutleeres, kaltes Fleisch, hart, unnachgiebig, angespannt. Die Anspannung unter der Haut war so stark, dass Eva dem Reflex des Zurückziehens erlegen war. Sie fasste sich, dachte erneut an das Dreieck, in dem sie sich bewegte – sie, er, die Umgebung –, und legte die Hand auf seinen Nacken. Sie atmete tief ein, aus und wiederholte es. Nach drei ähnlichen Zyklen hatten sich die Bewegungen von Strellis Brustkorb auf ihre übertragen. Ohne den Kontakt zu unterbrechen, sprach sie ihn das erste Mal an:

«Wollen Sie sich hinlegen?»

Sie dachte, er hätte sie nicht gehört. Er wandte den Kopf und beobachtete sie lange, so als sei sie gerade gleichzeitig in seiner Welt und in seinem Gesichtsfeld aufgetaucht.

«Wer sind Sie?»

Er hatte die Frage gestellt, ebenfalls ohne den Körperkontakt zu unterbrechen. Sie bewegte ihre Hand auf dem Nacken, Strelli widersetzte sich. Sie lockerte den Druck.

«Ich heiße Eva Latil.»

«Ich kenne Sie nicht.»

Es klang wie eine Schlussfolgerung. Sie hatte das Gefühl, dass er ihr das Ende dessen ankündigte, was er gewillt gewesen war, geschehen zu lassen. Ein Kontakt, ein paar Worte, das reichte. Ihr nicht.

«Nein», sagte sie, «wir kennen uns nicht. Können wir trotzdem miteinander reden?»

Sie konnte im Nachhinein nicht mehr sagen, ob es ein Versehen war oder ob sich ihre Hand einen Moment lang gelockert hatte: Er glitt ihr unter den Fingern weg und stand auf. Er kam ihr riesig vor. Er entfernte sich und stellte sich ans Fußende des Bettes.

«Ich habe keine Lust mehr, jemanden kennenzulernen.»

«Wollen Sie nicht herausfinden, was sich in Ihnen verbirgt?»

Er zögerte.

«Ich weiß nicht.»

Er streichelte mechanisch über die Querstrebe des Bettes. Das kalte Metall ließ ihn erschaudern.

«Man verbirgt in sich, was schmerzt. Was geheim bleiben muss», fügte er hinzu.

«Oder im Gegenteil: Man leidet, weil man etwas verbirgt. Man leidet auch, wenn man nicht hochkommen lässt, was auftauchen will.»

Seine schmalen Augen suchten die Wand ab.

«Ich will nicht daran denken. Daran nicht und auch an nichts anderes. Ich will nicht denken.»

«Ich bin nicht gekommen, um Sie zum Nachdenken zu zwingen.»

«Warum dann?»

Eva setzte sich wieder auf die Bettkante. Strelli blieb einen Meter von ihr entfernt, in wachsamer Haltung stehen.

«Es gibt zwei Arten, sich vom Leiden zu befreien, Monsieur Strelli. Die erste besteht darin, es in Worte zu fassen, zu sagen, was es hervorruft, wenn man daran denkt; seinen Geist einschalten. Die zweite befindet sich auf einem anderen Level: Man drückt die Gefühle aus, die dieses Leiden verursachen.»

Sie hielt kurz inne.

«Den zweiten Weg möchte ich mit Ihnen erforschen», sagte sie dann. «Den des Empfindens, nicht des Denkens.»

Er schien über den Vorschlag nachzudenken. Seine Stimme klang gefasster, als er fragte:

«Wie soll das gehen?»

«Indem Sie die Gedanken, die Ihnen in den Sinn kommen,

ignorieren. Halten Sie sich eher an die Empfindungen, durch die die Gedanken sich zeigen. Ihr Körper wird diese Empfindungen offenbaren. Ihr Atem, Ihr Herzschlag, Ihre Muskeln. All diese Organe werden zum Spiegel dessen, was Sie empfinden.»

Er zögerte. Es war so lange her, dass er ein Gefühl des Vertrauens empfunden hatte. Vor allem gegenüber einer Unbekannten. Der provenzalische Akzent hatte damit nichts zu tun, und Fröhlichkeit erschreckte ihn im Allgemeinen. Er konnte es nicht erklären, aber die Vorstellung, dieser Frau Glauben zu schenken, beunruhigte ihn. Vorsichtig rührte er sich und legte sich schließlich hin.

Sie legte eine Hand auf seine. Eine intensive Wärme breitete sich in Laurents Arm aus. Diese Einmischung rief in ihm ein Gefühl der Angst hervor. Er verabscheute alles Fremde in ihm. Er wollte seine Hand zurückziehen. Dieses Mal gab sie nicht nach. Er schloss widerwillig die Augen.

«Gehen Sie nicht über das Gefühl hinaus», sagte sie. «Denken Sie nicht. Empfinden Sie, mehr nicht.»

«Es ist warm», sagte er, ohne die Worte zu kontrollieren.

«Was noch?»

Sie spürte, wie unter ihrer Handfläche die Anspannung größer wurde: Er kämpfte. Er öffnete die Augen.

«Warum machen Sie das?»

«Um Ihnen zu helfen.»

«Das brauche ich nicht.»

«Bilder haben sich in Ihnen versteckt. Diese Bilder verletzen Sie, Laurent, wollen sich vielleicht befreien, ohne dass Sie es wissen – und vielleicht haben sie das schon getan, in Form von Empfindungen. Wenn Sie die erkennen, werden die Bilder folgen.»

Er drehte den Kopf zu ihr hin. Zum ersten Mal erkannte sie die Farbe seiner Augen: dunkles Grau, wie trübes Wasser.

«Ich habe nichts versteckt», sagte er. «Ich habe vergessen. Ich habe es vergessen.»

«Würden Sie es zulassen, dieses Gesicht wiederzusehen?»

Strelli schwieg. Unter ihren Fingern spürte Eva, wie das Leben entschwand. Sie unternahm einen letzten Versuch.

«Machen Sie weiter. Sagen Sie mir, was Sie empfinden. Hören Sie nicht auf.»

Sie lockerte den Druck. Er zog die Hand zurück, ganz langsam, so wie eine Flüssigkeit, die einem durch die Finger rinnt.

«Vergessen», sagte er. «Ich habe es vergessen.»

«Was mich beunruhigt, ist nicht die Verweigerung, sondern diese seltsame Art zu entfliehen, seinen Körper zu verlassen. Es scheint von seinem Willen unabhängig zu sein.»

Eva machte einige Schritte auf dem Flur. Erick beobachtete sie schweigend. Er hatte all seine Hoffnung auf sie gesetzt, und diese Hoffnung schwand mit jedem ihrer Worte.

«Ich kann nicht einmal mehr seine Gefühle zurückholen», sagte sie. «In einem solchen Zustand ist er einfach nicht mehr da, empfindet nichts.»

Sie schwieg, war ratlos. Ihr drängte sich das Bild des Meeres auf, das sich zurückzog und einer weiten Sandfläche Platz machte. Das war das Wort: Ebbe. Laurent Strelli hatte sich plötzlich zurückgezogen.

«Wir wussten, dass es sich nicht um eine einfache Gedächtnisstörung handelt; aber es ist weitaus komplexer, als ich dachte. Das ist eine ernsthafte Verhaltensstörung, Erick. Und wenn es nun eine weitere Folge dieses anarchischen Schlafes wäre? Wir müssen alles in Betracht ziehen.»

Der Polizist erinnerte sich an ähnliche Bemerkungen von Françoise Meer: Das Verhalten ihres Patienten, der nicht in der Lage gewesen war, sich auf die Gedächtnistests zu konzentrieren, hatte sie sehr beunruhigt. Evas Feststellung zeugte von einer Verschlimmerung.

«Tut mir leid, Erick. Ich sehe keine Lösung für dieses Problem.»

Erick schaute auf die Uhr.

«Du hast noch vier Stunden Zeit, bevor dein Flugzeug startet.»

Sie seufzte und lächelte. Vielleicht beruhte die Verbissenheit des Polizisten doch auf etwas anderem als auf jugendlichem Ehrgeiz? Vielleicht auf ungeheurer Lebenskraft, aber auch auf einem ständigen Streben nach Wahrheit. Jedenfalls war es ansteckend. Hinter der Tür hörten sie die Stimme einer Schwester. Ericks laute, fast kreischende Anordnungen wurden genau befolgt.

«Dabei könnte nicht einmal ein Gehörloser einschlafen. Einverstanden», sagte Eva, «ich versuche es noch einmal, aber erst nach einer Tasse Kaffee.»

Der Polizist führte sie in Richtung Eingangshalle. Sie hielt ihn auf.

«Letzter Versuch, Erick. Danach hat es keinen Sinn mehr.»

«Ich habe verstanden. Letzter Versuch vor Spielende.»

Er wartete, bis die Schwester das Zimmer verlassen hatte, öffnete dann die Tür und ging zum Bett. Strelli drehte den Kopf weg.

Er stellte das Tablett mit der 50-ml-Spritze auf dem Nachttisch ab.

«Eine Injektion, Monsieur Strelli.»

Der Patient schien ihn nicht gehört zu haben. War es Gleichgültigkeit? Oder handelte es sich um die langsame Verschlechterung, zu der Strelli verdammt war? Der Mann beobachtete Strelli, so wie man ein Objekt im Museum betrachtete. Der paradoxe Schlaf war ein bequemer Vorwand: Laurent Strelli hatte sich von Anfang an so verhalten; von seinem ersten Aufenthalt in der Klinik an hatte er sich im Abseits gehalten. Der Mann hatte fast den Eindruck, als wäre sein Tun überflüssig. Das Bild seiner Partnerin tauchte vor ihm auf, dann sie beide, weit weg, in ihrem neuen Leben, geprägt von Größe – und von Ruhm.

Er nahm die Spritze, desinfizierte die Öffnung des Katheters und setzte die Spritze. Er drückte den Kolben hinunter, und die Flüssigkeit lief in die Venen.

Er zog die Nadel heraus. Strelli hatte noch nicht reagiert. Erst als die Muskelkontraktionen auftraten, einige Sekunden später, stand der Mann auf.

Erick stand am Ende des Flurs und wusste sofort, dass etwas geschehen war. Eine Menschenansammlung stand vor Zimmer 22. Als er sah, dass Vullierme ebenfalls dorthin rannte, gefolgt von dem Pfleger mit dem Notfallwagen, rannte er los.

Er stürzte ins Zimmer. Sprachlos blieb Eva auf der Türschwelle stehen. Stéphane, der Pfleger, schnitt gerade Strellis Hemd auf, während eine Schwester die Elektroden auf dem blassen Oberkörper befestigte. Der Patient zitterte auf dem Bett. Vullierme kümmerte sich um das Elektrokardiogramm.

«AV-Block zweiten Grades. Glukose-Infusion, und dann bringen Sie ihn sofort auf die Intensiv. Prüfen Sie Elektrolyte, Harnstoff, Kreatinin, und dann schließen Sie eine Glukoselösung im Schuss an, plus zehn Einheiten Insulin.»

Erst jetzt bemerkte er den Polizisten und Eva. Sein Blick war voller Aggressivität.

«Raus hier.»

40

Sie hatten sich in Vulliermes Büro eingeschlossen. Eva stand in einer Ecke des Raumes, verschanzte sich dort nahezu.

Vullierme kommentierte die Laborergebnisse, die er vor sich liegen hatte.

«Gestern lag der Kaliumwert bei 3,7», sagte er mit eisiger Stimme. «Ich habe eine sofortige Messung veranlasst, als ich das EKG durchgeführt habe: 6,5. Dazu muss ich sagen, dass der Normbereich unter 5 liegt. Wir waren einen Fingerbreit vom Herzstillstand entfernt, um genau zu sein.»

Er machte eine Pause, so als müsste er ein inneres Feuer beruhigen, bevor er fortfuhr:

«Es ist ein Wunder, dass die Schwester genau in dem Moment zu seinem Bett zurückkehrte, als die ersten muskulären Anzeichen für eine Hyperkaliämie auftraten.»

Eva unterbrach ihn:

«Und jetzt?»

Der belehrende Tonfall des Psychiaters ärgerte sie. Doch das war nicht der Moment für Vorwürfe und Zurechtweisungen. Als echte Marseillerin konnte sie reden, wenn nötig, schauspielern, oder reden, wenn es unnötig war, völlig Nichtssagendes. So entstanden freundschaftliche Bindungen, davon nährte sich die Neugier des anderen – von den kleinen Bedeutungslosigkeiten, die über Stunden hinweg verteilt wurden. Aber niemals schwatzte sie in heiklen Situationen. Ganz offensichtlich stand Strellis Leben auf dem Spiel, und sie hatte gelernt, Prioritäten zu setzen. Vullierme antwortete trocken:

«Es geht ihm besser, das Elektrokardiogramm hat sich fast normalisiert. Wir werden um eine Blutwäsche herumkommen.»

Erick hörte ihm aufmerksam zu.

«Was könnte passiert sein? War er krank?»

«Er war bei bester Gesundheit – zumindest körperlich. Seine Nieren funktionierten gut, wir haben keine Spuren eines Medikaments gefunden, auch keine Zellzerstörung, wie bei einem Infarkt, bei dem Kalium im Blut freigesetzt wird.»

«Denken Sie an eine vorsätzliche Tat?», wollte Eva wissen.

Erick beobachtete sie. Sie war nicht bei der Polizei, doch die Welt, in die sie sich jeden Tag einschließen ließ, hatte einen Mord zu der Möglichkeit gemacht, die sie noch vor einem Unfall in Betracht zog. Er dachte über seine eigene Art nach, die Dinge anzugehen – er, der die Gewalt bereitwillig in den Hintergrund drängte, egal wie finster die Umstände waren. Man musste schon verdammt desillusioniert sein, um zu akzeptieren, dass der Mensch so mühelos amoralisch war. Wer von ihnen beiden hatte recht? Er hatte keine Lust, das herauszufinden. Nicht jetzt. Doch Vullierme antwortete auf die Frage:

«Ein Kaliumwert steigt nicht einfach spontan von 3,7 auf 6,5 an.»

Er wog seine Worte ab.

«Es kann sich um eine Injektion handeln», gestand der Psychiater ein. «Ja, kriminell.»

Er wandte sich an Erick.

«Sie müssten doch in der Lage sein, auf diese Frage zu antworten. Es war Ihre Aufgabe, dafür zu sorgen, dass eine solche Manipulation verhindert wird. Ich erinnere Sie an unsere Vereinbarung: Ich bin für die Medizin zuständig, Sie für die Sicherheit. Es ist an der Zeit, dass Sie Ihren Teil der Abmachung einhalten.»

Er antwortete nicht. Der Arzt hatte nur allzu recht. Erick hatte Strelli in der abgeschotteten Klinik in Sicherheit geglaubt. Er hatte den Fehler eines Anfängers begangen, der sich rühmt, keiner mehr zu sein – ein Fehler, der tödlich hätte ausgehen können.

«Ich werde Tag und Nacht einen Wachmann vor Strellis Tür postieren», sagte er.

«Wir sind hier nicht im Gefängnis. Dies ist eine psychiatrische Klinik, in der die ständige Anwesenheit eines Polizisten im Flur die anderen Patienten nur irritieren kann.»

Erick verlor die Geduld.

«Was wollen Sie eigentlich? Noch vor ein paar Sekunden haben Sie mir vorgeworfen, dass ich meinen Job nicht gemacht habe!»

«Dann können Sie ihn eben nicht hier machen.»

«Nicht hier? Und wohin soll er dann? Sein Haus liegt in Schutt und Asche, seine Familie ist verkohlt, und er ist aus dem Koma erwacht.»

Vullierme schloss Strellis Krankenakte.

«Sein Zustand macht einen Klinikaufenthalt nicht mehr erforderlich.»

Er lächelte Eva an.

«Und Sie haben ihn der Obhut von Mademoiselle Latil überlassen, das ist doch der beste Beweis dafür.»

Eva nahm den Hieb hin, ohne zu zucken.

«Sie sind sein Psychiater», sagte sie. «Erlaubt es sein mentaler Zustand Ihrer Meinung nach, ihn sich selbst zu überlassen?»

«Ich bin sein Psychiater, ich werde es bleiben und ihn weiter behandeln. Aber ich kann in einem Krankenzimmer nicht mehr für ihn erreichen als in der Sprechstunde. Und so, wie sich die Dinge entwickeln, könnte es die Abteilung destabilisieren – das Pflegepersonal ebenso wie die Patienten. Ich bin auch für das Gleichgewicht der anderen Patienten verantwortlich.»

Sie wandte sich bestürzt dem Polizisten zu.

«Hast du mit diesem Typen gesprochen? Ohne eine Struktur, die ihn stützt, ist er verloren! Er ist nicht in der Lage, jemanden anzusprechen. Er ist sozial gelähmt – und ich bin sicher, ich bin noch weit von der Realität entfernt!»

Erick hatte während des Wortwechsels zwischen den beiden nachgedacht.

«Das stimmt», sagte er. «Aber wie der Doktor sagte, er kann letztendlich nicht hierbleiben. Es ist sinnvoller, ihn an einen sicheren Ort zu bringen, den nur wenige vertrauensvolle Menschen kennen – Menschen, denen es gelingen könnte, eine Bindung zu ihm aufzubauen und vor allem diese Verbindung zu halten.»

Eva gab auf; sprachlos angesichts einer Entscheidung, die sie für unverantwortlich hielt. Selbst mit Betreuung würde Strelli es nicht lange ohne angemessene und unmittelbare psychologische Unterstützung schaffen.

«Er hat ein Atelier», sagte Erick schließlich.

«Ein Atelier? Aber wie soll man in einem Atelier denn leben?»

Der Psychiater schien den Vorschlag interessant zu finden.

«Mehr als alles andere braucht Strelli Bezugspunkte und vertraute Dinge um sich herum. In die Welt zurückzukehren, die die seine war und die er stets als Zufluchtsort genutzt hat, täte ihm sicherlich gut.»

Erick holte sein Handy heraus.

«Meine Kolleginnen werden sicherstellen, dass er sich im Atelier einquartieren kann, und eine von ihnen wird bei ihm bleiben.»

Vullierme wandte sich Eva zu.

«Wenn es für Ihre Kunst erforderlich ist, Strellis Vertrauen zu erwecken, dann sind Sie an keinem anderen Ort besser aufgehoben, um einen zweiten Versuch zu unternehmen.»

Eva brauchte den Bruchteil einer Sekunde, um ihn zu verstehen. Sie drehte sich zu Erick um.

«Ihn in sein Atelier begleiten? Erick, wir sprengen vollkommen den Rahmen unserer Zusammenarbeit, glaube ich.»

«Wenn du meinst, nichts mehr aus Laurent Strelli herauszubekommen, dann setze ich dich am Flughafen ab.»

«Ich denke vor allem, dass ich nichts mehr zu geben habe. Führ mich nicht an der Nase herum, Erick. Wir hatten eine Vereinbarung, wir beide.»

Wenn sie sich aufregte, war ihr provenzalischer Akzent noch ausgeprägter als sonst. Das Geräusch einer Tür, die geschlossen wurde, unterbrach sie. Vullierme war hinausgegangen; die Diskussion ging ihn nichts mehr an.

«Ich werde dich nicht drängen, Eva. Wir hatten eine Übereinkunft, das stimmt, und ich werde sie respektieren. Aber ich glaube, du wärst nicht hier, wenn du ernsthaft denken würdest, dass weder von dir noch von diesem Mann etwas zu erhoffen ist.»

Sie stand auf. Sie hatte das Gefühl, ständig die gleichen Erfahrungen im Leben zu machen: Immer nahmen sich die anderen mehr, als sie anbot. Aber sie hatte gelernt, dies nicht mehr hinzunehmen.

«Ich verabscheue es, auf diese Art und Weise eingespannt zu werden.»

«Wenn hier irgendjemand eingespannt ist, dann Strelli. Wir folgen nur, so gut wir können, das ist alles.»

Er spürte, dass sie anfing nachzugeben, und blieb beharrlich:

«Geh mit ihm in dieses Atelier und versuche dort, was du versuchen wolltest», sagte er. «Dann kannst du den späteren Flug nehmen.»

Die Erinnerung an die schlaflosen Stunden, in denen sie immer wieder über Karims Aufbruch und über ihr ganzes

Leben nachgedacht hatte, zu dem sie sich verdammt hatte, brach über sie herein.

«Ich bin geschafft, Erick. Ich hatte ... eine schlechte Nacht. Ich muss nach Hause. Und ich befürchte ohnehin, dass wir nichts mehr erreichen», sagte sie ohne Überzeugung.

Das grelle Make-up war verblasst, Erick erahnte die tiefen Ringe unter ihren Augen. Sie atmete tief ein, schloss die Augen und gab nach.

«Also mach schnell», sagte sie. «Ich will so schnell wie möglich zurückfliegen.»

«Wenn Vullierme es erlaubt, gehen wir sofort. Laura kann in weniger als dreißig Minuten dort sein.»

«Wer ist Laura?»

Der Polizist zögerte. In Gedanken verglich er das bezaubernde Äußere Lauras mit dem von Eva – und ihre eigenwilligen Charaktere. Einen Augenblick lang hatte er das Aufeinandertreffen einer verführerischen Polizistin, einer Therapeutin aus Marseille und eines seelisch gestörten Künstlers in einem abgeschlossenen Raum vor Augen. Fast hätte er kehrtgemacht.

«Meine Mitarbeiterin», antwortete er schließlich. «Sie ist in Ordnung, du wirst sehen.»

«Ich find's schrecklich, wenn man das so hinzufügt. Außerdem graut mir vor Leuten, die in Ordnung sind. Strelli ist es sicher. Und du bist es auch, und wohin bringt mich das? Man schleppt mich von einem Heim in ein Künstleratelier, von einer Ecke in Paris in die andere, und ich verpasse meinen Flug und meinen Abend.»

«Wir werden höchstens ein oder zwei Stunden später dran sein, Eva.»

«Beeil dich. Deine Kollegin ist jetzt schon spät dran.»

41

EINUNDVIERZIG

«Allmählich wird mir klar, worauf du stehst», sagte Laura, den Blick auf Eva gerichtet. «Jetzt verstehe ich deine Reaktion auf mich besser. Deine Verlobte mag sicher kein Sushi.»

Erick antwortete nicht. Eva kämpfte mit einer Lederjacke, die mit einem strassbesetzten Kragen verziert war, während sie mit der anderen Hand nervös eine Nummer in ihr Handy eingab. Wenn sie allein mit ihren Stiefeln, dem Minirock und ihren fuchtelnden Gesten an einer Laterne gestanden hätte, wäre sie von der ersten Streife ins Auto verfrachtet worden. Die Tür der Fondation ging auf, und Laurent Strelli erschien, flankiert von zwei Polizisten. Stéphane Mathis, der Pfleger, bildete die Nachhut. Er reichte Eva eine Tasche.

«Das sind seine Sachen.»

«Was soll ich damit?»

Laura lehnte sich amüsiert ans Auto. Schließlich nahm Eva die Tasche und warf sie Erick zu.

«Sonst nehme ich sie noch aus Versehen mit nach Marseille.»

Erick stellte die Tasche auf den Rücksitz und nahm Laura beiseite.

«Das Atelier?», fragte er.

«Rue de Charonne, kurz vor der Rue Voltaire. Viel Durchgangsverkehr. Zwei mögliche Zugänge: über den Garten des Klosters und von der Straße aus. Unsere Männer sind vor dem Portalvorbau postiert, ein anderer überwacht den Hof.»

«Kann Strelli da wohnen?»

«Wir haben das Bett herausholen lassen, wie du gesagt hast. Ansonsten besteht der ganze Komfort einer ehemaligen Kapelle: acht Meter hohes Gewölbe, saukalt, zwei kleine elektrische Heizkörper, die allmählich den Geist aufgeben, und natürlich überall Strellis Kunstwerke. Die Nacht wird ganz wundervoll ... Marina wartet dort auf uns.»

«Also fahren wir.»

Laura ging bereits los.

«Warte noch», sagte er.

Sie schnitt eine Grimasse und wusste, was er sagen wollte.

«Ja, ich werde nett sein. Sehr nett. Zu allen, versprochen.»

Sie setzte sich ans Steuer. Laurent Strelli nahm neben ihr Platz. Erick öffnete die hintere Tür. Eva kam zu ihm.

«Um wie viel Uhr?», fragte sie nur.

Er mied ihren Blick.

«Du bekommst den Flug um 21.30 Uhr, spätestens.»

Sie setzte sich auf den Rücksitz, und die Maschen ihrer Strumpfhose dehnten sich über ihren Schenkeln. Automatisch zog sie an ihrem Rock.

Erick ging ums Auto herum. Laura ließ das Fenster hinunterfahren.

«Besorgt?», fragte sie.

«Ich kenne dich.»

«Nein», sagte sie. «Nicht in diesem Punkt. Und außerdem zu gefährlich: nicht meine Gewichtsklasse.»

Der Polizist schaute kurz nach hinten, Eva schien abwesend.

«Sehr subtil. Ruf mich an, wenn ihr angekommen seid.»

«Gibst du uns kein Geleit?»

Er schaute zur Fondation hinauf.

«Nein. Ich muss noch jemanden besuchen.»

Langsam schob sich das Auto über die verstopfte Rue des Pyrénées. Laura drängte sich in jede noch so kleine Lücke, scherte abrupt aus, beschleunigte und bremste abwechselnd.

Im Rückspiegel konnte sie das Geruckel, das Eva ertragen musste, ahnen. Überrascht stellte sie fest, dass es ihr Vergnügen bereitete, ihre Mitfahrerin so durchgeschüttelt zu sehen. Erst in diesem Moment fragte sie sich, warum sie auch mit dieser Frau von vornherein auf Konfrontationskurs ging. Da sie keine Antwort fand, beobachtete sie ihren Nachbarn. Strelli krümmte sich zusammen, doch sein rasierter Schädel scheuerte immer noch am Dach des Autos. Er schien sich auf einen bestimmten Punkt am Armaturenbrett zu konzentrieren und die heftigen Schlenker des Autos nicht zu bemerken. Gelegentlich tauchte er aus seiner eigenen Welt auf, wach gerüttelt durch einen bunten Verkaufsstand im 20. Arrondissement. In Gesellschaft dieses Pummelchens mit ihrer Friseusenallüre hinten und dieses pedantischen Verrückten neben sich hatte Laura das Gefühl, in einer Freakshow gelandet zu sein.

Eva entschloss sich, dem Schweigen ein Ende zu bereiten.

«Wohin fahren wir?»

«Kennen Sie Paris?»

«Nein, fast gar nicht.»

«Dann würde es Ihnen auch nichts sagen.»

Eva beugte sich zu ihr vor und wickelte einen der Rastazöpfe um ihren Finger.

«Du siehst auch nicht so aus, als kämst du von hier. Und trotzdem rede ich mit dir. Also bemüh dich nicht, absichtlich unfreundlich zu sein, einverstanden?»

«Hören Sie mal, ich bin nicht unhöflich, ich ...»

«Nein, du wartest, bis ich fertig bin. Und ich erkläre dir noch etwas: Mädchen wie dich habe ich schon zu Hunderten gesehen, in den nördlichen Vierteln von Marseille laufen nur solche rum. Und auch im Gefängnis. Ich bin mit ihnen groß geworden. Übrigens bin ich sogar wegen denen so dick geworden. Du siehst, ich habe keine guten Erinnerungen an sie.

Also sei lieb, denn sonst regele ich das auf meine Weise: mit Gewalt.»

Von der Seite beobachtete Laura Evas Gesicht. Sie lächelte sie an, ganz nah. In dem Grün ihrer Augen lag Feuer. Laura ließ sich nichts anmerken.

«Die Freunde meines Chefs sind meine Freunde.»

«Nein», entgegnete Eva. «Nein, wir sind keine Freundinnen. Aber zumindest wissen wir beide, woran wir miteinander sind.»

Sie lehnte sich zurück. Dann wühlte sie in ihrer Handtasche und holte ihr Handy heraus. Keine Nachricht. Ein Gefühl der Leere ergriff sie, etwas wie eine innere Kälte. Sie hatte es gelernt, arroganten Frauen gegenüber stark zu sein, sogar gegenüber widerspenstigen Häftlingen. Aber nicht gegenüber einem Mann, der sie schlecht behandelte. Bis sie ihr Ziel erreichten, gab sie kein einziges Wort mehr von sich.

42

ZWEIUNDVIERZIG

Das Auto hielt vor einem Gebäude aus dem 17. Jahrhundert, das kürzlich saniert worden war. Drei Bögen unterteilten die hellbeige Fassade, in deren dicken Mauern große Fenster eingelassen waren. Aus den Restaurants und Bars drängte junge und laute Kundschaft auf den zugeparkten Gehsteig. Laura drehte die Scheibe hinunter, und einer der beiden Wachposten kam zu ihr.

«Ich dachte, wir wollten vor dem Kloster ein Parkverbot verhängen?»

«Es ist Freitagabend, Mädchen. Glaubst du, wir können

die Straße innerhalb von einer halben Stunde evakuieren lassen?»

«Ruft den Abschleppdienst, die sollen den Gehweg frei machen.»

Sie stieg aus und ging ums Auto herum, um die Beifahrertür aufzumachen. Strelli erkannte den Ort, und seine Gesichtszüge schienen sich endlich zu beleben. Eva stellte sich in der Toreinfahrt neben ihn. Ohne auch nur im Geringsten zu zögern, gab Strelli den Türcode ein. Laura drehte sich zu Eva um.

«Und Sie glauben wirklich, dass er den Rest vergessen hat? Der macht sich doch über uns lustig, das gibt's doch gar nicht.»

Sie betraten das Benediktinerkloster der Madeleine de Tresnel. Laura betätigte einen Lichtschalter. Der Hof, ein großes Rechteck, war eine einzige Baustelle, bedeckt von Bauschutt und übersät mit Unkraut. Auf der rechten Seite erhob sich eine Backsteinmauer, vor der herausgerissene Pflastersteine, rostige Gitter und Gipssäcke aufgetürmt waren. Auf der linken Seite bildeten drei Gebäude eine imposante U-Form. Sicheren Schrittes marschierte Strelli zwischen den Blechstücken und Schlammpfützen hindurch. Die beiden Frauen folgten ihm in den hinteren Teil des Hofes.

Er blieb vor einer verglasten Doppeltür stehen. Hinter den undurchsichtigen Scheiben war Licht zu erkennen. Laura kam näher.

«Ist es hier?»

Er nickte.

«Ich hab den Schlüssel nicht dabei.»

Laura kam nicht mehr dazu zu antworten. Die Tür ging auf, und Marina stand vor ihnen.

«Willkommen zu Hause, Monsieur Strelli.»

Eilig ging Laurent hinein. Eva blieb beeindruckt auf der Türschwelle stehen.

Sie schaute sich um.

Die Wand, die zum Hof hin lag, war durchbrochen von drei Fenstern, die sich über zwei Ebenen erhoben. Die Fenstersturze begrenzten ein Gewölbe, das von sechs Bögen getragen wurde. Die drei anderen Wände, fensterlos, waren vollkommen mit Gemälden verhangen. Hinten im Atelier führte eine steile Treppe zum Zwischengeschoss, das ein bunter Vorhang vor Blicken schützte. Durch den Stoff konnte man die Konturen unvollendeter Skulpturen erahnen. Marina schaltete eine dritte Lampe in einer Ecke an: Die Glaskugel, die auf dem Boden stand, verströmte im ganzen Atelier rotes Licht und zeichnete Schatten ans Gewölbe. Strelli ging an den Wänden entlang, ein sanftes Lächeln lag auf seinen Lippen. Er streichelte über die Bilder, blieb lange vor einem stehen, drehte ein anderes um. Er veränderte die Neigung einer Büste, legte drei Bilder übereinander. Sogar sein Gang war anders, weicher; jede Geste schien gelöst. Er kehrte ins Leben zurück.

Eva ging zu Marina.

«Er ist zu Hause», sagte sie. «Das ist seine Welt, und jetzt sind wir die Fremden in einem Territorium, das ihm vertraut ist.»

«Glauben Sie, dass das Ihre Arbeit erleichtern wird?»

«Vielleicht. Einige Riegel öffnen sich nach wenigen Minuten, ohne dass man auch nur im Ansatz versteht, warum. Andere gehen nie auf.»

Sie betrachtete eine riesige Leinwand, die sie zunächst für unbemalt hielt. Erst als sie sich bis auf weniger als dreißig Zentimeter näherte, erkannte Eva die kleinen gemalten Zacken, die zu Hunderten aufgetragen waren. Sie machte einen Schritt zur Seite und betrachtete das Werk erneut. Je nach Blickwinkel und je nach Beleuchtung zeichneten die Acrylreliefs unterschiedliche Schatten, mal ein Gesicht, eine geometrische Form, mal einen Gegenstand, wie ein reinweißes Hologramm. Sie fand das Werk ebenso seltsam wie hässlich.

«Man erfriert hier ja.»

«Ich brauche die Kälte, und sie lieben das», antwortete Strelli, während er seine Werke betrachtete.

Das Licht projizierte den Schatten seines Kopfes, übergroß an die Wand geworfen. Eva warf einen sehnsüchtigen Blick auf einen staubigen Heizkörper. Sie gab die Hoffnung auf, ihn in Gang zu bringen, und zog den Reißverschluss ihrer Jacke hoch. Das kalte Leder ließ sie schaudern. Marina legte ihr eine Decke über die Schultern.

«Ich hab's vorausgesehen. Erick hat mir erzählt, Sie kämen aus Marseille … Man könnte glauben, es handele sich um ein anderes Land, oder?»

Eva lächelte sie an.

«Aber es ist wirklich nicht das gleiche Land.»

«Wir werden die Anordnungen des Chefs befolgen: aufpassen, dass Strelli nicht einschläft, und Sie Ihre Arbeit machen lassen.»

Es beruhigte Eva, dass ihre Mission angesprochen wurde. Sobald sie einen letzten Berührungsversuch mit Strelli unternommen hatte, würde sie ein Taxi nach Orly nehmen. Unter anderen Umständen hätte sie einen derartigen Mangel an Berufsethos nicht geduldet, aber ebenso wie Strelli brauchte auch sie ihre Welt. Sie hätte alles gegeben, um zu Hause zu sein. Die Aussicht darauf belebte sie. Mit einer Handbewegung nahm sie sich die Decke von der Schulter und gab sie der Inspektorin zurück.

«Das ist nett von Ihnen, aber sie könnte mir bei meinen Bewegungen hinderlich sein. Und ich werde wohl auch nicht lange brauchen.»

Marina antwortete nicht.

«Wir haben das Bett weggenommen, das sich oben im Zwischengeschoss befand», erklärte Laura. «Wir wollen doch alle vor der Versuchung schützen. Wir haben nur diese drei Sessel hiergelassen.»

Sie testete den Sitz.

«Darauf kann man nicht einschlafen. Es sei denn, man ist tot. In dieser Tüte ist genug Proviant, um eine Belagerung durchzuhalten, und wir haben uns gesagt, dass Musik auch die Geister wach hält.»

Die junge Frau machte sich an die Einstellung der Frequenzen an einer tragbaren Musikanlage. Aggressive Rockmusik durchbrach die Stille des Klosters.

«Ich habe mich als Freiwillige gemeldet, um die Nacht hier zu verbringen. Etwas Komfort braucht man schon ...»

Strelli schien der Lärm unberührt zu lassen, er stand regungslos in der Mitte des Ateliers. Eva ging um die drei Sessel herum zu Marina.

«Sie beide wollen sicher hierbleiben? Aber das ist doch keine Gefälligkeit mehr, das ist Sklaverei! Und Ihr kleiner Chef da, der verbringt eine ruhige Nacht in seinem kuscheligen Bett, nehme ich an?»

Marina zögerte.

«Wissen Sie, ich bin nicht mehr die Jüngste; ich gehe.»

Sie warf einen letzten Blick auf die Gemälde, dann auf ihre Armbanduhr.

«Ihr Flug, morgen früh ... Ich habe einen Platz gleich in der ersten Maschine reserviert, um 6.25 Uhr. Damit Sie nicht allzu viel Zeit verlieren.»

Eva begriff die Bedeutung der Bemerkung nicht sofort. Sie betrachtete die drei Sessel, dann Strelli und suchte in Lauras Blick eine Erklärung. Die junge Farbige lächelte sie an.

«Eine schöne Nacht zusammen, und Sie werden sehen, morgen sind wir die besten Freundinnen.»

Eva warf ihre Tasche auf einen Sessel.

«Falls ich dich nicht in deinem Schlaf umgebracht habe!»

Sie machte eine Kehrtwendung.

«Wo ist euer Arschloch von Chef? Wo ist dieser kleine Arsch? Ich will ihn sehen, verstanden?»

Marina versuchte, sie zu beruhigen.

«Eva, Laurent Strellis Leben ist in Gefahr.»

«Das ist mir egal, klar? Aber so was von egal! Ich will nach Hause – und zwar sofort, und nicht erst in einer Stunde!»

Wütend kippte sie ihre Tasche aus und klappte ihr Handy auf.

«Gebt mir seine Nummer.»

«Beruhigen Sie sich, und hören Sie mir zu», sagte Marina. «Sie sind die Einzige, die etwas für ihn tun kann.»

«Sie haben mich angelogen, dieser Mistkerl hatte überhaupt nicht die Absicht, mich heute Abend nach Hause zu lassen.»

«Das stimmt nicht.»

Marina schwieg. Strelli stand ihnen gegenüber. Ihr wurde klar, dass sie von ihm gesprochen hatten, als ob er es nicht hörte – als ob er nicht existierte. Mit gedämpfter Stimme fuhr sie fort:

«Man hat versucht, diesen Mann im Krankenhaus zu töten. Wir haben keinerlei Hinweise auf die Identität des Mörders, er kann aus seinem Umfeld stammen oder auch vollkommen fremd sein. Wir mussten Strelli aus der Fondation holen, ihn an einen geheimen Ort bringen und so wenig Leute wie möglich einbeziehen, um seine Sicherheit zu gewährleisten. Erick vertraut Ihnen.»

«Sagt mir nicht, dass ihr mich braucht, um einen Kerl wach zu halten!»

«Nein, aber um ihn aus dem Vergessen zu holen. Sie sind in Paris unbekannt, im Krankenhaus ebenso wie woanders, und Ihre Fähigkeit kann uns aus der Klemme helfen. Sie sind prädestiniert, um bei ihm zu bleiben, Eva.»

Sie antwortete nicht. Alle ihre Muskeln waren angespannt. Wütend umklammerte sie ihr Handy.

«Bleiben Sie», sagte Marina noch einmal. «Halten Sie ihn wach und arbeiten Sie an seiner Erinnerung, so viel, wie Sie können – und so viel, wie er kann. Das ist unsere einzige Chance, seine einzige Chance, es zu schaffen.»

«Ich werde auch nicht schlafen, falls Sie das tröstet», fügte Laura hinzu. «Ich habe sehr wohl verstanden, dass Sie ebenso gefährdet sind wie er.»

«Ich habe eure schönen Worte und das Herumscharwenzeln satt. Ich will nach Hause, ist das klar? Ich will NACH HAUSE.»

Sie explodierte. Sie schnappte sich einen Lautsprecher und warf ihn mit all ihrer Kraft gegen eine Spotleiste. Die Leiste knallte in einem Splitterhagel aus Glas und Metall auf den Beton. Die drei Frauen blieben regungslos stehen. Strelli eilte herbei, um die Überreste der Birnen aufzusammeln, und betrachtete die bunten Scherben in seiner Hand. In seinen Augen las Eva Verzweiflung und Auflehnung. Ihr Zorn wich. Sie wandte den Blick ab, bis Lauras hastige Schritte sie alarmierten. Laurent hatte gerade die Hand mit den Glasscherben geschlossen und ballte sie mit aller Kraft zu einer Faust. Die purpurroten Tropfen fielen bereits zu Boden. Eva war entsetzt angesichts des Blutes und wollte der Polizistin helfen. Laura stieß sie zurück, Marina nahm ihren Arm und zwang sie, sich hinzusetzen.

«Sie kümmert sich schon darum.»

Sie wählte eine Nummer auf ihrem Handy und hielt es dann Eva hin.

«Okay, belassen wir es dabei; Sie haben gewonnen. Regeln Sie die Angelegenheit mit ihm.»

Eva nahm das Telefon und betrachtete Strellis Hände, der auf dem Boden inmitten der Trümmer saß.

«Und wenn ich es schaffe?», fragte sie.

Marina drehte sich um.

«Was schaffe?»

«Wenn das verschwundene Gesicht wieder auftauchen würde?»

«Dann wären Sie zwei Stunden später zu Hause. Selbst mitten in der Nacht.»

Eva gab ihr das Handy zurück.

«Mir ist nicht mal danach, seine Stimme zu hören. Wir haben hier Besseres zu tun.»

Marina lächelte sie an.

«Ich werde die Erste-Hilfe-Tasche holen. Vielleicht bin ich doch noch nicht so alt und kann noch ein wenig bleiben.»

43

DREIUNDVIERZIG

«Sie werden gefährlich, Monsieur Flamand. Sie waren neugierig, jetzt werden Sie gefährlich. Das ist weniger angenehm.»

Françoise Meer stellte ihre Tasche auf einen Sessel. In der Eingangshalle war es ruhig, der Wachmann hatte den Mann am Empfang abgelöst, die Neonlichter waren ausgeschaltet worden, es gab nur noch das gedämpfte Licht der Wandleuchten. Draußen wartete die Nacht auf sie. Die Psychiaterin löste ihren Kaschmirschal. Sie hatte ihre Haare zu einem lockeren Knoten zusammengefasst. Sie neigte den Kopf, ein aschblonder Schimmer erschien. Einen kurzen Moment lang glaubte Erick, ein Haarteil zu erkennen.

«Aus diesem Grund wollte ich Sie unbedingt sehen», sagte

er. «Vor Ihrer Abreise. Sie verlassen Paris in nicht einmal achtundvierzig Stunden?»

«Die Pflicht ruft. Sie haben alle Informationen. Aber ich habe kein gutes Gefühl bei dieser ganzen Angelegenheit. Ich reise ab, und Sie treffen unüberlegte Entscheidungen. Wissen Sie, was mit einem Menschen geschehen kann, dem man den Schlaf vorenthält? Das menschliche Wesen – und es ist nicht das einzige – kann nicht ohne ihn auskommen, das ist nun mal so. Die Wissenschaftler nennen den Schlaf einen ‹liebenswerten Tyrannen›. Er drängt uns sein Gesetz auf und ist dabei doch eine Wohltat. Strelli braucht ihn mehr als jeder andere.»

«Wir haben alle schon mal eine Nacht durchgemacht.»

Françoise Meer nahm an einem der niedrigen Tische Platz. In dem überheizten Raum knöpfte sie ihren Mantel auf.

«Laurent ist aus einem posttraumatischen Koma erwacht. Das ist sehr belastend. Sie müssen sich vorstellen, dass er jetzt Erholung so nötig braucht wie ein Mensch, der mehrere Nächte ohne Schlaf auskommen musste. Ich weiß nicht mal, wie er sich überhaupt noch aufrecht hält, eine zusätzliche Nacht könnte eine zu viel sein.»

«Ich brauche Ihre Hilfe, nicht Ihre Ermahnungen, deswegen bin ich hier.»

«Es sollte ja auch nur ein guter Rat sein.»

Erick war stehen geblieben. Seine Haltung verriet eine gewisse Überheblichkeit.

«Haben Sie nicht begriffen, dass der Schlaf nicht nur ein Rädchen in einem Getriebe ist? Er stellt eine ganze Welt dar, zwar eine Parallelwelt, die sonderbar anmuten mag, aber er ist eine Welt für sich, mit ihren eigenen Vernetzungen, komplexen Verbindungen, ihren Akteuren und Rollen, aber exakt strukturiert. Sogar ihr Rhythmus unterscheidet sich von dem, der unseren Alltag beherrscht. In diese Welt einzugreifen wirkt wie ein Tritt in einen Ameisenhaufen: Ein perfekt funktionierender Organismus wird zerstört, ein ganzes System in Unordnung gebracht.»

«Sie wollen einen Mechanismus beschützen, während es mir um das mentale Gleichgewicht und das Wohlbefinden Ihres Patienten geht. Was glauben Sie, wie er weiterleben wird, wenn ich nur wegen einer durchgeschlafenen Nacht das Gesicht des Mörders verschwinden lasse?»

Die Psychiaterin lächelte.

«Sie sind ein gefährlicher Demagoge, aber ich will mich darauf einlassen. Sie sprechen vom Wohlbefinden, aber machen Sie sich auf das Schlimmste gefasst.»

Sie machte es sich in ihrem Sessel bequem.

«Anfangs», sagte sie, «werden es Konzentrationsstörungen sein. Nichts Schlimmes. Das ist übrigens bereits der Fall, und das wissen Sie auch. Dann wird Laurent Strelli ... wie soll ich sagen ... reizbarer werden.»

«In meiner kurzen Laufbahn habe ich schon Schlimmeres gesehen.»

«Meine ist lang. Hören Sie mir zu.»

Sie war aufgestanden. Ihr Tonfall war gleichmäßig und ruhig. Nur die frühere Sanftheit war aus ihrem Gesicht verschwunden.

«Dann kommen die Halluzinationen», fuhr sie fort.

Sie schwieg einen Augenblick.

«Interessieren Sie sich fürs Segeln?»

«Nein», antwortete der Polizist.

«Dann wissen Sie nicht, was ein Seefahrer mit Schlafmangel empfindet, der während der Fahrt eine Kuh auf der Brücke und mitten auf dem Pazifik den TGV sieht. Sie haben das fast alle schon erlebt, und es ist erschreckend.»

Ungeduldig wandte Erick den Blick ab. Sie gab ihm keine Gelegenheit einzuhaken.

«Strelli wird keine einzige Entscheidung mehr treffen können. Er wird Anordnungen wie eine Maschine ausführen. Das ist die sogenannte steigende Beeinflussbarkeit. Haben Sie noch nie davon gehört? Dieses Phänomen ist seit der Antike bekannt. Auf der ganzen Welt nutzt die Polizei sie, um einen Menschen zu einem Geständnis zu bringen. Erschöpft redet schließlich jeder, auch gegen seinen Willen. In einigen asiatischen Gefängnissen hat man daraus sogar eine Foltermethode entwickelt: die Tortur des Falkenauges.»

Sie schwieg. In der Eingangshalle war es vollkommen still. Der Wachmann war zur Tür gegangen und schaute auf die Straße hinaus.

«Muss denn erst eine Tragödie geschehen, Monsieur Flamand, damit Sie begreifen, dass ich mit meiner Warnung nur sein Wohl im Blick habe? Erinnern Sie sich an die Raumfähre Challenger? 1986, glaube ich.»

«Tut mir leid. Da war ich sechs.»

«Kein Schlafspezialist wird diesen Unfall je vergessen», sagte sie. «Ein tragisches Ende und eine so lächerliche Ursache. Ein Leck im Treibstoffbehälter hat die Explosion der Raumfähre verursacht.»

«Die Physik ist nicht unfehlbar.»

«Nein, aber sie ist Vorgängen ausgeliefert, die Ihnen wie eine Kleinigkeit erscheinen werden. Ein Techniker hatte vor dem Start auf das Leck hingewiesen. Und doch hat der Verantwortliche im Kontrollzentrum den Countdown nicht abgebrochen.»

«Warum nicht?»

«Er war nicht mehr in der Lage, die Folgen dieses Lecks abzuschätzen. Wir nennen das durch Schlafmangel hervorgerufene Zukunftsamnesie. Die betroffene Person kann sich nicht mehr in die Zukunft versetzen. Sie entwirft keine neuen Projekte und begnügt sich damit, das zu wiederholen, was sie am Vorabend getan hat. Nach dem Unfall haben die Ermittlungen ergeben, dass der Verantwortliche in den Tagen zuvor insgesamt nur zwei Stunden geschlafen hatte.»

Erick antwortete nicht. Françoise Meer kam zum Schluss:

«Nach drei Tagen wird der Schlafmangel unerträglich. Sie können davon ausgehen, dass Laurent Strelli nicht weit davon entfernt ist, vor allem, wenn man sich seine Vorgeschichte und seinen Zustand vor Augen hält.»

Sie stand auf und legte die Hand dem jungen Mann auf den Arm. Die Berührung hatte etwas Beruhigendes.

«Wenn er am Ende seiner Kräfte ist, was, glauben Sie, ist dann noch von ihm und seinem Gedächtnis zu erwarten?»

Erick riss sich zusammen.

«Was immer er rekonstruieren kann. Strelli hat nichts zu verlieren.»

Die Ärztin seufzte. Sie konnte gegen die Entschlossenheit des Polizisten nichts ausrichten.

«Gut. Ich werde mein Möglichstes tun, um Ihnen zu helfen und den Schaden in Grenzen zu halten. Das erwarten Sie doch von mir, nicht wahr?»

«Ja, aber das ist nicht alles.»

Sie lächelte müde.

«Lassen Sie mich Ihnen zuerst eine Frage stellen?»

«Selbstverständlich.»

«Warum klammern Sie sich so an diesen Mann, an das, was er vielleicht gesehen hat und an das er sich vielleicht niemals erinnern wird?»

«Weil er der einzige Zeuge einer Tragödie ist, die keinerlei andere Spuren liefert. Während meines Abstechers nach Marseille haben meine Kollegen die Nachbarschaft und Strellis Verbindungen durchforstet. Die Frau, die bei ihnen arbeitete, hat bestätigt, dass sie ein asketisches Leben führten. Das Paar ist nie ausgegangen, hat auch niemals Besuch bekommen.

Strellis Eltern sind tot, die seiner Frau auch. Beide sind Einzelkinder, und der Rest ihrer Familie erinnert sich kaum an sie. Ich glaube, dass Laurent Strellis Persönlichkeit sie von allen sozialen Kontakten außerhalb der Arbeit ferngehalten hat – und damit auch von jeglicher tödlichen Bedrohung. Auch Stefania Strelli hatte nichts Besonderes vor: Sie kam wie jeden Abend aus der Klinik.»

«Letztendlich haben Sie also nur den Ehemann, um den Wirrwarr aufzulösen.»

Erick zögerte.

«Ich muss jetzt Dr. Strellis berufliches Umfeld auskundschaften, die hat schließlich den Großteil ihres Lebens hier in der Klinik verbracht.»

«Ich verstehe. Sie gehen jeder Fährte nach.»

Beunruhigt wandte sie den Blick ab.

«Bin ich die Erste?»

«Ich habe keine Liste aufgestellt.»

«... von Verdächtigen?»

«Bei den Ermittlungen gehört jeder dazu, bis das Gegenteil bewiesen wurde.»

«Muss ich Ihnen ein Alibi liefern?»

«Noch nicht. Erzählen Sie mir lieber etwas über Stefania Strelli. Ich weiß bereits einiges über die Frau, doch nur sehr wenig über die Ärztin.»

«Deshalb sind Sie heute Abend gekommen, nicht wahr? Verzeihen Sie, und ich habe geglaubt, dass Sie meine Ansicht über den erzwungenen Wachzustand von Laurent Strelli hören wollten. Aber Ihr Entschluss stand schon fest.»

Sie war zur Tür gegangen.

«Ich könnte Sie begleiten?», schlug der Polizist vor. «Wir könnten auf dem Weg reden.»

Sie schien ihn nicht gehört zu haben und zog den Mantel schließlich aus.

«Nein», sagte sie. «Sie werden mich begleiten, natürlich, aber wir bleiben in der Fondation. Wenn Sie wirklich wissen wollen, wer Stefania Strelli war, dann müssen Sie zuhören und sich hier umschauen.»

44

VIERUNDVIERZIG

Erick folgte der Psychiaterin durch die Station, in der sich das Schlaflabor befand. Ihre Schritte hallten auf dem Flur. Die Tür eines Überwachungsraumes ging auf: Die Schwester steckte beunruhigt den Kopf heraus und verschwand wieder hinter der geschlossenen Tür. Sie gingen durch die Wohlfühlstation an den Sprechzimmern entlang und hielten vor einer verzierten zweiflügligen Holztür. Françoise Meer zog einen Schlüsselbund aus ihrer Handtasche und probierte einige Schlüssel aus, bevor sie den richtigen fand.

«Na endlich», sagte sie, «ich komme nicht oft genug hierher.»

Sie stieß die Tür auf und trat zur Seite. Erick trat über die Schwelle, woraufhin die Ärztin zu einem Tresen ging und einige Schalter betätigte: Die Deckenlampen erhellten einen riesigen Saal, die Wände bekleideten Bücherregale.

«Das Prunkstück der Fondation», erklärte Françoise Meer fast bewegt. «Die Bibliothek.»

Erick schaute sich beeindruckt um.

Vor ihnen führte eine Treppe hinunter in die zentrale, offene Halle, in der eine Reihe von Tischen stand, deren schwere Platten aus demselben Holz gearbeitet waren wie die Regale, die den Raum unterteilten. Der Polizist hob den Blick. Die Bibliothek nahm zwei Etagen des Gebäudes ein. Auf mittlerer Höhe konnte man über einen Gang die Bücher erreichen, die in mehr als sieben Metern Höhe standen. Mit Hilfe von Leitern, die an das Geländer angelehnt waren und auf einem Schienensystem liefen, konnte man hinaufsteigen. Françoise Meers Stimme riss ihn aus seiner Bewunderung.

«Bereits im 19. Jahrhundert, als die Fondation noch das prächtige Hôtel de Solyves inmitten eines Arbeiterviertels war, existierte die Bibliothek. Der Graf war ein kultivierter Mensch und ein großer Humanist. Er war Atheist und hoffte, seine Leute mit all den Büchern zu ‹bekehren›, um sie dem Wissen näherzubringen.»

Sie stieg die Stufen hinunter, und Erick folgte ihr. Sie gingen an den Tischen vorbei, auf denen sie die Lampen einschaltete. Der Raum wurde in gelblich schimmerndes Licht getaucht.

«Das Mobiliar und die Täfelungen stammen aus dieser Zeit. Die Bibliothek hat auf ihre Weise ihre Berufung beibehalten: eine Insel des Friedens und des Wissens in dieser seltsamen Welt einer psychiatrischen Klinik. Kommen Sie.»

Erick folgte ihr den Gang entlang. Zwischen den parallel verlaufenden Regalen waren an der Westwand gotische Fenster zu sehen. Die Buntglasfenster – Jagdszenen, mythologische Figuren vermischt mit vertraut wirkenden Gesichtern – verliehen dem Ort eine sakrale Atmosphäre. Sie gelangten ans Ende des Saals. Drei Tische standen dort, durch Bücherwände voneinander abgetrennt.

Françoise Meer ging zu dem Tisch ganz rechts. Der imposante Sessel dahinter hatte eine hohe Lehne. Verstohlen strich sie über den Samt.

«Das war sein Tisch. Hierher kam er, um in den Büchern vom Anfang des Jahrhunderts zu blättern, aber auch in gerade erschienenen Werken, den neuesten Veröffentlichungen.

Diese Bibliothek hat den Ruf, eine der bestausgestatteten und aktuellsten im Bereich der Psychiatrie und Neuropsychiatrie zu sein, trotz ihrer jahrhundertealten Struktur.»

Stolz lag in ihrer Stimme.

«Dann», sagte sie, «war es Stefanias Schreibtisch. Von uns allen war sie die Einzige, die befähigt war, diesen Platz einzunehmen. Ihr Verhältnis zu ihm berechtigte sie dazu.»

Françoise Meer schloss die Augen und fuhr sich mit einer müden Handbewegung durchs Haar. Erick respektierte ihr Schweigen und die Traurigkeit, die sie nur diskret zum Ausdruck brachte. Stefania Strellis Tod schien auf ihr zu lasten. Er beobachtete ihre schmalen Finger und bemerkte, dass sie keinen Ehering trug.

«Frau Doktor Meer, von wem reden Sie?»

An der hinteren Wand hatte man zwischen den Regalen Lücken gelassen, in die große verglaste Rahmen gehängt worden waren. Wortlos ging Françoise Meer dorthin. Sie legte den Finger auf ein Foto in der Mitte des Rahmens. Ein lächelnder großer, kräftiger Mann. Eine gewisse Schüchternheit lag in diesem Blick, der sich vom Objektiv abwandte, die Schultern waren hochgezogen. Sein Gesicht ließ das Alter nicht erahnen, einzig seine – tadellos frisierten weißen – Haare verrieten die Jahre.

«Nathanael Mankiewicz», sagte die Ärztin schließlich. «Herausragender Psychiater, brillanter Geist – bewundernswert. Gründervater der Fondation – der Stiftung, die ja auch seinen Namen trägt. Das wird nur zu häufig vergessen.»

Sie strich mit einer Geste über das Glas, die etwas anderes vermuten ließ als nur Nostalgie. Erick betrachtete ein anderes Foto.

«Das ist sie, oder? Stefania Strelli, neben dem Professor?»

Die Psychiaterin antwortete, ohne es zu überprüfen.

«Ja, das ist sie. Das war vor fünfzehn Jahren. Sie war Assistenzärztin, hatte nicht einmal die Absicht, in die Psychiatrie zu gehen. Sie hatte keine Wahl, es war ihr erster Posten, auf der Neurologie war keine Stelle mehr frei.»

«Warum hat sie ihre Meinung geändert?»

Einige Sekunden lang sah sie ihn an.

«Ihr ist passiert, was allen passiert, die mit einem Arzt wie Nathanael Mankiewicz in Berührung kommen: Sie wurde von seiner Leidenschaft angesteckt. So eine Begegnung beeinflusst die berufliche Laufbahn zwangsläufig. Sie prägt ein Leben.»

Erick schaute sich die Fotos an. Eines von ihnen schien neueren Datums zu sein. Zwei Frauen waren darauf zu sehen. Françoise Meer stand etwas im Hintergrund; auf ihrem Gesicht lag ein unentschlossenes Lächeln, das sich deutlich von Stefania Strellis offenem Strahlen unterschied.

«Stefanias Laufbahn war vorgezeichnet», sagte sie. «Sie kehrte zur Fondation zurück, um hier ihr drittes Semester als Assistenzärztin zu absolvieren und dann auch all die anderen. Zu diesem Zeitpunkt war ich für die Pflegestation zuständig. Sie war brillant», räumte sie ein. «Es war logisch, dass sie ihre Laufbahn hier fortsetzte und man ihr alle Ehren zuteilwerden ließ. Am Ende ihrer Assistenzzeit übernahm sie eine Stelle als Fachärztin, dann die der stellvertretenden Klinikchefin. Sie kam wie gerufen, denn ich musste mich voll und ganz um die neue Station, den Hochsicherheitstrakt, kümmern, was den Großteil meiner Zeit in Anspruch nahm. Ich war glücklich zu wissen, dass sie die Arbeit übernehmen würde, die ich nicht mehr erledigen konnte.»

Sie hatte schneller als sonst gesprochen. Erick betrachtete erneut das Porträt von Mankiewicz, während sie weitererzählte:

«Nathanael Mankiewicz hatte über Jahre hinweg gearbeitet, um der Wissenschaft das zu geben, was sie heute über den paradoxen Schlaf weiß: seine Rolle bei der Verinnerlichung von Erlerntem und in der Festigung von Verhaltensformen in neuen Situationen. Nach Abschluss dieser Arbeiten konnte man den paradoxen Schlaf mit der ‹Zeit des Geistes› gleichsetzen, im Gegensatz zum Tiefschlaf, der die Zeit der körperlichen Regenerierung darstellt, und so Therapien entwickeln, die den Zustand psychisch gestörter Verbrecher verbessern. Mit der Eröffnung der Hochsicherheitsstation setzte der Professor offiziell die Kombinationstherapie in die Praxis um, die anschließend in Europa und Amerika übernommen wurde.»

Françoise Meer löste sich von den Bilderrahmen und ging zurück zu den ersten Tischen in der Mitte des Saales. Sie hob den Blick zu den Bücherwänden oberhalb des Ganges. Ihre Stimme verlor sich unter der Kassettendecke.

«Vor drei Jahren überschlugen sich die Ereignisse. Nachdem die Gurus der Psychiatrie widerwillig das beweihräuchert hatten, was man als Erfolg ansehen musste, ergriffen sie die erste Gelegenheit, um mit dem Finger auf den zu zeigen, dem sie den Erfolg und die Ergebnisse neideten.»

«Was ist passiert?»

«Ein Gutachten stellte das Scheitern der Kombinationstherapie bei einem ersten Häftling fest. Ich erinnere mich sehr gut an ihn», sagte sie, so als redete sie mit sich selbst. «Neunzehn Jahre alt, Psychopath und Erotomane. Er hatte zwei Schülerinnen in Stücke zerlegt, nachdem sie ihm angeblich Avancen gemacht und sich ihm dann verweigert hatten.»

«Was ist mit ihm geschehen?», wollte Erick wissen.

«Er hat sich in seinem Zimmer umgebracht. In den Augen der Welt handelte es sich um ein aufsehenerregendes Scheitern der Therapie. Zwei Monate später tötete eine Frau, die wegen des Mordes an ihrem Mann eingewiesen worden war, die Krankenschwester, die ihr das Essen brachte, in der Überzeugung, dass es sich um die Geliebte ihres verstorbenen Mannes handelte. Auch in diesem Fall wurde der Professor mit seiner Methode für die Tragödie verantwortlich gemacht. Man warf ihm zudem vor, eine unsichere Therapie an Verbrechern auszutesten, die für ihn im Grunde nur gewöhnliche Versuchskaninchen seien.»

Der Polizist trat an sie heran.

«Und wie haben Sie die Ereignisse interpretiert?»

«Ich habe Ihnen die Einzelheiten nur verraten, um Ihnen deutlich zu machen, mit was für Patienten wir es zu tun haben: mit Persönlichkeiten, die vollkommen gestört und unberechenbar sind, mit schweren Geisteskrankheiten, die allein schon ausreichen, um Tragödien zu erklären. Der Kombinationstherapie die Schuld zu geben, war nur ein Mittel, um den Sockel ins Wanken zu bringen, auf dem der Professor stand. Die Medizin ist ein Haifischbecken, eine ebenso unbarmherzige Welt wie all die anderen, Monsieur Flamand.»

«Wenn ich Sie so höre, dann war die Aktion erfolgreich.»

«Er hat seine Geschäfte im darauffolgenden Monat abgegeben.»

«Und Stefania Strelli hat sie übernommen.»

Françoise Meer sagte einen Moment lang nichts. Sie brauchte Abstand, um fortfahren zu können.

«Es kam zwangsläufig so. Innerhalb von zehn Jahren hatte sie mehr Publikationen und Arbeiten angehäuft als wir alle zusammen. In diesem Punkt ähnelte sie Nathanael Mankiewicz. Sie war ein Arbeitstier. Die Stunden, die sie der Fondation widmete, waren unzählig. Es war naheliegend, dass sie den Professor ersetzte. Abgesehen von ihren Fähigkeiten kannte sie alle seine Angewohnheiten, die Projekte, die Ambitionen, die sie mit ihm teilte. Sie waren sehr vertraut.» Sie lachte. «Man hätte sie für ein Paar halten können, wenn er nicht ihr Vater hätte sein können. Sie waren es aber nicht.»

Die Aussprache hatte sie erleichtert. Neben ihr flackerte ab und zu eine Glühbirne. Das unregelmäßige Licht spielte auf ihrem Gesicht.

«Sie hat die Fackel mit Bravour übernommen. Niemand hat daran gezweifelt. Die Verantwortung für den Hochsicherheitstrakt haben wir uns geteilt.»

«Obwohl Sie vorher allein dafür zuständig waren?»

Sie zögerte.

«Mankiewicz' Weggang hat uns alle sehr getroffen. Auch geschwächt und überlastet. Er hatte uns, wenn nötig, bei allem geholfen. Stefania ist mir zur Hand gegangen, so wie er es getan hätte. Sie war voller … Energie. Bis zum Ende.»

Selbstsicher schaute sie den Polizisten an. Hatte er bis zu diesem Punkt noch eine gewisse Verbitterung in ihren Gesichtszügen erkennen können, so hatte sie sich jetzt aufgelöst.

«Ich habe gern mit ihr zusammengearbeitet. Wirklich.»

Sie setzte sich auf einen Stuhl und schien den Titel auf einem zufällig ausgewählten Buchdeckel zu entziffern. Sie hob den Kopf, so als kehrte sie von einem Fluchtversuch zurück.

«Stefania hat die Zeit und die Entschlossenheit aufgebracht, um die Arbeit des Professors fortzuführen und das Wohlfühlzentrum zu eröffnen. Das war genau vor einem Jahr. Ihr Mann war einer der ersten Patienten. Den Rest der Geschichte kennen Sie, glaube ich.»

«Sie ist nicht vollständig», sagte er.

«Warum? Was fehlt Ihnen?»

Erick ging um die drei Tische herum bis zur hinteren Wand. Eingehend betrachtete er die Fotos.

«Was ist aus Professor Mankiewicz geworden?»

Françoise Meer wandte den Blick einen Moment lang ab.

«Das ist geheimnisvoll», antwortete sie schließlich. «Er ist schnell gegangen, sehr schnell. Die Übertragung der Befugnisse fand von einem Tag auf den anderen statt. Mankiewicz hat keine Spur hinterlassen», sagte sie ernst.

Erick schaute ein letztes Mal auf die Bilder. Das Gesicht eines Kindes erregte seine Aufmerksamkeit.

«Wer ist das?»

Die Psychiaterin kam näher.

«Seine Tochter, Nadine. Sie war noch sehr jung, als dieses Foto aufgenommen wurde.»

«Lebte sie hier?»

«Nein. Ihre Mutter starb, als sie noch sehr klein war. Nach der Schule kam sie immer zur Fondation. Ein Kind von zehn Jahren, das im Park und auf den Fluren einer psychiatrischen Klinik herumrannte. Sie machte uns Sorgen. Nur ihr Vater schien zuversichtlich.»

Françoise Meer betrachtete das Gesicht. Nadine Mankiewicz schien sich in das Foto hineingeschmuggelt zu haben. Oder sie hatte versucht, daraus zu verschwinden. Erick studierte ihre Gesichtszüge: eine fast nicht vorhandene Nase, große unruhige Augen. Auffallend helles, lockiges Haar, das ihr in die Stirn fiel. Mit einer Hand versuchte sie, ihr Gesicht zu verbergen.

«Ein stilles Kind, schüchtern. Nichts entging ihr, sie beobachtete alles. Eigentlich war sie nicht greifbar», sagte die Psychiaterin. «Sie hatte keine Freunde.»

«Was ist aus ihr geworden?»

«Ihr Werdegang entsprach ihrer Kindheit. Er war seltsam. Die einzige Entscheidung, die abzusehen war, war ihre Berufswahl. Sie wollte Psychiaterin werden. Sie hat ihr Medizinstudium durchgezogen, die Assistenzzeit erfolgreich hinter sich gebracht, aber nie praktiziert.»

«Warum nicht?»

«Ich weiß es nicht. Nathanael Mankiewicz sprach selten darüber, und nachdem Nadine ihr Studium aufgenommen hatte, kam sie nicht mehr in die Fondation. Ich glaube, ich habe sie hier nie wieder gesehen.»

Sie schwieg einen Augenblick, vertieft in ihre Erinnerungen.

«An eines erinnere ich mich: Neben der Wissenschaft interessierte sie sich für ihre familiären und religiösen Wurzeln. Welches Waisenkind macht das nicht, an irgendeinem Punkt seines Daseins, an dem man seine Vergangenheit mit seiner Zukunft in Einklang bringen muss? Wenn ein Elternteil fehlt, macht man sich auf die Suche nach seiner Herkunft.»

Erick hörte zu, ohne zu reagieren. Er fragte sich, welche Form diese Suche annehmen konnte, wenn man tragischerweise beide Eltern verloren hatte. Er verjagte diese Frage aus seinem Kopf und fügte sie zu der – bereits langen – Liste derer hinzu, denen er aus dem Weg gehen würde.

«Sie hatte sich immer mehr einer jüdisch-orthodoxen Bewegung angenähert und schließlich sogar einen orthodoxen Juden geheiratet», erläuterte die Ärztin.

«Eine Sekte?»

Françoise Meer lächelte.

«Welch merkwürdige Überlegung ... ist eine religiöse Bewegung zwangsläufig eine Sekte?»

«Das Orthodoxe führt oft zur Maßlosigkeit», erwiderte Erick.

«Es kann sich auch ganz einfach durch Strenge und Festhalten an den Traditionen und den Texten auszeichnen. Ich glaube, das war der Fall bei der Gruppe, der sie sich angeschlossen hatte: eine praktizierende Gemeinschaft, in die Gesellschaft integriert, aber auch dem Studium der Thora verpflichtet. Ihr Vater hätte es nicht toleriert, wenn sie sich irgendeiner Sekte angeschlossen hätte. Er war kein Philosoph, aber die Tatsache, dass seine Tochter, als Ärztin, eine Art der Spiritualität anstrebte, gefiel ihm, glaube ich. In seinen Augen war das eine Möglichkeit unter vielen anderen, einen Beweis für die Ethik des Berufes zu liefern.»

«Bei einem Mann, dessen verantwortungsbewusstes Handeln angezweifelt wurde», sagte Erick, «ist das verständlich.»

«Das war weit vor der Zeit, als Professor Mankiewicz' Integrität angezweifelt wurde», erwiderte sie etwas zu schroff. Sie ging an den Rahmen entlang und betrachtete voller Nostalgie die vergessenen Fotos. Sie schien die Anwesenheit des Polizisten ausradiert zu haben.

«Haben Sie nicht die Tochter gefragt, was aus dem Vater geworden ist?», wollte Erick wissen.

«Doch, natürlich. Wir haben alles versucht. Ohne allzu große Hoffnung: Schon als Kind war sie verschwiegen. Sie hat immer gesagt, sie wüsste nichts.»

«Ist sie in Paris geblieben?»

«Nadine lebt mit ihrer Familie im 19. Arrondissement und arbeitet in einem Vorort. In Pré-Saint-Gervais, glaube ich.»

«Ich dachte, sie praktiziert nicht.»

«Jedenfalls nicht als Ärztin. Aber sie hat von ihrem Vater eine grenzenlose Neugier geerbt, die auch sie dem Studium des Schlafes gewidmet hat. Sie hat sich entschlossen, ihr Wissen und ihre Fähigkeiten in Form einer Schlafsprechstunde anzubieten, die allen zugänglich ist. Das hat den Mitgliedern ihrer Gemeinschaft nicht gefallen. Und doch hat sie nicht nachgegeben, und sie haben gelernt, es zu akzeptieren. Sie merken, das sähe einer Sekte nicht ähnlich.»

Das Bild von Eva und Laurent, die gegen die Müdigkeit ankämpften, tauchte vor Erick auf. Françoise Meer erriet seine Gedanken.

«Sie hat sich dem Schlaf auf zwei Weisen angenähert: wissenschaftlich und spirituell. Sie praktiziert eine Art der Therapie, die zum einen aus ihrer religiösen Überzeugung schöpft, zum anderen aus genetischen und psychologischen

Grundlagen, zu denen auch nicht zuzuordnende Elemente gehören, die nur ihr eigen sind. Mehr kann ich Ihnen darüber nicht erzählen.» Sie erhob sich, so als wollte sie das Ende einer Rede ankündigen. «Sie ist eine rätselhafte Frau, Monsieur Flamand. Intelligent, kultiviert und wahrscheinlich noch immer so neugierig. Aber rätselhaft, sogar für ihren Vater. Ein Teil ihrer Persönlichkeit ist unzugänglich, gehört einzig und allein ihr. Ich habe schon lange nicht mehr an sie gedacht. Aber Sie haben selbst ihr Gesicht unter all den anderen herausgesucht. Ich bin nicht abergläubisch, aber ich glaube ans Schicksal. Und Sie?»

Erick antwortete nicht. Einige Schicksale waren zu düster, als dass man sie akzeptierte oder an sie glaubte. Egal, der Weg von Nadine Mankiewicz würde zweifellos den seiner Ermittlungen kreuzen.

Françoise Meer knipste die Schreibtischlampe aus. An den Wänden der Bibliothek tauchten die Buntglasfenster die Bücher in die unterschiedlichsten Farben.

«Sie lebt im 19., arbeitet aber in Pré-Saint-Gervais, so war es doch, oder?»

«Kommen Sie», sagte sie. «Stellen wir uns dem Schicksal nicht in den Weg.»

45

FÜNFUNDVIERZIG

Das Auto hielt ganz in der Nähe des Wohnhauses an, in einem ruhigen Viertel von Pré-Saint-Gervais. Der Himmel war in der Abenddämmerung wolkenlos, der Vollmond hellte die Betonfassade auf, während der Vorort sich auszulöschen und seine Bevölkerung ins Zentrum von Paris zu entleeren schien. Das Gebäude erhob sich hinter einer Grünfläche, die winterlich kahl war. Ringsum verbargen Bauten aus den zwanziger Jahren ihre verwitterten Mauern verfrüht unter Weihnachtsdekoration.

Erick trat in einen schlichten, aber sauberen Eingang. Vergeblich suchte er die Namen auf den Briefkästen ab. Viele fehlten oder waren nicht mehr lesbar. Schließlich fand er, was er suchte:

SCHLAFPRAXIS
18. Stockwerk – linke Tür

Das Schild hing schief. Erick versuchte, es gerade zu rücken, als sich der Aufzug in Bewegung setzte. Er gab seinen Versuch auf. Die Tür ging auf, und eine ältere Dame kam heraus. Sie hielt einen Moment inne, um den Polizisten zu beäugen, und ging dann zu den Mülleimern. Mit Mühe hob sie den Deckel einer Tonne an und warf eine verknotete Tüte hinein.

«Besuchen Sie Ihre Eltern? Sie sind doch der kleine Grünbaum, oder?»

Erick betrat den Aufzug.

«Nein, ich bin nicht der kleine Grünbaum.»

Sie kam näher, bis sie sein Gesicht genau erkennen konnte.

«Lassen Sie Ihre Eltern nicht allein, mein Junge. Das gehört sich nicht, hören Sie? Das gehört sich nicht.»

Sie hatte geredet, ohne ihn anzusehen, sie hatte mit sich selbst geredet, mit der Tür, ins Leere hinein. Mit kleinen Schritten tippelte sie gebeugt davon, und Erick ließ die Türen sich vor der Traurigkeit schließen, die von ihm Besitz ergriff.

Der Aufzug öffnete sich schließlich im 18. Stockwerk. Der Polizist drückte auf den Lichtschalter: Die Leuchtröhre war anscheinend kaputt. Im Halbdunkel tastete er sich bis zur linken Tür am Ende des Flures vor. Durch eine Lücke im Mauerwerk konnte man die Hügel von Montmartre, Sacré-Cœur und weiter im Süden den Eiffelturm sehen, der im Nebel schillerte. Von den Wohnungen aus musste der Ausblick grandios sein. Eine Tür ging auf, und das Licht fiel auf einen Fußabtreter in Form einer Kuh.

«Was suchen Sie?»

«Die Schlafpraxis ... die ist doch in diesem Stockwerk?»

Die Silhouette zeichnete sich im Türrahmen ab. Der Kerl hatte Hose und Hemd an. Die großen Füße verformten die Hausschuhe. Von seinem Kopf erkannte Erick im Gegenlicht nur die krausen Haare.

«Das ist gegenüber. Aber da ist keiner.»

Erick ging zu der verschlossenen Tür, an der das gleiche Schild hing wie im Eingang, nur dieses Mal mit den Zeiten der Sprechstunde. Er konnte sie nicht entziffern.

«Ist sie in Urlaub?»

«Es ist Freitagnachmittag, da hat sie zu. Immer. Sie ist Jüdin», sagte er. «Sie wissen schon, deren Quatsch da, der Sabbat ...»

Erick antwortete nicht.

«Ich habe nichts gegen die, okay? Solange die anderen nicht kommen und uns wegen ihr Hakenkreuze und Beleidigungen an die Tür schmieren.»

Das Neonlicht im Flur fing auf magische Weise an zu flackern. Das Gesicht des Mannes tauchte in Abständen immer wieder auf – nichtssagende Gesichtszüge. Ein netter Typ von der Straße. Erick war nie dem Glauben erlegen, dass Ignoranz und Misstrauen harmlos wären. In dem aufflackernden Licht wurde die Statur des Polizisten erkennbar. Ohne wirklich zu wissen, warum, hielt der Mann es wohl für klug, seine Bemerkung abzuschwächen.

«Eines sage ich Ihnen, die sind immer noch besser als die Araber.»

«Ist sie morgen da?»

«Sabbat, das fängt Freitag an und dauert bis zum nächsten Tag, bis zum Sonnenuntergang. Das hat sie mir erklärt. Wir verstehen uns gut. Ich interessiere mich für alles.»

Erick blieb gelassen. Da ihm keine Argumente mehr einfielen, fügte der Nachbar hinzu:

«Ehrlich, sie is' nicht übel.»

Die Deckenleuchte flackerte noch ein letztes Mal auf. Der Mann schloss langsam die Tür.

«Kommen Sie Montag wieder, sie fängt früh an.»

In der seltsam hellen Nacht ging Erick am Parc des Buttes-Chaumont entlang. Seiner Ansicht nach war es einer der wenigen Parks, die einem keine Angst einflößten, auch nicht in völliger Dunkelheit. Er war oft zu später Stunde hierher zum Laufen gekommen, ohne die Runden um den See zu zählen. Es waren jene Momente, in denen die fehlende Gegenwart und die Angst vor dem Tod körperliche Anstrengung als Medizin einforderten. Seine Schritte hallten auf dem verlassenen Boulevard wider. Begleitet von seinen Kindern kam ihm ein Mann entgegen, der offenkundig orthodoxer Jude war: schwarzer Gehrock, ein Hut, der Bart und die Locken, die an den Schläfen hinunterhingen. Was ihm jedes Mal wieder auffiel, war dieser eilige Gang, dieser Blick, den er immer für ausweichend gehalten hatte – als sei es eine Art, sich von der Welt abzuschotten. Vielleicht waren diese Menschen schlicht woanders, eingetaucht in ihre spirituelle Welt, um die Unsicherheit und die Aggressivität der Woche zu verlassen und den Sabbat zu empfangen, den Tag, an dem die Schöpfung beendet worden war und die Erholung zu ihrem Recht kam.

Erick hatte keinerlei religiöse Erziehung genossen: Seine Eltern hatten sich nur anlässlich der Taufe ihres Sohnes an ihre Pflicht als Katholiken erinnert und sie danach schnell wieder vergessen. Erhob der Glaube über das Leiden, füllte er die Leere? Er hatte nie daran geglaubt, aber selbst wenn die Religion nur eine Zuflucht sein sollte, dann nahm er es seinen Eltern übel, ihm das vorenthalten zu haben. Auch wenn ihn der nicht zu rechtfertigende Mord bisher in seinem Atheismus bestärkt hatte. Einen Augenblick lang beneidete er die Gläubigen um diesen erhebenden Glauben, der ihnen an Gesicht und Gestik abzulesen war.

Als er auf der Höhe des Mannes war, hob dieser den Kopf, und ihre Blicke trafen sich. Erick lächelte, der Mann erwiderte es nicht. Sehr schnell schaute der Mann wieder weg, aber die Zeit reichte aus, Erick das seltsame Gefühl zu geben, er sei erforscht worden. Ein Unwohlsein überkam ihn bei dem Gedanken, dass Nadine Mankiewicz die gleiche Fähigkeit haben könnte.

Er ging eilig weiter und gelangte zu einem großen halbkreisförmigen Wohnhaus, dessen Fassade Hunderte von Fenstern schmückten. Er machte die kleine Metalltür auf, ging über den Vorplatz und hielt vor dem Eingang C an. Dieses Mal fand er problemlos den Namen, den er suchte. Er drückte auf einen Knopf und wartete vor der stummen Gegensprechanlage. Er drückte noch einmal. Er wollte schon umkehren, als eine Silhouette in dem halbdunklen Eingang erschien und zur Tür kam. Ein Kind von ungefähr zehn Jahren beobachtete ihn mit angehaltenem Atem durch die Glasscheibe. Riesige Augen in einem sommersprossigen Gesicht.

«Kannst du mir die Tür aufmachen?»

Doch der Junge trat einen Schritt zurück und stand nun in einem Lichtstrahl. Erick sah die Samtkalotte auf den roten Haaren, die zwei Locken, die das Gesicht umrahmten. Rasch schob der Junge die Strähnen hinter die Ohren. Erick holte seinen Ausweis heraus und hielt ihn gegen die Scheibe.

«Ich bin Polizist. Ich möchte gern mit Madame Mankiewicz sprechen. Ist das deine Mama?»

Das Kind nickte. Nach kurzem Zögern drückte es die Klinke hinunter, und Erick öffnete die Tür. Das Kind rannte bis zur Treppe.

«In welcher Etage wohnt ihr?»

«In der neunten», antwortete der Junge und lief die ersten Stufen hinauf.

«Du kannst mit mir im Aufzug fahren, ich fresse niemanden.»

«Es ist Sabbat», erwiderte der Kleine vorwurfsvoll.

Als Erick im neunten Stock aus dem Aufzug stieg, stand die Wohnungstür offen. Auf der Schwelle stand eine zierliche Frau, gehüllt in ein formloses Kleid, das bis zu den Knöcheln reichte. Von ihren kindlichen Gesichtszügen hatte Nadine Kahn-Mankiewicz die vollen Lippen und die hellen, lebendigen Augen behalten. Erick sah noch eine blonde Locke, die aus dem Fransenschal hing, den sie sich um den Kopf gewickelt hatte. Unter dem Stoff waren die Haare zu einem dicken Knoten zusammengefasst, den man im Nacken erahnen konnte. Nadine Mankiewicz bemerkte den Blick des Polizisten und versteckte die rebellische Strähne unter dem Schal. Im gleichen Moment stürmte der Junge die Treppe hoch.

«Mama, das ist die Polizei!»

Instinktiv stellte er sich zwischen seine Mutter und den Polizisten. Sanft fuhr sie ihm mit der Hand über die Wange.

«Geh hinein, Aryé. Dein Vater wartet mit den Semirot auf dich.»

«Und du?»

«Ich komme gleich. Geh.»

Der Junge warf einen letzten Blick auf Erick und verschwand.

«Erick Flamand von der Kriminalpolizei. Guten Abend, Madame.»

Nadine Mankiewicz sah ihn scheu an. Er streckte die Hand aus, sie beschränkte sich auf ein kaum merkliches Kopfnicken.

«Es tut mir leid, ich habe etwas hartnäckig geklingelt. Ich dachte, man hört mich nicht.»

«Mit Einbruch der Dunkelheit dürfen wir keine elektrischen Vorrichtungen mehr in Gebrauch nehmen. Wir müssen nach unten laufen, um aufzumachen.»

Erick beugte sich vor. Im Flur der Wohnung brannte das Deckenlicht.

«Wir haben eine automatische Beleuchtung installiert … es ist etwas kompliziert.»

«Ich brauche nicht lange», sagte er. «Ich führe Ermittlungen im Zusammenhang mit der Fondation Mankiewicz durch und möchte Ihnen gern ein paar Fragen stellen.»

«Ich werde Ihnen nicht helfen können. Ich habe seit fünfzehn Jahren keinen Fuß mehr in die Fondation gesetzt.»

Sie sprach schnell, so wie es Menschen tun, denen das Reden unangenehm ist.

«Ich ermittle in einer Mordsache, Madame.»

Nadine Mankiewicz drehte sich um. Aus der Wohnung erklang wohltönender Gesang, voller Schwermut. Eine dunkle Stimme überlagerte die der Kinder.

«Ich habe leider nur sehr wenig Zeit für Sie», sagte sie. «Kommen Sie.»

Er schloss die Tür hinter sich und folgte ihr in den dunkel tapezierten Flur. Sie gingen an dem Wohnzimmer vorbei. Der Tisch war festlich gedeckt. Zwei silberne Kerzenhalter standen in der Mitte. In dem Augenblick spürte Erick die Last eines Blickes. Ein Mann stand auf. Er trug einen dichten rothaarigen Bart. Er war sehr groß und mager. Die Hose schlackerte um seine Beine. Und doch war sein Gang selbstbewusst und wirkte kraftvoll. Er musste sich bücken, um dem Kronleuchter auszuweichen. Langsam schloss er die Tür, ohne den Blick von Erick abzuwenden. Der Polizist merkte, dass die Stimmen verebbt waren, und bedauerte sein – wenn auch nur visuelles – Eindringen in die Privatsphäre von Nadine Mankiewicz und ihrer Familie. Er drehte sich um. Sie wartete regungslos auf der Schwelle zu einem Raum, der anscheinend als Büro genutzt wurde.

«Kommen Sie herein, bitte.»

«Ich glaube, ich komme zu einem ungünstigen Zeitpunkt.»

«Es ist ein wichtiger Moment für uns», räumte sie ein, «ein Akt der Tradition, den wir als Familie feiern, in dem wir uns von dem Weltlichen entfernen.»

«Es tut mir leid. Ich werde Ihren … Sabbat stören müssen.»

Sie lächelte nachsichtig. Er betrat das winzige Zimmer, in dem das Mobiliar einzig aus einem Tisch, zwei Stühlen und einem Schrank bestand. Nadine Mankiewicz blieb noch einen Augenblick im Flur zurück. Der Polizist vernahm ein leises Gespräch, dann kam sie zu ihm. Sie ließ die Tür bewusst etwas auf. Erick glaubte die lange, schmale Silhouette durch den Türspalt zu sehen, dann verschwand Serge Kahn. Die junge Frau bot Erick einen Platz an, schob den zweiten Stuhl etwas von ihm weg und setzte sich ebenfalls.

«Also, worum geht es?»

SECHSUNDVIERZIG 46

«Ich erinnere mich nicht mehr allzu gut an sie. Es ist grauenhaft. Was Sie mir da erzählen, ist tragisch.»

Nadine Mankiewicz war blass. Sie knetete ihre Hände in den Falten ihres Rocks.

«Warum sind Sie heute Abend hierhergekommen und erzählen mir diese schreckliche Geschichte?»

«Weil Sie mir dabei helfen können, sie aufzuklären.»

«Wie?»

«Laurent Strellis Erinnerungen wurden in seinem Schlaf zu großen Teilen verschüttet. Vielleicht sind sie sogar ausgelöscht. Und der Schlaf ist Ihr Gebiet, glaube ich.»

«Mein Vater war Spezialist auf dem Gebiet, wie Sie es verstehen, nicht ich. Sie brauchen einen Neurologen oder einen Neuropsychiater. Meine Arbeit ist sehr untypisch.»

«Deshalb wende ich mich an Sie: Die klassische Medizin vermag nichts auszurichten.»

Nadine Mankiewicz kauerte sich auf ihrem Sitz zusammen.

«Ich bin nicht in der Lage, den Schlaf zu ergründen, und schon gar nicht, eine Erinnerung wiederzufinden, die verlorengegangen ist.»

Erick dachte in diesem Augenblick an Eva. Die Schwierigkeit der Mission, die er ihr übertragen hatte, wurde ihm noch stärker bewusst.

«Das erwarte ich auch nicht von Ihnen, Madame. Eine andere Frau konzentriert ihre Bemühungen bereits auf diese schwierige Aufgabe. Allerdings wird sie Unterstützung brauchen. Einem Menschen den Schlaf zu entziehen, ist anscheinend nicht ganz ungefährlich. Ihre Kenntnisse über den

Schlaf würden es der Therapeutin erlauben, Laurent Strelli wach zu halten, ohne ihn einem Risiko auszusetzen.»

Sie überlegte einen Augenblick, ehe sie antwortete.

«Wissen Sie, worin meine Arbeit besteht?»

«Nicht genau», gestand Erick.

«Darf ich Ihnen davon erzählen?», fragte sie bescheiden. «Sie werden meine Reaktion besser verstehen.»

Sie schien nach einer Inspiration zu suchen.

«Ich betrachte den Schlaf auf eine besondere Art, ganz anders als die Ärzte und Psychiater. In meinen Augen ist er weder ein Forschungsgebiet noch der Spiegel von Störungen im Körper und Geist des Menschen. Er ist kein Symptom, nicht das Zeichen dafür, dass es in der Mechanik klemmt. Er ist im Gegenteil eine Wohltat, die uns von Natur aus gegeben ist und die ganz entscheidend ist, um unser Gleichgewicht wiederherzustellen. Ich weiß nicht, ob ich mich verständlich ausdrücke ... Meine Patienten kommen zu mir, wenn ihr Schlaf gestört ist, weil sonst ihr Organismus und ihre Psyche darunter leiden – und nicht umgekehrt.»

Sie streckte sich, so als ließen ihre Worte und ihre Überzeugungen sie größer werden.

«Ich gehe den Schlaf frontal an», sagte sie. «Ich versuche, ihn mit Hilfe des Patienten wieder ins Gleichgewicht zu bringen; der Rest folgt, das schiefe Gebäude gerät wieder ins Lot. Manchmal genügt es, dem Patienten die Dinge zu erklären. Die Schlaflosigkeit zum Beispiel ist nicht, wie allgemein angenommen, eine Schlafstörung, sondern eher ein ‹Übermaß an Wachheit›, Resultat eines übermäßig stimulierten Systems. So sind affektive Stimulationen, wie Ängste oder Gefühle, stark wach haltende Faktoren, sie sorgen dafür, dass das Wachsystem die Oberhand behält. Darüber zu reden reicht oft aus, um wieder einen erholsamen Schlaf zu finden.»

Erick hörte ihr aufmerksam zu.

«So untypisch sind Sie nicht», sagte er. «Die herkömmliche Medizin teilt mit Ihnen die Vorstellung von einem erholsamen Schlaf: Der Tiefschlaf regeneriert den Körper, während der paradoxe Schlaf, die Zeit des Geistes, die Assimilation der Kenntnisse ermöglicht.»

Nadine Mankiewicz entfuhr ein Lachen.

«Sie haben Ihre Lektion in der Fondation gut gelernt.»

«Sind Sie nicht davon überzeugt?»

«Ich halte sie für … sagen wir, nicht ausreichend.»

Ihre Äußerung schien den Polizisten zu verwirren. Sie erklärte:

«Das ist natürlich nur meine Meinung.»

«Erklären Sie's mir.»

Sie zögerte. Im Wohnzimmer hatte ihre Familie ein anderes, unbeschwerteres Lied angestimmt. Sie sehnte sich plötzlich nach der Ruhe der Mahlzeit, dem Schimmer der Kerzen, dem Gesang, während dieser Mann sie davon fernhielt und in eine raue Welt eintauchte, die hier, heute Abend, keinen Platz hatte. Sie nahm es sich übel. Der beharrliche Blick des Polizisten überzeugte sie jedoch.

«Ich könnte mein Prinzip zusammenfassen, indem ich Ihnen sage, dass der Schlaf einer der vier fundamentalen Bestandteile der menschlichen Persönlichkeit ist. Aus diesem Grund kann ein Mann oder eine Frau körperlich oder geistig erkranken, sobald der Schlaf gestört wird.»

Nadine Mankiewicz machte eine Pause, so als wollte sie ihren Gesprächspartner ergründen, seine Aufnahmefähigkeit überprüfen. Erick ermunterte sie mit einer Kopfbewegung fortzufahren.

«Versuchen Sie», sagte sie, «versuchen Sie sich die Persönlichkeit wie eine geometrische Form vorzustellen, wie eine Pyramide mit drei Seiten und einem Sockel. Die drei Seiten stellen die drei grundlegenden Energien dar, die uns anregen und uns in unseren Entscheidungen, Reaktionen und unserem Handeln leiten. Es geht um die Angst, den Schmerz und das Begehren – ob sie nun bewusst oder triebhaft sind. Wir werden alle von diesen Energien geleitet, Monsieur Flamand, aber in unterschiedlichen Proportionen, die genetisch vorgegeben sind. Unsere mentale Pyramide kennzeichnet uns, und darin unterscheiden sich unsere Persönlichkeiten und damit auch unser Handeln und Denken.»

Nach und nach ließen ihre eigenen Erklärungen sie aufleben, und sie legte ihre Schüchternheit ab.

«Ich werde Ihnen meine Ansichten verdeutlichen. Wenn wir einem äußeren Element begegnen, egal welcher Art, wird es durch den Filter dieser Pyramide geleitet, von der unsere Reaktion abhängt. Wenn in Ihrer Pyramide die Angst die vorherrschende Energie ist, dann wird Ihre Reaktion von Schüchternheit und Zurückhaltung geprägt sein. Wenn auf Ihrer energetischen Karte Ihre Beziehung zum Schmerz vorherrscht, spricht man von Ihnen als einer leidenden oder gewalttätigen, oder im Gegenteil von einer angesichts des Schmerzes widerstandsfähigen Persönlichkeit. Auf alle Fälle wird Ihr Verhältnis zum Schmerz das Bild beherrschen, Ihre Reaktionen formen und Ihr Profil bestimmen.»

Erick war von Nadine Mankiewicz' Theorie gefesselt und ließ sich auf das Gedankenspiel ein.

«Angenommen, bei mir wäre die dritte Komponente der Pyramide genetisch vorherrschend …»

«Das Begehren? Dann entwickeln Sie eine verführende, leidenschaftliche, mitunter manipulatorische Persönlichkeit. Aber es ist nicht immer so einfach», erläuterte sie. «Zwei Energien können um die Herrschaft kämpfen; das erklärt die Komplexität einiger Persönlichkeiten.»

Sie ließ dem Polizisten etwas Zeit, um ihre Ausführungen zu verarbeiten.

«Sie werden sehen, egal um welche Situation es sich handelt, man wird sich ihr über die mentale Pyramide und das Prisma ihrer drei Energien nähern.»

«Und an der Spitze?»

Sie lächelte in ihrer schüchternen Art.

«Natürlich die Lust. Die Lust, zu der unser Handeln und unsere Entscheidungen aufstreben. Auch davon haben wir alle eine genaue und unterschiedliche Auffassung.»

«Sie haben es selbst gesagt», warf Erick ein, «eine Pyramide hat eine vierte Seite, beziehungsweise einen Sockel.»

«Das Wort ist vollkommen angemessen. Es ist ein Sockel in dem Sinne, dass alles auf ihm ruht. Sie ahnen, was es ist, nicht wahr?»

«Der Schlaf, vermute ich.»

Nadine Mankiewicz lebte auf, ihr Gesichtsausdruck erhellte sich, und ihre Stimme nahm eine besondere Färbung an.

«Der Schlaf ist der vierte Baustein, der unsere Persönlichkeit begründet. Er balanciert die drei anderen wieder aus, die sich am Tag verausgabt haben. Die mentale Pyramide wird permanent beansprucht, wenn wir uns mit unserer Umgebung auseinandersetzen – körperlich und psychisch. Die Nacht, in diesem Fall der paradoxe Schlaf, sorgt dafür, dass die Zähler auf null gestellt werden. Wir finden unser anfängliches energetisches Niveau wieder, das genetisch vorprogrammiert ist. Verstehen Sie die Bedeutung des Ausdrucks ‹erholsamer Schlaf› und die existenzielle Bedeutung des Schlafs nun besser?»

«Vor allem versuche ich mir – im Lichte Ihrer Erklärungen – die Konsequenzen eines gestörten Schlafs auszumalen», antwortete der Polizist.

«Den Schlaf zu stören bedeutet, dem Fundament der Pyramide Schaden zuzufügen und so ihren Einsturz zu riskieren.

Sie nähern sich dem Ursprung psychiatrischer Erkrankungen.»

«Was meinen Sie damit?»

«Ich will sagen, dass die psychiatrische Erkrankung nichts anderes ist als eine Verzerrung der Persönlichkeit, und das Modell der mentalen Pyramide liefert Ihnen die Erklärung. Die Persönlichkeit basiert auf einem subtilen und labilen Gleichgewicht der Energien, die jedem Menschen eigen und genetisch vorbestimmt sind. Wenn eine dieser Energien übermäßig beansprucht wird und der paradoxe Schlaf das Gleichgewicht nicht wiederherstellt, kann eine mentale Unordnung entstehen.»

Erick verspürte das Bedürfnis aufzustehen, in dem kleinen Zimmer auf und ab zu gehen und eine Linie zwischen dem Stuhl und der Tür zu ziehen. Die junge Frau fuhr fort:

«Nehmen wir ein Beispiel, Monsieur Flamand. Wenn die Energie Angst, die in Ihnen vorherrscht, während eines Tages voller beängstigender Ereignisse besonders beansprucht wurde und sie während des Schlafs nicht ihr ursprüngliches Niveau erreicht, wird sich Ihre zurückhaltende oder schüchterne Persönlichkeit in eine krankhafte Phobie wandeln, in Angstzustände oder sogar in eine extreme Introversion. Für die anderen Energien gilt das Gleiche, wenn sie nicht jede Nacht ihre Proportionen wiederfinden. Von einem gewissen Punkt an wird ein Mann mit aggressiver Persönlichkeit zu einem folternden Psychopathen, eine leidende Persönlichkeit verfällt in die Depression, und der harmlose Verführer wäre in der Lage, in einem erotomanischen Anfall ein Sexualverbrechen zu begehen.»

Erick schwieg. Die Einsichten dieser Frau gaben dem Schlaf eine neue Bedeutung und brachten das ganze Unterfangen ins Wanken. Und in seinem tiefsten Inneren versuchte er zu vergessen, dass ihm seine eigenen Traumata jede Nacht wertvolle Stunden Schlaf raubten. Würde er die Schäden erkennen, bevor es zu spät war?

«Der Gesundheitszustand dieses Mannes ist labil, sagen Sie. Wenn ich Ihnen dabei helfe, ihm Schlaf zu entziehen, erscheint mir das nicht nur kriminell, sondern es widerspricht auch meinen Überzeugungen. Sie werden Laurent Strelli wahrscheinlich in ein mentales Chaos stürzen, aus dem Sie ihn vielleicht nie wieder herausholen können.»

Erick ging in Richtung Tür. Der Ort, die Worte, alles lastete auf ihm.

«Wenn der Schlaf ihm heute die Identität des Mörders raubt, dann wäre der Schlaf kriminell», sagte er. «Wir müssen das Risiko eingehen und Strelli wach halten, Madame, und mit Ihrer Hilfe halten wir die Gefahr in Grenzen.»

Sie öffnete die Tür des Büros.

«Wenn Sie glauben, dass mein Eingreifen und Ihre Entscheidung für diesen Mann lebensnotwendig sind, dann helfe ich Ihnen.»

Ihr Mann erschien im Flur. Seine Haltung drückte keine Feindseligkeit aus, nur den stummen Appell, seine Frau solle sich nun wieder ihrer Familie widmen. Erick verließ das Zimmer. Nadine Mankiewicz' Stimme hielt ihn zurück.

«Ob es sich um Genetik, Geometrie oder Identität handelt, meine Überzeugungen gründen auf meinem Glauben, Monsieur Flamand. Die Genetik, weil ich an die Wurzeln und die Tradition der Vorfahren glaube; die genaue Struktur einer Pyramide, weil sie sich dem biblischen Tohuwabohu und dem Chaos entgegenstellt; und die Besonderheit jedes menschlichen Wesens, weil ich an die enge Bindung glaube, die das Individuum mit dem Schöpfer aufbaut, über die Gruppe und das Volk, wie man so sagt, hinaus.»

Erick, unbeeindruckt von dem religiösen Diskurs, antwortete nicht. Sie erahnte seine Gedanken.

«Ich will Sie nicht von der Berechtigung meines Glaubens überzeugen. Ich rate Ihnen nur, auch noch einen Ast zu suchen, an dem Sie sich festhalten können. Fixpunkte, die ganz tief in Ihnen verankert sind. Sie werden sie brauchen, sehr bald schon. Denn ich weiß, welches Terrain Sie betreten.»

Der Polizist öffnete die Wohnungstür. Nadine Mankiewicz schien im Schatten ihres Mannes Zuflucht gesucht zu haben, so als hätten ihre eigenen Ausführungen sie verunsichert. Erick entschuldigte sich.

«Ich habe Ihre Riten gestört, verzeihen Sie.»

«Meine Frau hat mir den Grund für Ihr Kommen erklärt. Das Leben hat Vorrang vor dem Ritus, es zählt mehr als alles andere. Das ist die eigentliche Essenz unserer Tradition und auch die Bedeutung des Sabbats: Wir wollen die Schöpfung feiern, und das Leben ist dessen höchster Ausdruck.»

Serge Kahns Stimme klang warm.

«Vielen Dank für Ihr Verständnis», erwiderte der Polizist.

Die Therapeutin machte einen Schritt, blieb dann zögernd stehen.

«Monsieur …»

«Ja?»

«Der Sabbat dauert fünfundzwanzig Stunden. Er ist mit Einbruch der Dunkelheit zu Ende, wenn drei Sterne am Himmel erscheinen. Wenn Sie mich brauchen sollten, von jetzt an bis morgen Abend, bin ich hier; ich gehe nicht weg, Sie müssten schon herkommen.»

«Natürlich», sagte er.

«Ich gehe nicht ans Telefon. Das darf ich nicht.»

Serge Kahn erschien wieder an der Seite seiner Frau. Er hielt Erick einen Schlüssel hin.

«Der gehört zur Eingangstür des Gebäudes. Sie sind Polizist, ich glaube, wir können Ihnen vertrauen. Sie geben ihn uns am Ende des Sabbats zurück.»

Erick nahm den Schlüssel und befestigte ihn an seinem Bund.

«Danke.»

«Nur das Leben zählt», wiederholte der Mann.

Der Polizist ging die ersten Stufen hinunter. Die zarte Stimme von Nadine Mankiewicz war zu hören:

«Monsieur Flamand, Sie können den Aufzug nehmen. Sie ... Sie sind kein Jude.»

Erick lächelte.

«Sie zeigen sich solidarisch mit meinen Ermittlungen, ich mit Ihrem Sabbat.»

«Eine lange Nacht liegt vor Ihnen, vor Ihnen allen. Teilen Sie Ihre Kräfte ein», sagte sie. «Das ist meine erste Lektion. Und noch eine zweite: die Regel der Viertelstunde.»

Neugierig stieg Erick wieder einige Stufen hinauf.

«Sobald die Müdigkeit von Ihnen Besitz ergreift», sagte die junge Frau, «müssen Sie es schaffen, eine Viertelstunde lang gegen das Einschlafen anzukämpfen, dann haben Sie zwei Stunden Ruhe vor einem neuen Anfall. Ich versichere Ihnen: Selbst die traditionelle Medizin erkennt dieses bekannte Phänomen an», erklärte sie mit einem Lächeln. «Das funktioniert natürlich nicht ewig, aber in der ersten Zeit könnte diese Strategie Ihrem Patienten hilfreich sein.»

Erick schaute auf die Uhr: Es war 19.30 Uhr.

«Wir werden noch andere brauchen, glaube ich.»

47

SIEBENUNDVIERZIG

Als er das Wohnzimmer betrat, fiel sein Blick als Erstes auf den Tisch: Silberbesteck, Kristallgläser, weißes Tischtuch.

«Der Lieferant hat für alles gesorgt: das Geschirr, den Kaviar, den Schampus. Sogar für einen Butler, aber ich habe gesagt, wir könnten darauf verzichten.»

Sie trug ein schwarzes Kleid, sehr schlicht, eng anliegend. Der Ausschnitt ließ die nackten Schultern frei. Mit ihren eigenen kurzgeschnittenen Haaren gefiel sie ihm am besten. Sie war geschminkt, mit den hohen Absätzen wirkten ihre Beine unendlich lang. Er warf noch einmal einen Blick auf den Tisch.

«Wir könnten eigentlich auf all das verzichten.»

Sie ignorierte die Bemerkung und reichte ihm ein Glas.

«Zwei Stunden Zeit in Montreal zum Umsteigen und Ankunft in Ottawa am frühen Abend», sagte sie. «Das Haus läuft auf meinen Namen – auf den, der in meinem neuen Pass steht. Ein großes Haus, ein großer Garten, große Bäume. Alles ist dort drüben groß. Auch unsere Zukunft. Fünfzig Forscher werden an unserer Seite arbeiten, ebenso viele Techniker, die Infrastrukturen sind neu. Wir haben unendliche Möglichkeiten.»

Sie ließ die Gläser klingen.

«Und Geld, viel Geld. Mehr, als es schicklich ist. Und du möchtest, dass wir heute Abend auf Kaviar und Languste verzichten.»

Er spielte wortlos mit dem Glas.

«Trinken wir auf unser neues Leben», sagte sie.

«Das ist etwas verfrüht.»

Ihr Lächeln verschwand. Seine mangelnde Begeisterung

machte sie rasend. Sie leerte ihr Glas und nahm ihm seines aus der Hand.

«Du weißt genau, dass ich mich nicht zu früh freuen mag», sagte er. «So bin ich nun mal.»

«Ja, so bist du.»

Sie drehte sich um und warf das Glas voller Zorn gegen das Fenster. Das Kristall zersprang in tausend Stücke, der Champagner lief die Scheibe hinunter und trübte die Aussicht auf die erleuchtete Basilika Sacré-Cœur.

Sie trat ans Fenster.

«Wird dir das etwa fehlen? Warum bist du nur so wenig ehrgeizig?»

Er beobachtete sie, blieb regungslos in der Mitte des Raumes stehen.

«Ich verabscheue dieses erbärmliche Haus», sagte sie. «Ich verabscheue diese Leute, die da unten herumlungern, ohne nach etwas Besserem zu streben, ich verabscheue diese Stadt, die Grenzen, die meine Existenz eingezäunt haben, die Hindernisse auf meinem Weg.»

Sie ging langsam um ihn herum, begann, ihn mit den Fingerspitzen sanft zu streicheln.

«Wie viele Jahre vegetieren wir schon in diesem Arrondissement herum, mein Liebling? Wie viele? Fünfzehn? Zwanzig? Dreißig? Ich weiß es nicht mehr. Ich will es nicht mehr wissen.»

«Beruhige dich», sagte er schließlich. «Wenn du die Beherrschung verlierst, schaffen wir es nicht.»

«Wo ist er? Wo ist diese Frau?»

Sie stand vor ihm, ihre Augen glänzten und waren weit geöffnet. Er glaubte sogar, dass sie unter dem Einfluss irgendeiner Droge stand.

«Sie haben ihn an einen sicheren Ort gebracht, unter Polizeischutz. Sie ist bei ihm.»

Sie entfernte sich von ihm und setzte sich an den Tisch. Sie hob einen silbernen Deckel an und nahm sich einen Löffel Kaviar.

«Sie ist gefährlich. Ich weiß es, ich spüre es. Sie kann etwas erreichen, trotz der langsamen Zersetzung seiner Psyche. Sie kann unsere Niederlage herbeiführen.»

Sie nahm sich ein zweites Mal etwas aus der silbernen Schale und legte dann den Löffel sorgsam wieder hin.

«Du hattest recht», gestand sie.

Er setzte sich ihr gegenüber, ohne auch nur irgendetwas anzurühren.

«Und jetzt? Wärst du jetzt damit einverstanden, dass ich sie beide töte?», fragte er. «Würdest du sogar so weit gehen, mich darum zu bitten? Du überraschst mich immer wieder.»

Sie spielte mit ihrer Gabel, der Blick ruhte woanders.

«Du hast von Risiko gesprochen, von Gefahr. Ich dachte, wir hätten keine Wahl mehr, das stimmt doch, oder?»

Er lehnte sich zurück und dachte an seinen missglückten Versuch einige Stunden zuvor. Hätte die Schwester in Strellis Zimmer nicht eingegriffen, bräuchte diese Unterhaltung nicht mehr stattzufinden. Strelli wäre tot, sie wären von dem befreit, was nur noch lästig war, nachdem es lange Zeit verheißungsvoll gewesen war.

«Es wird jetzt sicher schwieriger», sagte er. «Die Polizei wird ihn nicht aus den Augen lassen. Die werden denselben Fehler nicht zweimal machen.»

«Kommt man nicht an sie heran?»

«Ich habe sie wegfahren sehen, ich kenne den Ort. Man kommt überall an jemanden heran, sofern man einen Plan hat.»

Seine Hände lagen flach auf dem Tisch. Er hatte die Worte so ausgesprochen, wie man eine offensichtliche Tatsache, eine tiefe Überzeugung von sich gibt. So liebte sie ihn, so begehrte sie ihn. Sie stand auf und blies die Kerzen aus. Sie fuhr sich mit der Hand über die Schulter und ließ ihr Kleid hinuntergleiten. Sie schmiegte sich an ihn. Er drehte den Kopf herum, und seine Wange streifte ihren nackten Busen. Sie schob ihr Bein am Oberschenkel ihres Liebhabers hoch, ihr Knie drückte sanft in seinen Schritt. Sie spürte die Schwellung, erst fest, dann hart. Er umfasste ihre Taille und führte sie. Sie setzte sich rittlings auf seinen Schoß. Ihrer beider Atem wurde heftiger. Er spürte ihre Gänsehaut, die hart werdenden Brustwarzen. Mit einer Hand streichelte er ihren Bauch und mit der anderen öffnete er den Gürtel seiner Hose. Sie unterbrach seine Handbewegung.

«Noch nicht. Nicht jetzt.»

«Warum nicht?»

Sie streichelte seinen Oberkörper unter dem Hemd.

«Geh. Finde sie und führ deinen Plan aus. Deinen unerbittlichen Plan», sagte sie und rückte ihr Kleid wieder zurecht. «Dann werde ich dir später auch zeigen, was ich kann.»

48

ACHTUNDVIERZIG

«Es macht nichts, wenn die Worte nicht kommen. Lassen Sie alles hochkommen, was hochkommen will, welcher Art es auch sein mag. Jede Emotion findet einen Weg, sich mitzuteilen. Sie können lachen, singen, schreien, weinen, aber lassen Sie die Emotion sich mitteilen.»

Laurent Strelli saß aufrecht, er hielt den Kopf gerade, mit leerem Blick starrte er auf ein Gemälde. Hinter ihm stand Eva, die eine Hand gegen seine Stirn, die andere in seinen Nacken drückte. Strelli war zusammengezuckt. Die Hände der Frau waren eiskalt. Vergeblich hatte sie versucht, sie in Handschuhen und dann unter lauwarmem Wasser aufzuwärmen. Im Atelier waren es sicher nicht mehr als 14 Grad. Schließlich hatte sie sich in eine Decke eingemummt, die sie in ihren Bewegungen einschränkte. Laura beobachtete die beiden, aus der Entfernung und mit den Stöpseln ihres MP3-Players im Ohr.

Zeigefinger und Mittelfinger wanderten zu beiden Seiten der Halswirbelsäule hinauf bis zum Hinterkopf. Die linke Hand drückte leicht gegen die Stirn, und der Kopf fiel nach hinten, um sich in den Fingern der rechten Hand auszuruhen, die wie ein Trichter geformt war. Eva spürte, wie sich die Muskeln neben der Wirbelsäule verspannten und verknotet unter ihren Fingern rollten. Er musste sich entspannen. Er musste. Mit der Fingerspitze, einer nach der anderen, tastete sie die unebene Oberfläche des Schädels auf der Suche nach Schädelnähten ab. Dann übte sie einen leichten Druck von einer Seite zur anderen aus, damit der Kopf in ihrer Hand hin- und herrollte. Gleichzeitig glitten Daumen und Zeigefinger der anderen Hand von der Mitte der Stirn hin zu den Schläfen. Die Arterien klopften langsam und regelmäßig. Strellis Atmung hatte sich seit dem Beginn der Sitzung nicht verändert, ihre auch nicht. Von Anfang an hatte Eva geräuschvoll tief ein- und ausgeatmet, um ihren Patienten dazu zu bringen, seinen Rhythmus auf ihren einzustellen; sie schaffte es nicht.

Nach fünfzehn Minuten hatten seine Muskeln ihre Beschaffenheit nicht verändert – sie waren wie aus Holz. Eva war verunsichert. Es schien ihr, als beschränkte sich der Widerstand, den Strelli an den Tag legte, nicht nur auf die Blockade von Emotionen. Seine Abwehr zeigte sich bereits in der fehlenden Empfänglichkeit für äußere Signale. Laurent war in einem Panzer gefangen. Er schien in diesem Augenblick für jede Art der Kommunikation vollkommen undurchlässig zu sein – einschließlich der Berührung. Eva hatte schon schwierige Fälle gehabt, Typen, die unempfindlich gegenüber der taktilen Sprache waren. Sie zeigten offenkundig eine Aversion gegen körperlichen Kontakt, wie sie sehr schnell an den widerwilligen Bewegungen erkannte. Bei Laurent war es anders; sie hatte das Gefühl, eine leblose Schale zu berühren, einen toten Baum – genauer gesagt ein Individuum, das von einer unverletzlichen Blase umgeben war, geschützt in einer autonomen Welt, in der alles nach unbekannten Rhythmen funktionierte. Sie verlangsamte ihre Bewegungen noch mehr, präzisierte sie; schließlich gab sie auf. Die beiden Hände trafen sich im Nacken und lösten den Kontakt.

Sie beugte sich vor. Seine Augen waren weit geöffnet. Einen Moment lang hatte sie befürchtet, er sei eingeschlafen. Er knöpfte sein Hemd wieder zu und rückte den Kragen seiner Jacke zurecht, bevor er aufstand, als sei nichts geschehen.

Laura verließ ihren Sessel und ging zu Eva.

«Und?»

«Und was?», erwiderte Eva.

«Okay, schon gut, ich habe nichts gesagt.»

Laura kauerte sich wieder in den Sessel und wickelte sich in eine Decke. Eva kam zu ihr.

«‹Und› ... das siehst du ja», sagte sie missmutig. «Ich hätte ihm ebenso gut die Haare schamponieren können, die Wirkung wäre die gleiche gewesen. Ihr werdet es noch bereuen, mich entführt zu haben.»

Sie lehnte sich gegen die Wand und zitterte.

«Ich verstehe das nicht. Ich habe nicht erwartet, dass er uns den Namen des Mörders nennt, aber der Kontakt hat absolut gar nichts ausgelöst. Das ist seltsam.»

Laura reichte ihr eine Packung Kekse.

«Essen Sie etwas. Das sind Kalorien, die halten warm.»

«Hast recht, die brauche ich», sagte Eva.

Die Polizistin antwortete nicht. Eva betrachtete die perfekten Formen der anderen Frau.

«Ach, komm, gib die Kekse wieder her, die machen auch nichts mehr aus. Und ich hab schon seit Jahren keine Diät mehr gemacht.»

Sie fing die Packung auf.

«Es wird dich überraschen: Es gibt Männer, die Frauen wie mich lieben.»

Laura stopfte sich die Stöpsel wieder ins Ohr. Eva verzichtete darauf, ihren eigenen Worten Glauben zu schenken, und ging im Atelier umher.

Strelli war in einer Ecke über Gott weiß was für ein Werk gebeugt, das seinem verstörten Gehirn entsprungen war. Sie verweilte vor einer Statue, und es schien, als ob die Kälte sie in einer grotesken Pose hatte erstarren lassen. Karims Gesicht tauchte in diesem eisigen Raum vor ihr auf. Er hatte nicht versucht, sie anzurufen – vielleicht hatte er gar nicht mehr die Absicht. Vielleicht hatte der einzige Mann, der Frauen wie sie liebte, beschlossen, endgültig nach Hause zurückzukehren, die Verdienste einer beispielhaften Gattin zu preisen und einen beispielhaften Vater zu spielen, ohne noch an die arme dämliche Kuh zu denken, die in einem sexy Sommerkleid mitten im November mit zwei Gläsern Wein in der Hand auf ihn wartete und die bereit war, sich auf ein Fingerschnipsen hin aufs Bett zu legen und sich anschließend einzureden, dass er wegen etwas anderem gekommen war.

Sie dachte an den Verrat, versuchte darüber zu lachen, anstatt zu heulen, als der personifizierte Verrat hereinkam.

49

NEUNUNDVIERZIG

Erick ging auf sie zu.

«Komm mir nicht zu nahe», sagte sie und wandte sich ab. «Sag nichts, mach es nicht noch schlimmer. Du hast dich erbärmlich verhalten, aber mir ist zu kalt, als dass ich dir eine Szene machen könnte.»

Erick schwieg und suchte nach einer akzeptablen Antwort.

«Du willst nur wissen, was ich aus diesem armen Kerl herausbekommen habe, oder? Und du weißt nicht, wie du es anstellen sollst? Ich werde dir die Arbeit erleichtern: Ich habe nichts erreicht. Wenn man bei ihm klopft, rührt sich nichts, absolut nichts.»

Sie beschloss, ihn anzusehen. Sie konnte sich nur mit Mühe zurückhalten.

«Danke», sagte Erick nur. «Die Bedingungen waren nicht einfach, ich weiß, dass du alles versucht hast.»

Er schwieg. Sie hörte ihm ohnehin nicht zu. Sie ging an ihm vorbei, so als wäre er durchsichtig, den Blick auf einen Punkt hinter ihm gerichtet. Er drehte sich neugierig um – genau in dem Moment, als sich hinten im Atelier eine Lichtexplosion ereignete.

Laurent Strelli stand vor einer Leinwand, einen Plastikeimer neben sich. In der Hand hatte er einen Spachtel, mit dem er gerade einen Haufen der Masse aus dem Eimer geholt hatte. Er ging näher an den Rahmen heran und machte eine präzise Handbewegung, um die Masse zu verteilen. Er trat zurück, konzentrierte sich auf das Bild, wühlte in dem Eimer und trug noch eine Schicht auf. Die Lichtspots bestrahlten die Leinwand in blendendem Weiß. Strelli wiederholte das Ganze viermal und trat zurück. Zu erkennen war nichts.

Laura war zu den beiden getreten.

«Was macht er da? Beziehungsweise, was habt ihr mit ihm gemacht?»

Eva unterbrach sie mit einer herrischen Handbewegung und begegnete Ericks Blick.

«Du wolltest, dass er mit dir redet», sagte sie leise, «also schau ihn an. Schau ihn dir gut an: Er redet mit dir.»

Strelli ging zum Stromkasten und kippte einen Schalter um: Eine Leiste leuchtete auf, und ein gelber Strahl streichelte die Leinwand von der Seite. Die Gruppe blieb wie gebannt stehen. Durch ein Spiel von Reliefs und Schatten waren gerade zwei verschiedene Gestalten entstanden: eine entkleidete Frau und ein Kind. Die Bilder der abgebrannten Villa, die Position der Leichen, wie sie auf den Fotos zu sehen gewesen waren, kamen den beiden Polizisten in den Sinn.

«Na klar», murmelte Eva, «seine Sprache ist die Kunst. Da sind sie ja, seine Emotionen.»

Sie wagte nicht, die Hoffnung auszusprechen, die in ihr keimte. Strelli machte sich daran, eine weitere Leinwand anzustreichen. Als die roten Spotlichter angingen, erschienen die Konturen einer Frau, und das Kind lag im Bett, umgeben von einem roten Fleck.

Der Künstler eilte zu einem dritten, unberührten Rahmen, den er an die beiden vorherigen anlehnte. Seine Gesten zeugten von Wut, der Spachtel schlug auf die weiße Fläche ein, die Masse spritzte gegen die Wand. Laura und Erick hielten den Atem an, Eva spürte, wie ihr Herz raste. Sie verfolgten die Bewegungen des Werkzeugs, die routinierten Gesten. Alle hatten sie die Konturen eines Gesichts erkannt. Dann wurden die Bewegungen zu schnell, um irgendetwas zu erkennen.

Als Laurent innehielt, war er außer Atem. Er warf den Spachtel auf den Boden und trat taumelnd zurück.

Er rannte zum Stromkasten. Alle richteten ihren Blick starr

auf das Bild, die Zeit schien stillzustehen. Strelli streckte die Hand aus und brach zusammen, noch bevor er den Schalter berührt hatte.

Sie eilten zu ihm und halfen ihm auf. Erick stand ihm gegenüber.

«Monsieur Strelli, das Bild, das Gesicht ...»

Eva warf ihm einen missbilligenden Blick zu. Die beiden Frauen fassten Strelli am Arm und führten ihn zu einem Sessel. Er riss sich los, streckte den Arm aus, und seine Hand fiel auf den Hebel des Lichtschalters hinab.

Ein dunkelblaues Lichtbündel überflutete das Bild.

Sie drehten sich um – in diesem Moment zählte allein das Bild. Sie erkannten kurze, struppige Haare, kantige Konturen. Erick ging so nahe an das Werk heran, bis er es mit der Fingerspitze berührte, und hockte sich wie hypnotisiert davor. Eva ging zu ihm. Ihre klappernden Absätze zerrissen die Stille im Atelier. Vor dem Porträt blieb sie stehen.

Ein Porträt ohne Gesicht.

Sie legte die Hand auf Ericks Schulter. Er stand auf.

«Es wäre zu schön gewesen.»

«Er hat sich jedenfalls mitgeteilt», sagte sie. «Das ist sehr ermutigend. Er ist empfänglich für die Berührungstherapie. Andere Riegel sitzen noch hartnäckig fest, das gebe ich zu, aber es ist ermutigend. Oder nicht?»

Er nickte und entfernte sich, ohne das Bild aus den Augen zu lassen.

«Ein Mann. Ich würde sagen ein Mann; denkst du das auch?»

«Die Form des Gesichts könnte auch zu einer Frau passen. Ich weiß nicht.»

«Wir werden es als Ausgangspunkt für ein Phantombild nehmen», schlug Laura vor. «Wir werden es Strellis Bekanntenkreis vorlegen.»

«Und den Angestellten der Fondation», fügte Erick hinzu. «Wenn dieser Kerl ein Einzeltäter ist, dann war er es, der versucht hat, ihn in seinem Zimmer umzubringen. Vielleicht erkennt ihn jemand.»

Laura ging mit einer Digitalkamera zu dem Bild.

«Mitten am Tag eine tödliche Spritze, zwischen zwei Visiten. Der muss über eine wahnsinnige Unverfrorenheit verfügen oder …»

«Oder …?»

«Oder zum Haus gehören und daher keinen Verdacht erregt haben, als er mit einer Spritze so groß wie eine Granate ins Zimmer eines Patienten spaziert ist», antwortete Laura. «Bevor wir auch nur den Ansatz eines Phantombildes vorlegen, sollten wir dieses Porträt mit allen Angehörigen des Pflegepersonals vergleichen. Marina hat eine Liste aller Angestellten angefertigt, drei von ihnen wollen wir sofort befragen und ihren Zeitplan am Abend des Mordes rekonstruieren. Wir können das durch eine morphologische Untersuchung ergänzen.»

Das Blitzlicht der Kamera erhellte das Bild, ließ die Reliefs und Schatten verschwinden, nur ein nacktes Viereck verblieb auf dem Foto. Laura stellte den automatischen Blitz ab.

«Sogar auf einem Bild erlischt Strellis Erinnerungsvermögen. Eva, Sie haben eine Menge Arbeit.»

Zum ersten Mal schenkte sie Eva ein offenes Lächeln.

«Jedenfalls alle Achtung», sagte sie. «Sie haben mich beeindruckt.»

«Deshalb siezt du mich weiterhin? Bei mir zu Hause duzt man die Leute, wenn man jemanden liebt oder ihn nicht ausstehen kann. Dazwischen kommt das Sie.»

«Nein, das mache ich nur, damit Sie sich alt fühlen, das ist alles.»

Erick trat zu den beiden Frauen.

«Eva, du musst weitermachen. Du hast es selbst gesagt: Es funktioniert. Wir haben eine Chance.»

Die junge Frau ließ sich schwerfällig in einen Sessel fallen.

«Ich weiß nicht, ob ich noch mehr erreichen werde …»

«Siehst du», sagte Laura, «eine alte Frau. Eine schlaflose Nacht vor sich, und schon sitzt sie im Sessel.»

«Erick», antwortete Eva, «dieser Kerl ist am Ende seiner Kräfte, er wird bald zusammenbrechen, so wie er es gerade getan hat, und dann können wir ihn nicht mehr aufheben.»

Sie zögerte.

«… und ich auch, ich bin erschöpft. Fast achtundvierzig Stunden habe ich jetzt nicht mehr geschlafen, ich weiß nicht, ob dir klar ist, was das bedeutet. Und dieses Atelier, die Kälte, die Anspannung der letzten Stunden … Ihr werdet mich einsperren müssen.»

Sie blickte sich suchend nach Laurent um.

Und stand auf.

Erick war besorgt.

«Was ist los? Fühlst du dich nicht gut?»

Als Antwort zeigte sie auf eine Nische unter der Treppe, die zum Zwischengeschoss führte.

Strelli hatte sich hingehockt. Mit einer Ecke des Spachtels ritzte er ein Kreuz in das Holz einer Stufe. Dasselbe Kreuz, an derselben Stelle, unaufhörlich. Sein Oberkörper schaukelte hin und her, seine Lippen bewegten sich, ohne einen Laut hervorzubringen.

Erick wollte zu ihm gehen, Eva hielt ihn zurück.

«In so einem Augenblick ist er nicht bei uns. Ich habe es dir gesagt, Erick: Abgesehen von der Erinnerung, die ausgelöscht wird, versinkt dieser Kerl in einer anderen, schlimmeren psychischen Störung. Vom ersten Moment an hatte ich das Gefühl, dass er Schwierigkeiten hat, Kontakt mit seiner Umwelt aufzubauen. Schau dir diese primitive Position an, diese regressive Haltung. Vullierme hatte recht: Der paradoxe Schlaf begnügt sich nicht damit, seine Erinnerungen auszuradieren. Es hat weitere Schäden gegeben, und es wird noch mehr geben.»

Ihre dunkel umschatteten Augen verrieten Sorge.

«Ich werde bleiben, weil du mich brauchen wirst. Wenn du daran festhältst, dass du eine Erinnerung zurückholen willst, dann gibt es eine Priorität: ihn vom Schlafen abzuhalten, aber vor allem, die zerbrechliche Bindung zwischen ihm und uns aufrechtzuerhalten.»

Sie beobachtete Strelli.

«Eine innere Welt, zu der wir keinen Zugang haben, versucht ihn aufzusaugen. Also muss er sprechen, mit Worten, mit einem Spachtel, womit er nur will, aber er muss mit uns reden. Das bedeutet, dass wir, um ihn herum, noch existieren.»

Müde stützte sie sich an einer Lehne ab.

«Ich werde es schaffen. Ich werde ihn bei uns behalten, so lange wie möglich. Und ich werde den Plan nicht aufgeben, dass ich dieses verfluchte Gesicht aus einem Winkel seines Kopfes befreie, falls es noch dort ist. Aber ich werde nicht ewig durchhalten. Wir haben alle unsere Grenzen, Erick. Die Lösung, die wirkliche, die muss von dir kommen. Du musst suchen.»

Erick erinnerte sich an Nadine Kahn-Mankiewicz' Worte: Eine Pyramide kreiste in seinem Kopf. Der paradoxe Schlaf, der Sockel der mentalen Pyramide. Wenn man das Fundament beschädigte, brachte man das gesamte Gebäude zum Einstürzen. Konnte Strellis anarchisch agierender paradoxer Schlaf die Energien noch ins Gleichgewicht bringen, die seine Persönlichkeit ausmachten? Welcher psychiatrischen Erkrankung drohte er zu verfallen?

«Halte noch diese Nacht durch», sagte er. «Ich glaube zu wissen, wo die Lösung liegt.»

«Worauf wartest du dann noch?»

Erick betrachtete Evas Gesicht. Die Schminke war verblasst, die Zeichen der Müdigkeit siegten. Die Augen wirkten wie zwei helle Löcher in einem Gesicht aus Wachs. Laura kam mit einem dampfenden Becher herbei.

«Kaffee. Stark.»

Evas Lippen waren blau. Erick zog die Decke um ihre Schultern zusammen. Er warf einen letzten Blick unter die Treppe. Strelli hatte sich aufgerichtet. Er beobachtete sie, reglos, im Schein des Mondes.

Der Polizist machte sich auf den Weg. Er musste jetzt nur noch ein Phantom finden. Und zwar schnell.

«Ich mach mich auf», sagte er zu Eva. «Jetzt sofort. Ihr werdet es schaffen.»

50

«Ich brauche sie jetzt schon.»

Serge Kahn nickte wortlos, trat zur Seite und ließ Erick herein. Diese Wohnung war eindeutig überheizt.

Es roch nach Essen und angenehm nach Kerzen. Nadine Mankiewicz erschien im Flur, grüßte ihn mit einem flüchtigen Lächeln und ging auf ihr Büro zu. Erick folgte ihr.

«Zeitweise scheint er sich von allem zurückzuziehen, um sich in seine eigene Welt zu flüchten. Er kann vor Ihnen sitzen und Ihnen das Gefühl geben, dass Sie gar nicht existieren. Eva empfindet diese Kontaktstörungen als hochgradig beunruhigend.»

«Ist Ihnen sonst noch etwas aufgefallen? Ein ungewöhnliches Verhalten?»

Erick lächelte.

«Dieser Mann ist insgesamt ein ungewöhnliches Wesen. Allein schon sein Äußeres ist eigenartig.»

«Körperhaltung, Gestik …» Die Therapeutin insistierte.

«Sein Verhalten vorhin wirkte auffallend mechanisch, regressiv …»

«Mechanisch? Wiederholte er vielleicht ständig denselben Satz?»

Sie schien gleichzeitig besorgt und interessiert: im Konflikt zwischen wissenschaftlicher Neugier und dem Ernst einer Diagnose. Erick konzentrierte sich auf Strellis letzte Inszenierung.

«Zuerst glaubte ich, er spiele … aber so war es nicht. Er kauerte unter der Treppe, als wollte er sich vor uns schützen, und dabei schlug er mit seinem Werkzeug unentwegt auf das Holz ein. Es war immer die gleiche Bewegung.»

Sie stand auf, als sei die simple Tatsache, friedlich auf einem Stuhl sitzen zu bleiben, nach dieser Schilderung unerträglich. Dann wandte sie sich um und hielt zum ersten Mal Ericks Blick stand.

«Sie sprachen von *Rückzug*; das war der richtige Begriff.»

Sie zögerte, bevor sie fortfuhr. Sie glich einem Arzt, der nach den angemessenen Worten sucht, um eine schlechte Nachricht zu übermitteln.

«Laurent Strelli zeigt, was man in der Psychiatrie einen autistischen Rückzug nennt», sagte sie dann mit großem Ernst.

«Autistisch? Strelli soll Autist sein? Diese Diagnose hätten die ihn behandelnden Psychiater doch sicher längst gestellt.

Mir sagten sie, er leide an keiner echten psychiatrischen Erkrankung. Er wurde wegen stark introvertierten Sozialverhaltens behandelt, das war alles …»

«Laurent Strelli war ja auch nichts anderes als ein menschenscheuer und in sich gekehrter Mann – bis zu dem Tag, da sein Schlaf aus dem Ruder lief. Doch so, wie es heute aussieht, ist sein mentales Gleichgewicht durch einen paradoxen Schlaf, der alles andere verzehrt, gefährdet.»

«Seine mentale Pyramide …»

«Ja, sie wankt. Auf der ihm eigenen energetischen Karte nahm die Angst schon breiten Raum ein, was zu diesem introvertierten Persönlichkeitsbild führte. Und jetzt ist es so weit, dass der Schlaf diese Energien nicht mehr ausgleicht: Die eine Energie, die Angst, wird nicht mehr auf ihr ursprüngliches Maß zurückgeführt und überflutet somit die anderen. Und der ursprünglich nur scheue Strelli dämmert in tiefer Abkapselung vor sich hin – in Autismus.»

«Das dürfte Eva meinen, wenn sie von Schlupfwinkel spricht.»

«So zumindest wirkt auf ihn seine innere Welt, sie soll ihn schützen vor der Außenwelt, die er nicht mehr versteht und deren Zugangscode ihm zunehmend fremd wird. Wenn diese Frau, diese Eva, eine Möglichkeit gefunden hat, mit ihm zu kommunizieren, dann soll sie es tun, Monsieur Flamand. Dann soll sie diese Sprache einsetzen, solange sie für ihn noch etwas bedeutet.»

Erick antwortete nicht. Evas Vermutung, es könnte eine tiefere Störung vorliegen, war also richtig gewesen. Vullierme hatte vorausgesagt, dass es so kommen würde, und die zurückhaltende Frau, die hier vor ihm stand, bestätigte diese Prognose. Der Polizist beobachtete sie: Ihre eigenen Schlussfolgerungen schienen sie zutiefst betrübt zu haben, obwohl sie mit der Angelegenheit doch nichts zu tun hatte.

Er weigerte sich, es als böses Omen oder gar als Wink des Schicksals zu deuten. Er würde erst aufgeben, wenn Strelli nur noch dahinvegetierte, nur noch eine Kreatur wäre, zu deren geheimer Welt kein Zugang mehr möglich war. Aber bis dahin blieb noch Zeit. Er hatte – sie hatten noch die ganze Nacht vor sich. Eva würde durchhalten; Laura, Marina – ja sogar Strelli.

Auch ohne Begründung spürte er, dass *ein* Energiestrom – der fünfte? – den Künstler noch von dem Sturz in die Umnachtung abhalten und auch sein Gedächtnis in einem mentalen Bereich festhalten könnte, zu dem sie noch Zugang hatten. Ja, die ganze Nacht lag noch vor ihnen, und die würde lang sein, wie Nadine Mankiewicz mehrmals wiederholt hatte.

«Irgendetwas kann man immer tun», erklärte er mit fester Stimme.

Sie dachte einen Augenblick lang nach, bevor sie darauf einging.

«Wo ist er jetzt?»

Diese plötzliche Frage und die Neugier, die sie zu verraten schien, waren so überraschend, dass Erick stutzte. Er zögerte. Im Rahmen des Möglichen Strellis Versteck geheim zu halten gehörte zu den elementarsten Vorsichtsmaßnahmen.

«Entschuldigung», sagte sie, «wie vertraulich die Einzelheiten Ihrer polizeilichen Ermittlungen zu behandeln sind, kann ich nicht beurteilen. Aber den Ernst der Lage, den kann ich beurteilen, mehr habe ich nicht zu sagen. Sie müssen mir nicht antworten.»

«In seiner Werkstatt», sagte er schließlich.

«Er ist Handwerker?»

«Es ist eine Künstlerwerkstatt. Dort ist er in Sicherheit. Wir haben alles getan, damit er wach bleibt: kein Bett, keine Heizung, zwei Frauen, die unentwegt reden.»

«Keine Heizung? Wieso?»

«Seine Werke vertragen keine Wärme, und außerdem dachten wir, bei Kälte könnten alle leichter durchhalten.»

«Das ist eine abwegige, veraltete Vorstellung. Das Gegenteil geschieht: Die Schlafdauer verlängert sich bei Kälte, und die Schlafphasen werden modifiziert: Die Tiefschlafphase wird kürzer, die anderen länger. Wenn Sie diese Werkstatt nicht heizen können, müssen Sie Strelli schnellstens dort herausholen.»

Erick griff nach seinem Handy. Es entging ihm nicht, dass Nadine Mankiewicz eine Bewegung machte, die Verärgerung andeutete. Ihm fiel ein, was sie gesagt hatte: Während des Sabbats könne sie kein elektrisches Gerät betätigen und auch am Telefon nicht antworten. Vielleicht missfiel es ihr, dass er in ihrem Heim diese Regel zu brechen gedachte. Er legte den Apparat wieder hin und las Erleichterung in ihren Gesichtszügen. Die strikte Einhaltung der Regeln bei den strenggläubigen Juden würde er nie begreifen, selbst wenn er verstanden hätte, worum es ihnen dabei ging.

«In der Hitze des Gefechts haben wir bestimmt noch mehr Fehler gemacht. Ihre Ratschläge können für uns hilfreich sein.»

«Licht», sagte sie. «Viel Licht ist nötig. Je intensiver das Licht, desto länger können Sie das Einschlafen hinauszögern, denn diese Mechanismen reagieren auf äußere Reize. Das Gleiche gilt für das Umfeld: Auf Lärm antwortet der Organismus mit verlängertem Wachzustand. Und noch etwas», sagte sie nach einer kurzen Pause: «Vermeiden Sie neue, für ihn ungewohnte Umstände. Die Anpassung daran würde die Phase des paradoxen Schlafs nur noch verlängern, falls der Mann trotz all Ihrer Bemühungen einschlafen sollte. Halten Sie ihn mit körperlicher Aktivität wach, die eigentlich nach Tiefschlaf verlangen würde. Die geistige hilft da nicht.»

Eine Stimme hallte durch den Flur. Ein Kind rief nach seiner Mutter.

Erick erhob sich.

«Danke für Ihren Rat.»

Nadine Mankiewicz öffnete die Tür.

«Eine letzte Frage noch», sagte er.

Ihre Augen suchten nach ihrem Sohn, als riete ihr die Intuition, sich nicht nochmals umzuwenden. Erick wusste, dass sie ihm trotzdem noch zuhörte.

«Die mentale Pyramide», sagte er, «die stammt doch von Ihrem Vater, nicht wahr? Das ist doch seine eigene Theorie, auf der er seine Forschungen aufgebaut hat.»

Einen Moment lang schien sie sich zusammenzukrümmen. Serge Kahn erschien im Flurlicht. Das gab ihr Halt.

«Ja», sagte sie. «Das ist die Mankiewicz-Theorie zur Persönlichkeitsentfaltung.»

Erick befand sich noch innerhalb des Bürös. Er stützte sich auf eine Stuhllehne. Auch er spürte die Last der Müdigkeit. Er dachte kurz an Eva und Strelli und richtete sich wieder auf.

«Wenn Ihre Diagnose stimmt und Strelli in einem so schwerwiegenden pathologischen Zustand wie dem Autismus zu versinken droht, dann ist jetzt das Dringlichste, mehr über Ihren Vater und seine Studien zu erfahren.»

Sie schien verstört, ging auf ihren Gatten zu. Serge Kahn kam ihr zu Hilfe.

«Meine Frau könnte nur Erinnerungen aus ihrer Jugend beisteuern. Ihre Wege trennten sich, als sie sich für eine Lebensform entschied, die ihr Vater nicht gewählt hatte. Seit Jahren hat sie ihn nicht mehr gesehen.»

Nadine Mankiewicz' Gesicht wirkte plötzlich verschlossen. Sie hatte sich irgendwie abgeschirmt vor einem Gespräch, an dem sie nicht teilnehmen wollte.

«Soviel ich weiß, gab es aber doch kein Zerwürfnis zwischen Ihnen», sagte Erick, zu der jungen Frau gewandt.

Sie antwortete nicht. Er trat einen Schritt auf sie zu.

«Zumindest die Umstände seines Rückzugs aus der Forschung haben Sie doch miterlebt. Es ging um den ethischen Aspekt seiner Studien, um die Wirksamkeit seiner Methoden. Lässt sich eine Verbindung herstellen zu dem, was jetzt mit Laurent Strelli passiert? Sie müssen mir mehr darüber erzählen, ich flehe Sie an.»

Ruckartig hob sie den Kopf. Sie warf ihrem Mann einen Blick zu, betrat wieder das Büro und schloss die Tür, um Erick die Stirn zu bieten. Ihre Augen funkelten vor Zorn.

«Sie haben nicht das Recht, so etwas zu sagen! Vor allem nicht hier. Niemand hat das Recht, seine Leistung in Frage zu stellen. In zehn Jahren hat mein Vater das Wissen über den Schlaf vorangetrieben wie kein anderer im gesamten zwanzigsten Jahrhundert.»

«Ich bezweifle seine Kompetenz nicht, und auch die Wissenschaftler, die ich kontaktiert habe, äußerten sich lobend», sagte Erick behutsam, um die Situation zu entschärfen.

«Die Wissenschaftler, die Sie kontaktiert haben, sind allesamt Feiglinge und Heuchler.» Das sagte sie betont langsam, jede Silbe einzeln, wie abgehackt.

«Monsieur Flamand, mein Vater und ich hatten unterschiedliche Überzeugungen – aber ich bewunderte ihn, vor allem wegen der Leidenschaft, die ihn beseelte, und der Rechtschaffenheit seiner Entscheidungen. Er hat seine ganze berufliche Laufbahn der Schlafforschung gewidmet, insbesondere dem paradoxen Schlaf, um die Behandlung Krimineller mit psychischen Erkrankungen durch den Einsatz von Spezialisten zu verbessern. Zur Anwendung kam aber nur das, wessen er sich absolut sicher war. Und soweit ich weiß, hat auch niemand das Gegenteil bewiesen.»

Erick wagte einen neuerlichen Vorstoß.

«Ich bin nicht hier, um ihn anzuklagen. Lassen Sie mich die Frage anders stellen: Könnte man in den Studien Ihres Vaters eine Erklärung finden für das, was Laurent Strelli augenblicklich erlebt?»

«Ich sage Ihnen nochmals: Er hat die Rolle, die der paradoxe Schlaf spielt, sowie den Platz, den er zur Wahrung des Gleichgewichts der mentalen Pyramide einnimmt, ins Licht gerückt. Dieses Gleichgewicht ist labil, und dieser Patient ist leider der lebende Beweis. Ich kann nichts weiter tun, als was ich schon tat: Ihnen das Prinzip erklären.»

«Sie nicht. Aber Ihr Vater vielleicht doch.»

Sie legte eine Pause ein und lächelte, als sei ihr eine Erleuchtung gekommen.

«Deswegen sind Sie also zu mir gekommen, hab ich recht? Seinetwegen. Von Anfang an.»

«Wenn Sie eine Möglichkeit sehen, mit ihm zu sprechen und uns in Kontakt zu bringen, müssen Sie es tun. Wir brauchen seine Hilfe.»

«Ich weiß nicht, wo er ist. Niemand weiß es.»

Sie öffnete die Tür. Serge Kahn erschien. Er wirkte jetzt noch größer.

«Schauen Sie sich doch einmal um», sagte er. «Für das, was Sie uns sagen wollten, war heute Abend wirklich kein Platz, und dennoch haben wir Sie hereingelassen. Aber Sie gehen zu weit.»

Erick hielt ihm den Schlüssel hin.

«Ich will es nicht zu weit treiben.»

«Behalten Sie ihn», erwiderte Serge. «Vielleicht brauchen Sie ihn noch einmal. Aber jetzt lassen Sie uns bitte allein.»

Erick verließ die Wohnung. Er war schon auf dem Treppenabsatz, als Nadine Mankiewicz ihn einholte. Jetzt glich sie wieder einem schüchternen kleinen Mädchen.

«Im Rahmen meiner Kompetenzen und meiner Möglichkeiten werde ich Ihnen auch weiterhin helfen. Aber verlangen Sie nicht von mir, mich auf verbotenes Terrain zu begeben.»

«Es ist Ihr Vater. Nur Sie können es wagen, diesen Weg zu beschreiten.»

«Nein. Er ging ihn allein, viel öfter, als mir lieb war.»

Ein trauriges Lächeln veränderte ihren Gesichtsausdruck.

«Holen Sie Laurent Strelli heraus aus seinem Atelier. Und vergessen Sie nicht: Licht, Lärm und Wärme. Alles, was sein Organismus als dringliches Zeichen zu erwachen deuten kann. Wenn nötig, können wir noch andere Karten ausspielen.»

«Dabei weigern Sie sich doch, die Karte, die Sie als die entscheidende ansahen, auf den Tisch zu legen: diejenige, mit der der Mechanismus in Gang gesetzt werden könnte.»

«Die habe ich aber nicht. Insistieren Sie nicht weiter.»

Der Aufzug ging auf. Erick trat hinein. Nadine Mankiewicz' Stimme hallte.

«Ich kann diesen Mann nicht aufhalten in seinem Sturz. Aber ich helfe Ihnen, weil meines Erachtens das Einzige, was man für ihn noch tun kann, darin besteht, die Identität des Mörders in seinem Gedächtnis oder anderswo aufzuspüren. Beeilen Sie sich.»

«Ich kümmere mich darum. Seid ihr nur in einer Dreiviertelstunde in Orly.»

«Danke, Marina.»

Er unterbrach die Verbindung. Er war aus dem Haus getreten, und die Kälte war noch grimmiger als zuvor. Der Wetterbericht verhieß einen Temperatursturz während der Nacht und klaren Himmel für den nächsten Tag. Er tippte eine Nummer auf seinem Handy.

«Eva? Hier ist Erick.»

«Sieh an, du hast mir schon gefehlt.»

«Aber doch wohl weniger als Marseille, oder?»

«Hör auf, meine Nerven zu strapazieren.»

«Ich habe eine gute Nachricht für dich: Du darfst nach Hause.»

51

EINUNDFÜNFZIG

«Sechs Grad mehr: Da bleibt ihr leichter wach. Außerdem will ich ihn lieber fern von hier, in der Anonymität einer anderen Großstadt in Sicherheit wissen, unter Bewachung natürlich.»

Eva musterte ihn, sie war verunsichert.

«Ich verstehe dich nicht», sagte er. «Du wolltest doch nach Hause.»

Eva blickte um sich. Da waren Laura, die sich im Atelier zu schaffen machte, Marina und zwei Männer in Zivil, die ein paar Werke verpackten, und Strelli, der bei ihnen stand und mit besorgtem Blick ihr Tun verfolgte.

«Ja, ich wollte heim», sagte sie. «Wollte schlafen, aufwachen und mir sagen, dass dies alles, du inklusive, nur ein böser Traum war.»

Sie umfasste den Kopf mit den Händen und ließ, wie bei einem Deich, der nachgibt, dem aufgestauten Wortschwall freien Lauf.

«Du verlangst von mir, diesen Typen in den Süden mitzunehmen, ihn bei mir wohnen zu lassen, mitsamt seinen Bildern, seinen abstoßenden Plastiken, seinen bunten Lämpchen, damit dieser Albtraum bei mir daheim weitergeht. Ist dir eigentlich klar, was du da verlangst? Für dich gibt es wohl keine Grenzen, oder die anderen sind dir einfach scheißegal. Du hast wirklich vor nichts Respekt.»

Sie machte ein paar Schritte, um wieder zu sich zu kommen.

«Hör mal», erwiderte der Polizist, «ich verstehe durchaus, dass du deine Intimsphäre wahren willst. Wenn es das ist, müssen wir eben etwas anderes finden als deine Wohnung.»

Das vor Evas innerem Auge fortwährend vorbeiziehende Bild Karims stand plötzlich still.

«Meine Intimsphäre geht dich gar nichts an», sagte sie. «Denk lieber an ihn. Du sagst, er sei auf dem besten Wege, zum Autisten zu werden, man müsse ihm ein vertrautes, beruhigendes Umfeld bieten, und gleichzeitig verfrachtest du ihn wie Expressgut in den Alten Hafen von Marseille.»

«Deswegen nehmen wir ja ein paar seiner Werke mit», erwiderte er, wenig überzeugend. «Außerdem scheint mir deine Methode der richtige Weg zu sein: Du wirst in deinem Element sein, was natürlich die Wirkung erhöht. Im Augenblick bist du die Einzige, die mir weiterhelfen kann. Da muss ich dich doch ein bisschen verwöhnen.»

«Hör auf mit dem Quatsch! Autist ... weißt du eigentlich, Erick, was das ist, Autismus? Eine komplizierte, eine schreckliche – eine lebensgefährliche Krankheit. Und eine schwere Verantwortung, die ich mir nicht aufhalsen muss.»

«Natürlich denke ich an ihn», sagte der junge Mann schließlich. «Vor allem, um ihn zu schützen, bringe ich ihn von hier weg.»

«Ach ja, beinahe hätte ich es vergessen: Uns ist ja ein Mörder auf den Fersen. Da braucht man ja nur ein gutes Versteck, sonst nichts! Du bist noch so jung, Erick. Ich weiß, dass du das nicht gerne hörst. Egal, du musst es trotzdem hören. Es ist außerdem keine Frage des Alters: Du bist einfach unreif. Du glaubst, das Leben sei ein Baukastenspiel und die Menschen nichts weiter als simple Klötzchen, die man stapelt und nach Lust und Laune verschiebt. Ein Problem? Na, dann hauen wir es kaputt, bauen wieder neu – in Wirklichkeit gibt es gar kein Problem.»

Sie stand ihm direkt gegenüber, die Fäuste in die Hüften gestemmt, und starrte ihn an.

«Heute ist es das. Und was wird dir in vierundzwanzig Stunden einfallen? Hast du noch andere Zaubertricks parat?»

«Nein. In vierundzwanzig Stunden ist ohnehin alles im Eimer: Ihr werdet nicht länger durchhalten. In vierundzwanzig Stunden werdet ihr schlafen. Diese Nacht – oder nie.»

Marina trat zu ihnen.

«Ihr müsst jetzt weg.»

Erst beim Check-in zeigte Strelli die ersten Anzeichen von Erschöpfung.

Viermal musste er ansetzen, um seinen Ausweis hervorzukramen. Die Worte des Flugpersonals hatten wohl eine Bedeutung, die bei ihm aber keinerlei Reaktion hervorrief. Er selbst spürte den Unterschied zwischen dem dringenden Bedürfnis, sich in seine Kapsel zurückzuziehen, und seinem augenblicklichen Zustand, der ihn zwang zu kämpfen, um aufmerksam zu bleiben. Er nahm seine Boarding-Card und suchte sich eine Sitzreihe mitten in der Abflughalle. Die Bronzebüste, die er sorgfältig eingepackt hatte und von der er sich nicht hatte trennen wollen, drückte er fest an sich. Erick hatte all seinen Einfluss geltend machen müssen, damit die Flugsicherung einwilligte, einen Passagier mit einem solchen Metallgegenstand als Bordgepäck durchzulassen.

Als er sich gerade setzen wollte, kam Marina und hielt ihn mit sanftem Nachdruck davon ab. Er schenkte ihr ein scheues

Lächeln. Im Auto hatte Eva es übernommen, ihm alles zu erklären. Erick hatte ihr einen tadelnden Blick zugeworfen, den sie aber nicht beachtete.

«Was soll das? Laurent und ich, wir sind jetzt Komplizen. Also muss er ganz genau wissen, worum es geht.»

«Sie hat recht», hatte Strelli gesagt, während er die Autos, die durch die Nacht jagten, nicht aus den Augen ließ.

Laurent ging auf Gate 24 zu. Boarding war erst in zehn Minuten. Die Flugnummer vor seinem Gesichtsfeld driftete auseinander. Er schwankte und griff in die Gitterabsperrung, um wieder Halt zu finden. Eva verfolgte seine Bewegungen mit Besorgnis. Auch sie spürte die Last der Müdigkeit. Übelkeitsanfälle setzten ihr zu. Erick hielt ihr eine Liste mit Telefonnummern hin.

«Die erste ist die von der Fondation. Diese zwei da sind die von Vullierme und Dr. Meer – ihre Privatnummern. Du darfst sie jederzeit, auch nachts, anrufen.»

Die Worte des Polizisten drangen wie ein Echo an ihr Ohr. Sie wich einen Schritt zurück, und er fragte besorgt:

«Geht's wieder?»

«Ja, geht schon. Vielleicht bin ich ein wenig … wie hieß das noch? … ach ja, *müde.*»

Er lächelte. Ja, sie sah müde aus. Ihre wilden Locken klebten platt am Schädel, sie hatte ihren Schmuck abgelegt, und von der aufreizenden Schminke war auch nichts mehr übrig. Nur noch zerfurchte Gesichtszüge, hängende Schultern, faltige Haut. Aber auch im ungeschminkten Blick entdeckte Erick noch immer die Kraft, die er an ihr kannte. Sie würde durchhalten. Ihre Tapferkeit rührte ihn an. Gern hätte er ihr gesagt, wie dankbar er ihr war, dass er sie bewunderte, lauter Dinge, die sie sicher gerne gehört hätte, während sie schon aus ihren Kraftreserven schöpfte. Doch stattdessen konzentrierte er sich auf sein Blatt Papier.

«Da hast du die Nummern der Mädels, und darunter habe ich dir meine nochmal hingeschrieben.»

Er hielt ihr eine Schachtel Tabletten hin.

«Ein Geschenk von Françoise Meer: Amphetamine, für den Notfall. Die Einnahmeempfehlung steht seitlich auf der Packung.»

Sie nickte wortlos.

«Jederzeit, Eva, ob bei Tag oder bei Nacht. Du rufst mich an, wann du willst (er lächelte): Aus dem Schlaf holen wirst du mich nicht.»

«Schade. Noch eine letzte Frage.»

«Alles, was du willst.»

«Ich will nur noch wissen, warum du dich hier verschanzt, anstatt mit uns dieses verdammte Flugzeug zu besteigen.»

«Ich bin noch nicht fertig mit Mankiewicz. Ich will morgen so früh wie möglich dort sein. Und davor gehe ich noch zur Fondation. Solange irgendwo ein Hoffnungsschimmer besteht, werde ich darum kämpfen. Du stehst nicht allein an der Front.»

«Haben wir nicht einmal Bodyguards?»

«Die Kollegen aus Marseille übernehmen euch gleich bei Ankunft der Maschine», erwiderte Laura.

Die Passagiere wurden aufgerufen. Strelli blickte zu Eva hin. Sein Rücken war gewölbt. Unter dem Arm hielt er die ausgepackte Büste: ein gequältes Gesicht, ein zum Schrei geöffneter Mund. Eva presste ihre Handtasche an sich und ging auf Strelli zu.

«Bereit für einen kleinen Trip in den Süden?»

Mühsam richtete er sich auf und beobachtete die Menschen in der Warteschlange. Eva fing Ericks Blick auf.

«Willst du ein wenig Solidarität beweisen?»

«Ich *bin* solidarisch.»

«Na, dann trink ein Gläschen auf mich. Etwas Scharfes,

was immer du willst. Und dann schlaf! Du siehst wirklich erbärmlich aus heute Abend.»

Sie drehte sich erst um, als die Stewardess ihr die Bordkarte aushändigte. Eine Prise Frischluft auf der Gangway bescherte ihr einen Augenblick des Wohlbehagens. Solche Augenblicke dürften rar werden.

ZWEIUNDFÜNFZIG 52

Erick blieb länger als eine Viertelstunde bei ausgeschaltetem Motor im Auto sitzen, bevor er sich aufraffte.

Schließlich quälte er sich hinaus, verriegelte die Türen und schlug den Mantelkragen hoch, als wollte er sich vor seiner Entscheidung schützen.

Starr geradeaus blickend, ging er die Rue Vivienne entlang bis zur Kreuzung Rue Saint-Marc. Ein typischer Freitagabend, die Bürgersteige voller Menschen, eine sorglose Menge, die aus den Boulevardtheatern oder den asiatischen Restaurants im Börsenviertel kam. Er nahm niemanden wahr und machte noch vor der Rue de Richelieu halt.

Eine schwarze Wandverkleidung, die Scheiben undurchsichtig, ein lakonisches Schild: *Storm*. Eine Dreiergruppe ging nah an ihm vorbei – drei Prostituierte. Eine war durchaus hübsch, die beiden anderen nichtssagend. Die attraktivste musterte ihn eindringlich. Ein paar Meter weiter drehte sie sich um. Erick wartete, bis sie weg waren, und drückte die Klingel. Die Tür gab den Ausblick auf einen glatzköpfigen Muskelprotz frei: Typ schlechttrainierter Gewichtheber. Der Kerl versperrte den Eingang.

«Hier kommen nur Männer herein.»

«Bin ich ja.»

Der Zerberus taxierte ihn und trat dann zur Seite. Erick warf noch einen Blick zur Straßenecke. Die drei waren stehen geblieben, gestikulierten in seine Richtung und lachten.

Er ging hinein.

Eine junge Clubschwuchtel nahm ihm den Mantel ab. Erick bestand darauf, sein Sakko anzubehalten. Er beobachtete die beiden Männer, die gleichzeitig mit ihm eingetreten waren: Der eine, sehr groß, trug ein T-Shirt, das seine Rippen erahnen ließ. Der andere verbarg seine Formen unter einem weiten Hemd und einer Streetwear-Hose. Sie drückten sich an ihm vorbei, um die Treppe hinunterzugehen.

Im Untergeschoss befand sich die halbkreisförmige Bar, am hinteren Ende eines eher schmalen Raumes. Es war noch früh. Die Tanzfläche war leer, nur ein paar Tische besetzt, aber die Musikanlage dröhnte bereits ohrenbetäubend. Erick flüchtete sich in den hintersten Winkel des Tresens. Ein blutjunger Kerl kam auf ihn zu.

«Was darf ich dir bringen?»

Seine Schulter hatte einen Tick, sie zuckte irgendwie, als wäre ihr die Tätowierung hinderlich.

«Keine Ahnung. Irgendwas Scharfes.»

Das Bürschchen streckte demonstrativ eine gepiercte Zungenspitze vor.

«Überlässt du's mir?»

Ein Schlager aus den achtziger Jahren, neu gemixt, drang an sein Ohr. An den Titel konnte er sich nicht mehr erinnern. Er warf einen Blick zur Tanzfläche: Auf einem Podest versuchte sich ein Transvestit mit roter Perücke an einer wenig glaubhaften Choreographie à la Mylène Farmer. Erick konnte nicht einmal darüber lachen. Der frühreife Barkeeper stellte ein Glas vor ihn hin.

«Diesen Mix kann nur ich», sagte er mit anzüglichem Unterton.

Erick spielte mit dem Glas, ohne den Drink zu kosten. Er verabscheute Alkohol. Evas und Laurent Strellis Gesicht verfolgten ihn. Was trieb er überhaupt in dieser Spelunke? Warum war ihm das Alleinsein heute Abend unerträglicher als sonst erschienen? Eine Schwulenbar – wahrscheinlich vollkommen out bei allen Schwulen. Dieser Gedanke entlockte ihm ein Lächeln. Einen ungeeigneteren Abend hätte er sich nicht aussuchen können, um seine eigenen Neigungen zu testen und eine weitere unbefriedigende Antwort auf die Frage zu finden, warum er sich bei Frauen immer auf Distanz hielt. Die Antwort drängte sich geradezu auf: Hier, in diesem Club, fühlte er sich nicht am richtigen Ort, er, im Straßenanzug, den Drink in der Hand und dieses Unbehagen in der Magengrube. Ein Außerirdischer auf Erden. Oder waren es diese Typen, die ihm wie Aliens vorkamen?

Die Bar füllte sich allmählich. Er hob die Augen von seinem Glas und sah Paare, einzelne Männer, ältere Kerle, die vor schrill lachenden Knaben geziert lässige Posen einnahmen. Da fing er den eindringlichen Blick eines etwa dreißigjährigen Mannes auf, der am anderen Ende des Tresens saß. Dunkles Hemd, Jeans, Turnschuhe. Normal, dachte der Polizist. Der Typ lächelte ihm zu. Erick stand auf. Er hatte genug, das Experiment war geglückt. Männer interessierten ihn nicht.

Als er seinen Barhocker zurückschob, rempelte er einen Typen an, der mit Muskelshirt, Dreitagebart und einer Narbe am linken Auge das Abbild eines Ganoven war; abends, bevor er loszog in solche Schuppen, polierte er es zu Hause in einem einschlägigen Viertel wahrscheinlich erst sorgfältig auf. Die Musik war jetzt noch einen Tick lauter. Der Typ flüsterte Erick ins Ohr:

«Mit einem Barhocker funktioniert die Anmache nicht, wenn du mich fragst …»

Erick trat zur Seite. Der andere schob ihm die Hand unter das Sakko, und seine Finger ertasteten das Schulterholster.

Erick packte ihn am Handgelenk und drückte mit aller Kraft zu.

«Okay, reg dich nicht auf … Wie hättest du wohl reagiert, wenn ich meine Hand *dahin* gelegt hätte?»

Eine Geste zwischen die Beine des Polizisten unterstrich seine Worte. Erick stieß ihn gewaltsam zurück. Der Kerl stolperte und knallte auf den Rücken. Die Gäste machten Platz. Er stand wieder auf.

«Scheiße, beruhig dich!»

Er machte eine Handbewegung zur Gesäßtasche seiner Jeans. Erick stieß den Arm vor, und seine Faust donnerte dem anderen auf die Schulter. Der Kerl schrie vor Schmerz auf und wich zurück. Reflexartig zog der Polizist seine Waffe und ließ die Umstehenden nicht aus den Augen. Erschreckt wichen auch sie zurück. Der Kerl krümmte sich und hielt sich die Schulter. Erick steckte die Waffe wieder weg und atmete ruhiger. Im selben Moment rissen ihm vier Hände die Arme auf den Rücken und bugsierten ihn in Richtung Treppe. Als Erick an ihm vorbeikam, richtete der Verletzte sich auf, und der Polizist konnte gerade noch das Gesicht wegdrehen. Der Strahl brannte in seinen Augen, und er japste nach Luft. Geschrei rundherum, alle stürzten zum Ausgang.

Erick, vom Gas geblendet, wurde hinauskatapultiert und landete auf dem Bürgersteig. Sein Kopf stieß gegen glattes Metall. Eine Autotür. Blinzelnd nahm er wahr, wie Blut das Blech besudelte und ihm an der Stirn hinunterlief. Tastend gelang es ihm, sich aufzurichten und die Augen zu öffnen. Hustend und mit tränenden Augen strömten die Gäste aus der Bar. Er stützte sich an der Kühlerhaube ab und stand auf, um nicht zertrampelt zu werden, dann ging er bis zur Straßenecke und gönnte sich die Zeit, sich an eine Wand zu lehnen. Es war ein Bankgebäude und die Nische eigentlich dem Geldautomaten vorbehalten. Er wühlte in seinen Taschen.

«Sieh an.»

Jetzt ließen sich die Augen schon wieder leichter öffnen, und er erkannte den Typen im dunklen Hemd, dessen Blick er ausgewichen war. Er zögerte, nahm dann aber doch das Päckchen Papiertaschentücher an.

«Danke.»

Er wollte nur noch eins: sein Auto wiederfinden, abhauen von hier und vergessen, was passiert war. Er zog seinen Schlüsselbund hervor und musste feststellen, dass der für den Twingo in der Tasche seines Mantels geblieben war, und der hing an der Garderobe. Der Mann lächelte.

«Wenn du dort was vergessen hast, dürfte es schwierig sein, es heute Abend noch herauszuholen. Die Autoschlüssel, habe ich recht?»

Er blickte um sich und schlug dann vor:

«Soll ich dich heimbringen?»

«Nein, ich nehme ein Taxi.»

«Keine Angst, ich bin nicht so blöd wie der andere. Das sieht man doch auf den ersten Blick, dass du kein Homo bist.»

Erick schwieg. Allein schon die Stimme dieses Typen tauchte ihn von neuem in dieses Universum, das ihm so unendlich fremd schien. Er dachte an Laura, die so umwerfend feminin war, selbst wenn sie wissentlich provozierte. Diese Bilder beruhigten ihn wieder.

«Ist es indiskret zu fragen, was du in diesem Schuppen gesucht hast?», fragte der Mann.

Zum ersten Mal wandte Erick den Kopf zu ihm hin und winkte nach einem Taxi.

«Nichts. Ich wollte nur hören, was du gerade gesagt hast.»

Erick schlug die Tür zu, und das Taxi fuhr auf dem Boulevard des Batignolles davon.

Gedankenverloren blieb er auf dem Bürgersteig stehen. Plötzlich hatte er das Bedürfnis, Laura anzurufen, ihr vorzuschlagen, mit ihm auszugehen und, wenn sie nichts anderes vorhätte, mit ihm die Nacht zu verbringen. Als er die Haustür aufschloss, klingelte sein Handy. Er las die Nummer auf dem Display, und sein Herz begann zu rasen.

Es war Evas Nummer.

53

DREIUNDFÜNFZIG

Die Maschine war um 22.50 Uhr in Marignane gelandet. Der Flugkapitän hatte eine Außentemperatur von 14 Grad Celsius durchgesagt – fast zehn Grad mehr als in Paris. Welche Wohltat würde ihnen dieses milde Klima bringen? Am Ende der Gangway warteten schon zwei Polizeibeamte in Zivil.

Ihr Gepäck und Strellis Bilder wurden als Erstes ausgeladen und zum Rollband befördert, sodass alle vier schon eine Viertelstunde später das Flughafengelände in einer unauffälligen Limousine verlassen konnten.

Eva überwachte Laurent, ließ ihn nicht aus den Augen, obwohl sie doch selbst gegen den Schlaf ankämpfte. Während des Fluges hatte sie ihn gezwungen, im Mittelgang auf und ab zu gehen, gleich nachdem die Sicherheitsgurte gelöst werden durften. Seit zwei Tagen wütete in Marseille der Mistral. Eva graute vor diesem Wind, der sie im Winter schier erstarren ließ und überhaupt zu allen Jahreszeiten mit grässlichen Kopfschmerzen plagte. Es war das erste Mal, dass sie ihn nicht verfluchte: Bis die Maschine aufsetzte, hatte er sie gerüttelt und geschüttelt. Selbst wer ins Koma zu fallen drohte, hätte dabei nicht einschlafen können. Erst jetzt, als sie auf das Stadtzentrum zurollten und bequem auf den Rücksitzen saßen, wurde ihr mulmig. Laurents Augen wirkten zwar wie aufgerissen, aber sie wusste, dass manche Menschen mit offenen Augen schlafen konnten. Allmählich gewann sie Sicherheit: Er schlief nicht. Die Anstrengung, sich aus seiner Umwelt zurückzuziehen und seinen Körper in eine Mumie zu verwandeln, war ihm anzusehen, und das bedurfte – davon war sie überzeugt – einer gewissen Form von Wachsamkeit. Trotzdem schüttelte sie regelmäßig seinen Arm, rempelte ihn an oder hämmerte mit ihrer Puderdose gegen die Autotür, was ein metallisches Geräusch erzeugte. *Die müssen mich für verrückt halten,* dachte sie bei sich, als sie den Blick der Polizisten auffing. *Sie haben ja recht, ich werde, so oder so, bald total verrückt.* Und doch machte sie weiter: Solange sie sich verbissen darum bemühte, Strelli am Einschlafen zu hindern, blieb sie selber wach.

Die Übelkeit, die sie nach kurzer Unterbrechung im Flugzeug erneut befallen hatte, peinigte sie. Und die Aussicht auf eine schlaflose Nacht, die von ihr verlangen würde, all ihre Kräfte und Kenntnisse auf ihren Gast zu konzentrieren, deprimierte sie zusätzlich. Doch da hielt der Wagen in der Rue Marengo. Sie waren die Docks entlanggefahren, in der Ferne hatten die beleuchteten Kräne des Hafens ihr grelles Farbenspektrum entfaltet, und der Alte Hafen hatte sich ihrem Blick dargeboten – so belebt, wie es freitagabends durchaus vorkommen konnte –, doch sie hatte alledem keine Beachtung geschenkt. Wie durch ein Wunder wirkte jetzt aber der Anblick ihres Hauses beruhigend. Sie vergaß die Tretmühle, in die sie an diesem Tag eingespannt worden war, vergaß die Nacht, die ihr mit Laurent Strelli bevorstand, die Gefahr, der man sie aussetzte, den ungewissen Ausgang der ganzen Angelegenheit, ja sogar den Wind, der sie benommen machte. Entschlossenen Schrittes dirigierte sie den Künstler zum Hauseingang.

Sie musste die Concierge grüßen, die immer, ob bei Tag oder Nacht, den Kopf durch die Tür streckte, und musste die Post in Empfang nehmen und öffnen, als hätte sie nichts zu verbergen. Dann erst wurde sie in die Marmorhalle eingelassen und durfte den Flur ansteuern, der zu den Aufzügen führte. Einer der Polizisten hielt sie zurück.

«Wohin führen diese Aufzüge?»

«Das Gebäude besteht aus zwei Flügeln. Am Ende eines jeden findet man einen Aufzug. Wenn man diesen hier nimmt, muss man oben durch die ganze Etage hindurch, um zu meiner Wohnung zu gelangen. Der dort hinten landet direkt vor meiner Tür.»

Der Mann wandte sich an seinen Kollegen:

«Du postierst jeweils einen unserer Männer vor den zwei Aufzügen, einen vor dem Treppenabgang und einen vierten außen vor dem Haus. Ich bleibe auf dem Treppenabsatz vor der Wohnung.»

Eva fiel ihm ins Wort.

«Kommt gar nicht in Frage! Sie kommen mir nicht mit hinauf! Die ganze Etage würde ja in Panik geraten.»

«Hören Sie, dies ist mein Job, mischen Sie sich da nicht ein. Ich habe meine Anweisungen.»

«Ich will aber nicht, dass Sie da oben Wache schieben!»

Sie brauchte ihre Abgeschiedenheit, brauchte Ruhe – alles, was Paris ihr geraubt hatte. Der Gedanke, vor ihrer Tür einen Bullen stehen zu haben, schien ihr unerträglich.

«Es gibt keinen anderen Zugang zur Wohnung als diese Aufzüge und das Treppenhaus», sagte sie nochmals. «Sie können Ihren Job prima machen, wenn Sie hier unten bleiben.»

Der Polizist gab nach.

«Okay. In welchem Stock wohnen Sie?»

«Im achten.»

«Zeigen Sie sich auf dem Balkon, damit meine Männer Ihre Wohnung auf der Fassade orten können. Das Gleiche machen Sie für die Fenster: Sie knipsen das Licht an und aus, nur kurz, als Hinweis.»

Die Aufzugtüren öffneten sich, der Polizist drängte sich als Erster hinein.

«Was machen Sie denn jetzt?», fauchte sie.

«Ich helfe Ihnen mit all dem Krempel und vergewissere mich, dass Sie von niemandem innerhalb der Wohnung erwartet werden. Das ist alles. Haben Sie vielleicht Angst vor mir, oder was ist los?»

Sie schwieg. Laurent Strelli lehnte sich gegen den Spiegel, während der Aufzug die Stockwerke hinauffuhr. Als er Evas Blick auffing, stellte er sich wieder gerade. Das tat ihr richtig weh.

Sie schloss die Tür, als der Polizist wieder draußen war, drehte sich um und nahm ihre Wohnung in Augenschein. Erick hatte ihr peinlichst genau alle Empfehlungen von Nadine Mankiewicz eingeschärft, die sie sich jetzt ins Gedächtnis zurückrief. Im Wohnzimmer machte sie alle Decken- und Wandlampen an und schaltete das Radio ein. Sie wählte einen Musiksender für junge Leute: schnelle Rhythmen, starke Bässe, aggressiver Rap dröhnten durch die Wohnung. Doch schon nach ein paar Minuten schienen ihr die Musik und die hämmernden Worte zu eintönig. Die Regelmäßigkeit würde sie nur stumpfsinnig werden lassen. Strelli, und das machte sie besorgt, verhielt sich völlig still; sie hielt Ausschau nach ihm: Er stand auf der Terrasse, in der Kälte, fasziniert von dem, was er sah. Die Lichter der Stadt funkelten zu ihren Füßen, die Hügel erstreckten sich bis in den tintenschwarzen Himmel, in der Ferne tanzten die Masten der Hafenbeleuchtung, und

Notre-Dame-de-la-Garde, dem Meer und den Menschen, ihren Schützlingen, zugewandt, erstrahlte über der phokäischen Altstadt. Ein grandioses Panorama.

Sie trat zu ihm und blickte hinab: Acht Etagen tiefer machten ihr zwei Männer ein Zeichen. Sie ging ins Wohnzimmer zurück, zeigte sich an den anderen straßenseitigen Fenstern und schloss die Läden. Sie brauchten beide ein wenig Ruhe, Seelenruhe, und damit Laurent Vertrauen fasste, einen geschützten und abgeschirmten Raum. Sie beobachtete ihn. Die Landschaft zu betrachten schien ihn wach zu halten und gleichzeitig zu beruhigen. Es machte sie glücklich, dass auch er für diesen inneren Frieden empfänglich war und dass Marseille ihm dazu verhalf. Erick hatte recht daran getan, sie beide in den Süden zu schicken.

«Kommen Sie herein, Laurent, eine Bronchitis können wir nicht gebrauchen.»

Er trat zurück bis an die Schwelle der Schiebetür, ließ aber die Stadt nicht aus den Augen. Endlich traf sein Blick auf den der jungen Frau und heftete sich dann auf die noch verpackten Bilder. Sie deutete dies als Hinweis, die Wohnung behaglich zu gestalten.

«Kommen Sie, ich zeige Ihnen jetzt die Zimmer, und dann packen wir alles aus. Sie hängen die Bilder auf, wo Sie wollen, ganz nach eigenem Gutdünken. Fühlen Sie sich wie zu Hause.»

Er nickte. Sie ging in die hinteren Zimmer und machte auch dort alle Lichter an. Die Räume waren eher kühl. Sie stellte an jedem Heizkörper den Thermostat etwas höher.

«Dies ist mein Schlafzimmer», sagte sie. «Auf dieser Seite sieht man mehr Hügel als Meer. Aber schön ist es auch, Sie werden sehen, vor allem bei Sonnenaufgang.»

Sie erhielt keine Antwort. Sie drehte sich um: Sie war allein.

«Laurent?»

Sie stürzte hinaus. Mit Entsetzen sah sie schon vom Flur aus, dass er sich hingesetzt hatte, halb über dem Tisch lag, den Kopf auf den Unterarmen. Sie rannte auf ihn los.

«Laurent! Aufwachen! He! Da mache ich extra für Sie eine Schlossführung, und Sie genehmigen sich heimlich eine kleine Siesta!»

Sie packte ihn am Arm. Sie spürte, wie ihr Herz raste. Von nun an würde sie ihn keine Sekunde mehr aus den Augen lassen. Die geringste Unaufmerksamkeit könnte verhängnisvoll sein. Eine schreckliche Nacht stand ihr bevor.

«Los, stehen Sie auf, jetzt müssen wir uns mit Ihren Bildern befassen.»

Mühsam quälte er sich hoch, packte aber schließlich die schon teilweise entblößte Büste endgültig aus. Er stellte sie auf den Tisch und zerriss das Packpapier, das ein quadratisches Ölbild schützte. Eva zog ein anderes Werk aus seiner Umhüllung ans Licht: Sofort erkannte sie die Umrisse des Porträts ohne Gesicht. Er hatte es mitnehmen wollen; glaubte er, es fertigstellen zu können? Sie postierte es mitten im Raum und wartete vergeblich auf eine Reaktion. Das Bild und das, was es darstellte, schien für Strelli jegliche Bedeutung verloren zu haben. Innerlich musste sie lachen über ihren illusorischen Versuch, aber die Hoffnung, mit ihrer Therapie doch etwas erreichen zu können, gab sie nicht auf. Als sie sich ein wenig zu schnell aufrichtete, wurde ihr schwindelig. Sie stützte sich auf eine Sessellehne, da wandte er den Kopf und blickte besorgt zu ihr hin. Hastig zwang sie sich zu lächeln.

«Ich mache Ihnen einen Vorschlag: eine kräftige heiße Dusche.»

Verständnislos sah er sie an. Als ihr die Zweideutigkeit ihrer Worte bewusst wurde, lachte sie lauthals.

«Nein, nein. Sie werden allein duschen, aber mit dem Risiko, dass ich plötzlich auftauche, wenn Sie auf mein Rufen nicht antworten oder in der Wanne einschlafen.»

«Ich schlafe nie in der Badewanne.»

«Na, dann gehen Sie.» Es amüsierte sie, dass dieser komische Kauz sie offenbar ernst nahm. «Danach geht's an die Arbeit.»

Er zögerte, ging aber dann doch in Richtung Badezimmer, das er anscheinend schon entdeckt hatte. Sie hielt ihm ein Handtuch hin und schloss die Tür. Sie versagte es sich, im Flur Posten zu beziehen, lauerte aber auf jede Bewegung des Mannes und auf das Rauschen des Wassers, das durch die Wand zu hören war.

Ein paar Minuten später kam er völlig angezogen wieder heraus. Die Haut war gerötet, die Augenringe wirkten noch ausgeprägter, die Augen selbst noch tiefer in den Höhlen, und der Blick war verhangen. Der kurze Wortwechsel mit Erick in der Abflughalle fiel ihr ein. Sie ging ins Wohnzimmer und wühlte in ihrer Handtasche. Zögernd legte sie die Tablettenschachtel auf den Tisch. Erick hatte ihr nicht genau gesagt, unter welchen Umständen sie darauf zurückgreifen dürfte. Bei ihrer Ankunft in Marseille hatte sie noch vom Flughafen aus in der Fondation angerufen, war aber nur mit einem Pfleger verbunden worden, der gerade Dienstschluss hatte.

«Dr. Meer ist soeben gegangen», hatte Stéphane Mathis geantwortet. «Aber Dr. Vullierme dürfte daheim sein. Wollen Sie seine Adresse?»

«Ich bin in Marseille. Ich werde ihn anrufen.»

Ein paar Minuten später war es ihr gelungen, mit dem Psychiater zu sprechen.

«Sie können ihm ruhig jetzt schon welche geben, bis zu sechs pro Tag.»

«Okay», erwiderte Eva. «Ich glaube, ich werde auch selbst ein paar kauen.»

«Viel Erfolg. Halten Sie noch durch?»

«Muss ich ja wohl.»

Vullierme zögerte.

«Haben Sie irgendetwas erreicht bei Laurent Strelli?», hatte er schließlich gefragt.

«Ja.»

Schweigen hatte sich breitgemacht. Eva gab sich einen Ruck.

«Ich habe erreicht, dass er wach bleibt und den Kontakt mit der Außenwelt aufrechterhält. Allein das ist schon ein Wunder.»

«Sie können mich jederzeit anrufen.»

Strelli fügte sich ihrer Anordnung ohne jeglichen Widerspruch. Sie selbst schluckte die Kapsel mit einem starken Kaffee. Dann stellte sie die Thermoskanne auf den Tisch und wählte eine Nummer. Erick meldete sich schon beim ersten Klingeln.

«Ich will dir nur schnell sagen, dass wir gut gelandet sind.»

«Prima», sagte er. «Ich hatte schon befürchtet, du hättest Probleme.»

Sie beobachtete Laurent, der mitten im Wohnzimmer stand.

«Die dürften bald auftauchen.»

«Vergiss nicht: Wir haben noch ein paar Karten in der Hinterhand, um ihn wach zu halten.»

«Eine habe ich schon ausgespielt.»

«Welche?»

«Vullierme hat mir erlaubt, unseren Champion zu dopen. Mit den Amphetaminen laufen wir auf vollen Touren.»

«Jetzt schon die Amphetamine?»

Sie seufzte. Der Kerl hatte wirklich keine Ahnung von der Situation.

«Wir sind fast am Ende, Erick, und die Nacht ist noch lang.»

«Ich weiß.»

Er stand immer noch unten vor seinem Haus auf dem Bürgersteig. Ein leichter Regen zwang ihn, sich unterzustellen, bevor er fragen konnte:

«Hast du schon mit ihm arbeiten können?»

«Noch nicht. Ich will's nicht überstürzen, erst einmal muss er heimisch werden.»

Ein Geräusch erregte ihre Aufmerksamkeit. Sie wandte sich um: Strelli stand neben ihr und blickte ihr starr in die Augen. Sie wich reflexartig zurück.

«Ich bin bereit», sagte er.

VIERUNDFÜNFZIG 54

Er hasste überstürztes Handeln.

Verabredungen in letzter Minute, dieses Rennen gegen die Uhr: Ihm ging das gegen den Strich. Da war man ja ausgeliefert, auf Gedeih und Verderb.

Trotzdem rannte er jetzt.

Bis zum Taxistand und im Bahnhof war er gerannt, hatte Leute angerempelt, um einen Fahrschein zu ziehen, war auf den Bahnsteig gerannt, in den erstbesten Waggon gesprungen, als die Türen schon zugingen.

Er gönnte sich ein paar Minuten, um wieder zu Atem zu kommen, und zwängte sich dann durch die überfüllten Gänge, um noch einen Sitzplatz zu ergattern. Im Bistro-Wagen, in der Nähe der Theke, fiel ihm ein Kerl mit rasiertem Schädel auf, neben ihm eine füllige Frau in hautengem Stretchrock. Er fluchte und schaute automatisch weg. Von Marseille aus, angeblich vom Flughafen, hatte sie in der Fondation angerufen. Wie kamen sie jetzt in diesen Zug? Er schob sich näher an die beiden heran, bis ihm klar wurde, dass es sich nur um eine vage Ähnlichkeit handelte. Die Frau vor allem sah ganz anders aus als die Marseillerin: zwar nicht so hübsch, aber auch nicht so ordinär. Er hatte sich aus der Fassung bringen lassen, deshalb war ihm dieses Versehen passiert, und das nahm er sich übel.

Nur mühsam kam er in der Menge voran, fand aber dann noch einen freien Platz in der ersten Klasse – einen Einzelplatz. Er reiste gern allein, liebte diese stillen Stunden, fühlte sich gewiegt im Rhythmus des Zuges – wenn möglich, nahm er immer den Zug und nicht das Flugzeug. Selbst wenn er mit ihr reiste, setzte er sich nie neben sie. Ihr Gesicht stand ihm plötzlich vor Augen. Sie war eine starke, aber auch eine unruhige Natur. Intelligent und impulsiv. Seine Kaltblütigkeit besaß sie nicht, und er war nicht so ehrgeizig wie sie. Das war ihm bewusst, und sie wusste genau, dass nur er fähig war, die Pläne, die sie schmiedete, zu organisieren und in die Tat umzusetzen. Er verlieh ihren Bestrebungen Gewicht. Zwischen ihnen bestand ein unausgesprochenes Einvernehmen, sie ergänzten einander, was sie über alle Vernunft hinaus miteinander verband, und jeder von beiden akzeptierte seine Rolle. Manchmal – aber das war sehr selten – kam es zu Überschneidungen. Wenn es eng wurde, wenn die Dinge eine unerwartete Wendung nahmen, dann griff er schon einmal ein in die Entscheidungen und änderte die Strategie. Wie dieses Mal.

Deshalb auch heute dieses Rennen gegen die Zeit. Deshalb saß er heute Abend in diesem Zug, um auszuführen, was er für dringlich gehalten und wozu sie sich schließlich auch durchgerungen hatte.

In knapp zweieinhalb Stunden würde er am Bahnhof Saint-Charles ankommen. Ihre Adresse ausfindig zu machen war ein Kinderspiel gewesen: Bald schon würde er dort sein. Strelli musste noch in dieser Nacht sterben, und er würde sterben.

Der Mann schloss die Augen und schlief mühelos ein.

55

FÜNFUNDFÜNFZIG

Als ihre eigene Hand schlaff hinunterfiel, schreckte sie hoch.

Laurent Strelli hatte sich in dem Sessel aufgerichtet und sah sie an.

«Aufwachen!», sagte er.

Einen Moment lang wirkte der Anblick dieses Mannes in ihrer Wohnung irreal. Ihre Augen suchten nach Vertrautem, nach Orientierungspunkten, damit sie sich wieder auskannte. Ihr Herz raste. Sie fürchtete, sich übergeben zu müssen.

«Sie dürfen nicht schlafen», sagte Strelli. «Ich auch nicht.»

«Sie haben recht. Entschuldigen Sie. Es ist das erste Mal, dass ich im Job einschlafe.»

Bruchstückhaft sah sie die letzte Stunde wieder vor sich. Mühsam fügte ihr benebelter Geist das Puzzle zusammen. Als Laurent sich gesetzt hatte, sein Blick allem auswich und seine Züge erstarrten, war es für sie abzusehen, dass die totale Abkapselung unmittelbar bevorstand. Es würde nicht mehr lange dauern, und er wäre ein Abwesender, eine leere Hülle. Und da hatte sie all ihre Kräfte aufgeboten, um ein Gleichgewicht zwischen Körper und Geist zu erhalten, das entweichende Leben festzuhalten, anstatt Emotionen freizusetzen und unzugängliche Erinnerungen heraufzubeschwören. Sie hatte sich auf die Chakren konzentriert, die Zentren der körperlichen Energie, um sie zu aktivieren, damit dieser Energiestrom wieder fließen konnte.

Offensichtlich hatte sie ihr Ziel erreicht: Laurent Strelli war sich seiner selbst und dessen, was ihn umgab, wieder bewusst, während diese Anstrengung ihr, der Therapeutin, die letzten Kräfte geraubt hatte: Eva war eingeschlafen.

«Ich glaube, wir werden eine Pause einlegen», sagte sie.

Strelli wollte aufstehen, schwankte aber und sank in den Sessel zurück. Sie griff nach dem Hemd und legte es dem jungen Mann um die Schultern.

«Ja, mir ist kalt», gab er zu.

Sie betrachtete seine Gesichtszüge: Die Haut nahm allmählich die Farbe von Wachs an. Die Augenlider ließen den erloschenen Blick nur noch erahnen. Sie traute sich nicht, ihr eigenes Bild im Spiegel zu betrachten.

«Die Heizkörper sind voll aufgedreht», sagte sie. «Wir sind in Marseille, Laurent, da muss man's ihnen schon nachsehen. Ich hole Ihnen eine Decke.»

Sie ging in Richtung Küche. Ihr Magen knurrte. Erick hatte sie vorgewarnt: Schlafmangel machte hungrig.

«Haben Sie auch Hunger?»

Er nickte.

«Hat man Ihnen gesagt, dass Sie die Nacht mit der Sandwich-Königin verbringen würden?»

«Nein», erwiderte Laurent, nachdem er kurz nachgedacht hatte.

Eva beschloss, das Herumalbern bleibenzulassen. Die schrecklichen Wörter, die Erick ausgesprochen hatte – Autismus, Rückzug –, hallten in ihrem Kopf nach. Sie wusste, dass unter allen Störungen, unter denen Autisten litten, die Kommunikationsanomalien besonders ausgeprägt waren. Manche benutzten sogar Wörter oder Ausdrücke, die nur ihnen eigen waren, während sie die normale Sprache, vor allem die abstrakten Begriffe, kaum verstanden.

Nachdem sie das Radio lauter gedreht hatte, verschwand sie in der Küche. Diese *Rockmusik* zerriss ihr schier das Trommelfell, während Strelli sie gar nicht zu hören schien.

Als sie zurückkam, saß er am Tisch. Sie stellte einen Teller vor ihn hin – lauter Toastbrotdreiecke – und lieferte die Erklärungen gleich mit:

«Wurst, Käse – Rohkost, Thunfisch – Olivenpaste – Paprika.»

Strelli schob seine Sachen zurück und stürzte sich aufs Essen. Sie setzte sich neben ihn und beobachtete ihn. Merkwürdig. Im Krankenhaus hatte sie den Pfleger sagen hören, er hätte gar keinen Appetit. Hier schlang er in sich hinein. Sie unterdrückte ein Gähnen, gönnte es sich dann aber doch. Schließlich hatte Lionel Vullierme ihnen vor ein paar Stunden noch eigens empfohlen, das Gähnen nicht zu unterdrücken: Dadurch würden eine Reihe von chemischen Substanzen freigesetzt, die die Vigilanz stimulierten. Schließlich biss auch sie in ein Sandwich. Strelli legte das seine hin, griff nach einem Filzstift und klappte einen leeren Zeichenblock auf. Ganz langsam skizzierte er ein Frauengesicht. Locken fielen bis auf die Schultern herab. Die Frau lachte. Auf demselben Blatt entwarf er eine Frau in weißem Kittel, mit einem Knoten im Nacken. Eva beugte sich über die Zeichnung.

«Ihre Frau?»

Laurent antwortete nicht, sein Gesicht verdüsterte sich, und er fuhr mit den Fingern über das Gesicht. Die Farbe war noch nicht trocken, und so bekam das Bild schwarze Streifen.

«Stefania», sagte er tonlos.

Er schlug das nächste Blatt auf und skizzierte in wenigen Strichen ein Paar vor einem Haus.

«Das sind Sie …»

Strelli nickte und zeichnete neben das Paar noch einen Kinderwagen. Darunter ein Gebäude, dessen Fassade Eva bekannt war. Die Fondation – schmiedeeiserne Gittertore und Freitreppe. Nach und nach kamen die Stockwerke hinzu, das hohe, imposante Dach, es überdeckte das Paar, schwärzte das Kind, bis schließlich das kleinere Haus hinter den Filzstiftstrichen verschwand. Die Fondation hatte alles verschlungen.

Auf das nächste Blatt zeichnete er eine ganze Reihe von Frauen im weißen Kittel, immer dieselbe, immer hastiger, bis die Seite voll war. Das Gesicht der Frau wurde zunehmend älter. Sie schien vor dem Kind wegzulaufen. Strellis Hand fing an zu zittern.

Eva legte ihre Hand darüber.

«Hatten Sie nur ein Kind?»

«Stefania … wir beide …»

Er rang nach Worten und streckte schließlich die Hand nach einem Lichtschalter aus. Mehrmals knipste er an und aus.

«So war's zwischen uns», sagte er.

Sie musste lächeln über diese bildliche Darstellung. Laurent Strelli betrachtete das Blatt und klappte den Zeichenblock zu. Er lehnte sich zurück und schloss die Augen. Eva rüttelte ihn.

«Sollen wir weitermachen mit der Berührungstherapie?»

«Berührungstherapie?»

«Ja, wie vorhin.»

«… wie vorhin.»

Mit höchster Aufmerksamkeit beobachtete sie ihn; was sie befürchtete, durfte nicht eintreten. Der Körper begann zu wippen, regelmäßig vor und zurück, und die Schwingungen wurden immer größer. Sie versuchte, die Bewegung zu unterbrechen, unterließ es dann aber instinktiv.

Strelli saß jetzt wieder starr auf seinem Stuhl. Er ballte die

Fäuste, seine Gesichtsmuskeln waren angespannt, und die der Unterarme sprengten fast die Haut. Er stieß einen animalischen Schrei aus und fegte mit einer einzigen Bewegung alles vom Tisch, was sich dort befand. Eva verhielt sich ganz still. Angst befiel sie, drohte sie zu überwältigen, sie spürte das Pochen in den Schläfen, aber sie durfte jetzt nicht die Selbstkontrolle verlieren.

Der Mann stand auf, ging ein paar Sekunden auf und ab, setzte sich aufs Sofa und zog die Beine dicht an den Körper heran. Er murmelte ein paar unverständliche Worte und schwieg dann. Vorsichtig entfernte sie sich, beobachtete aber weiterhin sein Verhalten. Als er wieder ruhiger schien, ging sie auf ihn zu und hielt ihm Pullover und Mantel hin.

«Hier, Laurent.»

Er hob den Kopf. Sein Blick wirkte gefasster.

«Ziehen Sie das an», sagte sie. «Und fest zuknöpfen. Wir machen einen Spaziergang. Ein bisschen Bewegung wird uns guttun. Dann stehen wir's leichter durch.»

Widerspruchslos stand er auf, während sie in ihre blassrosa Daunenjacke schlüpfte.

Sie nahm die Wohnungsschlüssel und knipste das Flurlicht an. Laurent Strelli folgte ihr.

SECHSUNDFÜNFZIG 56

«Wo wollen Sie hin?»

Der Polizist war auf sie losgestürmt. Ohne anzuhalten, zog Eva Laurent durch die Eingangshalle hinter sich her.

«Nur ein bisschen bummeln.»

Er stellte sich ihnen in den Weg.

«Eine Schnapsidee!»

«Es ist 2 Uhr früh», sagte sie. «Wir müssen durchhalten – noch etliche Stunden. Wir brauchen Bewegung, sonst haut's uns um.»

«Allein lasse ich Sie nicht gehen.»

«Ich kenne dieses Viertel wie meine Westentasche», sagte sie entschieden.

Der Polizist verlor die Geduld.

«Sie haben in dieser Angelegenheit gar nichts zu entscheiden. Mein Auftrag lautet, Sie zu schützen, selbst wenn Sie beschlossen haben, sich wie die Irren aufzuführen. Einmal habe ich schon nachgegeben, aber dieses Mal werden Sie tun, was ich Ihnen sage. Ist das klar?»

Eva beschloss, ihn nicht weiter zu reizen.

«Wie Sie wollen.»

Er eskortierte sie bis zur Haustür und gab einem der Männer, die zehn Meter entfernt in einem Auto saßen, mit dem Kopf ein Zeichen.

«Cossé begleitet Sie. Entweder – oder! Sonst geht's gleich wieder hinauf – ohne Widerrede.»

Eva und Laurent gingen ohne abzuwarten durch das Tor und gleich nach rechts. Ein stämmiger Kerl in dickem Parka zwängte sich aus dem Wagen, zündete sich eine Zigarette an und beeilte sich, sie einzuholen.

Eva hakte Laurent unter und marschierte die Rue des Bergers hinauf bis zur Place Notre-Dame-du-Mont. Die frische Luft tat ihr gut. Sie hatte das Gefühl, aus einer Narkose wieder zu sich zu kommen. Auch Strelli schien wie belebt. Sein Blick glitt über die Häuser, das glatte Pflaster, die Laternen hoch. Leicht taumelnd gingen sie die Rue de Lodi hinauf bis zum Cours Julien. Am Rande des Platzes holte Marc Cossé sie ein. Eva drehte sich zu ihm um.

«So dicht brauchen Sie uns nun auch nicht an den Fersen zu kleben», schnauzte sie ihn an.

Der Polizist gab nach und ging auf Abstand. Das nutzte sie, um sich mit Laurent unter das junge Volk zu mischen, das zwischen den kahlen Bäumen hindurch über den Platz schlenderte. Strellis Arm wurde starr.

«Kommen Sie», sagte sie. «Wir gehen in die Fußgängerzone, da sind weniger Menschen.»

Er antwortete mit angstvollem Blick:

«... weniger Menschen.»

Echolalie, diese spezifische Art, die Worte des anderen zu wiederholen. Eva befürchtete eine neue Krise. Sie bugsierte den Künstler in die Rue Busny-l'Indien. Dort war es leerer, seine Gesichtszüge entspannten sich. Sie drehte sich um: Bei diesem plötzlichen Schwenk hatten sie den Zerberus abgehängt. Sie zuckte mit den Schultern. Das würde als Rebellion ausgelegt werden und ihr eine Rüge vom Chef-Zerberus einbringen, das war aber auch alles. Sie trotteten die Rue des Trois-Rois entlang, die noch stiller war, und dann durch die dunkle Rue Poggioli zur Place Jean-Jaurès.

Ihre Schritte hallten auf dem feuchten Trottoir. Im Rinnstein vermischten sich Gemüseabfälle vom Markttag und allerlei Müll vom Nachtleben. Eine Gruppe Jugendlicher kam ihnen entgegen und johlte, als sie vorbei waren. Instinktiv drängte Eva sich näher an Strelli heran. Sie hatte das Tempo unwillkürlich verlangsamt, während er fast militärisch marschierte, obwohl sein Gesicht, sein Körper, sein ganzes Wesen vor Mattigkeit schier zusammenfielen. Sie japste nach Luft. Ihre Körperfülle verwandelte ihren Schritt in ein Watscheln. Sportliche Betätigung war ihr zuwider, erst recht im Winter, mitten in der Nacht, in den ausgestorbenen Straßen von Marseille, nach zwei schlaflosen Nächten und einem verdammt anstrengenden Tag. Sie zwang ihn, stehen zu bleiben.

«Wollen Sie weiter so rennen, oder gehen wir nach Hause?», fragte sie, völlig außer Atem.

Eine mögliche Antwort wartete sie gar nicht erst ab. Ein Geräusch, das sie zunächst für das Echo ihrer Schritte in der Stille des Platzes gehalten hatte, war immer noch zu hören, obwohl sie stehen geblieben waren. Betont langsam drehte sie sich um, um Laurent nicht zu alarmieren – aber auch, um sich selbst davon zu überzeugen, dass sie sich grundlos ängstigte. Doch eine Sekunde lang überwältigte sie die Angst. Sie glaubte, in der Rue Ferrari, dreißig Meter von ihnen entfernt, eine Gestalt verschwinden zu sehen. Sie verfluchte ihren Starrsinn, auf Polizeischutz verzichten zu wollen. Cossé konnte nicht weit sein. Vielleicht war es ja er, der, wie verlangt, Abstand hielt.

Aber die Stille, die nun folgte, bewies ihr das Gegenteil. Sie verließ sich auf ihren Instinkt, und der sagte ihr jetzt, dass sie in höchster Gefahr waren. Und schleunigst umkehren mussten, sofern es noch möglich war.

«Gehen wir noch ein Stück», schlug Strelli vor.

«Kommen Sie», sagte sie, ohne ihm Gehör zu schenken.

Sie zog ihn mitten auf den Platz, in Richtung Rue Saint-Michel. Sie wollte belebtere Straßen, hier waren die Trottoirs gähnend leer.

Jetzt rannten sie fast. Ihr Herz hämmerte bis in den Kopf hinauf, aber das Geräusch der Schritte hinter ihnen schien verstummt. An der Ecke zwischen Rue Fontange und Rue de la Loubière stolperte sie über eine Bordsteinkante. Vor lauter Benommenheit funktionierten ihre Reflexe nicht mehr: Laurents Arm entglitt ihr, und sie purzelte nach vorne. Bevor sie auf dem Boden aufschlug, spürte sie, wie zwei Pranken sie an den Schultern packten, während Laurent Strelli wie ein Betrunkener mechanisch weitermarschierte. Eine phänomenale Kraft zog sie nach hinten hoch. Sie wollte schreien, aber da presste sich ihr eine Hand auf den Mund. Mit letzter Kraft schlug sie um sich, aber der Arm, der sie gefangen hielt, lähmte sie. Etwas weiter vorne war auch Strelli stehen geblieben, aber er drehte sich nicht um. Eva spürte Tränen der Ohnmacht und der Wut, aber auch eine unbeschreibliche Angst in sich aufsteigen. Der Zangengriff lockerte sich, und sie konnte den Kopf drehen. Sie schloss die Augen und atmete tief durch. Im Schein der Laterne hatte sie die jungenhaften Gesichtszüge erkannt.

Erick lächelte sie an, und sie hätte ihn am liebsten geohrfeigt.

«Was soll das, du Idiot!?»

«Dich vor dem Fall bewahren. Was treibt ihr hier? Und wo ist Cossé? Ich dachte, er böte euch Geleitschutz.»

«Und was machst du hier in Marseille, fern von deinem Bett?»

«Ich habe, wie du mir befohlen hast, etwas Scharfes getrunken, aber als das Glas leer war, fühlte ich mich nicht hundertprozentig solidarisch.»

Auch Strelli schien ihn erkannt zu haben. Er kam zögernd näher. Erick beobachtete ihn kurz und wandte sich dann an Eva.

«Ich glaube, euer Spaziergang war lang genug», sagte er besorgt. «Los, ab nach Hause!»

Im Aufzug beobachtete er seine beiden Mitstreiter. Eva war nicht wiederzuerkennen. Strelli hielt sich auffallend gerade, sein Oberkörper wippte – er schien sich zu wiegen. Im Licht der Kabine wirkte er wie ein Phantom. Erick musste die beiden wieder aufmuntern, egal wie.

«Ich habe euch etwas mitgebracht», sagte er.

Eva schaute nicht einmal hin.

«Was denn?», fragte sie.

«Humoril.»

Der Name war ihr nicht unbekannt.

«Ein Antidepressivum?», fragte sie, nachdem die Konzentration sie unendlich viel Kraft gekostet hatte.

Laurent hob aufmerksam den Kopf.

«Ein Monoaminooxydase-Hemmer», präzisierte Erick. «Der Name klang hübsch, ich dachte, es würde euch freuen.»

Eva presste die Stirn gegen die Aufzugwand. Sie fröstelte, als wäre sie Kälte und Wind ausgesetzt.

«Wir haben allen Grund, depressiv zu werden, da hast du recht … brauchst uns nicht daran zu erinnern.»

«Es ist vor allem geeignet, den paradoxen Schlaf zu reduzieren, falls ihr zufällig doch einschlafen solltet», sagte Erick.

«Wir haben schon so viel geschluckt.»

«Laut Vullierme kann man es ruhig zusätzlich zu den anderen Medikamenten nehmen. Nur auf Alkohol muss man verzichten.»

Die Aufzugtüren öffneten sich, und Eva blieb keine Zeit für eine Antwort.

57

SIEBENUNDFÜNFZIG

Es ging alles sehr schnell.

Erick wusste selbst nicht, welcher seiner fünf Sinne höchste Alarmstufe ausgelöst hatte. Vielleicht das Gefühl, dass Eva und Strelli mitten in der Nacht in diesen menschenleeren Straßen von Marseille etwas zu viel Glück gehabt hatten? Oder das Glitzern von Metall auf dem Treppenabsatz? Er presste Laurent gegen die Wand und packte Eva beim Kragen. Sie verlor das Gleichgewicht.

«Mensch, was …»

Er legte den Finger auf die Lippen, zog die Waffe und drückte auf EG, damit der Aufzug wieder hinunterfuhr. Er ging in die Hocke, kippte den Rücken nach hinten, schlitterte hinaus und richtete seine Waffe mit ausgestrecktem Arm auf den mit der Mauer verschwimmenden Schatten.

«Los, Eva! Die Türen zu!», brüllte er.

Er betätigte den Abzug. Der Mann duckte sich weg, und die Kugel sprengte ein Loch in die Wand. Brocken von Putz flogen durch die Luft. Erick richtete sich wieder auf und sah, wie vor seiner Nase Eva und Laurent ihn stumpfsinnig anstarrten. Françoise Meer hatte ihn gewarnt: Wer völlig erschöpft war, konnte sich auf seine nächste Zukunft nicht mehr einstellen und war unfähig, die Konsequenzen des eigenen Handelns einzuschätzen. Die Reaktionszeit verzehnfachte sich.

Der Mann hatte sich wieder aufgerichtet. Im Halbdunkel sah Erick die Waffe auf sich gerichtet. Er warf sich zu Boden, während es um ihn herum Marmorsplitter hagelte. Er schoss nochmals und sah, wie die Tür zum Treppenhaus ins Schloss fiel. Er rannte los, und da schloss sich auch endlich die Aufzugtür und entzog ihm die beiden.

Er stürzte dem Angreifer nach, drückte auf den Lichtknopf in der Betonspirale und raste die Stufen hinunter. Zwei Etagen tiefer fiel eine Tür ins Schloss. Er verfolgte den Flüchtigen durch einen langen, von einer Reihe von Treppenabsätzen unterbrochenen Flur. Als er am anderen Ende des Flügels atemlos die letzte Tür aufriss, hatte der zweite Fahrstuhl des Gebäudes gerade seine Türen geschlossen und fuhr schon hinab in den vierten Stock. Wieder raste er zum Treppenhaus, bis hinunter in die Halle.

Der Wachposten sprang auf.

«Der Aufzug!», brüllte Erick. «Er ist drin!»

Mit gezogener Waffe stellten sich die beiden Männer vor der Metalltür auf. Der Aufzug passierte soeben den ersten Stock. Das leise Zittern in seinem Arm vermochte Erick noch gerade zu bändigen, als sich in ihren Schienen die Türflügel öffneten: leer.

«Verdammt nochmal!», fluchte Erick.

«Ich habe mich nicht von der Stelle gerührt!»

Erick stürzte in die Kabine und sah sich die den Stockwerken entsprechenden Knöpfe an. Das Blut stockte ihm in den Adern. Er kam wieder heraus und rannte auf den Ausgang zu. Der andere hastete hinterher.

«Er kann nicht entkommen», rief er Erick nach. «Die Kollegen überwachen beide Ausgänge der Wohnanlage!»

Erick rannte die Stufen hinunter und an der Hauswand entlang. Die zwei Posten stiegen aus dem Auto, und ein dritter tauchte plötzlich innerhalb des Gebäudes auf. Erick drehte sich zu ihm um:

«Die *Untergeschosse!* Wir Idioten! Er ist in einem der Untergeschosse!»

Cossé fing einen Blick seines Kollegen auf.

«Scheiße, die Tiefgarage! Diese verdammte Garage!»

Die beiden Männer liefen rechts um das Haus herum. Als die drei Polizisten hinter der Wohnanlage zusammentrafen, waren die Tore der zu einer Nebenstraße führenden Garage bereits wieder geschlossen. Und die Straße menschenleer.

Erick betrat die Wohnung.

Strelli stand wie gelähmt, die Handflächen gegen die Scheibe gepresst, die Augen starrten auf die Stadt. Eva stand bei ihm, sie hatte ihm die Hand auf die Schulter gelegt. Sie drehte sich um. Der Schrecken stand ihr noch ins Gesicht geschrieben.

«Und jetzt? Wo wirst du uns jetzt verstecken?»

Erick trat ans Fenster. Die Stadt schlief, nur Notre-Dame schimmerte im Licht der Sterne. Hier kämpften eine Frau und ein Mann gegen den Schlaf und um ihr Leben. Schlagartig wurde ihm die Sinnlosigkeit seines Handelns und seiner Bemühungen bewusst. Er klammerte sich an den letzten Strohhalm: Die Medizin konnte Aufschub bewirken.

«Die Tabletten, die Amphetamine ...»

«Wir können nicht mehr, Erick», sagte sie monoton. «Und all diese Tabletten, die bringen uns noch um. Begreifst du das endlich?»

Er nickte, trat auf sie zu und ertrug sogar ihren blutunterlaufenen Blick.

«Nur noch ein bisschen, Eva. Ein paar Stunden. Fresst alle Medikamente, die ihr habt, unternehmt, was ihr wollt, und dann hole ich euch aus diesem Schlamassel heraus. Wir kriegen den Kerl!»

Sein eigenes Versprechen beruhigte ihn.

«Das genügt nicht», sagte sie.

Sie wandte den Kopf zu dem Mann, der neben ihnen stand und doch abwesend war.

«Und er? Was wirst du für ihn tun?»

«Ihn erst einmal vor diesem Irren beschützen. Und mehr noch, wenn ich kann, aber dafür gibt es nur noch eine einzige Lösung. Eine einzige, eine wirkliche Lösung, aber die ist noch nicht greifbar. Ich werde sie aber kriegen, egal wie.»

58

ACHTUNDFÜNFZIG

«Abflug um Mitternacht mit einer Frachtmaschine, fünf Stunden Aufenthalt dort, und um 6 Uhr früh wieder hier … Wenn das nicht Liebe ist!»

Laura lächelte zwar, konzentrierte sich aber auf den Verkehr. Die A6 war leer. Erick wollte etwas sagen, aber ein stechender Schmerz in der rechten Schulter hielt ihn davon ab.

«Was hast du?»

«Eine stürmische Liebesnacht auf Marmorfußboden.»

Laura stutzte und lachte überrascht.

«Und die Wunde da an der Schläfe? Warte, lass mich raten.»

Erick unterbrach sie lieber gleich.

«Ein Marmorsplitter. Ist aber nichts. Ich glaube, ich habe sehr viel Schwein gehabt.»

Sie wurde wieder ernst.

«Sie aber auch. Wenn du nicht mit ihnen hinaufgefahren wärest, wäre es vorbei gewesen mit der Romanze in der Provence.»

«Wir haben ihn entkommen lassen. Das macht mich rasend.»

«Wir? Du willst sagen, diese Esel waren nicht einmal geistesgegenwärtig genug, um eine Straße weiter die Ausfahrt der Tiefgarage zu überwachen, das meinst du doch, oder?»

Sie schwiegen eine Weile. Der Wagen fuhr aus dem Périphérique heraus, als Erick bewusst wurde, dass er einen Augenblick lang eingenickt war.

«Mankiewicz», sagte er. «Strellis mentale Pyramide … Ich muss die Spur des Professors zurückverfolgen. Da liegt der Schlüssel.»

«Wir haben uns gleich nach dem Anruf um 3 Uhr früh an die Arbeit gemacht. Keine Spur bisher: nicht zu lokalisieren.»

Die Reifen quietschten, als sie wieder Gas gab. Erick schloss die Augen, ihm wurde flau.

«Marina ist restlos groggy», sagte Laura jetzt. «Sie ist nicht mehr in dem Alter, wo man ganze Nächte lang durcharbeiten kann.»

Er antwortete nicht, es ärgerte ihn, dass sie die Fähigkeiten ihrer Kollegin bekrittelte. Ein mögliches Nachlassen von Marinas Kräften passte ihm ebenso wenig in den Kram wie Lauras Methode, sich in den Vordergrund zu drängen.

«Das wird Marina noch können, wenn wir beide noch immer in den Kinderschuhen der Polizeiarbeit stecken», sagte er, ohne sie anzusehen.

Sie hakte nicht nach, fragte sich aber, welchen Hintergedanken er ihr zutraute.

«Wir haben mit dem Strafregister angefangen», sagte sie. «Ohne Eintrag. Nicht eine Klage wurde je gegen Nathanael Mankiewicz eingereicht.»

«Kein Angehöriger eines Häftlings hat je Klage gegen ihn erhoben?»

«Nie. Der einzige Prozess, den er über sich ergehen lassen musste, war ein Zivilverfahren, als seine Kollegen den Wert seiner Arbeiten in Frage stellten. Für ihn war das aber das Schlimmste: Damit brachte sich ein Berufsstand in Misskredit, der ihn bis dahin beweihräuchert hatte.»

Als Erick Nadine Kahn-Mankiewicz' Wohnung verlassen hatte, war ihm ihre Empörung aufgefallen. Das durchgehend positive Bild, das sie von ihrem Vater gezeichnet hatte, stach ab von dem differenzierten, das Françoise Meer entworfen hatte. Eine marginale Figur auf der einen, eine verbitterte Frau auf der anderen Seite. Wo lag die goldene Mitte?

Laura berichtete weiter:

«Wir haben die Tagespresse und die Fachzeitschriften durchgekämmt, die gesamten zwölf Monate bis zu seinem Ausscheiden.»

«Wir müssen die von ihm behandelten Häftlinge *vor* diesem Zeitpunkt ausfindig machen», unterbrach Erick.

«Die Namen der Patienten, die ihn zu Fall gebracht haben, kenne ich.»

«Bravo», sagte er bewundernd. «Damit gewinnen wir Zeit. Was war dein Trick? Die Archive der Fondation?»

«Kein Zugang mitten in der Nacht. Nein, unsere Journalisten-Freunde haben uns geholfen: Die Presse hatte in allen Details über die Affäre berichtet. Die Umstände, unter denen der Professor in Misskredit geriet, haben uns stutzig gemacht.»

«Lass hören.»

«Den Anfang machte ein Antrag auf Begnadigung und Revision des Strafmaßes. Psychiater, die nicht zur Fondation gehörten, wurden als Gutachter bestellt, um den Zustand der betreffenden Häftlinge zu bewerten. Und dann ging's los …»

«Wer waren diese Typen, diese Häftlinge?»

«Drei Männer und drei Frauen. (Sie lächelte.) Frauen töten nämlich auch, falls du das nicht wissen solltest. Nicht mit denselben Waffen, aber sie töten. Und viele laufen frei herum.»

«Und die Motive der Verurteilung?»

«Alle waren des Mordes angeklagt. Des vorsätzlichen, wohlgemerkt. Und alle haben angeblich unter dem Zwang einer psychiatrischen Erkrankung gehandelt. Kurzum: schuldig, aber nicht verantwortlich. Das Strafmaß variierte zwischen zehn und dreißig Jahren.»

«Wenn Revision beantragt wurde, dann hatten diese Patienten sich doch eindeutig positiv entwickelt. Wieso hat man denn dann die Wirksamkeit von Mankiewicz' Behandlung in Frage gestellt?»

«Du weißt doch, wie schleppend solche Verfahren abgewickelt werden. Als die ersten Gesuche eingereicht wurden, hatte sich der geistige Zustand dieser Häftlinge in der Tat wesentlich verbessert. Ihr Zustand verschlechterte sich erst zwischen diesem Zeitpunkt und der Bestellung der vereidigten Sachverständigen.»

«Wie viel Zeit lag dazwischen?»

«Etwas mehr als ein Jahr.»

Erick hatte, während seine Kollegin erzählte, allmählich neue Energie getankt. Sechs Häftlinge, deren Geisteszustand sich brutal verschlechtert hatte. Laurent Strellis Gesicht fiel ihm ein. Mankiewicz und seine Schlafforschung hingen eindeutig mit dem zusammen, was Laurent erlebte. Lauras Bericht bestärkte ihn in seinem Vorhaben: Er musste den Mann finden, denn er und seine Vergangenheit würden ihnen Zugang zu Strellis Gehirn verschaffen. Er beschloss, Laura zu provozieren:

«Wenn ich dich ins Restaurant einlade, wirst du mir dann einen netten roten Ordner mit den Gutachten der vereidigten Experten heraussuchen?»

Laura verlangsamte das Tempo und hielt dann sogar an. Sie schaute ihm tief in die Augen, beugte sich über ihn und streckte den Arm aus. Er zuckte zurück, was sie nicht hätte sehen sollen. Er spürte, wie rechts neben ihm die Autotür aufging.

«Steig aus», sagte sie und ließ den Griff los.

Erick blickte sich um: Sie standen direkt vor der Fondation.

«Ich pfeife auf dein Restaurant. Ich bin nicht käuflich, Erick. Ich mache meinen Job, das ist alles. Das willst du doch, oder?» Sie lächelte resigniert. «Eine Krankenhaus-Cafeteria tut's auch.»

Da stand er nun auf dem Trottoir, noch dämlicher als sonst.

«Nun geh schon», sagte sie, um ihn aus seiner peinlichen Lage zu befreien. «Ich suche einen Parkplatz und komme dann nach.»

59

Laura ließ Stéphane Mathis nicht aus den Augen, interessiert studierte sie seine Gesichtszüge. Glattes Haar, in wirrer Unordnung – das deutete auf Nachlässigkeit. Ein eckiges Kinn – Entschlossenheit. Die lange Nase – Durchhaltevermögen, wenn nicht gar Hartnäckigkeit. Das war auch an seinem Blick abzulesen, in diesen kleinen, tiefliegenden Augen. Wie jetzt, hier, mitten in dieser Halle von verblichener Eleganz.

«Die Archive sind Eigentum der Fondation und der Ärzte», sagte er nun schon zum dritten Mal. «Und die Ärzte sind ans Berufsgeheimnis gebunden.»

«Ich handle mit dem Einverständnis der Psychiater der Fondation, wie Sie ganz genau wissen», erwiderte Erick geduldig.

«Dr. Vullierme wird bald hier sein. Ich möchte lieber seine Zustimmung abwarten.»

Laura schaltete sich ein. Der Pfleger war zwei Kopf größer als sie, und ihr machte es höllischen Spaß, mit einem solchen Ungleichgewicht zum Kampf anzutreten. Die Umkehr des Kräfteverhältnisses war umso genussvoller. Sie lächelte, Erick kannte dieses Lächeln nur zu gut. Er trat zur Seite, um dem Typen in der Telefonzentrale, der ihr Gespräch fasziniert verfolgte, die Sicht zu versperren. Der fühlte sich schlagartig ertappt und vertiefte sich in seine Unterlagen.

Laura trat auf Mathis zu.

«Hören Sie mir einmal gut zu: Sie haben recht, sich an Ihre Vorschriften zu halten. Das ist lobenswert. Das zeugt von Anstand. Und Zeit genug, sich das immer wieder vorzusagen, werden Sie auch bekommen, sobald ich Sie erst einmal mitgenommen habe, weil der Erkennungsdienst mich wegen Fahrerflucht auf Sie hingewiesen hat, sobald ich ein Päckchen verdächtigen Pulvers in Ihrem Spind gefunden habe, und außerdem im Kofferraum Ihres Autos etliche toxische Substanzen, die aus der Apotheke der Fondation verschwunden sind. Von anderem ganz zu schweigen. Ich kann noch vieles unter meinem Hut hervorzaubern. Selbst eine überzeugende, noch ganz frische Klage wegen Vergewaltigung. Eine Freundin, Schauspielerin. Und ich frage mich bereits, ob Sie dem Schwein, das so etwas getan hat, nicht ähnlich sehen.»

Sie spielte mit dem Druckknopf an ihrer Bluse. Mathis wich zurück.

«Sie wären mindestens für achtundvierzig Stunden hinter Gittern und hätten tatsächlich Zeit genug, sich einzureden, ich bin ein anständiger Mitbürger, ein Krankenpfleger, der die Vorschriften beachtet – allerdings auch ein Idiot von Knacki, der das alles hätte vermeiden können, ohne dabei den Berufsstand zu desavouieren. (Lässig wickelte sie sich eines ihrer Zöpfchen um den Finger.) Stéphane, Stéphane, Sie wissen es doch ganz genau: Wir kriegen sie sowieso zu sehen, diese Akten. Ersparen Sie sich doch den Knastidioten. Na, los.»

Sie klopfte ihm auf die Schulter. Der Pfleger schaute zu Erick hin, doch dieser verschränkte die Arme vor der Brust und zuckte mit den Achseln.

«Sie ist der Boss.»

Kein Mensch war im Archiv, es brannte kein Licht, nur die PCs flimmerten. Laura blieb in der Nähe der Tür stehen und beobachtete aufmerksam ihre Umgebung. Erick hielt dem Pfleger einen Zettel hin. Mathis überflog die sechs Namen und wartete auf Anweisungen.

«Sie waren in dem Jahr, als Professor Mankiewicz die Fondation verließ, hier auf der Krankenstation – und sind es vielleicht heute noch.»

Der Pfleger setzte sich vor einen der Computer.

«Auf Station IV», präzisierte Erick. «Hochsicherheitstrakt.»

Verwirrt hob Stéphane Mathis den Kopf.

«Diese Dateien sind geschützt», sagte er. «Eine gerichtsmedizinische Maßnahme.»

Laura unterbrach ihn.

«Der medizinische Teil, nicht aber der administrative.»

Wenige Augenblicke später ratterten die ersten Blätter aus dem Drucker. Laura fing sie gleich ab, noch bevor der Pfleger zugreifen konnte. Exakte Kolonnen, Daten, Kennnummern.

«Was bedeutet das?»

«Sie wollten doch wissen, ob sie noch hier sind.»

Unwillig streckte Laura ihm die Unterlagen hin. Der Pfleger warf einen Blick darauf.

«Sie sind nicht mehr hier.»

«Keiner von ihnen?», fragte Erick enttäuscht.

«Nein.»

«Sie wurden vielleicht begnadigt, oder die Strafe wurde nach Revision des Urteils tatsächlich verkürzt», suggerierte Laura.

«Sie sind gestorben», erwiderte Stéphane Mathis.

Die beiden Polizisten standen sprachlos da.

«Gestorben? Woran denn?»

«Das weiß ich nicht», sagte Stéphane. «Ich habe nie auf Station IV gearbeitet, ich war damals noch nicht einmal in der Fondation angestellt.»

Laura hieb mit der Faust auf den Tisch.

«Ganz zufällig sind ausgerechnet diese sechs Häftlinge gestorben, einfach so!»

«Das kommt nicht selten vor auf Station IV. Das sind schwere Fälle. Ihr physischer Zustand ist oft nicht besser als ihr psychischer.»

«Ich muss wissen, woran diese Leute gestorben sind», insistierte Erick. «Und ich will den Bericht der Gutachter sehen, die sie untersucht haben, als die Gnadengesuche schon eingereicht waren.»

«Das kann ich wirklich nicht», erwiderte der Pfleger kategorisch.

«Stéphane, denken Sie an den Idioten im Knast …», mahnte Laura.

«Ihre Drohungen beeindrucken mich nicht mehr», sagte er. «Und ich kann auch nichts weiter für Sie tun. Die Dateien der Häftlinge von Station IV sind geschützt. Eine gerichtsmedizinische Maßnahme, wie ich schon sagte.»

«Das ist mir scheißegal!», brüllte Erick. «Ich will wissen, was mit ihnen passiert ist!»

Da hörten sie hinter sich eine vertraute Stimme:

«Ich werde es Ihnen sagen.»

60

Aufgewühlt lief Erick auf und ab – er konnte es einfach nicht glauben. Vullierme stand reglos im fahlen Licht der Bildschirme.

«Sechs Häftlinge sterben in sechs Monaten», fasste Erick

zusammen. «Und alle sind vom selben Psychiater behandelt worden ... Auch ohne Arzt zu sein, kann ich verstehen, dass da Zweifel an seiner Arbeit aufkommen.»

Vullierme unterbrach ihn kaltschnäuzig.

«Gerade weil Sie kein Arzt sind, inkriminieren Sie völlig zu Unrecht die Therapie. Die Umstände ihres jeweiligen Todes waren höchst unterschiedlich.»

Laura studierte die Personalbögen jedes einzelnen Falles.

«Sie waren alle unter fünfzig, mit Ausnahme einer der Frauen. Eines natürlichen Todes dürften sie nicht gestorben sein.»

«Sie wissen gar nicht, wie recht Sie haben – sofern man die Entwicklung gewisser Psychopathologien als natürlich bezeichnen kann.»

«In Ihren Augen sind sie also an den Folgen ihrer psychischen Störung gestorben?», hakte Erick nach. «Ich war der Meinung, ihr Zustand rechtfertigte ganz im Gegenteil eine Verringerung des Strafmaßes.»

«Das ist ja genau die Zwiespältigkeit und die Komplexität unseres Fachgebiets. Eine günstige Entwicklung kann mit unvorhersehbaren Krisen gespickt sein, ohne dass dadurch die Prognose hinfällig würde.»

Er ging auf den Pfleger zu und nahm ihm wortlos die Blätter aus der Hand. Sie wechselten nicht einmal einen Blick. Schweigend überflog Vullierme das erste Blatt.

«Ach ja, Edwige Reinhart. Ich erinnere mich an sie.»

Das Unbehagen war seinem Gesicht abzulesen, aber er fasste sich gleich wieder.

«Zum Teufel mit der Schweigepflicht», murmelte er vor sich hin. «Schaden kann es ihr ohnehin nicht mehr.»

Er wandte sich den beiden Polizisten zu.

«Edwige Reinhart war ausgebildete Säuglingsschwester. Auf Station IV kam sie, nachdem das Gericht auf ‹schwer psychotisch› befunden hatte. Sie hatte zwei der ihr anvertrauten Säuglinge erstickt, um sie davor zu bewahren, die toxischen Gase, die ihrer Aussage nach von Nachbarn in ihre Wohnung gepumpt wurden, einzuatmen. Nach dreijähriger Therapie war sie fast in der Lage, darüber zu sprechen. Sie verstand die Schwere ihres Handelns, und manchmal wurde ihr auch klar, wie abwegig die Überlegung gewesen war, die sie bewogen hatte, die Kinder zu töten. Ein äußerst seltener Fall. Sechs Monate später besuchte sie der von ihrer Familie eingesetzte neue Anwalt. In ihren Augen besaß er frappierende Ähnlichkeit mit dem damaligen Nachbarn. Ein einziges Mal, und auch nur ein paar Sekunden lang, erwähnte sie dies in einer Therapiesitzung, auffallend ausweichend. Zwei Tage später erstickte sie sich selbst, indem sie sich zwang, das Frottélaken zu verschlingen, das sie, obgleich sie dem Ersticken schon nahe war, noch mit Wasser getränkt hatte. Die Plastikflasche hatte sie noch in der Hand, als man sie fand. Das Laken war in ihrem Mund, im Rachen, bis in die Nasenhöhlen hinauf aufgequollen.»

Vullierme ließ ihnen keine Zeit, diese grauenvolle Tat zu verdauen. Er redete nahtlos weiter.

«Sabine Wery hatte die Mitarbeiterin ihres Mannes getötet. Morbide Eifersucht, verstärkt durch heftige Wahnanfälle. Nichts Besonderes», kommentierte er zynisch. «Am Abend vor dem Mord glaubte sie die beiden beim Ehebruch ertappt zu haben. Ihr Zustand war besser geworden, das kann man so sagen … Nicht an dem Tag, als der Gutachter sie besuchte. Sie erklärte, er sei ein ehemaliger Liebhaber, der ihr immer noch nachstellte. Dass daraufhin nicht gleich Straferlass folgte, können Sie sich denken. Eine Woche später erhob sie Klage gegen ihn, wegen Vergewaltigung und Misshandlung. Der gynäkologische Befund war natürlich negativ. Drei Monate nach Professor Mankiewicz' Ausscheiden fand man sie verblutet, nachdem sie sich die Vagina entsetzlich verstümmelt hatte, mit allem, was ihr zur Hand war, den rostigen Schwenkarm vom Waschbecken inklusive.»

Endlich schwieg er.

«Soll ich fortfahren?»

Er suchte Ericks Blick.

«Wenn eine psychiatrische Erkrankung wie ein Phönix aus der Asche wiederaufersteht, selbst diejenige, die man erloschen glaubte, wenn das schlafende Ungeheuer ohne Vorwarnung aufwacht, dann sind wir häufig machtlos. Aber die schlimmsten Konsequenzen erleiden ja nicht wir, die Patienten sind die Hauptleidtragenden. Ein Fachmann trifft nur eine augenblickliche Feststellung, und gelegentlich sucht er auch nach einem Verantwortlichen. Professor Mankiewicz war ein solcher.»

Der Psychiater wirkte jetzt leicht gebeugt, als lasteten die Erinnerungen auf seinen Schultern und als lüftete die Erwähnung dieser Toten den Schleier über einer Episode, die er lieber nicht aufgedeckt hätte.

«Ich stehe Ihnen nach wie vor zur Verfügung, um Laurent Strelli zu helfen.»

Auf der Schwelle wandte er sich noch einmal um.

«Sie verfolgen die falsche Fährte, Flamand. Kämpfen Sie nicht an der falschen Front. Dazu haben Sie weder das Recht noch die Zeit.»

Erick setzte sich ans Steuer. Er war enttäuscht und ließ den Kopf nach hinten sinken.

«Dabei weiß ich doch, dass wir hier suchen müssen. Egal, was Vullierme sagt, diese Menschen erlitten einen Rückfall, obwohl ihre Entwicklung bereits positiv verlaufen war.»

«Er hat doch gesagt: Vielleicht war es nur eine Krise, eine

kurzfristige Spitze, deren Schweregrad und Konsequenzen aber nicht einzuschätzen sind.»

«Mag sein … vielleicht gerieten sie nur aus dem Gleichgewicht, stürzten dann aber tiefer als ursprünglich, als sie in die Psychiatrie eingeliefert wurden. Eine Vermutung. Wie bei Strelli heute.»

«Wir müssen die Expertengutachten in die Hände kriegen», sagte Laura. «Ich werde weiter ermitteln. Womöglich gab es gar keine Klage gegen Mankiewicz, sondern gegen unbekannt oder gegen die Fondation, was eher wahrscheinlich ist. Wenn sich diese Gutachten irgendwo befinden, dann in den Gerichtsakten.»

Erick ließ den Motor an. Wie lange würde die Gerichtsmaschinerie brauchen, um ihre Ermittlungen zu erhellen? Das letzte Bild von Strelli und Eva, die am Ende ihrer Kräfte waren, gemahnte ihn daran, wie dringlich alles war.

«Wir müssen das Tempo beschleunigen», sagte er zornig. «Diese Spur weiterverfolgen und überall schneller nachhaken.»

Laura griff nach seinem Handgelenk auf dem Schalthebel.

«Halt an!»

«Wieso?»

«Halt an, da, sofort!» Ihre Augen überflogen die Blätter, die sie in der Hand hielt.

Erick erkannte die von Stéphane Mathis ausgedruckten Personalbögen.

«Du hast sie behalten?»

«Ja, geklaut während eures Palavers, und du wirst es mir danken.»

Erick stoppte auf einem Fußgängerüberweg. Ein Hupkonzert und Passantenprotest begleiteten seine Aktion.

«Franck Berlin», sagte Laura sachlich. «Das sechste Blatt. Er zögerte, bevor er es ausdruckte.»

Erick beugte sich darüber. Ihr Finger zeigte auf eine Zeile.

«Eine Adresse im 15. Arrondissement.»

Sie schaute ihren Chef an.

«Keine beliebige Adresse, Erick. Seine Adresse. Seine *jetzige* Adresse.»

Erick nahm ihr das Blatt aus der Hand.

«Er lebt noch», sagte sie. «Und er wartet auf uns. Fahr los.»

61

EINUNDSECHZIG

Eva hob den Kopf: Er schien ihr schwer wie eine Bleikugel.

Es war Tag geworden, und sie hatte nichts gemerkt. Angst stieg in ihr hoch: Hatte sie etwa geschlafen? Diese Grenze überschritten, wo einen der Schlaf rücksichtslos übermannt und man nicht gegen ihn ankämpfen, ja, ihn nicht einmal richtig wahrnehmen kann?

Der tausendste Schachzug, den sie sich diese Nacht ausgedacht hatte, um den Schlaf zu bekämpfen und Strelli wach zu halten, fiel ihr wieder ein. Alle fünf Minuten hatte sie die Zeit, die die Wanduhr anzeigte, notiert. Wurde der Abstand zwischen den Zahlen, die sie schrieb, größer, musste sie ihre Anstrengungen verdoppeln und zu einem Trick greifen. Dann waren sie gemeinsam in der Wohnung hin und her gegangen, hatten das Radio lauter gedreht, oder sie hatte ihm etwas vorgelesen, was er wiederholen musste. Sie griff nach ihrem Notizheft. Sie zitterte – die Linien verschwammen. Aber sie erkannte trotz allem die mit unsicherer Hand gekritzelten letzten Ziffern: 7.24 Uhr. Elf Minuten waren seitdem verstrichen. Ihr Blick suchte nach Laurent.

Er saß ein wenig abseits in einem Sessel, genau vor der Terrassentür. Sein Kopf pendelte unmerklich hin und her. Die Augen waren offen und auf die Stadt gerichtet, die allmählich aus dem Schlaf erwachte.

Ununterbrochen hatte er sich ihre Anweisungen vorgesprochen: Nicht schlafen, nicht anlehnen! Die Augen nicht schließen! Sich bewegen! Das Echo dieser Ratschläge hallte endlos in seinem Schädel nach. Den hätte er sich am liebsten abgerissen. Mehr denn je war er versucht gewesen, aus seinem Körper zu schlüpfen, aus ihm zu fliehen – sich zurückzuziehen. Alle Muskeln taten ihm weh, als wäre er die ganze Nacht verprügelt worden. Hier, in dieser ihm unbekannten Wohnung, mit dieser ihm ebenfalls unbekannten Frau, deren Worte und Absichten er ohnehin nicht alle verstand.

Eva trat zu ihm und fasste ihn am Arm.

«Stehen Sie auf», sagte sie. «Los, Laurent, geben Sie sich einen Ruck. Wir müssen wieder gehen. Nicht lange.»

Er versuchte, sie zurückzustoßen, sie schwankte und fing sich gerade noch am Fensterrahmen. Da erst sah sie, dass die Sonne im rosafarbenen Himmel emporstieg und die Madonna auf der Kirchenspitze wohl schon seit einer Stunde funkelte.

«Schauen Sie nur», sagte sie.

Das war nicht mehr der befehlende und stumpfe Ton ihrer letzten Worte. Strelli hob den Blick. In Evas Stimme klang etwas wie neues Leben, eine Art Hoffnung mit. Eine ganze Weile betrachtete er den Himmel, bevor er sprach:

«Ich habe Hunger.»

«Schon wieder? Die Unterhaltung mit Ihnen ist wirklich abwechslungsreich.»

Sie drehte sich zu dem niedrigen Tisch um, der überhäuft war mit angebrochenen Flaschen, Verpackungsresten von Tiefkühlkost, aufgerissenen Chips-Tüten, leeren Gläsern und leeren Keksschachteln aller Art.

«Was würden Sie gerne essen?»

Geistesabwesend zuckte er mit den Schultern.

«Mir ist es auch egal, Hauptsache essen», gab sie zu.

In den letzten Stunden hatte der Hunger sie gequält. In immer kürzeren Abständen hatte er sich gemeldet, als würde sich der Magen endlos ausdehnen und nie genug bekommen. Und gleichzeitig dieser Kältepanzer, der sie innerlich gefrieren ließ.

Eva knotete den Schal fester, der ihr von den Schultern gerutscht war. Sie hatte schon Gänsehaut. Da bemerkte sie, dass Strelli nur im Hemd saß.

«Ich werde mal in den Schränken wühlen und uns etwas zum Frühstück machen. Bis dahin sollten Sie eine heiße Dusche nehmen, das wird Sie …»

Sie hielt inne. *Wach machen.* Sie wagte das Wort nicht auszusprechen, erinnerte es sie doch sofort an diese lähmende Müdigkeit. Strelli schien sie gar nicht gehört zu haben, was zunehmend häufiger vorkam. Sie hatte keine Kraft mehr, sich darüber Gedanken zu machen. Resigniert begnügte sie sich damit, ihre Worte durch Gesten zu unterstreichen, und er hatte keine Kraft mehr, sich ihnen zu widersetzen. Er gehorchte wie ein Automat dem mechanischen Impuls. Sie dirigierte ihn in Richtung Bad, wartete kurz hinter der Tür, bis sie das Plätschern des Wasserstrahls auf den Fliesen hörte, und ging dann ins Wohnzimmer zurück.

Das Telefon hatte ja noch gar nicht geklingelt, Erick hatte sich seit seinem Abflug noch nicht gemeldet! Sie wusste, was das bedeutete: Er trat auf der Stelle. Vielleicht war es sinnlos, was sie da an Widerstand aufboten, Strelli und sie.

Merkwürdigerweise fühlte sie sich bei diesem Gedanken erleichtert. Dann wäre das Ende ihrer Qualen abzusehen.

Dann sah sie ihn.

Er hatte gerade die Wohnungstür hinter sich zugemacht

– sie hatte ihn bei dem Gedröhn der Musik nicht eintreten hören. Sie hatte ihn zwar nicht vergessen, musste aber dennoch im hintersten Winkel ihres Gedächtnisses suchen, um Gesicht und Gestalt zu identifizieren. Eine Woge von Schmerz- und Lustgefühl überkam sie, als ihr der Name wieder einfiel. Dabei war alles doch erst rund vierzig Stunden her.

«Wer ist der Bulle vor der Tür? Obwohl ich Schlüssel hatte, musste ich meine Papiere vorzeigen und ihm sagen, wir wären verlobt.»

Karim trat auf sie zu. Sie machte einen Schritt zurück, und im gleichen Augenblick wurde ihr schwindelig. Für Emotionen war an diesem Morgen – war es überhaupt Morgen? – kein Platz. Nach all diesen schlaflosen Nächten und überstürzten Abreisen – wie viele waren es eigentlich? Sie wusste es nicht mehr. Nur eines wusste sie: Für eine Konfrontation mit ihrem Liebhaber war sie jetzt nicht gewappnet. Unruhe stieg in ihr auf, aber der Gedanke an Erick, genau in diesem Augenblick, half ihr. Karim beobachtete sie irritiert.

«Was ist mit dir? Wie siehst du überhaupt aus?»

Sie antwortete nicht und lehnte sich gegen die Wand. Er versuchte sie zu umarmen.

«Ich komme vor der Arbeit noch extra bei dir vorbei, und du empfängst mich *so*?»

Sie reagierte nicht auf seine Zärtlichkeiten. Enttäuscht wich er zurück.

«Geh dich kämmen, schminken, was weiß ich, so siehst du jedenfalls zum Fürchten aus.»

Sie lächelte matt. Das war alles, was sie von ihm erwarten konnte. Im Grunde beruhigte sie diese Feststellung: Es war Zeit, dass sie keine Illusionen mehr hegte, was diesen Mann betraf.

Verärgert hob Karim den Kopf.

«Was ist das?»

«Was meinst du?»

«Dieses Geräusch … die Dusche!»

Er wandte sich von ihr ab.

«Nichts», erwiderte Eva. «Eine Freundin.»

«Eine Freundin, um halb acht in der Früh?»

«Sie hat hier geschlafen. Es ging mir nicht gut heute Nacht.»

Man hörte kein Wasser mehr rauschen. Eva atmete wieder ruhiger. Karim betrachtete sie wie einen Gegenstand. Wie ein unbekanntes Objekt.

«Sie hat vielleicht geschlafen, du aber nicht.»

Er hatte sie wieder umschlungen. Sie entzog sich seinen Armen.

«Sehen wir uns morgen?»

Er antwortete nicht. Er war in das unaufgeräumte Wohnzimmer gegangen und stand vor dem Tisch mit den Essensresten.

«Was ist denn das für eine Sauerei? Hier wurde wohl gefeiert gestern Abend, oder was?»

Sie zögerte … allzu lange.

«Kann man so sagen. Hör mal, es ist besser, wenn du jetzt gehst, entschuldige … aber ich bin nicht … ich bin nicht in Form.»

Er packte sie am Arm.

«Machst du dich etwa über mich lustig? Dieses verdammte Gestotter und Gestammel gehen mir langsam auf den Wecker.»

Sie wurde wütend.

«Seit wann bin ich dir Rechenschaft schuldig? Und seit wann interessierst du dich für mehr als meinen Arsch?»

Er ließ sie los. Aber nicht wegen ihrer Worte.

Zorn und Müdigkeit ließen sie alles nur verschwommen

wahrnehmen, aber Karims Blick, der über sie hinwegging, bemerkte sie doch. Auf seinem Gesicht verwandelte sich Erstaunen in Wut.

«Wer ist der Kerl? Wer ist das?»

Er schob ihr die Hand in den Nacken und packte sie bei den Haaren.

«Ist das deine Freundin? Du Flittchen!»

Er lockerte seinen Griff, sie schwankte.

«Den mach ich kalt, diesen Dreckskerl!»

«Nein, Karim, warte!»

Sie versuchte, sich dazwischenzustellen. Gewaltsam stieß er sie zurück, und sie klammerte sich an seinen Arm, um nicht zu fallen. Mit dem Handrücken schlug er sie ins Gesicht. Sie schmeckte Blut und stürzte zu Boden. Wie in einem Nebel sah sie, dass Karim weglief. Sie brüllte:

«Rühr ihn nicht an! Und fass auch mich nie wieder an, hörst du? Hau ab, verpiss dich und lass dich nie wieder blicken, du Schwein!»

Die Tür fiel ins Schloss, und in der Wohnung war es totenstill.

Mühsam stemmte Eva sich auf ihre Unterarme. Der Ellenbogen tat ihr weh, ihre Wange war geschwollen. Sie brauchte ein paar Sekunden, um sich die Szene zu vergegenwärtigen. Dann wandte sie besorgt den Kopf: Laurent war verschwunden, vermutlich in den Flur geflüchtet. Die Gewalt, die sie soeben erlitten hatte, erschien ihr wie ein Film, den man vor ihr abspulte, und nachdem er zu Ende war, blickte sie in die Leere ihres Gefühlslebens. Sie ließ sich auf den Boden gleiten und schluchzte hemmungslos.

Als sie die Augen wieder öffnete, brauchte sie ein paar Sekunden, bis sich die Reflexe wieder einstellten: Sie musste auf die

Uhr schauen. Wie wahnsinnig sprang sie auf. Fünfundzwanzig Minuten, die sie vermutlich verschlafen hatte. Sie traute sich nicht, für Strelli die gleiche – dramatische – Hypothese aufzustellen. Sie hastete, sich an den Wänden abstützend, zum Schlafzimmer.

«Laurent! Antworten Sie! Laurent!»

Jetzt hörte sie das monotone, abgehackte Geräusch genauer, das sie ursprünglich für das Hämmern ihres Blutes im Kopf gehalten hatte und das sie vermutlich aufgeweckt hatte. Aber es war ein Gegenstand, mit dem man auf eine harte Fläche einhieb, wie regelmäßiges Schlagen gegen eine Wand. Im Bad brannte noch Licht. Sie ging hinein und sah das Handtuch auf dem Boden liegen. Voller Blut. Ein eisiger Schauer durchlief sie. Sie drehte sich um und verfolgte mit Entsetzen die Spur der Blutstropfen auf den Fliesen. Sie rempelte gegen den Türstock, fing sich an der Garderobe und taumelte an den Wänden entlang bis zu ihrem Schlafzimmer. Was sie dort sah, entriss ihr einen Schrei.

In der Ecke hinten im Zimmer lag Laurent in einer Blutlache, zusammengekrümmt und mit bloßem Oberkörper. Über Arme und Brust verliefen Schnitte, und Blut rann über die Haut. Die Rasierklinge glitzerte neben ihm auf dem Fußboden. Mit der immer gleichen Bewegung hieb er mit seinem Schädel gegen die Kanten des Heizkörpers. Die Kopfhaut war blutüberströmt.

Sie kniete sich neben ihm nieder, legte ihm die Hand auf den Kopf, um dieses Martyrium zu unterbrechen. Er hieb nur umso heftiger, und sie leistete Widerstand, so gut sie konnte. Endlich hörte er auf, sich zu martern. Er warf ihr einen entsetzten Blick zu und strich mit zitterndem Finger über Evas geschundene Wange.

Sie beugte sich über ihn und nahm seinen Kopf in die Arme. Sie spürte, wie ihr sein Blut über die Haut lief.

Draußen, jenseits der Stadt, begannen die Hügel zu glühen. Sie presste den verwundeten Mann gegen ihre Brust.

«Ist nicht schlimm», sagte sie und versuchte, ihre Stimme zu beherrschen. «Nicht schlimm. Jetzt ist's vorbei. Jetzt haben wir's hinter uns.»

ZWEIUNDSECHZIG 62

Es war 8.15 Uhr. Aus dem 15. Arrondissement strömten die Kinder in die Schulen, die Eltern auf die Straßen und den Périphérique. Der Polizeiwagen hielt in der Rue des Favorites.

Erick und Laura überquerten den Hof und gelangten zu einem kleinen, gepflegten vierstöckigen Wohnhaus. Die Concierge polierte den Messingknauf, als sollte die Vergoldung verschwinden. Sie stiegen in den dritten Stock hinauf und klingelten an der einzigen dort befindlichen Tür. Das Holz knarrte unter ihren Füßen, das Treppenhaus stank nach Bohnerwachs.

«Wer ist da?»

Es war die Stimme einer vermutlich älteren Frau.

«Wir suchen die Wohnung von Franck Berlin.»

«Wer sind Sie?»

Die Stimme klang jetzt näher, als stünde die Frau direkt hinter dem Türflügel. Erick und Laura stellten sich ganz bewusst vor den Spion, um die alte Dame zu beruhigen.

«Kommissar Flamand und Inspektor Génisier, Madame», antwortete Laura.

Die Tür wurde einen Spaltbreit geöffnet. Wie ein Schattenriss zeichnete sich hinter der vorgehängten Kette eine schmale, zarte Gestalt mit besorgtem Gesicht ab.

«Polizei? Ich verstehe nicht, der Doktor war doch gestern noch hier, er sagte, alles sei in Ordnung.»

«Wir haben nur ein paar Fragen an Monsieur Berlin», sagte Erick. «Nichts Schlimmes, kein Grund zur Sorge.»

Sie machte die Tür wieder zu. Man hörte das Klirren der Kette im Riegel, und dann stand eine etwa siebzigjährige alte Dame vor ihnen. Sie war sicher einmal hübsch gewesen, doch jetzt waren Gesicht und Kleidung von den Jahren gezeichnet. Rock, dunkle Strümpfe, perlgraues Blüschen, graues Haar. Wie für einen Trauerfall. Sie trat zur Seite und ließ sie eintreten.

Die Wohnung wirkte sauber und gepflegt. Aber leblos. Die Stoffbespannungen waren verblichen, als seien die Möbel niemals von ihren Schutzhüllen befreit worden. Die Dame setzte sich vorne auf die Kante eines Ohrensessels und bot auch ihnen Platz an. Neben dem Sofa bemerkte Erick einen Stuhl mit Kopfstütze und speziellen Haltegurten.

«Sie suchen meinen Sohn», sagte Madame Berlin. «Franck.»

«Ja, ich würde gerne mit ihm sprechen», erwiderte Erick.

«Worüber wollen Sie mit ihm sprechen?»

«Über seine Jahre in der Fondation Mankiewicz.»

Ihr Gesicht verdüsterte sich.

«Das ist Jahre her. Jetzt hat sich das Blatt gewendet. Gott sei Dank.»

«Ja, natürlich. Aber was er uns sagen könnte, würde uns in einer Angelegenheit, die ihn nicht betrifft, weiterhelfen. Sie können ganz unbesorgt sein.»

Ihre Handbewegung ließ erkennen, dass sie machtlos war.

«Franck ist nicht da. Schon länger nicht mehr.»

Laura schlug ihr Notizbuch auf.

«Wissen Sie, wo wir ihn finden können?»

Sie lächelte, als müsste sie nicht zum ersten Mal diese Frage beantworten.

«Genaues weiß ich nicht. Er ist immer schon gerne verreist.»

Sie blickte zu einem Bilderrahmen hin. Der junge Mann auf dem verblichenen Foto schien das Objektiv gar nicht zu beachten.

«Ein toller Junge – so neugierig auf alles, so wach!»

«Wann ist Ihr Sohn abgereist, Madame?»

«Sehr bald schon nach seiner Entlassung aus der Fondation.»

Ihr Blick heftete sich auf ein Motiv im Teppich.

«Vor dieser traurigen Geschichte war er eher reserviert, scheu – sogar gegenüber der eigenen Mutter. So viele Jahre, das war ungerecht ... Dabei sollte er schon begnadigt werden, wussten Sie das? Er musste einfach weg, als er dort herauskam. Deswegen habe ich auch nichts gesagt, nichts eingewendet gegen seine Abreise.»

Sie schien Zustimmung zu heischen bei den beiden jungen Leuten. Erick lächelte, um sie zum Weitersprechen zu bewegen. Plötzlich verspannte sie sich, wie von Angst gepeinigt.

«Er hat nichts Böses getan. Zumindest nicht absichtlich. Sie ... sie verstand ihn einfach nicht, niemand hat ihn wirklich je verstanden. Kein Körnchen Bosheit steckte in diesem Jungen, glauben Sie mir. Er war ein Träumer, verstehen Sie, was ich meine?»

Ein Träumer, der eine Sechzehnjährige gefesselt hatte, bevor er ihr bei lebendigem Leib Glied um Glied aufschlitzte, Haut und Muskeln ablöste, um die nackten Knochen herauszuschälen. Madame Berlin betrachtete ein Stillleben an der Wand so aufmerksam, als sähe sie es zum ersten Mal.

An einem Vorhang hatte sich die Kordel gelöst: Der schwere Stoff hing ungebändigt herab. Sie wollte schon aufstehen, ihn wieder richten, aber dann erschien ihr diese Geste wohl sinnlos.

Ein Geräusch – als sei jemand gefallen – schreckte sie auf.

«Entschuldigen Sie mich einen Augenblick.»

Sie verschwand hinter einer Tür neben dem Kamin. Dumpf hörten sie ihre Stimme.

«Du musst mithelfen ... Steh auf, gib dir Mühe.»

Erick schlich in den fensterlosen Flur und stieß die Tür auf.

Ein etwa vierzigjähriger Mann lag zusammengekrümmt auf dem Boden. Er trat ein, und der andere schaute zu ihm hin. Der Blick, der ihn traf, schien allem und nichts zu gelten: völlig abwesend. Erick fasste ihn unter und hob ihn hoch, um ihn auf einen Stuhl zu setzen. Die alte Frau knöpfte ihm den obersten Knopf am Flanellhemd zu und kämmte dem Hilflosen das Haar.

«Franck ist fort, ich weiß nicht, wann er wiederkommen wird», wiederholte sie wie eine Litanei. «Er ist immer auf Reisen ...»

Der Mann wiederholte lallend:

«Franck ... wiederkommen ...»

Sie strich sich die Bluse glatt und lächelte Erick an. Franck Berlin hob mühsam den Kopf, stieß einen gutturalen Schrei aus und verstummte. Sie schien das nicht zu erschüttern.

«Mit ihm ist das etwas anderes. Er ist völlig anders.»

Wortlos ging Erick aus dem Zimmer, Laura wartete schon im Flur.

Die alte Dame öffnete ihnen die Wohnungstür.

«Er wird Sie bestimmt anrufen, sobald er zurück ist.»

Sie machte einen Schritt auf Laura zu.

«Sie sehen entzückend aus, Mademoiselle. Mein Sohn hat

mir oft von Ihnen erzählt. Ich werde ihm sagen, dass Sie da waren.»

Stumm ging Erick bis zum Auto und setzte sich ans Steuer.

Sie waren schon fast am Jardin du Luxembourg vorbei und hatten kaum einen Blick gewechselt. An einer Ampel empfand er plötzlich das heftige Bedürfnis, seine Hand auf Lauras Hand zu legen. Er drückte sie kurz, ganz fest. Sie schaute geradeaus auf die Straße. Sie ließ Zeit verstreichen, bis sie die Hand zurückzog und die Personalbögen aus der Fondation in ihrer Tasche verschwinden ließ.

In Gedanken war Erick noch immer in Franck Berlins Zimmer. Ständig schob sich Strellis Gesicht über das des Verbrechers. Verzweifelt bemühte sich der Polizist, sich auf seine Ermittlungsarbeit zu konzentrieren. Immer wieder gelangte er zum gleichen Ergebnis: Strellis geistiger Verfall ähnelte dem der von Nathanael Mankiewicz behandelten Mörder. Bei allen hatte die psychiatrische Erkrankung, meistens sogar der Tod, die Oberhand gewonnen. Bei Strelli würde es ebenso kommen. Ließ das auf die gleiche Behandlungsmethode schließen? Welche Verbindung gab es zwischen diesen Kranken und dem Künstler? Vullierme irrte: Die Spur von Mankiewicz und seinen Methoden zurückzuverfolgen war der richtige – der einzig richtige Weg.

Endlich waren sie an den Buttes-Chaumont. Jetzt regnete es auch noch. Die Rue Botzaris mit ihren imposanten Gebäuden umschloss den Park. Erick stellte den Motor ab und hielt Laura die Schlüssel hin.

«Behalte du den Wagen und gib mir die Unterlagen. Ich werd schon irgendwie heimkommen.»

«Ruf mich an, wenn du kein Taxi erwischst. Es ist Samstag.»

Kurz bevor er die Tür zuschlug, beugte sie sich heraus.

«Erick ...»

Der Regen hatte sich in eine Sintflut verwandelt. Erick schlug, als sei das ein Schutz, den Mantelkragen hoch.

«Ja?»

«Irgendwann, wenn wir einmal nicht aus einer trostlosen Wohnung kommen, nicht eine Mutter sehen mussten, die vor Kummer den Verstand verloren hat, nicht einen Mann, der uns daran erinnert, dass wir bald ein Drama erleben werden, an diesem Tag wirst du vielleicht aus einem anderen Grund Lust verspüren, nach meiner Hand zu fassen.» Sie lächelte. «An dem Tag solltest du es tun, dich trauen.»

Er war schon ein Stück weiter, als er die Stimme im Polizeifunk hörte.

«Wagen 24?»

«Ja?», antwortete Laura.

«Eure Handys sind ausgeschaltet», sagte die Frauenstimme vorwurfsvoll. «Ruft Marina Trévès an. Es gibt ein Problem in Marseille. Es ist dringend.»

63

DREIUNDSECHZIG

Nadine Mankiewicz öffnete sofort die Tür, so als hätte sie auf seinen Besuch gewartet. Es war noch nicht einmal neun Uhr, es war Samstag, und sie trug – besser gesagt, verschwand in einem langen Wollkleid mit Rollkragen. Einen Schmuck hatte sie sich gegönnt: ein Kopftuch aus Moiré.

Triefend stand Erick auf dem mit Teppichboden belegten Treppenabsatz. Seine Haare glänzten auf der feuchten Stirn.

«Darf ich eintreten?»

Sie drehte sich zur leeren Wohnung um, es war ihr sichtlich unangenehm.

«Mein Mann ist nicht da. Er ist mit den Jungen in der Synagoge.»

Am liebsten hätte Erick gesagt, Serge Kahns Abwesenheit mache aus ihm nicht automatisch einen Vergewaltiger und im Hinblick auf Strellis Schicksal müsse er sich leider über die Anstandsregeln hinwegsetzen, und wenn es mit der Religion zusammenhänge, dann sei er glücklicher denn je, Atheist zu sein. Aber er nahm es in Kauf, dass die Feuchtigkeit ihm durch Mark und Bein ging, und streckte ihr nur die Blätter entgegen.

«Was ist das?»

«Fällt Ihnen zu diesen Namen etwas ein?»

Sie überflog sie.

«Nein.»

«Sechs Kriminelle mit psychiatrischen Erkrankungen. Alle waren Patienten im Hochsicherheitstrakt der Fondation. Nach deutlicher Verbesserung ihres Zustands kam es zu plötzlichem Verfall, wenige Monate vor den Sachverständigengutachten und dem Ausbruch des Skandals – und der Anschuldigung, Ihr Vater erprobe an diesen Häftlingen dubiose Therapiemethoden.»

Sie machte einen Schritt zurück. Im Flurlicht wurde der Kontrast zwischen ihrem bleichen Gesicht und der dunklen Kleidung noch deutlicher.

«Warum lassen Sie nicht endlich ab von meinem Vater und seiner Vergangenheit? Warum verfolgen Sie gerade hier, bei mir, so verbissen seine Spur?»

«Ich verfolge nicht Ihren Vater, mir geht es um Laurent Strellis Schicksal. Auch er wurde in der Fondation behandelt. Er war aber nicht geisteskrank und hat niemanden umgebracht. Und dennoch versinkt er wie die anderen in geistiger Umnachtung. Wie die anderen, die sich schließlich umgebracht haben. Wie Franck Berlin, ein Wrack in einem Sessel. Strellis mentale Pyramide ist kurz vor dem Einstürzen, und seine Persönlichkeit zerfällt. Ein Verlauf wie bei den anderen. Er wird auch enden wie sie. Ich muss wissen, was Ihr Vater auf dieser Station praktizierte.»

Sie verschanzte sich hinter ihren Prinzipien, man kam nicht an sie heran.

«Ich habe Ihnen geholfen, soweit ich es vermochte, weil es um ein Menschenleben geht. Dieses Mal kann ich nichts für Sie tun. Respektieren Sie bitte die Vergangenheit meines Vaters und mein jetziges Leben.»

Sie blickte zu Boden.

«Es ist … es ist Sabbat. Und das ist mir wichtig.»

Erick verlor die Selbstkontrolle.

«Ich scheiße auf Ihren Sabbat! Darf man am Sabbat andere krepieren lassen?»

Bei seinem Gebrüll schien sie sich noch mehr in sich zurückzuziehen. Auf dem Treppenabsatz ging eine Tür einen Spaltbreit auf. Erick bemühte sich, ruhig und sachlich zu bleiben.

«Strelli hat sich heute Nacht selbst verstümmelt. Er badete in seinem Blut. Was wird als Nächstes kommen?»

Er lehnte sich gegen die Wand. Der durchnässte Stoff machte ihn frösteln.

«Bei all diesen Leuten wurde am Sockel der Pyramide gerüttelt. Bei allen. Das wissen Sie besser als ich.»

Nadine Mankiewicz verschwand in der Wohnung und ließ die Tür geöffnet.

Sie hatte sich ins Wohnzimmer geflüchtet, stand neben einem Tisch voller Gebetbücher und dem neunarmigen Leuchter, als böten diese Kultgegenstände Schutz vor dem

Ansinnen, die Regeln des Feiertags zu übertreten. Sie hielt sich weiter in der Defensive und blieb stehen, bot ihm aber dennoch an, sich zu setzen – in angemessener Entfernung.

Sie strich mit der Hand über einen Talmud-Kommentar.

«Am Tag danach nahm er seinen Abschied», sagte sie schließlich.

«Wonach?»

«Nachdem die Presse seinen Namen in den Schmutz gezogen hatte. Er hatte eindeutig schon alles vorbereitet. Er war darauf gefasst. Vielleicht war der Grund aber auch einfach sein krankhaftes Misstrauen.»

«Bis zu seinem Abschied waren Sie doch ständig in Kontakt mit ihm, nicht wahr?»

Nun setzte sie sich auch hin.

«Wir haben immer alles miteinander geteilt. Alles. Ich ließ ihn an meinem Leben teilnehmen – was er manchmal gar nicht wünschte, und er ließ mich an seinem teilhaben, genau wie früher, als ich Kind war und mich in den Fluren der Fondation frei bewegen durfte.»

Dass diese Erinnerungen schmerzten, war ihr anzusehen. Sie schwieg kurz, sprach dann aber weiter.

«Alles, was er tat, faszinierte mich, lange bevor ich verstand, worum es dabei ging und wie wichtig es war. Auch heute noch wird mir immer wieder klar, dass seine Forschungen eine echte Revolution darstellten. Als ich es ablehnte, den Beruf der Psychiaterin auszuüben, und stattdessen eine Praxis für Schlaftherapie eröffnete, verstand er besser als jeder andere, dass ich damit nichts aufgab, ganz im Gegenteil: Ich forschte weiterhin auf dem Weg, den er geebnet hatte, nur unter einem nicht rein wissenschaftlichen, sondern eher spirituellen Aspekt. Wir liefen parallel, auf zwei unterschiedlichen Wegen, aber in die gleiche Richtung. Ich schöpfte aus seinen Ideen, und er sah in mir gespiegelt, wie man auch anders an die Fragen herangehen und die mentale Pyramide anpeilen konnte, genau wie den Schlaf. Das war unendlich bereichernd …»

Sie ließ der Stille Raum und versenkte sich ein paar Minuten in sich selbst. Als sie den Kopf wieder hob, glänzten ihre Augen, als hätte sie aus ihrem Innersten letzte Energien geschöpft. Für Erick war klar: Sie hatte sich entschlossen, noch weiter zu gehen und endlich all die Bitterkeit herauszulassen.

«Ich begriff sehr bald, dass es für ihn nur ein einziges Terrain gab, auf dem es sich seiner Ansicht nach zu kämpfen lohnte.»

Erick hütete sich, sie zu unterbrechen. Noch nie hatte Nadine Mankiewicz auch nur das Geringste von sich preisgegeben. Jetzt gab sie nach. Sie hatte einen Weg eingeschlagen, auf dem man nicht haltmachte.

«Wenn man weiß, was alles vom paradoxen Schlaf abhängt, dass er verantwortlich sein kann für das Gleichgewicht oder auch das Gegenteil, die Erschütterung, wenn der Schlüssel zu einem so fundamentalen Prozess wie der Entfaltung der Persönlichkeit zum Greifen nahe ist und wenn man sich gleichzeitig entschieden hat, Menschen zu helfen, dann hat man keine Wahl mehr. Dann drängt sich dieser Weg auf, und man lebt nur noch mit dem Ziel, dieses großartige Werkzeug handhaben zu können.»

«Wollte Ihr Vater den paradoxen Schlaf in den Griff bekommen?»

Sie nickte, und der Stolz war ihr anzusehen.

«Die fünfte Phase des Schlafs steuern, Monsieur Flamand. Zum Wohle der Gesundheit und der Gesellschaft, indem man den Zustand der Kriminellen bessert.»

Was er da hörte, ließ Erick aufspringen.

«Dann hatten die Gutachter also doch recht: Die Kranken dienten dem Ehrgeiz Ihres Vaters als Versuchskaninchen!»

Nadine Mankiewicz bereute es, so freimütig gesprochen zu haben. Sie errötete.

«Nein», sagte sie, und ihre Hände krallten sich in die Armlehnen. «Niemals. Weder seine Theorien noch das Ergebnis seiner Forschungen hat er je an einem Patienten getestet. Für die therapeutische Anwendung schienen sie ihm noch zu unausgereift. Ungeachtet ihrer Verbrechen wurden die Patienten des Hochsicherheitstrakts von meinem Vater nie als Versuchskaninchen angesehen. Daran besteht für mich kein Zweifel. Er verschwieg mir nichts.»

«Hat er Ihnen gesagt, er habe nichts getestet?»

Sie zögerte.

«Wenn Sie ihn gekannt hätten, wenn er Ihnen geschildert hätte, was er als seine Berufung ansah, dann würden Sie diese Frage nicht stellen. Seine Integrität wäre für Sie offensichtlich gewesen. Er war ein anständiger Mann, und man hat ihn in den Schmutz gezerrt. Ich wusste ziemlich genau, wie weit seine Forschungen gediehen waren: Er war noch nicht am Ziel, als er die Fondation verließ. Er kann nicht verantwortlich sein für das, was diesen sechs Häftlingen zustieß.»

Erick trat zum Bücherregal. Unwillkürlich strich er mit dem Finger über ein schönes Buch in hebräischer Sprache, als bedürfte die Frage, die ihn nicht losließ, einer besonderen Art des Nachdenkens, die ihm unbekannt war. Die Erinnerung an Franck Berlin trieb ihn, sie zu stellen.

«Ich neige dazu, Ihnen zu glauben», sagte er. «Ihr Vater hat ja auch Strelli nicht behandelt, der dennoch den gleichen Verfall zu erleiden scheint wie die Kriminellen im Hochsicherheitstrakt. Wo könnte der gemeinsame Nenner liegen? Nur Sie können mir heute sagen, was man tatsächlich an diesen Patienten erprobte.»

«Nein, das kann ich nicht, glauben Sie mir. Alles, was ich Ihnen sagen kann, ist dies: Die Kombinationstherapie ging aus den Forschungen meines Vaters und der Zielsetzung für Station IV hervor. Und dieses Ziel lautete: Diese Kranken sollen die Möglichkeit erhalten, ein mentales Gleichgewicht zu erlangen und eine Eingliederung in die Gemeinschaft – zumindest innerhalb der Klinik. Wenn dort etwas anderes geschah, so habe ich davon nicht die geringste Ahnung – und mein Vater auch nicht, davon bin ich überzeugt.»

Sie schwieg, wagte dann aber doch eine Hypothese.

«Vielleicht könnte man es herausfinden.»

«Wie denn?»

«Man müsste die polysomnographischen Aufzeichnungen dieser Patienten finden und auswerten. Wenn ihre mentale Pyramide ins Wanken geriet, dann kann nur der Schlaf über den Umweg dieser Aufzeichnungen verraten, was ihnen angetan wurde.»

«Die werden Sie bekommen», versprach Erick. «Ich werde sie Ihnen bringen, selbst wenn ich die Fondation auf den Kopf stellen müsste!»

Nadine Mankiewicz stützte sich am Tisch ab, als verspürte sie erst jetzt, wie schwer diese Enthüllungen, von denen sie sich doch Befreiung erhofft hatte, auf ihr lasteten.

«Warum noch einmal in all diesem Dreck wühlen? Wir haben alle längst damit abgeschlossen. Sogar er», sagte sie.

Erick musterte sie irritiert. Sie fasste sich wieder.

«Für diese hier können wir nichts mehr tun», sagte sie noch und hielt ihm die Blätter hin.

«Das stimmt», erwiderte Erick. «Aber für Strelli können Sie noch etwas tun.»

«Was denn?», fragte sie resigniert.

Er trat auf sie zu. Diesmal konnte sie seinem Blick nicht ausweichen.

«Sie wissen, wo sich Ihr Vater aufhält.»

«Nein», sagte sie auffallend hastig.

«Aber Sie sind nach wie vor in Kontakt mit ihm, oder?»

Sie sträubte sich vergeblich.

«Ja», gab sie schließlich zu. «Aber nur per E-Mail.»

«Warum?»

Er ersparte ihr die Antwort, die sich aufdrängte.

«Na klar! Professor Mankiewicz hat nie mit seinen Forschungen aufgehört. Es wäre ja unsinnig, das zu verraten und sich freiwillig dem Kreuzfeuer von Kollegen und der Presse auszuliefern. Ich stelle mir vor, dass er Ihnen aus dem gleichen Grund, um Ihnen den Druck von außen zu ersparen, den genauen Ort seines Forschungslabors verheimlicht.»

Nadine riss das Fenster auf. Sie rang nach Luft.

«Madame, wenn Ihr Vater inzwischen in der Lage ist, den paradoxen Schlaf zu steuern, dann kann er Laurent Strelli vielleicht doch retten. Das Schicksal dieses Mannes liegt in Ihrer Hand.»

«Versuchen Sie nicht, mir für irgendetwas die Verantwortung zuzuschieben, und schon gar nicht, mir Schuldgefühle einzuimpfen.»

«Davon ist keine Rede: Sie sagten selbst, Ihr Vater habe seine Forschung und seinen Ehrgeiz immer zum Wohle und zur Behandlung kranker Menschen eingesetzt. Jetzt oder nie ist der Moment, es zu beweisen.»

Ihr fiel keine Antwort ein. Wie zerrissen sie innerlich war, ließ sich an ihrer Haltung ablesen. Eine ganze Weile stand sie wie geistesabwesend da, und auch ihr Blick verlor sich im Nirgendwo. Kalte Luft drang ins Wohnzimmer ein und fuhr auch ihr in die Knochen. Sie gab sich einen Ruck:

«Wo sind sie jetzt, Laurent Strelli und die junge Frau, von der Sie mir erzählt haben?»

«In Marseille», erwiderte Erick.

Jetzt blickte sie ihm direkt ins Gesicht. Ihre Mimik hatte sich verändert. Sie hatte ihren Entschluss gefasst und empfand endlich Erleichterung. Der Schraubstock, in dem sie gefangen gewesen war, seit dieser Polizist in ihr Leben eingebrochen war und all ihre Vorsätze über den Haufen geworfen hatte, ließ allmählich locker. Sie hatte das Gefühl, etwas zu vollenden, das sie von Anfang an nicht länger hätte aufschieben sollen. Vielleicht sollte sie in diesem Mann – und in dem, wozu er sie drängte – die Erlösung aus all den Jahren des Wartens und all der Mühen sehen.

«Holen Sie sie zurück», sagte sie. «Schnell! Sie haben beide noch einen langen Weg vor sich. Und Sie, Monsieur Flamand, geben Sie den Kampf nicht auf! Es wird ein Rennen gegen die Uhr sein, mindestens an zwei Fronten gleichzeitig. Wenn mein Vater Laurent Strelli noch helfen kann, muss es noch vor heute Abend geschehen.»

Sie nahm ein weißes Blatt vom Sekretär.

«Schreiben Sie mir Ihre E-Mail-Adresse auf.»

Erick schrieb, und sie versuchte, das Gekritzel zu entziffern.

«Ich werde sofort das Nötigste veranlassen. Sehen Sie – trotz Sabbat lässt man niemanden sterben. Weder am Sabbat noch an einem anderen Tag. Selbst wenn man dabei unsere Gesetze brechen muss.»

«Wo hält sich der Professor auf?»

Nadine Mankiewicz öffnete den Schrank neben dem Sekretär. Auf einem Regal in Augenhöhe stand ein abgegriffener Globus, umrahmt von Schulbüchern. Erick trat näher. Sie wies mit dem Finger auf einen bestimmten Punkt. Er musste zweimal hinsehen, so verblüfft war er.

«Vor … heute Abend?»

«Es ist noch zu schaffen», sagte sie. «Die Zeitverschiebung wird ihnen zugutekommen. Laurent Strelli und Ihre Freundin werden an ihre Grenzen gelangen, an die verhängnisvolle Grenze der drei Tage, danach kann niemand mehr dem Schlaf widerstehen. Sie werden immer wieder, wenn auch nur ganz kurz, einnicken und nichts dagegen tun können, trotz aller Substanzen, die man ihnen einflößt.»

«Wenn es nur ganz kurz ist, besteht die Hoffnung, dass der paradoxe Schlaf keine Zeit hat, sie zu überwältigen.»

«Das ist eine Illusion: Auch der Sekundenschlaf durchläuft sämtliche Phasen, auch die fünfte. Nur so kann man durchhalten, wenn man über lange Strecken Kurs halten muss.»

Sie setzte sich, als hätte sie ihren Frieden gefunden.

«Die beiden müssen sofort starten», sagte sie. «Eine weitere schlaflose Nacht wäre eine Katastrophe.»

64

Die Ambulanz wartete vor Ausgang C, so nahe wie möglich beim Ankunftsbereich.

Eva und Laurent klammerten sich aneinander, wie ein Paar, das einem Sturm trotzen muss. Marina und Erick, einer rechts, einer links, hielten sich dicht neben ihnen. Die Glastüren glitten auseinander, und der eisige Luftstrom war wie eine Ohrfeige.

Laurent blieb schlagartig stehen. Sein Blick jagte hin und her: Krankenwagen – Gesicht – Taxi – Koffer. Seine Hand presste Evas Unterarm.

«Ich bin ja da», sagte sie.

Sie wusste mittlerweile, dass ihre Stimme ihm Sicherheit verlieh, wenn er sie auch nicht wirklich hörte.

«Meine Bilder! Meine Bilder, meine Skulpturen ...»

Marina hakte sich bei ihm ein. Er wandte den Kopf zu ihr, sah durch sie hindurch und machte sich los.

«Sie werden gerade geholt», sagte sie betont ruhig. «Gibt es etwas, das Sie bei sich behalten möchten?»

Erick machte eine abwehrende Bewegung: Die Zeit war doch so knapp bemessen! Marina achtete nicht darauf. Die Qualen, die Strelli noch vor sich hatte, rechtfertigten jede Linderung durch vertraute Gegenstände oder was sonst auch immer zu seiner Beruhigung beitragen konnte. Eva antwortete an seiner Stelle:

«Vielleicht die Büste. Ich kann sie in meine Tasche tun.»

«In meine Tasche tun ...», wiederholte der Künstler artig.

Die Schiebetür der Ambulanz glitt zur Seite. Im Türrahmen erschien Stéphane Mathis. Eva stützte sich auf seinen Arm, um hineinzuklettern. Seit Marseille war ihr nur noch schwindelig. Sie musste sich hinlegen. Laurent stellte sich neben ihr auf und starrte ihr Gesicht an. Erick schwang sich auf den Beifahrersitz, Marina setzte sich ganz nach hinten, dann verließ die Ambulanz den Terminal.

Es war 11.45 Uhr, die Autobahn gestopft voll.

«Wie lange brauchen wir bis Roissy?»

Der Fahrer drückte auf einen Knopf. Die Sirene ertönte, schon machten die Autoschlangen Platz.

«Jetzt knappe dreißig Minuten. Wann ist Abflug?»

«Um 13 Uhr.»

«Aber für internationale Flüge muss man doch ...»

Erick schnitt ihm das Wort ab: «Sie werden warten. Fahren Sie!»

Laurent ließ sich schließlich doch dazu bewegen, sich zu setzen. Marina beobachtete den jungen Mann und sah dann zu Eva hin. Dass sie völlig erschöpft war, sah man ihr an, eine schmerzliche Erkenntnis. Ihr tat es in der Seele weh:

Bei beiden dieser fahrige Blick, diese Schatten über den Gesichtern mit der gefurchten Haut, die immer fahler wurde. Körperliche Wracks, die nur noch einen Wunsch hatten: sich ausruhen zu dürfen. Am liebsten wäre sie ausgestiegen, um die Ambulanz eigenhändig anzuschieben, damit alles noch schneller ging – und die zwei es hinter sich hätten und in einen heilsamen Schlaf sinken dürften. Sie liebte das Wiedererstarken des Lebens, während der unumkehrbare Tod sie nie sonderlich rührte. Als die Leichen der Frau und des Kindes an ihr vorbeigetragen wurden, hatte sie nichts anderes gefühlt als Mitleid mit ihm, dem Hinterbliebenen. Ein zerstörtes Leben, das ging ihr noch unter die Haut. Und das sah sie hier vor sich und konnte nichts dagegen tun.

Stéphane Mathis legte eine Spritze auf ein Tablett, entblößte Evas Arm und desinfizierte die Armbeuge. Marina beneidete ihn, er konnte etwas tun.

Mühsam drehte Eva den Kopf zu ihm hin.

«Was wollen Sie mir spritzen?»

«Modafinil, intravenös», antwortete Stéphane.

«Was ist das?»

«Dr. Meer hat's verordnet: eine Substanz, die wach macht, erst seit kurzem auf dem Markt. Als Spritze eigens für Sie aufbereitet.»

Eva schloss die Augen.

«Ein Weckmolekül … Sie sind im Begriff, uns umzubringen.»

Ihr Blick suchte Laurent: Er schien ihre Worte nicht gehört zu haben, was sie erleichterte.

«Nebenwirkungen?»

«Eigentlich keine», antwortete Stéphane. «Wir haben Patienten mit Schlafkrankheit, die mehr als zwanzig Stunden pro Tag schlafen. Das Modafinil hat ihr Leben verändert.»

… *und wird das unsrige zerstören*, dachte Eva bei sich. Sie hatte keine Kraft mehr zu einer Antwort. Sie spürte kaum mehr den Stich der Nadel, doch schon Sekunden später wurde ihr Arm ganz warm. Behutsam richtete sie sich auf und griff nach Strellis Hand. Er ließ Mathis gewähren. Eva fing einen Blick von Erick auf.

«Brasilien», sagte sie, als ließe sich mit diesem Wort ihr Zustand zusammenfassen – oder ihn als noch unerträglicher kennzeichnen. «Zehn Stunden Flug; das halten wir nicht durch.»

«Ich habe euch zwei Plätze in der ersten Klasse reserviert. Ihr seid allein, und zwei Stewardessen haben den Auftrag, euch zu essen zu bringen und vom Schlafen abzuhalten. Wenn ihr erst einmal dort seid, wird es mit der Zeitverschiebung ohnehin leichter werden: Drei Stunden lang wird so viel Wirbel um euch sein, dass ihr vergessen werdet, was euch am meisten fehlt ...»

«Das Zählen haben wir längst aufgegeben», sagte sie.

«Ihr vielleicht, nicht aber eure biologische Uhr. Die regelt nämlich euren Wach- und Schlafrhythmus. Fängt sie Tagessignale auf – Lärm, Licht, Betriebsamkeit –, dann verdrängt sie für eine gewisse Spanne das Einschlafbedürfnis.»

Er lächelte beiden zu. Dabei spürte auch er, wie müde er war – und schämte sich dafür: Die zwei hatten nicht einmal ein Auge zugetan, während er in zwei Nächten doch immerhin knappe fünf Stunden geschlafen hatte. Mittlerweile hatte Stéphane auch Strelli das Mittel intravenös gespritzt.

«Sie werden durchhalten, ich weiß es», sagte er. «Weil es auch am Ende immer noch eine Chance gibt. Und die muss man nutzen.»

In der Abflughalle wirkten Eva und Strelli tatsächlich wacher. Die Atmosphäre am Flughafen von Roissy verstärkte noch den

Effekt der Spritze. Die aggressive Architektur und die Horden von Reisenden rissen sie aus ihrer Benommenheit.

Aber für wie lange? Erick verdrängte diese Frage. Ein Flugbegleiter kam auf sie zu.

«In vierzig Minuten ist Abflug, alle Passagiere sind schon an Bord. Wir haben nur noch auf Sie gewartet.»

Zwei Männer kamen auf sie zu. Eva wies die Rollstühle zurück.

«Nein! So weit sind wir noch nicht! Lassen sie uns zumindest das Gegenteil glauben.»

Sie schwankte, Erick fing sie auf.

«Ich bin zu hastig aufgestanden.»

«Bist du sicher, dass du nicht ...»

«Absolut sicher. Wir schaffen's zu Fuß.»

Sie atmete tief durch und streckte sich. Das Grün ihrer Augen schien in Grau aufgelöst. Ihr Gesicht war wieder erloschen. Erick stützte sie.

«Ich begleite euch bis in die Maschine.»

Marina legte ein Paket auf den Sitz neben Strelli. Er schien die Form wiederzuerkennen, und seine Miene hellte sich auf.

«Jetzt müssen Sie aber los, Monsieur Strelli», sagte sie.

Die vier gingen den Korridor entlang, der direkt in die Maschine führte. An der Tür wurden sie von einem etwa fünfzigjährigen Mann in Uniform und einer stark geschminkten jungen Frau erwartet.

«Flugkapitän Joubert und Lorraine Fourchet, Chefstewardess. Wir werden gleich starten.»

Eva und Laurent nahmen ihre Plätze ein. Eva setzte Laurent die Kopfhörer auf und wählte ein möglichst ohrenbetäubendes Musikprogramm.

«Um 19 Uhr Ortszeit werdet ihr in Rio sein», schärfte Erick ihr noch ein. «Bis dahin werde ich Genaueres von Nadine Mankiewicz wissen.»

Eva sah auf die Uhr: Es war 12.30 Uhr.

«Vertraust du ihr?»

«Ja», sagte er, ohne zu zögern. Er wusste, was sie hören wollte.

«Und wenn es ihr nicht gelingt, ihren Vater zu erwischen?»

«Wir dürfen jetzt nicht den Glauben verlieren, oder?»

Eva kuschelte sich in ihren Sitz. Lächelnd kam die Stewardess und stellte die Lehne wieder gerade.

«Noch nicht», sagte Erick. «Aber während des Fluges darfst du dich sicher ein wenig ausruhen. Die Stewardess wird sich um Strelli kümmern.»

«Nein. Er kennt sie nicht, er wird sie gar nicht wahrnehmen. Ich muss wach bleiben.»

Sie sah ihn an. Mechanisch strich er über die Sitzlehnen. Eva schaute zu Erick hoch.

«Zu spät. Wir können nicht von ihm erwarten, dass er in seine Welt noch Neues einfügt. Der Prozess der Regression ist, davon bin ich überzeugt, schon sehr weit fortgeschritten. Viel weiter, als du dir vorstellst. Françoise Meer hatte recht, Erick: Durch den Schlafentzug bewahrt man vielleicht noch Reste seines Erinnerungsvermögens, aber deine berühmte mentale Pyramide wird dadurch noch stärker erschüttert.»

Sie schwieg einen Moment lang, um zu überprüfen, ob Strelli sich tatsächlich in seinem Universum verschanzt hatte. Erst danach fuhr sie fort:

«Meine Stimme ist ihm vertraut, und dennoch spüre ich ganz genau, dass sie sich immer häufiger in der Leere verliert, die er um sich herum geschaffen hat. Und diese Leere wird mit jeder Minute größer. Der Professor muss schon eine Koryphäe sein, um diesen Jungen von dem Planeten herunterzuholen, auf dem er sich mittlerweile installiert hat.»

Die Kabinenchefin kam auf ihn zu, Erick stand auf. Er musste gehen.

«Ruf mich vom Flughafen in Rio aus an, und wenn du nicht durchkommst, gehst du in die Air-France-Lounge und rufst deine E-Mails ab.»

Die Stimme des Flugkapitäns ertönte. Es blieben nur wenige Minuten bis zum Start.

«Monsieur», sagte Lorraine, «Sie müssen jetzt wirklich von Bord.»

Erick hielt Eva noch schnell ein Plastikkästchen hin. Fragend blickte sie zu ihm hoch.

«Wenn's gar nicht mehr geht», sagte er. «Vullierme hat es mir für euch gegeben: ein Set Spritzen. Fertigspritzen, brauchst nur noch draufzudrücken.»

«Noch mehr?», fragte sie flehentlich. «Eine dürfte doch genügen, oder?»

«Es ist nicht dasselbe Mittel. Ich konnte es dir vorhin nicht geben, wegen Stéphane Mathis.»

«Wieso?»

Erick zögerte.

«Wenn ich recht verstanden habe, ist es noch nicht im Handel.»

«Ein Test? Mit einer neuen Substanz?»

Sie stieß das Päckchen zurück und wurde wütend.

«Jetzt reicht's mir aber! Wir werden nicht an Schlafmangel krepieren, sondern an Vergiftung!»

Er drängte sie, es zu behalten.

«Das Neuropeptid S ist eine Substanz, die von Natur aus im Hirn vorhanden ist. Es hält länger wach und dämpft das Schlafbedürfnis. Ein Wunder, dass man es gewinnen konnte. Eva, behalt es! Verzichte doch nicht auf diesen Notnagel.»

«Ich glaube nicht mehr an Wunder.»

«Such dir notfalls einen Sanitäter, der es euch spritzt.»

Sie kapitulierte. Erick fasste nach ihrer Hand. Sie war eisig. Auch von Strelli versuchte er noch einen Blick zu erhaschen, doch das war vergeblich. Dann ging er. Die Gangway wurde abgekoppelt.

Er verspürte nackte Angst, während die Maschine auf die Rollbahn einbog. Eva hatte recht: Wunder gab es nicht. Es blieb einem nichts anderes, als verbissen zu kämpfen, blind und taub gegenüber allem, was pessimistisch stimmte. Und manchmal musste man auch eine Niederlage hinnehmen. Würde er den Moment erkennen, wenn es so weit war? Vorerst wollte er sich damit nicht abfinden.

«Es gibt noch andere Wege», sagte Marina, als könnte sie Gedanken lesen. «Wir machen weiter mit der Befragung des Personals der Fondation und all derer, mit denen Stefania Strelli im Monat vor ihrem Tod Kontakt hatte. Die ersten Laborergebnisse dürften bald da sein. Auch die des Gerichtsmediziners. Die Wissenschaft und ihre Jünger sind eine Hilfe, Erick, aber wir sollten nicht nur auf diese eine Karte setzen.»

Erick blickte dem Flugzeug auf der Rollbahn nach. Ja, es gab vielleicht noch andere Spuren. Aber diesmal schienen sie alle verwischt oder liefen alle auf denselben Punkt zu, und am Horizont ihrer Ermittlungen funkelte eben doch immer wieder die Wissenschaft. Ob es Marina passte oder nicht, diese Ermittlungen würden zwangsläufig zu einer Pyramide führen, in deren Innerstem der fehlende Schlüssel verborgen war. Da lag die Antwort: im Geheimnis des Schlafs, unter den Ruinen gemarterter Kreaturen, zerstörter Persönlichkeiten. In wenigen Worten hätte er die Situation zusammenfassen können: Der Schlaf spielte verrückt, die Pyramide würde einstürzen, man musste herauskriegen, warum, und sich vor allem beeilen.

«Du bist wie behext von dieser Pyramide, habe ich recht?»

Erick fiel ein, was er Nadine Mankiewicz versprochen hatte: die Aufzeichnungen der sechs Schwerverbrecher ausfindig zu machen, um den Schlaf zum Sprechen zu bringen.

«Der Sockel ist's, um den es mir geht», erwiderte er.

Sie zögerte, bevor sie antwortete.

«Lass dich nicht von deinen eigenen Problemen beherrschen, Erick. Wer das eigene Ich in eine Ermittlung projiziert, läuft in die Irre.»

Die Anspielung auf seine Schlafprobleme irritierte ihn.

«Das hat mit mir nichts zu tun.»

Sie sah ihn an – und glaubte ihm: Sein Gesicht war plötzlich das eines Erwachsenen.

«Dann ist es richtig, deinem Impuls zu folgen. Wenn du glaubst, dass alles in diesem anarchischen Schlaf zu finden ist, dann müssen wir eben weitersuchen. Nur wo?»

«Ich weiß, wo.»

Entschlossen blickte er sie an.

«In der Tiefe eines Parks.»

FÜNFUNDSECHZIG 65

Ein Handlanger.

Korrekt, kaltblütig, zielstrebig; eigentlich der ideale Handlanger. Aber mehr auch nicht.

Sie hob den Koffer aufs Bett und klappte ihn auf. Beim Anblick der gelben Daunendecke musste sie lachen. Es war auch zum Lachen, was sie alles akzeptiert hatte bis heute, und erst recht in diesen letzten beiden Tagen. Zwei Tage unbändiger Verbitterung, wo einem nur speiübel werden konnte beim Gedanken an fünfzehn Jahre voller Pläne, gescheiterter Hoffnungen und Enttäuschungen – fünfzehn lange Jahre! Da durfte sie heute doch wohl lachen! Lachhaft, das Ganze, selbst die Jahre mit ihm, die Heimlichkeiten, die verstohlenen Intimitäten – auch ein wenig Scham. Aber die Zeit war vorbei, wo sie darüber geheult hätte. Sie würde abreisen, und die neuen Perspektiven gaben den Ereignissen schon jetzt einen besonderen Schwung, dem simpelsten Gegenstand eine ganz neue Färbung.

Perspektiven: Das war's, was ihm fehlte. Genau das. Eine Mission hatte nur Sinn, wenn sie zum Ziel führte, also verfolgte er sie bis ans Ziel. Aber dahinter, da kam nichts mehr – bestenfalls eine neue Mission. Undenkbar, zwei Ideen gleichzeitig zu verfolgen, sie als Ganzes zu reflektieren oder sie in ein neues Projekt einzubinden. Da hatte zwangsläufig immer sie die Richtung bestimmen müssen. Hatte schon vorsorglich in ihrem Kopf den Weg skizziert, der zwar lang war, sie aber weit voranbringen würde, und dann hatte sie ihn in eine Folge von Abschnitten unterteilt, die so kurz bemessen waren, dass er sie perfekt bewältigen konnte, ohne jemals innezuhalten.

Auf den Boden des Koffers legte sie Dokumente, Bücher und die wenigen Fotos, auf denen sie als junges Mädchen mit ihren Eltern zu sehen war. Dieser Anflug von Sentimentalität gefiel ihr umso mehr, als er gar nicht zu ihrem Charakter passte. Sie öffnete einen Umschlag, der sich schon nicht mehr zukleben ließ, und überflog ungerührt die Kopie eines Ehevertrags. Sie steckte die Lasche wieder ein, schob den Umschlag zwischen zwei Kleidungsstücke, hielt kurz inne und zog ihn wieder heraus.

Sie ging in die Küche, drehte am Gasknopf und machte eine der Flammen an. Die Flamme züngelte, biss eine Ecke heraus und verschlang dann gierig das Papier. Sie warf die Reste in einen Topf, schaute zu, bis das Drehen und Winden aufhörte und nur noch schwarze Schuppen übrig blieben.

Sie ging ins Schlafzimmer zurück, probierte die Perücke

auf und betrachtete zum letzten Mal ihr Spiegelbild. In dieser Beziehung hatte er nicht unrecht: Blond stand ihr wirklich nicht.

Sie nahm ein paar Blusen aus dem Schrank, legte einige wieder zurück und packte schließlich keine ein. Was lohnte überhaupt, mitgenommen zu werden? Sie setzte sich und streckte sich dann aufs Bett. Der Koffer roch so schön muffig – das entsprach all dem, was sie hier zurückließ. Sie fühlte sich pudelwohl bei dem Gedanken, abzureisen und nichts als ein fast leeres Gepäckstück mitzunehmen. Ein zu füllender Raum in einem anderen Leben, wo man mit geöffneten Händen, unbeschwertem Geist ankommt und einem eine Welt zu Füßen gelegt, ja geschenkt wird. Sie erwog noch einmal, wie sie es in den letzten Tagen mehrmals getan hatte, allein abzureisen. In diesem Moment sirrte eine Glühbirne, und die Nachttischlampe ging aus. Sie war nicht abergläubisch und sah darin nichts weiter als puren Zufall. Allein reisen und allein bleiben!

Er wäre tatsächlich nur eine Last, dort, wo ihr das Glück winkte. Wo der Ruhm schon auf sie wartete, Ruhm und Anerkennung, Größe – alles, woran ihm nichts lag und was sie ohnehin nicht zu teilen beabsichtigte. Die Kompetenzen ihres Liebhabers wären dort völlig unnütz: Das war ihr sehr schnell klar geworden, als sie ihre nicht alltäglichen Fähigkeiten zu entfalten begann. Auch das hatte sie sehr schnell gewusst.

Dort drüben würde sie keinen Handlanger und auch keinen Liebhaber mehr brauchen. Was er Sex nannte, entsprach seinem Charakter: kurze Abschnitte, ohne Kohäsion; immer schön der Reihe nach. Ihr war schon längst klar geworden, dass sie darauf verzichten konnte, und schon bald war der Verzicht weit weniger quälend gewesen.

Heute Morgen hatte sie ihn mal wieder angestachelt.

Sie hatte ihn gedrängt, die nächste Maschine zu nehmen,

als ihnen zu Ohren gekommen war, dass die beiden sich aus dem Staub machen würden. Als man eigentlich keine Wahl mehr hatte und schleunigst nach Brasilien oder ans andere Ende der Welt reisen musste, um sie nicht entwischen zu lassen.

Sein letzter Auftrag.

SECHSUNDSECHZIG 66

Erick presste seine Plakette gegen das Guckloch. Der Park hinter ihm war wie ausgestorben. Eine weiße Gestalt huschte vorbei, vielleicht ein Patient, der zu vergessen suchte, dass seine Familie am Wochenende lieber mit den Jungen ins Euro-Disney ging, anstatt ihn in den Alleen der Fondation spazieren zu führen. Das Krankenhaus würde wohl immer das letzte Glied in einer Kette sein, an deren Ende man mit leichten Gewissensbissen den ablieferte, mit dem man nichts mehr anzufangen wusste.

Erick wandte sich wieder zur Tür, doch die blieb zu – kein Wunder!

«Tut mir leid, Kommissar. Ich darf Sie nicht hereinlassen. Durch diese Tür jedenfalls nicht. Sie müssen durch den Haupteingang.»

«Und wo ist der?»

«Passage Dubois. Aber diese Station untersteht der Strafbehörde, und wenn Sie jemanden besuchen wollen, müssen Sie erst einmal die vorgeschriebene Eingabe machen.»

Erick steckte seine Plakette wieder weg, gab keine weiteren Erklärungen und entfernte sich von dieser Zwingburg. Er ging durch den Park und gleich in den ersten Stock hinauf, ohne das Stationspersonal eines Blickes zu würdigen. Er hielt erst an, als er die Tür zur Intensivstation öffnete.

Stéphane Mathis hob den Kopf. Er hockte vor dem Medikamentenschrank im Krankensaal und sah den Polizisten einen Moment lang fragend an. Erick rührte sich nicht vom Fleck und fixierte ihn durch die Glasscheibe. Der Pfleger fragte erst gar nicht, jeglicher Widerstand schien ihm von vorneherein zwecklos.

«Ich muss drüben hinein», sagte Erick.

«Wo hinein?»

«Station IV. Hochsicherheitstrakt. Ich muss hinein. Und zwar heute noch.»

In einer der Kabinen wimmerte ein Patient. Stéphane Mathis drehte sich um. Erick tat einen Schritt auf ihn zu.

«Ich habe keine Zeit, mich an Besuchsvorschriften zu halten.»

Der Pfleger zuckte mit den Achseln.

«Ich kann Ihnen nicht helfen.»

«Doch. Sie können mir sagen, welchen Gang die Ärzte benutzen. Françoise Meer dürfte nicht außen herum gehen. Vullierme wohl auch nicht, und Stefania Strelli erst recht nicht.»

«Hören Sie …»

Mit einer autoritären Geste schnitt Erick ihm das Wort ab.

«Sie kommen mit.»

Mathis zögerte. Die Schwesternschülerin beobachtete sie schweigend.

«Ich bin gleich wieder da», sagte Stéphane zu ihr. «Wenn's ein Problem gibt, rufst du auf Station I an. Oder mich über den Piepser.»

Erick blieb ihm auf den Fersen. Sie gingen durch die Pflegestation, durchs Hauptgebäude, bis zum nächsten Flügel. Sie kamen an den Kabinen des Schlaflabors vorbei. Hier wurde also der Schlaf erforscht. Erick musste an Strelli denken. Wie würde sein Schlaf heute aussehen, wenn er doch einschliefe? Er hatte seinen Schritt verlangsamt, Stéphane war schon an den Sprechzimmern vorbei. Er holte ihn erst vor einer Tür wieder ein, einer doppelten Holztür, die er wiedererkannte.

«Ist das nicht die Bibliothek?»

Der Pfleger nestelte an seinem Schlüsselbund.

«Sie haben Glück: Ich bin der einzige Pfleger, der diesen Schlüssel hat. Madame Strelli hat mir's erlaubt, wegen der Nachschlagewerke.»

Er schloss die Tür auf, und beide gingen die Stufen hinab. Mathis ging stur geradeaus durch den ganzen Saal. Erick beschlich das gleiche Gefühl wie am vorherigen Abend: Die Feierlichkeit, von der hier alles geprägt war, schüchterte ihn ein. Für Bewunderung blieb ihm keine Zeit: Mathis war schon hinter den letzten Regalen verschwunden. Erick beeilte sich. Auf der Höhe der gerahmten Fotografien wandte er noch einmal den Kopf: Der merkwürdige Blick von Nadine Mankiewicz als Kind zog ihn magisch an. Er löste sich aus diesem Bann und lief hinter dem Pfleger her.

Mathis wartete vor einer Tür, die Erick gar nicht aufgefallen war, als er mit Françoise Meer nur ein paar Meter daneben gestanden hatte. Es war eine dicke Panzertür mit einem ausgesparten Viereck aus Glas.

Mathis trat zur Seite und gab den Blick auf ein in der Wand befestigtes Kästchen frei: ein elektronisches Erkennungssystem.

«Drei Ärzte haben – oder hatten – das Recht, diesen Durchgang zu benutzen. Jeder hat seine eigene Kennkarte. Weiter können wir nicht», sagte er, sichtlich befriedigt. «Nicht einmal mit einer Polizeiplakette.»

Erick blickte durch das Glas. Nur eine weiße Wand.

«Ich vermute, Sie verfügen nicht über besagte Kennkarte.»

Mathis deutete nur ein Achselzucken an. Erick zog die Waffe und zielte auf das Kästchen. Entsetzt wich der Pfleger zurück.

«Sind Sie wahnsinnig?»

«Wenn meine Plakette die Tür nicht aufkriegt, habe ich keine andere Wahl.»

«Sie werden Alarm auslösen, und die Zwischentüren werden sich schließen.»

«Und Sie werden auch Ärger bekommen, das schwöre ich Ihnen! Vielleicht wissen Sie ja doch eine andere Lösung? Beeilen Sie sich!»

Unsicher sah der Pfleger ihn an.

«Der diensthabende Oberpfleger hat auch eine Karte», gab er schließlich zu. «Aber dazu …»

«Ich werde brav sein», sagte Erick und steckte seine Waffe weg. «Aber dalli! Ich warte!»

Der Pfleger lief wieder zurück.

«Mathis! In fünf Minuten greife ich wieder zu meiner Methode. Verlieren Sie also keine Zeit, indem Sie weiß Gott wen warnen.»

Er hielt ihm die Kennkarte hin.

«Ich musste mich in eine Liste eintragen und ganz schön kämpfen. Ihren Namen habe ich auch gleich eingesetzt.»

Erick hörte nicht mehr auf seine Worte. Er steckte die Karte in den Schlitz, hörte den elektromagnetischen Türöffner, und schon ging die Tür auf. Ein Kinderspiel. Mathis nahm seine Frage vorweg.

«Die Kontrollen sind auf der anderen Seite.»

Der Pfleger wollte wieder vorangehen, doch Erick packte ihn am Arm.

«Sie bleiben natürlich hier. Ich will mir ja schließlich nicht anhören müssen, ich hätte Sie zum Verlassen Ihrer Station angestiftet.»

Er trat über die Schwelle und drehte sich noch einmal um, bevor die Tür sich wieder schloss.

«Sollte ich in einer Stunde nicht zurück sein, können Sie anfangen herumzutelefonieren.»

67

SIEBENUNDSECHZIG

Es klang, als würde die Tür angesaugt.

Die zwei mal zwei Meter große Schleusenkammer war leer. Eine weitere Tür auf der rechten Seite – Massivholz dieses Mal – bildete anscheinend den einzigen Ausgang. In einem Winkel oben an der Wand bewegte sich kaum merklich eine Kamera. Eine Reihe Spots unter der Decke blendeten ihn. Eine Stimme ertönte:

«Ihre Personalien, bitte.»

Er zögerte und war versucht, den Namen eines Arztes zu nennen: Vullierme, beispielsweise. Aber im Kontrollsystem war selbstverständlich eine Überprüfung der Identität vorgesehen – manche Krankenstationen der Gefängniswelt verfügten sogar bereits über Methoden zur Iris-Identifikation. Und anmaßendes Auftreten gleich zu Anfang dürfte bei dem Kollegen wohl kaum die Kooperationsbereitschaft fördern, und die würde er bestimmt brauchen.

«Erick Flamand», sagte er daher und hielt seine Plakette in Richtung Kamera. «Kriminalpolizei.»

Und um der Reaktion des Sicherheitsbeamten gleich zuvorzukommen, fügte er hinzu:

«In dringender Mission.»

Die wenigen Sekunden der Stille erschienen ihm endlos. Sofort entwarf er einen Plan, um gegen eine Ablehnung gewappnet zu sein: Man solle doch bei seinen Vorgesetzten die Dringlichkeitsbescheinigung anfordern. Aber die Stimme entriss ihn seinen Überlegungen.

«Nehmen Sie alle Metallgegenstände aus Ihrer Kleidung. Falls Sie eine Waffe dabeihaben, holen Sie sie heraus, ebenso die Munition, und stecken Sie alles zusammen in die durchsichtige Plastiktüte links neben der Tür, die Sie dann beim Verlassen der Schleuse übergeben.»

Beflissen gehorchte Erick den Anordnungen. Die Tür ging auf – ein größerer Raum. Er ging durch den ersten Metalldetektor hindurch. Bewaffnet stand der Kollege vor einem Schreibtisch, grüßte und nahm ihm die Waffe ab. Erick legte Jacke, Gürtel und Schuhe ab und machte sich auf die Kontrolle gefasst. Ob die Ärzte auch tagtäglich eine solche Prozedur über sich ergehen lassen mussten? Äußerst gewissenhaft strich der andere mit der Handsonde an seinem Körper entlang. Dann durfte er sich wieder anziehen.

Er legte seine Plakette hin und schob die Magnetkarte ein.

«Das ist nicht Ihre Karte», sagte der andere.

«Sie können den Oberpfleger der Fondation anrufen. Ich benutze sie mit seiner Einwilligung.»

Abermals studierte der Mann Ericks Dienstausweis und entschied dann:

«Das werde ich tun, aber gehen Sie schon einmal.»

Erick ging durch eine weitere Schleuse, und als die letzte Tür sich hinter ihm schloss, war er bewegungsunfähig.

Desorientiert blickte er um sich. Er befand sich am Ende eines grell ausgeleuchteten Gangs. Er machte ein paar Schritte. Endlos hallte das Echo vom gefliesten Boden und den gefliesten Wänden wider. Entlang dieser weißen Wände waren überall schwere Metalltüren eingelassen. Und vor jeder einzelnen war noch eine Gittertür, ein doppelter Schutz für außen. Er drehte sich um: Das Geräusch eines Schlüssels in einem Schloss schien ihm ohrenbetäubend.

Er spürte, wie eine unkontrollierbare Spannung von ihm Besitz ergriff und ihm Bilder von Männern und Frauen vorgaukelte, von Mördern, die in diesen Zellen herumlagen, aber auch grauenvolle Bilder von einem blutüberströmten Vater und einer völlig entstellten Mutter. Hinter welche dieser Gitterstäbe wünschte er den, der verrecken sollte, an dessen Händen das Blut seiner Eltern klebte? Oder lief er noch frei herum, anstatt hier eingebuchtet zu sein? Ein monotones Metallgeräusch im Flur zerriss ihm schier das Trommelfell. Das Licht blendete ihn. Er trat an eine der Zellen heran. Mit Wucht prallte innen etwas gegen die Tür. Er sprang zurück, glaubte ein Röcheln zu hören, erstickt von der dicken Panzertür. Er stellte sich eine leidende Kreatur vor und empfand so etwas wie Genuss, wie Erleichterung.

«Wer sind Sie, Monsieur?»

Blitzartig drehte Erick sich um. Schweiß perlte auf seiner Stirn, lief ihm über den Nacken bis ins Hemd hinunter. Eine Frau von etwa fünfzig Jahren mit graumeliertem, auffallend kurzgeschnittenem Haar beobachtete ihn aus der Ferne.

Er fasste sich wieder und stellte sich vor.

«Wollen Sie einen Patienten besuchen?», fragte die Schwester.

Einen *Patienten*. Bei diesem Wort musste er lächeln, und gleichzeitig empfand er Empörung. Das Echo schien ihm noch lange im Flur nachzuhallen.

«Nein», sagte er. «Ich bin hier, um Unterlagen abzuholen. Das ist alles.»

«Was für Unterlagen?»

«Über Schlafaufzeichnungen. Die Patienten sind nicht mehr auf der Krankenstation», sagte er noch, bevor er ihr die Liste der sechs Häftlinge hinstreckte.

Sie überflog das Blatt mit den Namen.

«Haben Sie ein Papier, eine Vollmacht, eine Bestätigung, die Sie dazu berechtigt?»

«Nur die Zustimmung von Frau Dr. Meer.»

«Sie ist nicht da.»

Er musste alles auf eine Karte setzen.

«Ich weiß. Sie fliegt morgen nach Kanada. Wenn Sie Zweifel haben, können Sie sie anrufen. Und bei Ihren Sicherheitsleuten auch meine Personalien überprüfen.»

«Das ist bereits geschehen, sonst wären Sie nicht hier und könnten nicht mit mir reden.»

Sie gab ihm das Blatt zurück.

«Diese Patienten haben die Fondation vor drei Jahren verlassen und sind verstorben», sagte er, um sie zu überzeugen.

«Ich weiß, wer diese Leute sind», sagte sie knapp. «Ihre Akten unterliegen der ärztlichen Schweigepflicht, auch posthum. Kommen Sie, Sie können in meinem Büro warten, während ich versuche, Frau Dr. Meer zu erreichen.»

Erick folgte ihr. Im Büro würde ihm vielleicht ein Trick einfallen, um das zu bekommen, was er wollte, bevor die Psychiaterin ihr Veto einlegen konnte.

Sie kamen an zwei Frauen in Anstaltskleidung vorbei, die eine Karre schoben, aber von einem bewaffneten Wachposten begleitet wurden. Erick versuchte, das alles nicht wahrzunehmen. Aber die Waffe zog seinen Blick an. Er wandte sich an die Schwester neben ihm.

«Die sitzen alle wegen …»

«Ja, wegen Totschlags, aber sie werden hier medizinisch *betreut*. Dennoch ist Vorsicht geboten.»

Hinter sich hörte Erick die Gittertür in ihrer Schiene rattern, dann wurde ein Schlüssel umgedreht.

«Von innen sehen sie die Gittertür nicht. So haben sie das Gefühl, in einem Krankenzimmer zu sein, und empfinden die Haft als Behandlung.»

Sie schien stolz zu sein auf diese Maßnahmen. Er kochte innerlich, schwieg aber. Er wusste natürlich, dass es ihm schwerfiel, objektiv zu bleiben, und dass der Tod der Eltern seine Revolte noch lange anheizen würde. Und um diese Wut einmal richtig hochkochen zu lassen und gleichzeitig gegen sie anzukämpfen, drehte er sich um. Ihm ins Gesicht blicken – dem Psychopathen, dem Kriminellen! Den Teufel konnte man erst austreiben, wenn er Gestalt angenommen hatte!

Es dauerte knapp eine Sekunde, bis er begriff, was er sah.

Eine Kreatur – Frau oder Mann? Das war nicht zu bestimmen – schoss wie eine Furie aus der Zelle heraus. Eine widerwärtige Grimasse entstellte das Gesicht. Wie ein Widder hielt sie den Kopf gesenkt. Gekrümmt und verdreht wie eine Stoffpuppe flog die Hilfsschwester durch die Wucht des Aufpralls rücklings auf die Fliesen. Sie rang nach Luft. Das Tablett kippte, und aus dem Suppennapf spritzte ihr die heiße Brühe ins Gesicht und floss über den Hals. Sie schrie vor Schmerz. Schon raste die menschliche Bestie – die jetzt eher einem wilden Tier glich – mit aufgerissenem Mund auf die zweite Schwester zu. Die hatte keine Zeit mehr zur Abwehr: Sie spürte den Biss am Hals, aus dem auch schon Blut quoll. Sie brüllte. Wie ein Schutzschild stand sie zwischen dem machtlosen Wachmann und dem Häftling und mühte sich verzweifelt, das fratzenhafte Gesicht von sich wegzustoßen. Doch die Kiefer verbissen sich immer tiefer in ihr Fleisch, und ihr Kittel war bereits voller Blut. Langsam ließ sie sich auf den

Boden sinken, während der Schlagstock des Wachmanns völlig wirkungslos blieb.

Trotz des Blutbads glaubte Erick den Häftling lachen zu hören. Er stürzte sich auf ihn, streckte den Arm vor, um ihm sein Opfer zu entreißen, da ließ der andere plötzlich von seiner Beute ab und drehte sich zu ihm um. Er lächelte, und unregelmäßig wölbte sich bluttriefendes Zahnfleisch. Der Wachmann schlug mit dem Knauf seiner Waffe zu, und da brach der Wahnsinnige zusammen. Erick packte ihn an der Gurgel, blickte ihm tief in die Augen und drückte zu. Immer stärker. Seine Hand wurde zu einem Schraubstock, der nicht mehr lockerließ. Er war taub gegenüber den Stimmen ringsum, er widersetzte sich den Armen, die an ihm zerrten, die versuchten, die Zange seiner Finger zu lösen. Der andere bog sich wie ein Rohr, und seine Beine rutschten unter ihm weg. In seinem Innersten verspürte Erick so etwas wie Genugtuung beim Anblick dieses verzerrten Gesichts mit der heraushängenden Zunge und den hervorquellenden Adern. Das Lächeln von Vater und Mutter, das er vergessen oder hinter der Maske des Todes verdrängt hatte, tauchte wieder auf und schien ihm Absolution zu erteilen. Er spürte etwas knacken unter seiner Hand. Er konzentrierte sich auf die Augen, die wie Irrlichter hin und her jagten. Und endlich erkannte er in der Tiefe der Pupillen diesen Wahnsinn, dem nicht beizukommen war, diese Entfremdung, die sich allem entzieht, vor allem den Opfern. Jetzt erst ließen seine Finger los. Der Mann fiel in sich zusammen und japste nach Luft. Um seine Lippen war immer noch dieses Lächeln. Erick richtete sich auf und entfernte sich von Lärm, Geschrei und hastigen Schritten. Die Schwester musterte ihn ungläubig und stürzte sich ins Getümmel, um den Verletzten Erste Hilfe zu leisten.

Erschöpft ließ Erick sich an der Wand hinabgleiten. Die Szene erschien ihm irreal, als hätte er sie gar nicht erlebt.

Blitzartig sprang er wieder auf und rannte bis ans Ende der Station. In seinen Schläfen hämmerte es noch. Er stoppte vor einer Tür, wo auf einem sorgfältig abgekratzten Schild noch immer das Wort *Ärztezimmer* zu lesen war. Er wollte eintreten, doch die Tür war verschlossen. Er ließ nicht locker, hieb schließlich mit der flachen Hand gegen das Holz und konnte auch diesmal seine Kraft kaum bändigen. Endlich entdeckte er rechts von der Tür dasselbe Kästchen mit Kartenschlitz wie in der Bibliothek. Diese Vorsichtsmaßnahme bestätigte ihn in seinem Verdacht: Hier würde er finden, was er suchte. Er schob die Karte ein.

Er setzte sich vor die Computer und versuchte, in die Patientenkartei hineinzukommen, aber dazu brauchte er das Passwort. Da fielen ihm Gesten und Worte von Stéphane Mathis wieder ein: Die Aufzeichnungen wurden auf CD-ROM übertragen und archiviert. Er öffnete den ersten Schrank. Er enthielt nur Aktenordner. Der zweite widersetzte sich seinen Anstrengungen. Nach einem Fußtritt ließ das Schloss den Knauf im Stich, und ein Flügel sprang auf.

Da waren sie ja, die CD-ROMs, alphabetisch und nach Jahren geordnet und in Karteikästchen aufgereiht. Die sechs hatte er schnell gefunden.

Er steckte sie in die Innentasche seines Mantels und machte die Tür auf, überlegte es sich dann aber anders. Er setzte einen Drucker in Gang und schob die CD ins Laufwerk. Ein paar Handgriffe, und die Kurven erschienen. Unmittelbar danach auch die ersten Ausdrucke. Draußen war wieder Ruhe eingekehrt.

Er war erst bei der dritten CD angelangt, als die Tür aufflog. Hinter der Schwester erkannte er den gestrengen Habitus einer Frau im weißen Kittel.

Françoise Meer trat auf ihn zu. Sie machte eine Kopfbewegung, und die Schwester verschwand.

«Es ist Ihnen gewiss nicht unbekannt, dass alles, was hier gesammelt ist, der ärztlichen Schweigepflicht unterliegt. Zugang erhalten Sie nur, wenn ein exakt definierter Gerichtsentscheid vorliegt.»

Sie stoppte den Drucker und ergriff den Stapel Blätter. Erick fixierte die Zickzacklinien, die ihm entzogen wurden.

«Dass Sie sich über das Gesetz hinwegsetzen, ist Ihre Sache. Aber ich habe nicht den Eindruck, Ihnen jemals meine Hilfe versagt zu haben, selbst wenn ich nicht Ihrer Meinung war. Mussten Sie hier, in meinem Bereich, auch noch meine Autorität untergraben?»

Erick stand auf.

«Müssen Sie mit mir unbedingt wie mit einem Fünfjährigen reden? Sie haben mich doch nicht beim Bonbondiebstahl ertappt, Frau Dr. Meer.»

Er ging an ihr vorbei.

«Ich hatte keine Zeit abzuwarten, bis Sie so gütig wären, keine Zeit, mir eine Ablehnung einzuhandeln. Das artige Zuhören und die guten Ratschläge, damit ist's jetzt vorbei. Ich benötige weitaus mehr als das, was Sie mit Ihren guten Manieren mir anbieten. Strelli ist im Begriff zu krepieren, und gute Manieren werden ihn nicht mehr retten.»

Er verließ das Büro und marschierte durch den Gang. Jetzt war ihm wohler. Sein Herzschlag hatte sich normalisiert, die Zellen nahm er nicht mehr wahr, und auch das Licht war ihm nicht mehr unerträglich. Selbst das Geräusch seiner eigenen Schritte war verflogen. In seiner rechten Hand spürte er noch das Zittern in der Kehle des Häftlings. Er hatte nicht noch fester zugedrückt, war nicht bis ans Ende dessen gegangen, was seine Vergangenheit von ihm verlangte, und hatte auf der anderen Seite nichts Irreparables getan – was nur der Wahnsinn einfordern kann. Das hatte er jetzt begriffen; er hatte es gelesen in den Abgründen jener Augen. Zum ersten Mal seit vier Jahren war er mit sich im Reinen. Endlich.

Tief in der Manteltasche vergraben, spielte seine andere Hand mit vier CDs.

Als er durch den Metalldetektor ging und Alarm auslöste, schlug er einen Jackenzipfel zurück und wies auf seine Gürtelschnalle.

«Immer das Gleiche», sagte er, ohne mit der Wimper zu zucken.

Der Wachposten gab ihm Waffe und Dienstplakette zurück.

Erick ging durch die Bibliothek, deren Tür offen stand, an der Pflegestation vorbei bis zum Aufzug, mit dem er direkt ins Untergeschoss fuhr.

Forsch stieß er die Tür zum Archiv auf. Stéphane Mathis saß vor einem der PCs. Hastig klickte er das Bild weg. Erick machte die Tür zu.

«Das ist vermutlich die Aufzeichnung, die mir fehlt», sagte er und streckte die Hand aus:

«Geben Sie her!»

«Ich habe Anweisung von Frau Dr. Meer ...»

«Das werde ich schon regeln.»

Er ging noch näher auf den Pfleger zu. Mathis musste sich zwingen, nicht zurückzuweichen. Irgendetwas im Auftreten des Polizisten ließ es ratsam erscheinen, keinen Widerstand zu leisten.

«Geben Sie mir Strellis CD!»

68

Die Halluzinationen traten während der letzten Flugstunde auf.

Laurent klammerte sich panisch an Evas Arm und verdeckte mit der anderen Hand sein Gesicht. Jetzt geriet auch sie in Panik.

«Was ist los? Was haben Sie?»

«Insekten, überall Insekten …»

Seine Hand peitschte durch die Luft, sein Gesicht verzerrte sich, Abscheu entstellte seine Züge. Eva fühlte sich vollkommen machtlos, es fiel ihr nichts anderes ein, als nach dieser Hand zu greifen, um den Kontakt aufrechtzuerhalten. Er drückte so fest zu, dass sie beinahe aufgeschrien hätte. Da sie sich nicht mehr anders zu helfen wusste, warf sie Laurent eine Decke über den Kopf. Sie selbst litt auch schon an Störungen, gegen die sie nicht ankämpfen konnte: Die Gegenstände vervielfachten sich, die Stimmen klangen, als kämen sie aus Höhlen, die Gesten wirkten abgehackt, als liefe ein Film in Zeitlupe. Eine der Stewardessen kam näher und sah sie besorgt an.

«Meine Tasche», murmelte Eva. «Die rote Tasche.»

Die junge Frau wühlte im Gepäckfach. Mit der freien Hand klappte Eva die Tasche auf und kramte die gelbe Packung hervor. Wie hypnotisiert starrte sie die Spritzen mit der Neuropeptid-S-Lösung an und blickte dann zur Stewardess hoch.

«Haben Sie schon einmal eine Spritze gesetzt?»

Die junge Frau wich zurück.

«Nein», sagte Lorraine. «Ich kann kein Blut … Aber vielleicht ist ein Arzt an Bord, ich gehe nachsehen.»

Eva schloss die Augen. Auch sie war damals, vor zehn Jahren, beim Anblick der ersten Injektionsnadel zurückgeschreckt, als sie ihrem Vater Tag für Tag das Blutverdünnungsmittel in den Bauch spritzen musste. Sie hatte eingewilligt, ihn wiederzusehen und sich um ihn zu kümmern, weil er schwer krank war. Das hatte aber nichts daran geändert, dass sie bei seinem Tod Erleichterung empfunden und sich dafür nicht geschämt hatte. Ihre Pflicht als Tochter hatte sie erfüllt, obwohl der Vater sich dieser Fürsorge nicht würdig gezeigt hatte. Sie war mit ihm und sich selbst im Reinen. Aber jetzt wurde noch mehr von ihr erwartet als Pflicht und Selbstbeherrschung – es kam noch diese entsetzliche Müdigkeit dazu, die stärker war als Willenskraft. Erschöpfung konnte man das nicht mehr nennen: Blei floss in ihren Adern, drang in alle Glieder ein, vor den Augen hing dicker Nebel, sie spürte, wie alle Sinne sich dem Bewusstsein entzogen, sie stürzte in einen Abgrund und kämpfte verzweifelt, sich nicht einfach fallenzulassen, sondern die Augen zu öffnen, zu hören – wenigstens noch hören, wenn schon nicht zuhören. Atmen! Und dieser quälende Hunger, diese gleichzeitige Übelkeit. Sie wusste, dass sie nicht einmal die Kraft hätte, die Spritze zu halten.

Im gleichen Augenblick, als sie dies noch dachte, lockerte Laurent seinen Klammergriff, als hätte Evas Schwäche ihm die Kraft verliehen, seine Pein zu überwinden und die Sinnestäuschungen von sich abzuwehren. Er entblößte sein Gesicht, er schwitzte, fröstelte, drehte aber den Kopf zu ihr hin.

«Nicht aufgeben. Durchhalten.»

Als Antwort auf diese so seltenen Worte nickte sie und lächelte. Vielleicht war das seine Art, ihr zu verstehen zu geben, dass sie sich auch auf ihn stützen durfte. In den Momenten, in denen er geistig präsent war, sie und seine Umgebung bewusst wahrnahm, war er stärker, als sie glaubte. Sie legte das Spritzenset auf das heruntergeklappte Tablett vor sich. Ein Aufschub war in jedem Falle klüger. Erick hatte ja auch empfohlen, sie erst in Brasilien einzusetzen, und von den anderen Pillen hatten sie ohnehin schon mehr als genug geschluckt. Wie viele Amphetamin-Kapseln waren es gewesen? Wie viel Modafinil, noch zusätzlich zur Spritze im Krankenwagen? Über die Einnahmeverordnung hatte sie sich längst hinweggesetzt.

Kaum hatte die Maschine abgehoben, war ihr innerer Widerstand verflogen: Begriffe wie Risiko oder Gefahr bedeuteten ihr nichts mehr. Für sie zählte nur noch, wie die Sache ausgehen würde. Um sie zu einem guten Ende zu führen, war sie bereit, jedes Mittel einzusetzen. Die Medikamente gehörten dazu. Sie war zu allem bereit. Um Laurents willen, um ihrer selbst willen und damit diese Quälerei endlich aufhörte. Sie betrachtete den Mann, der neben ihr saß, so riesig und doch wie eingerollt. Wie zwei Kinder, die sich bei Nacht fürchten, saßen sie eng aneinandergepresst, und jeder gab dem anderen Halt. Sie waren im selben Boot auf stürmischer See. Sie würde nicht kapitulieren, das schwor sie sich. Sie würde das Schiff nicht zum Kentern bringen.

Um für das letzte Gefecht noch Reserven zu haben, hatte sie unwillkürlich alles, was Kräfte kosten konnte, aus ihrem Leben verbannt. So war auch Karims Gesicht, das zu Beginn der Reise zwar verschwommen, aber im Nebel ihres Denkens doch immer noch präsent gewesen war, allmählich verschwunden.

Sie war nur noch von einem Gedanken besessen: Sie mussten wach bleiben und verbissen um diesen unsäglichen Zustand kämpfen. Stunden um Stunden hatte sie ihm während dieses einschläfernden Fluges alles erzählt, was ihr durch den Kopf ging. Von sich selbst, von ihrem Leben, ihren Ängsten und Freuden. Über ihn, Laurent, und seine Zukunft hatte sie auch gesprochen und ab und zu Fragen gestellt, die oft ohne Antwort blieben, aber zugehört hatte er dennoch. Manchmal, wenn sein Zustand es erlaubte, hatte er sich von ihr anstecken lassen und sogar hastig ein paar Worte gestammelt. Auch seine Frau und seine Tochter waren aus dem Schweigen aufgetaucht, aber nur bis zu dem Moment, wo der Tod mit seinen Schatten wieder die Oberhand gewann. Dann hatte er geschwiegen. Sie ruinierten sich beide bei dieser Anstrengung, entdeckten einander aber auch in einem Kampf, der noch lange, noch Stunden andauern würde.

Als die Maschine aufsetzte, waren sie wie berauscht voneinander und von einer Rage besessen, deren Grund sie beinahe vollkommen vergessen hatten. Sie war nicht mehr in der Lage, die Ereignisse zusammenzufügen, die seit fast achtundvierzig Stunden auf sie eingestürmt waren. Nur an eines erinnerte sie sich noch vage: Erick hatte sie nach einer ersten, ohnehin schon schlaflos verbrachten Nacht ihrer Heimat Marseille entrissen, um sie Kilometer von daheim entfernt in einen nicht enden wollenden Albtraum einzuspannen. Doch in diesem Moment wusste jeder von ihnen auf seine Art, dass sie die Kraft finden würden durchzuhalten. Sie waren soeben in Rio gelandet, aber der Ort spielte im Grunde keine Rolle: Hier würden ihre Qualen ein glückliches oder fatales Ende nehmen. Sie würden den verborgenen Ausweg finden, wenn sie nur zielstrebig weitergingen.

Am Arm einer Stewardess schlurfte sie die Gangway entlang. Auch diesmal lehnte Eva die Rollstühle ab. Sie mussten sich schließlich die Beine vertreten, alle Glieder waren steif nach diesem langen Flug. Sie schlotterte und drehte sich instinktiv nach Laurent um: Seine Lippen waren fast schon violett. Sie schlang eine der Decken, die sie vorsichtshalber mitgenommen hatte, um ihn und hüllte sich selbst in die zweite. Draußen wurde es allmählich Abend, aber an Bord hatten sie

25 Grad Celsius Außentemperatur angesagt. Wie in allen Ländern südlich des Äquators begann auch in Brasilien jetzt der Sommer: Die Wärme würde ihnen helfen, die durch Schlafmangel absinkende Körpertemperatur auszugleichen.

Das Getöse, das Rufen und die allgemeine Betriebsamkeit des internationalen Flughafens Galeão brachten sie noch mehr aus dem Gleichgewicht. Schlagartig waren all ihre Sinne gefordert, aber die waren wie betäubt – es war unerträglich.

«Bitte schnell, sofort, zur Air-France-Lounge», flehte Eva.

Sie suchten Zuflucht in dem für Erster-Klasse-Reisende reservierten Raum. Laurent griff gierig nach dem Kaffee und dem süßen Gebäck, das ihnen angeboten wurde. Eva fing sofort an, sich mit dem PC herumzuschlagen. Die Buchstaben tanzten ihr vor den Augen, die Linien verschwammen. Die klammen Finger hatten Mühe auf den Tasten. Auf ihrer Schulter spürte sie eine flüchtige Berührung. Laurent stellte eine Tasse Kaffee neben sie hin und kapselte sich sofort wieder ab, indem er nur noch auf den Bildschirm starrte. Eva trank die heiße Flüssigkeit und konzentrierte sich. Sie loggte sich ins Internet ein, um die Website ihres Servers zu öffnen. Das dauerte, doch nachdem das Passwort identifiziert war, erschien die Liste ihrer Mails. Sie brauchte ein paar Sekunden, bis sie diejenige erkannte, auf die sie gewartet hatte. Die Mail-Adresse des Absenders enthielt in Abkürzung das Kennzeichen der staatlichen Behörde.

Eine Mail von Erick, vor vier Stunden abgeschickt.

```
Contact: HipolitoB@mondogira.br
Er erwartet deine Mail als Bestätigung eurer
Ankunft.
Angaben zu eurem Hotel:
Caesar Park 460, Avenida Vieira Souto,
Ipanema.
```

```
Das Zimmer ist auf deinen Namen reserviert.
Nehmt eine Dusche und GEHT AUS.
E.
PS: Klimaanlage aus, Fenster auf!
```

Um 19.30 Uhr stiegen sie in ein Taxi, das sie mit Mühe und Not ergattert hatten. Der Fahrer, ein hochgewachsener Mann mit fuchsrotem Haar, lächelte ihnen zu und drehte die Klimaanlage auf. Eisige Luft zog durch den Wagen.

«Ah, wie in Paris», sagte er auf Brasilianisch: «Winter!»

Eva kurbelte die Scheibe herunter. Der Wagen fuhr zunächst auf die Brücke zwischen der Ilha do Governador und dem Stadtzentrum und anschließend die Guanabara-Bucht entlang. Weiter ging es durch die nördlichen Stadtviertel und um das Maracaña-Stadion herum, wo ihnen auf der Via Elevada scharenweise Autos voller Fußballfans entgegenkamen, bevor sie in den Tunnel unter dem Tijuca-Park abtauchten.

Als der Wagen wieder aus dem Tunnel auftauchte, hatte er den Corcovado bereits hinter sich gelassen. Auf dessen Gipfel breitete der monumentale Erlöser seine Arme in den tiefrosa Himmel.

Ohne der mythischen Statue auch nur einen Blick zu schenken, fixierte Eva die Straße. Erick hatte ihr nicht umsonst Nadine Mankiewicz' Worte eingeschärft: Der schlimmste Feind wäre dieser Kurzschlaf, der alle Phasen durchläuft, auch die des paradoxen Schlafs. Sie schloss die Augen, aber nur um das Brennen zu lindern, das inzwischen nicht mehr aufhörte. Dabei blieb sie aber wachsam, Laurent und sich selbst gegenüber, so gut sie es noch vermochte. Sollte er dennoch ein paar Sekunden lang eingenickt sein, dann hatte ihr Kontrollsystem eben nicht mehr hundertprozentig funktioniert. Die Folgen dieser gestohlenen Sekunden wagte sie sich nicht auszumalen. Sie blickte zu ihm hinüber: Laurent war völlig in die Betrachtung der Büste versunken, die er aus ihrer Tasche geholt hatte. Die Magie von Rio hatte auf ihn offensichtlich genauso wenig Wirkung wie auf sie.

Das Taxi fuhr um die Rodrigo-de-Freitas-Lagune herum, bog nach Ipanema ein und gleich wieder hin zum Meer. Das Plätschern der Wellen vermischte sich mit dem Straßenlärm und den Schnulzen Maria Ritas. Der Fahrer warf einen umflorten Blick in den Rückspiegel und sang schmelzend «*Prinzesa, olhos d'água*». Eva lächelte. Das zerrüttete Spiegelbild ihres Gesichts verdiente wahrlich kein Kompliment. Vor ihrem Hotel stoppte der Wagen.

Das Zimmer war eisig. Eva riss sofort die Terrassentüren auf: Warme, nach Ozean duftende Luft drang herein. Sie atmete erst einmal tief durch. Und drehte sich abrupt um, als riefe sie eine innere Stimme unablässig zur Ordnung. *Werde ich wohl eines Tages mal wieder in Ruhe schlafen, leben, essen dürfen?*, fragte sie sich insgeheim. Für eine Antwort blieb ihr keine Zeit: Laurent hatte sich auf dem Bett ausgestreckt. Sie stürzte ins Zimmer und rüttelte ihn. Er hob den Kopf, die Augen waren offen.

«Eine Dusche», sagte er.

Er zog sein Hemd aus und begann auch gleich die Schuhe abzustreifen. Zum ersten Mal schaute Eva weg, es war ihr peinlich zu sehen, was sie schon oft gesehen, er aber nicht bewusst hatte zeigen wollen. Es wirkte nicht schamlos, er schien sich nur zu entkleiden, als wäre er allein. Seine Gesten waren präzise, er wirkte merkwürdig fit, als ob diese Stadt und ihre Verheißungen ihm neue Energie in die Adern gepumpt hätten. Die Schnittwunden auf Brust und Armen waren noch kaum verheilt, und sein Gesicht war auffallend bleich.

«Anschließend gehen wir essen», sagte sie. «Ich habe einen Mordshunger! Sie nicht auch?»

Er antwortete nicht. Plötzlich bekam sie schreckliche Lust, ihn anzufassen, ihn zu berühren, über die Wunden zu streichen, die Haut zu liebkosen. Sofort rief sie sich wieder zur Ordnung. Eine solche Gefühlsverwirrung, und das bei Strelli, das entsprach weder ihrem Berufsethos noch der Situation, schalt sie sich. Sie verscheuchte diese Gedanken, indem sie vor die Terrassentür trat. In der Schwüle des Abends spielten Männer mit glänzenden Körpern am Strand Volleyball, auch die Frauen verhüllten nur andeutungsweise ihre prachtvollen Rundungen, auf die sie stolz waren. Stolz. Würde sie das auch eines Tages lernen? Seit Jahren zwängte sie sich in hautenge Kleidung, um sich und anderen vorzugaukeln, dass es ihr nichts ausmachte, dick zu sein, doch dann floh sie den Anblick eines zufällig nackten Mannes und dachte ans Essen im heikelsten Augenblick ihrer Mission.

Sie beneidete diese Menschen um ihre Unbekümmertheit, während sie beide auf dem Zimmer hockten und auf das Signal ihrer Kontaktperson warteten. Seit ihrer Ankunft hatte er sich noch nicht gemeldet. War es richtig, dass Erick Nadine Mankiewicz blind vertraute? Aber was hätte er anderes tun sollen? Sie versuchte, sich zu beruhigen: Buchstabengetreu hatte sie alles befolgt, was man ihr aufgetragen hatte. Der berühmte Hipolito würde sich bestimmt noch melden.

Ein Geräusch erregte ihre Aufmerksamkeit: Es klopfte an der Tür. Ihr Herz begann zu rasen. Noch bevor sie öffnete, wurde ein Umschlag unter der Tür hindurchgeschoben. Sie hob ihn auf und öffnete schwungvoll die Tür: Keine Menschenseele auf dem Treppenabsatz, nur die Aufzugtüren gingen gerade zu.

Mit fahriger Hand riss sie den Umschlag auf und las die getippten zwei Zeilen auf dem weißen Blatt:

Estação Primeira da Mangueira
1072, rua Visconde de Niteroi, Mangueira
H.

Sie wühlte in ihrer Handtasche und zog den Stadtplan heraus, den man ihr an der Rezeption gegeben hatte. Die Hinweise am Rand halfen ihr nicht weiter, daher griff sie zum Telefon und wiederholte dem Mann an der Rezeption die auf dem Blatt vermerkte Adresse und entschlüsselte sogar die in einem vagen Englisch gegebene Antwort. Im gleichen Augenblick kam Laurent völlig angekleidet ins Zimmer zurück. Er starrte auf den Fetzen Papier, den sie noch in der Hand hielt.

Sie legte den Hörer auf und setzte sich erst einmal, um wieder zu sich zu kommen.

«Tanzen Sie gern?»

69

Als Erick die Fondation verließ, hatte der Himmel sich aufgehellt, der Wind war abgeflaut, und die Straße, die Fassaden, ja sogar die Gesichter wirkten erstaunlich hell für einen Novembernachmittag. Bis zum Einbruch der Nacht zu warten schien ihm undenkbar. Eva und Laurent saßen seit mehr als drei Stunden im Flieger, klammerten sich an eine wahnwitzige Hoffnung und kämpften ums Überleben. Die Kraft dazu hatten sie nur, weil sie an ihn und das, was er bei dieser Frau oder sonst wo in Erfahrung bringen würde, felsenfest glaubten. Auch für ihn waren die Stunden gezählt.

Er nahm sein Handy aus der Tasche und tippte eine Nummer.

Er ließ es lange läuten. Er wollte schon aufgeben, als sich doch noch jemand meldete.

«Entschuldigen Sie meine Hartnäckigkeit», sagte er.

«Ich war überzeugt, dass es nur Sie sein konnten», erwiderte Nadine Mankiewicz. «Warum habe ich überhaupt abgehoben? Und wieso rufen Sie mich an und zwingen mich dazu? Sie wissen doch, heute ist …»

«Ja, ich weiß», schnitt er ihr das Wort ab. «Aber es ist wichtig.»

Diesmal ließ sie diesen nassforschen Ton nicht mehr gelten.

«Ich bin Ihnen in allem entgegengekommen. Sie haben sogar den Schlüssel zur Haustür. Muss ich noch mehr tun, damit Sie endlich meine religiösen Überzeugungen respektieren?»

«Ich habe die Unterlagen.»

«Wovon sprechen Sie?»

«Die Schlafpolygraphien der Häftlinge, ich habe sie.»

Sie verstummte und umklammerte den Hörer. Er war jung, aber er wusste, was er wollte, und nichts würde ihn aufhalten. Keine Behörde, keine Verschleierungstaktik, keine Weigerung, Erinnerungen wiederaufleben zu lassen, Erinnerungen an jene schreckliche Zeit der Schande, der Schmach, der Flucht. Aber wenn man's recht bedachte, half er ihr sogar vielleicht, ohne es zu wissen, half ihr, verschüttete und viel zu lange schon verdrängte und doch so quälende Erinnerungen wieder auszugraben. Vielleicht war der Moment ja gekommen. Sie fühlte sich zwar noch nicht bereit, wusste aber doch auch, dass sie das nie sein würde, wie man sich auf Verletzungen nie vorbereiten konnte. Vielleicht war es Zeit, die Wunde vernarben zu lassen.

«Haben Sie mich verstanden?», fragte der Polizist.

«Ja. Ich habe verstanden. Treffen wir uns in meiner Praxis.»

Im gleichen Augenblick erschien Serge Kahn im Flur. Einer der beiden Jungen, der kleinere, kam aus seinem Zimmer;

der Vater verwies ihn dorthin zurück. Nadine flüchtete in Richtung Küche, suchte Schutz vor der Familie. Ihr Mann kam näher, wandte den Blick von ihr ab. Sie wusste, was er empfand beim Anblick seiner Frau, die im Begriff war, den Sabbat zu entweihen, das Telefon noch in der Hand. Er hatte keine strenggläubige Jüdin geheiratet, kein Mitglied der Gemeinde, sondern ein junges Ding, das von den Vorschriften keine Ahnung hatte und mit dem Vater wissenschaftliche Diskussionen führte. Er hatte sie dennoch geheiratet, ungeachtet derer, die befürchteten, sie könnte sich als Wolf im Schafspelz entpuppen, als eine, die sich niemals dem Ritus anpassen würde, dazu war sie viel zu rebellisch, zu frei, eben eine stark assimilierte Jüdin. Sie las die Trauer im Blick ihres Mannes, zugleich aber auch seine Unterstützung, die er ihr immer gewährt hatte, und letztlich hatten ja auch all die anderen sie inzwischen akzeptiert, so wie sie nun einmal war. Serge glaubte an sie, wie er an Gott glaubte. Und sie hatte sich bemüht, ihm tagtäglich zu beweisen, dass er sich nicht geirrt hatte, als er sich nur auf seine eigene Entscheidung verließ. Heute war das anders. Er trat in den Schatten zurück und ließ sie mit ihren Schuldgefühlen allein.

«Meine Praxis ist am Pré-Saint-Gervais», sagte sie gedämpft in den Hörer.

«Ich weiß. Um wie viel Uhr?»

«In zwei Stunden.»

Sie durfte ihm keine Zeit lassen, noch mehr Tempo zu fordern.

«Um 17.35 Uhr. Diesmal steht kein Leben auf dem Spiel. Sie sitzen im Flugzeug und werden es erst in einigen Stunden wieder verlassen.»

Erick hob die Augen gen Himmel und begriff.

«17.35 Uhr: die drei Sterne. Der Einbruch der Nacht und das Ende vom …»

«Sabbat, ja. Lassen Sie mich noch retten, was davon übrig ist.»

Sie hängte ein und schlich sich lautlos ins Wohnzimmer, wo ihr Mann im viel zu schwachen Licht der einzigen noch brennenden Lampe in einem hebräischen Gesetzbuch las. Als sie sich setzte, schloss er das Buch und zog sie an sich.

«Du hast dich nicht geirrt», sagte sie nur. «Ich mich aber auch nicht.»

70

Erick drückte die Haustür des Wohnblocks auf: Sie war nicht verschlossen. Er warf einen Blick auf die Briefkästen. Das Praxisschild war verschwunden. Ein paar Schritte weiter entdeckte er es auf dem Boden, in der Nähe des Aufzugs. Er stellte es auf den Aushangkasten und fuhr in den achtzehnten Stock hinauf.

Ein Lichtstreifen auf dem Treppenabsatz wies ihm den Weg zur Praxis, deren Tür einen Spalt offen stand. Er stieß sie auf und befand sich vor einer weiteren Tür, die aber zugemauert war. Nach rechts ging es weiter – noch eine Tür. Orangefarbenes Licht fiel von der Decke. An den Wänden entlang hingen Poster, dicht an dicht. Was er in den letzten Tagen in der Fondation gelernt hatte, wurde hier erklärt: die einzelnen Phasen des Schlafzyklus, die Bedeutung der letzten. Es tauchten auch Begriffe auf, die ihm noch unbekannt waren. Interessiert begann er zu lesen.

«Ich nenne das hier den Informationskorridor. Meiner Ansicht nach lehrreicher als die üblichen Zeitschriftenstapel in Wartezimmern. Meine Therapie beginnt auch gleich hier: Vorbeugen ist besser als heilen.»

Nadine Mankiewicz war am Ende des Korridors aufgetaucht. Verdutzt sah Erick sie an. Sie trug eine schmale Hose und einen hellen Rollkragenpullover. Die von einer Kappe befreiten Haare fielen weich und zwanglos bis auf die Schultern herab. Flüchtig steckte sie ein paar Klammern in die blonden Strähnen.

«Ich führe zwei streng getrennte Leben, und so haben sie mich auch akzeptiert, mit all meinen Widersprüchen. Weil sie wissen, dass mir mein Platz in ihrer Mitte genauso wichtig ist. Diese unerschöpfliche Quelle der Bereicherung will ich auf keinen Fall verlieren. Selbst wenn die Polizei mich zu zwingen versucht.»

Sie gab den Weg frei, und Erick betrat das Büro.

Er ließ sie nicht aus den Augen: Selbst ihr Schritt war ganz anders – entschlossener. Dies war ihr anderes Leben. Jetzt verstand er schon besser, was Françoise Meer gesagt hatte: Nadine Mankiewicz sei ein rätselhaftes Wesen. Er war überzeugt, dass sie nur einen Bruchteil ihrer Facetten und Geheimnisse preisgeben würde. Wollte er mehr über sie erfahren, müsste er, wie bei jedem scheuen und diskreten Menschen, auf Gesten, Widersprüche, Verhalten und Reaktionen achten. Er betrachtete den Raum, der in seinen Augen ein perfektes Quadrat war – völlig schmucklos. Auch auf dem Schreibtisch stand keinerlei Zierrat. Nur ein Block mit unbeschriebenen Blättern und ein Füller lagen auf der Platte. Daneben, rechts und links, jeweils ein Sessel.

Nadine Mankiewicz trat ans Fenster. Dort unten, außerhalb ihrer beiden Schutzräume, wollte Paris aggressiv imponieren. Dieses Universum brauchte sie nicht, sie lehnte es ab. Sie wandte sich Erick zu.

«Ich habe eine Mail geschickt, mit allen Erklärungen. Ich

warte noch auf die Antwort. Er wird mir mitteilen, was Eva Latil und Laurent Strelli in Rio tun sollen.»

«Und wenn er nicht antwortet?»

«Er antwortet immer.»

Erick wühlte in seiner Tasche und legte vier CDs auf die Glasplatte.

«Ich weiß nicht, ob Sie sie öffnen können. Ich hatte keine Zeit mehr, sie auszudrucken.»

Sie betraten einen abgedunkelten Raum mit zwei tiefen Sesseln und einem erstaunlich dicken Teppich, in den sich ihre Füße eingruben. An den Wänden liefen bunte Bilder entlang – Gesichter, Gegenstände, Landschaften. Sie schob eine Tapetentür zur Seite: ein weiterer Raum, genauso dunkel wie der erste, aber beherrscht von einem großen Bett. Die Stereoanlage in der Ecke war kaum zu erkennen.

«Im Büro drüben reden die Patienten wie mit einem Arzt. Anschließend reiche ich ihnen die andere Hand und geleite sie in diesen Bereich, wo Schlaf etwas anderes bedeutet, genau wie Dunkelheit, Licht und Töne. Sie begreifen, welchem Universum sie sich nicht aussetzen wollen, wenn sie sich in Schlaflosigkeit verbarrikadieren, begreifen, was sich in diesem Universum verbirgt und was sie selbst dort vergraben. Ich rate ihnen, für kurze Zeit im Dunkeln auszuharren, dann schlafen sie sogar bei Licht ein, brechen mit den verhängnisvollen Gewohnheiten.»

Sie führte ihn in einen vierten angrenzenden Raum. Dieser sah endlich wie ein Sprechzimmer aus.

«Hier, am Ende des Weges, akzeptieren sie, dass sie einen Therapeuten aufgesucht haben. Dann kann auch ich es zugeben.» Sie nahm Platz hinter einem vollbeladenen Tisch.

Sie ergriff eine der CDs und schob sie in das Gerät.

«Keine Sorge, ich habe die Software zum Lesen polysomnographischer Aufzeichnungen.»

Eine Patienten-Kennnummer erschien.

«Josy Reich», las Nadine auf dem Bildschirm.

Fragend blickte sie den Polizisten an.

«Ich weiß nicht, wer das ist», sagte er. «Ich habe diese CDs blind gegriffen, könnte man sagen. Ein paar habe ich wieder hingelegt, andere lagen schon da, wenn ich mich recht erinnere. Mir fehlte die Muße, eine Auswahl zu treffen.»

Sie warf die CD wieder aus und schob die nächste ein. Dieser Name stand auf der Liste. Die ersten Kurven erschienen, sie ließ sie vorbeilaufen.

«Das erste Schlafstadium scheint mir normal», sagte sie. «Kurze Einschlafphase, oberflächlicher Schlaf, und da, sehen Sie: Deltawellen, typisch für den Tiefschlaf. Atmung und Herzschlag sind verlangsamt und regelmäßig. Hier haben wir den paradoxen Schlaf, der in den ersten Zyklen spät auftritt, mit anderen Worten, zu Beginn der Nacht.»

«Und die rote Linie darüber? Was bedeutet die?»

«Das Kennzeichen der Kombinationstherapie: Während des paradoxen Schlafs werden dem Patienten Bilder und Ton der Therapiesitzung des gleichen Tages vorgespielt.»

Ein Klick. Ein Fenster auf dem Bildschirm öffnete sich, und Erick erkannte die Stimme Françoise Meers. Sie hallte in einem leeren Raum. Die Kamera schwenkte von einem Gesicht zu einer Hand, dann von einem Tisch zu einem Blatt Papier.

«Sieht normal aus», sagte Nadine, «scheint mir normal insgesamt. Nehmen wir uns das zweite Stadium vor.»

Erick spürte, wie sein Puls sich bei jedem ihrer Kommentare beschleunigte. Alles normal. Normale Kurven. Basierte sein Vorgehen etwa auf einem Irrtum, auf einer wissenschaftlichen Hypothese, die brüchig war und die zu untermauern er sich zugetraut hatte? Bestand keine Verbindung zwischen dem Schicksal dieser Kriminellen und ihrem Schlaf? Er sah schon das Schlimmste auf sich zukommen: Die Ursache für Strellis Fall lag womöglich nicht in der Manipulation seines Schlafs. Er war tatsächlich auf der falschen Spur. Krampfhaft bemühte er sich, sich seine Zweifel und seine Aufregung nicht anmerken zu lassen.

«Machen Sie weiter», sagte er.

Sie sah sich den zweiten und dann den dritten Zyklus an.

«Nur die Proportion kehrt sich um: Der paradoxe Schlaf nimmt mehr Raum ein als die Tiefschlafphasen, das ist so in jedem Zyklus, je weiter man in der Nachtschlafperiode voranschreitet. Der klassische Fall.»

Sie wandte den Kopf zu ihm hin und schien sein Unbehagen zu ahnen.

«Noch eine?», fragte sie nur.

Stumm betrachtete sie die Kurven auf dem Bildschirm. Jetzt brauchte er ihre Erklärungen nicht mehr. Er wusste es. Alles verlief harmonisch, dann kam der radikale Übergang von der langsamen Aktivität zur Nervosität des paradoxen Schlafs: Alles war zu lesen, wie in einem Buch, die perfekte Somnographie, deren Charakteristika man ihm ja bereits erklärt hatte. Er hieb mit der Faust auf den Tisch, wich Nadines Blick aus, riss ihr die Maus aus der Hand, warf die CD aus und schob die dritte ein. Den Namen neben der Kennnummer kannte er: Franck Berlin. Während die Aufzeichnung ablief, stürmte eine Flut von Bildern auf ihn ein. Eine alte, innerlich zerrüttete Frau, ein auf dem Boden sich windender Mann im Licht eines zur Neige gehenden Tages. Ein Urzeitwesen, Überbleibsel aus einem anderen Leben, ein auf archaische Bewegungen reduziertes Leben.

Ungerührt verfolgte Nadine das fortschreitende Auf und Ab der Linien – völlig normal, auch hier. Auf dem Bildschirm verliefen die Kurven, flimmerten vorbei, immer schneller, und lieferten Erick seinem Versagen aus. Er stand auf.

«Warten Sie!»

Kaum hatte sie ihre Hand auf die seine gelegt, zog sie sie ruckartig zurück. Ihre Verlegenheit entging ihm nicht. Die Zurückhaltung der ersten Nadine Mankiewicz, der aus dem anderen Leben, schlug ab und zu durch.

«Was ist?»

«Setzen Sie sich! Fahren Sie noch einmal zurück! Da war etwas, genau nach dem dritten Zyklus.»

Erick tat wie befohlen. Er spürte, wie seine Hand zitterte, und konzentrierte sich, damit sie es nicht merkte. Denn sie wirkte völlig ruhig, vollkommen auf den Verlauf dieser Kurven konzentriert.

«Hier», sagte sie.

Erick schaute aufmerksam hin. Sie lehnte sich zurück und schwieg. Ihr Gesicht schien vor Entsetzen erstarrt.

«Großer Gott», hauchte sie.

«Was ist? Was sehen Sie?»

«Sehen Sie denn nichts?»

Sie schien vergessen zu haben, dass er kein Fachmann war. Ihr Zeigefinger raste über den Bildschirm.

«Hier das Auf und Ab der K-Komplexe und die charakteristischen Spindeln des leichten Schlafs, aber da! … Da läuft plötzlich alles aus dem Ruder.»

«Die fünfte Phase, ohne Vorankündigung …»

«Die dritte und die vierte hat es gar nicht gegeben: Der Tiefschlaf fehlt in diesem Schema.»

Sie schaute noch näher hin und schwieg, wie gelähmt von dem, was diese Kurven ihr zu enthüllen schienen.

Erick wollte sie aufrütteln, doch vergebens.

«Verdammt nochmal, was sehen Sie?»

Er war hin- und hergerissen zwischen der Aufzeichnung und ihrer Person, zwischen Angst und Hoffnung. Endlich machte sie den Mund auf.

«Sehen Sie sich die Amplitude und die Anarchie dieses verfrühten paradoxen Schlafes an.»

Er erinnerte sich an seine ersten Stunden in der Fondation, an die Bilder, die Vullierme ihm vorgeführt hatte: Auch Strellis paradoxer Schlaf war von den gleichen unregelmäßigen, gewaltigen, alles verschlingenden Wellenbewegungen gezeichnet gewesen.

«Ich glaube zu wissen, warum diese Kurve so monströs aussieht», sagte sie.

Jetzt tippte ihr Finger nochmals langsam die Linie entlang und hielt dort inne, wo die Kurve verrückt spielte, genau an der Schnittstelle zwischen dem oberflächlichen Schlaf und diesem anarchischen Wirbel.

«Sehen Sie diesen Einschnitt auf der Linie, ein Sekundenbruchteil, bevor auf der Hirnstromkurve dieser Wirbel einsetzt ...»

Erick nickte. Dieser Knick war deutlich zu sehen, ganz offensichtlich als Lücke zu erkennen.

«Ein elektrischer Impuls, Monsieur Flamand. Ein besonderer Impuls mit genau berechneter Spannung, verabreicht in einem genau berechneten und vom Computer erkannten Moment, und ...»

Sie atmete tief ein, als wäre ihr plötzlich die Luft ausgegangen. Am liebsten hätte sie die Augen geschlossen – mehr noch: nichts gesehen, um nichts sagen, nichts erklären zu müssen, weil man nichts begriffen hat. Doch sie riss sich zusammen und sagte ernst:

«Diese fünfte Phase hat nicht von selbst eingesetzt. Sie wurde künstlich hervorgerufen: Man hat sie ausgelöst. Daher kommt sie auch so verfrüht.»

Sie schwieg einen Moment lang und blickte dem Polizisten in die Augen. Erick sprach aus, was sie kaum zu denken wagte.

«Das war die Entdeckung Ihres Vaters. Professor Mankiewicz war am Ziel, er hatte das, was er sich vorgenommen hatte, zu Ende geführt: die Kontrolle zu gewinnen über den paradoxen Schlaf, ihn *auszulösen* und früher, für längere Zeit, die Türen aufzustoßen für Bewusstsein und Assimilation. Damit war sie zum Greifen nahe, die Zeit des Geistes.»

Vorsichtig, wie man einem faszinierenden und zugleich furchterregenden Tier übers Fell streicht, fuhr er mit seinem Finger die Linien entlang.

«Hier ist sie gegenwärtig, in dieser Aufzeichnung. Dummerweise hatte Ihr Vater nicht alles vorhergesehen. Man bekommt es nicht so gut hin wie die Natur. Er hat einen monströsen paradoxen Schlaf geschaffen, eine kannibalische Phase, die nicht mehr gestoppt werden kann. Bei diesen Verbrechern war die mentale Pyramide ohnehin schon instabil, und indem er am Sockel rüttelte, hat er sie zum Einstürzen gebracht.»

Eine Weile schwiegen sie beide, wie hypnotisiert von der Tatsache, dass hier gleichzeitig ein Mirakel und ein Drama vorgeführt wurden. Erick löste sich als Erster aus dieser Starre. Wut hatte ihn gepackt.

«Warum haben Sie mir vorgelogen, er habe sein Ziel nicht erreicht? Das Ergebnis seiner Forschungen nicht zur Anwendung gebracht? Er hat sie zu Versuchskaninchen gemacht, und sie haben den Preis dafür bezahlt!»

«Nein!»

Nadine Mankiewicz riss ihm die Maus aus der Hand und löschte das Bild mit den Kurven.

«Niemals», sagte sie, zutiefst erschüttert. «Er hat nichts erprobt, nichts dergleichen getan. Er war sich nicht sicher. Das müssen Sie mir glauben.»

«Sie wussten, dass er seine Forschung bis auf die Spitze getrieben hatte, trotz allem. Sie wussten, dass er den paradoxen Schlaf auslösen *konnte*, und Sie haben nichts gesagt.»

«Er hat es nie angewendet, nie», wiederholte sie nochmals.

Erick stand auf und trat ans Fenster. Er war plötzlich tief getroffen. Fast bereute er, das Geheimnis durchschaut zu haben. Die pulsierende Stadt, die sich vor seinen Augen erstreckte, vermochte ihn nicht zu beruhigen.

«Franck Berlin ist ein menschliches Wrack, das kaum mehr Leben in sich hat! Vernichtet, wie all die anderen Opfer Ihres Vaters! Strelli ist der Nächste auf der Liste und bestimmt nicht der Letzte!»

Er vernahm das Geräusch einer CD, die ins Laufwerk geschoben wurde. Was gab es auf diesen Kurven eines angekündigten Todes noch zu entdecken? Er drehte sich um: Sie hörte ihm schon längst nicht mehr zu.

«Kommen Sie näher!», sagte sie im Befehlston.

Diesmal brauchte sie nur eine Sekunde, um ausfindig zu machen, wann der paradoxe Schlaf ausgelöst worden war. Dann holte sie den Personalbogen des Patienten ins Bild. «Josy Reich», sagte sie. «Die Patientin, deren Aufzeichnung Sie rein zufällig mitgenommen haben. Diese Aufzeichnung ist ein Jahr alt.»

Sie blickte zu ihm hoch: Ein Funkeln war in ihren Augen.

«Rechnen Sie nach …»

Erick begriff, worauf sie hinauswollte.

«Zwei Jahre *nach* dem Ausscheiden Ihres Vaters.»

«Folglich war es nicht *er*, der diesen anarchischen Schlaf ausgelöst und die mentale Pyramide dieser Frau zerstört hat.»

Sie erhob sich und bot ihm die Stirn.

«Er hat es niemals an anderen ausprobiert, begreifen Sie das endlich? Es sind dieselben, die sich vor und nach seinem Ausscheiden schuldig gemacht und diese Katastrophen zu verantworten haben.»

Verzweifelt rang sie um sein Verständnis.

«Zweifeln Sie immer noch?»

Erick stand unbeweglich, er starrte auf die Daten. Sie entschloss sich, ihm noch den Rest vorzuführen.

«Strelli», sagte sie. «Ich bin überzeugt, dass Sie auch seine CD haben. Oder irre ich mich?»

Sie wartete seine Antwort gar nicht erst ab.

«Geben Sie her! Strelli war niemals auf Station IV im Hochsicherheitstrakt. Er ist meinem Vater nie begegnet. Wir werden sehen ...»

Er legte die CD auf den Tisch und blieb hinter ihr stehen.

Mitten in einem der Schlafzyklen tippte sie kurz den spezifischen elektrischen Impulsgeber an, damit Erick ihr endlich glaubte.

«Auch bei ihm hat man diesen verheerenden Schlaf künstlich ausgelöst», erklärte sie.

«Warum bloß? Er war kein Krimineller, er brauchte von keiner Geisteskrankheit geheilt zu werden, es bestand kein Grund, an ihm die Erkenntnisse Ihres Vaters auszuprobieren oder seinen paradoxen Schlaf zu überwachen und zu steuern.»

Bevor sie antwortete, ließ sie noch mehrere Phasen ablaufen. Die rote Linie wurde länger, und auf Tastendruck erschienen die Bilder. Strellis Gesicht in Großaufnahme; seine Augen flohen die Kamera. Vulliermes Worte hallten.

Sie unterbrach die audiovisuelle Sequenz.

«Alles, was ich Ihnen sagen kann, ist, dass man Laurent Strelli der gleichen Prozedur unterzogen hat: Man hat den paradoxen Schlaf ausgelöst und ihm über Kopfhörer und Maske den Ton und die Bilder seiner Therapiesitzung vorgespielt.»

Wieder beherrschte Stille den Raum.

«Wann hat der Mord an Frau und Kind stattgefunden?», fragte sie.

«Mittwoch, 10. November, mitten in der Nacht.»

«In jener Nacht befand Strelli sich in der Fondation, nicht wahr?»

«Zu seiner letzten Behandlung mit Kombinationstherapie.»

Nadine Mankiewicz las weitere Informationen vom Datenträger.

«Und zwei Tage später», sagte sie, «wurde eine neue Aufzeichnung gemacht.»

«Freitagmorgen, im Auftrag von Françoise Meer. Auf dieser zweiten entdeckte man die fünfte zerstörerische Phase.»

«In der Tat.»

Sie löste den Blick vom Bildschirm.

«Alles ist drauf. Bis auf ein Detail. Und das ist entscheidend.»

Erick griff nach der CD, die sie ihm hinhielt.

«Es fehlt nur eine Aufzeichnung: die vom 10. November, von seiner letzten Behandlung. Die Aufzeichnung von dieser Nacht wurde nicht auf der gleichen CD gespeichert.»

Sie schaltete den Computer aus und knipste eine Lampe an. Das sanfte Licht ließ sie einen Moment lang die aggressiven Linien und das grelle Flimmern des Bildschirms vergessen. Erick rief sich die letzten Ereignisse ins Gedächtnis zurück: sein Eindringen ins Archiv, Stéphane Mathis, die CD-ROM. Aber nicht *zwei* CDs!

Eine Nacht, eine einzige Nacht fehlte, und er wusste, dass diese Nacht mehr zu beichten hätte als nur das, was man Strellis Schlaf angetan hatte. Vielleicht konnte sie das fehlende Glied in der Kette liefern, das Bindeglied zwischen einem Albtraum im Dienste der Wissenschaft und dem Tod von Mutter und Tochter, von Stefania Strelli und dem Säugling. Und dem Tod, der den Ehemann und Vater bedrohte.

Nadine Mankiewicz trat zu ihm, als hätte sie seine Gedanken gelesen.

«Wenn mein Vater es kann, wenn er das Böse in seinem Lauf noch aufzuhalten vermag, dann wird er es tun. Das ist jetzt das Dringlichste. Anschließend können Sie die Aufzeichnungen jener Nacht suchen und die Geheimnisse seines Schlafs entschlüsseln.»

EINUNDSIEBZIG 71

Nachdem der Polizist gegangen war, überfiel sie maßlose Einsamkeit.

Die gleiche, die sie manchmal mitten in einer Menschenmenge befiel, in ihrer Praxis, in Gegenwart eines Patienten, im Bett an der Seite ihres Mannes. Innerhalb ihrer Familie, auf dem Weg zur Synagoge – sogar in der spirituellen Einheit. War es ihre eigene Zwiespältigkeit, die sie vom Rest der Welt isolierte? Im Grunde hatte sie immer den Eindruck, dass eine der beiden Welten nach ihr verlangte, wenn sie sich gerade der anderen widmete.

Um ihr Unbehagen besser zu verstehen, ging sie so weit wie möglich in ihre Vergangenheit zurück. Dass ihr in jungen Jahren die Mutter gefehlt hatte, löste in ihr schon lange keine Turbulenzen mehr aus. Aber wie verstört sie gewesen war, wenn der Vater sich von ihr entfernte, auch wenn er nur zu einem Kongress reiste, daran erinnerte sie sich genau. Ja, sogar wenn er in ihrer Anwesenheit geistesabwesend war und für sie unerreichbar wurde.

Das Gefühl der Verlorenheit, das durch Serge und das Judentum gedämpft worden war, hatte vor drei Jahren auf einmal wieder von ihr Besitz ergriffen. Es war ein Schlag gewesen, von ungeheuerlicher Gewalt. Als man die Untadeligkeit ihres Vaters angezweifelt und *sie* damit getroffen, *sie* verwundet hatte, war eine klaffende Wunde geblieben, die tagtäglich wieder aufriss und niemals vernarben würde – und dennoch nicht zu vergleichen mit dem, was sie im letzten Akt der Tragödie hatte ertragen müssen.

Darüber hatte sie nie gesprochen, nicht einmal mit Serge, und solange sie lebte, würde sie es wahrscheinlich niemals tun. Als ihr Vater seinen Abschied nahm, hatte sie das wie einen kleinen Tod empfunden: kein wissenschaftliches Vorbild mehr, und sie – als Tochter, Gattin, Mutter – würde sich nie mehr in ihm spiegeln können. Es war eine langsame, heimtückische Agonie, auch wenn es lichte Momente gab, aber die hielten nicht an, und immer wieder enttäuschte Hoffnungen – vor allem für Serge. Sie empfand nie Enttäuschung, aus dem einfachen Grund, weil sie ja in Bezug auf das Krankheitssymptom, das an ihr nagte, sich nie falsche Hoffnungen gemacht hatte. Der letzte Schlag im vorigen Jahr – ihr entsetzliches Geheimnis – hatte die Prognose nur bestätigt. Sie war nur noch ein Zombie auf Erden, hatte nur noch eine Mission zu erfüllen, die einzige, die sie noch mit dem Leben verband, bevor sie diese leere Hülle befreit abstreifen dürfte. Durchhalten konnte sie seitdem nur noch mit diesem Ziel vor Augen.

Als dieser Polizist, dieser Flamand, bei ihr aufgetaucht war, hatte das auf sie nur wie eine Mahnung gewirkt: Ihr blieb nur noch eine Gnadenfrist, und die war bald abgelaufen. Es war Zeit, die letzte Mission zu erfüllen. Der junge Mann war nur ein Bote des Schicksals, so stand es doch geschrieben. Er sollte sie daran gemahnen, dass man ein Drama nicht einfach begraben kann. Es endet nicht von allein, das tun nur die Protagonisten, weil sie es leid sind. Sie musste es beenden. Ja, sie war es auch unendlich leid: Sie hatte schon ihre letzten Kräfte aufgeboten im entscheidenden Gefecht, im Kampf um Würde und Ehre.

Sie nahm ein Foto vom Schreibtisch: ihre Familie, ihr Mann,

ihre Kinder und sie in der Mitte. Ihr eigenes Bild schien ihr schon irgendwie verschwommen. Die Illusion von Glück löste sich auf wie Nebel. Galt sie als glückliche Mutter und Gattin? Gern hätte sie es geglaubt, der anderen wegen – ihre Söhne zumindest hatten Anrecht auf eine Illusion. Womit könnte sie ihren Mann noch entschädigen für all die Mühe, aus ihr eine glückliche Frau zu machen? Sie dachte nach, schaltete instinktiv den PC wieder an und schrieb eine E-Mail.

Vorhin hatte sie Hipolito geschrieben. Die Sache war angelaufen, fast schon erledigt, da gab es keinen Rückzieher mehr. Der Polizist hatte ihr den letzten Jeton in die Hand gespielt: die Schmähung tilgen, die Erinnerung wiederaufleben lassen – nur die Auferstehung würde ausbleiben. Man musste weitergeben, was man besaß. Damit würde auch Serge seinen Frieden finden.

Weitergeben: Das war die Essenz der Religion, in die sie eingeheiratet hatte, die Finalität des Einzelnen wie auch der Gemeinschaft. In diesem Weitergeben hatte selbst sie sich weniger einsam gefühlt, hatte sie es akzeptieren können, noch weiterzuleben. Unter diesem Motto, mit diesem Ziel vor Augen war sie bereit, die in Verschwiegenheit durchwachten Nächte, ihre häufige Abwesenheit, die unsäglichen Mühen, um endlich das zu enthüllen und weiterzugeben, was sie im Verborgenen angestrebt und vertieft hatte – immer mit der geheimen Hoffnung, die Fackel doch noch weiterzureichen. Das war ihr heute klar geworden. Wieder leben, endlich! Ein Vermächtnis weiterreichen, von Hand zu Hand, damit kein Stillstand eintrat. Hatte sie den richtigen Vermächtnisnehmer gewählt? Einen Unbekannten, dem ihre Wertvorstellungen, ihre Überzeugungen doch fremd waren … Es war jetzt zu spät, darüber nachzudenken. Und zum ersten Mal seit langer Zeit verhalf ihr die heutige Entscheidung zu einem Seelenfrieden, den sie schon fast nicht mehr kannte.

Die Klingel störte ihre Ruhe.

Sie hatte es geahnt, dieser Polizist würde nicht lockerlassen, immer und immer wiederkommen als Überbringer dieser makabren Botschaft. Resigniert drückte sie den Türöffner für unten und auch für oben an der Praxis und setzte sich wieder an den Schreibtisch, um nach der Adresse für ihre zweite E-Mail zu suchen. Sie prüfte noch kurz am Bildschirm, ob sie auch alles richtig geschrieben hatte, und nahm sich den knappen Text nochmals vor. Als sie noch ein paar Zeilen anfügen wollte, wurde ihr abermals bewusst, welche Last sie seit Jahren mit sich herumgeschleppt hatte, vor allem aber dieses ganze letzte Jahr. Sie würde die Mail abschicken, und dann müsste sie nur noch ihrer Einsamkeit innerhalb der Familie, dem Bild der zu früh verstorbenen Mutter und des vernichteten Vaters standhalten und das Ende abwarten.

Die Tür knarrte; jemand stieß sie auf.

«Den langen Weg können Sie sich sparen, ich habe die Tür zwischen Büro und Korridor aufgemacht.»

Sie hörte einen Schritt und hob den Kopf.

Ihr war sofort klar, dass es nicht Erick Flamand war, der zurückgekommen war, der diesen Raum betrat, um ihr noch weitere Fragen zu stellen.

72

ZWEIUNDSIEBZIG

Ihre Gedanken überstürzten sich. Sie hatte plötzlich das Gefühl, dass der Ablauf der Dinge – arbeiten, weitergeben und dann sterben – noch gestört werden könnte, dass die E-Mail nicht mehr ausreichte, damit sich ihr Schicksal erfüllte. Aber abschicken musste sie sie auf jeden Fall, und zwar schnell. Ihre Finger liefen über die Tasten, hin und zurück, irrten sich, genau wie sie, als sie sich außer Gefahr glaubte, weil sie seit Jahren schon beschlossen hatte, innerlich tot zu sein. Sie beschränkte die Nachricht auf das Wesentliche.

Die Zwischentür ging auf. Vor der Waffe fürchtete Nadine sich nicht. Und merkwürdigerweise war auch das Gesicht keine Überraschung. Sie ließ sich nicht aus der Fassung bringen.

«Sie gestatten, dass ich noch eben zu Ende schreibe?», sagte sie.

Die Frau, die soeben den Raum betreten hatte, lächelte ihr zu.

«Nein», erwiderte sie, «ich gestatte es nicht. Gehen Sie weg von der Tastatur!»

Nadine warf noch rasch einen Blick auf den Bildschirm: Es fehlte nichts mehr, fast nichts, nur noch ein paar Buchstaben in der Anschrift und eine Zahl. Aber dieses «fast nichts» war entscheidend. Und dann abschicken! Langsam ging sie rückwärts und erwiderte das Lächeln. Noch war nicht alles verloren.

«Als Sie mich vor ein paar Jahren besuchen kamen, waren Sie nicht so aggressiv.»

Sie redete und versuchte den Blick vom PC abzuwenden. Sie musste etwas Zeit gewinnen – um die Mail zu Ende zu schreiben und abzuschicken. Die Frau trat näher.

«Beim letzten Mal war ich nett zu Ihnen, Sie aber haben mich belogen, Nadine. Folglich muss man bei Ihnen andere Methoden anwenden.»

Die Therapeutin war aufgestanden, wartete aber darauf, dass der Bildschirmschoner erschien und so ihre Mail dem Blick der anderen entzogen wäre.

«Erinnern Sie sich noch?», fragte die Frau. «Ich hatte – wir *alle* hatten – Sie gefragt, wo sich Ihr Vater aufhielt. Sie beteuerten, keine Ahnung zu haben.»

Interessiert sah sie sich um.

«Ich glaube», sagte sie dann, «dass Sie uns nicht die Wahrheit gesagt haben, damals.»

Mit dem Lauf der Waffe fuhr sie Nadine durch die blonden Strähnen und zog sich mit der anderen Hand die Perücke vom Kopf.

«So, jetzt sind wir beide entblößt. Auge in Auge. Als Sie Kind waren und ich Sie im Park der Fondation herumtollen sah, glaubte ich immer, Sie seien ein Junge. Aber Jungen lügen nicht. Jetzt haben wir beide die Masken fallen gelassen. Und jetzt werden Sie mir alles sagen.»

Nadine bewegte sich auf den Schreibtisch zu.

«Sie wollen nicht reden?», sagte die andere und hob wieder die Waffe. «Aber wenn Sie reden, brauche ich dieses Ding nicht zu benutzen. Schon morgen werde ich weit weg sein. Ich muss Sie nicht töten – außerdem, muss man je einen Menschen töten?»

«Vor drei Tagen haben Sie es doch gemacht», antwortete Nadine, «warum dann heute nicht?»

Sie trotzte dem Blick der anderen und bohrte noch weiter:

«Wie alt war das Kind, das Sie ermordet haben? Ein Jahr? Weniger?»

Aufmerksam blickte die andere sie an. Sie schien über ihre Antwort nachzudenken, gab es dann aber auf.

«Welche Bedeutung soll das heute noch haben?»

«Dann lassen Sie mich wenigstens begreifen, wie und warum es so weit kommen konnte mit Ihnen?»

Die Frau schüttelte verneinend den Kopf.

«Tut mir leid, das hätte ich Ihnen gerne erzählt, aber ich bin ein wenig unter Zeitdruck. Versuchen wir uns lieber zu verständigen: Ich helfe Ihnen, einen Teil der Geschichte zu rekonstruieren, und Sie erledigen den Rest. Erst war also der Polizist bei Ihnen, dann flogen die beiden nach Brasilien – genauer gesagt, nach Rio. Ich sehe darin nur eine Erklärung: Sie werden Ihren Vater treffen, den Einzigen, der ihnen in diesem Stadium noch helfen kann. Und Sie sind natürlich das Bindeglied. Also nennen Sie mir einen Namen und einen Ort. Das genügt. Damit können Sie sogar verhindern, dass alles in einem Blutbad endet.»

Nadine hörte nicht mehr zu. Sie rechnete, schätzte die Distanz und die Zeit. Die Distanz zwischen ihr und dieser Frau, zwischen der eigenen Hand und der Waffe. Und die Zeit, um noch die letzten Wörter zu tippen und das Ganze abzuschicken. Weitergeben, nicht nachdenken. Hätte sie nachgedacht, hätte sie anders gehandelt, mit anderen Parametern gerechnet. Hätte versucht, der anderen die Waffe zu entreißen, hätte gekämpft um ihr Leben, wie eine Frau, wie eine Mutter, eine Ehefrau, die es noch bleiben möchte – zumindest um der Familie willen. Stattdessen ging es ihr nur noch um den Augenblick, um diese fünf oder zehn Sekunden der Freiheit, die ihr Entschluss ihr noch gewähren konnte.

Als sie nach dem gläsernen Aschenbecher griff, sah sie Aryé, ihren ältesten Sohn, vor sich. Das Gesicht Reuvens, des jüngeren, der seinem Vater so ähnlich war, erschien ihr, als sie der Frau das Handgelenk zerschmetterte. Der Schrei verschmolz mit dem Echo des Sabbatgesangs, ihrem Lieblingsgesang, den Serge – das wurde ihr erst jetzt bewusst – schon lange nicht mehr gesungen hatte. *Serge*, sagte sie tonlos und verpasste der Waffe einen Fußtritt, sodass diese bis ans andere Ende des Raumes schlitterte.

Sie achtet nicht auf die Frau, die ihrer Waffe nachrennt. Sie setzt sich und tippt die Wörter, die Straße, die Nummer, die sie sich ständig wiederholt hatte, während die andere redete. Die erste Detonation nimmt sie kaum wahr. Sie spürt vor allem ein Brennen in der Schulter, wie Salz auf einer Wunde, wie einen Biss, einen tiefen Biss, der sich ins Fleisch eingräbt und ihren linken Arm wie leblos zu Fall bringt. Jetzt schnell noch mit der anderen Hand die richtige Taste antippen, dann war alles getan. Nach dem zweiten Knall hat sie schon keine Zeit mehr, Schmerz zu empfinden. Ein roter Regen sprenkelt den Bildschirm und das lachende Gesicht ihrer Kinder. Sie wollte zum Schluss noch an Gott denken – ihn hatte sie als Letzten auf die Liste gesetzt. Auch die vollendete Tat wäre noch einen Gedanken wert, aber nach dem Rot ist jetzt alles schwarz, und ihr Kopf sinkt auf den Tisch, vor das besudelte Foto. Das Wort «Gesendet» im Fensterchen auf dem Bildschirm konnte sie nicht mehr lesen.

73

Im Taxi, das sie nach Mangueira brachte, bemühte sich Eva, die Panik, die von ihr Besitz ergreifen wollte, einzudämmen. Aber das war vergeblich: Sie verlor die Kontrolle über sich selbst, ja sogar das Zeitgefühl.

Die Ereignisse folgten keiner Chronologie mehr. Sie konnte sich keinen Ablauf und keinen Zusammenhang mehr merken. Gesichter und Gesten verfingen sich in den merkwürdigsten Konstellationen. Sie glaubte Menschen wiederzuerkennen, die ihr völlig unbekannt waren; der Grund dafür waren ganz kurze Absencen – die Ärzte nannten das Iktus –, die ihr nicht bewusst waren; aber wenn sie wieder bei sich war, hatte sie den Eindruck, die Person vor dem Iktus *wiederzusehen*. Umgekehrt setzten sich die ihr nach all den Stunden der Zweisamkeit bestens vertrauten Gesichtszüge Laurents anhand tausenderlei Kombinationsmöglichkeiten zu ebenso vielen Gesichtern zusammen, die ihr plötzlich fremd vorkamen. Im Restaurant vorhin war sie überzeugt gewesen, das Dessert schon gegessen zu haben, obwohl sie noch nicht einmal zu essen begonnen hatten. Selbst Laurent hatte sich erstaunt gezeigt. Verwirrt hatte sie die Rechnung verlangt, ihn auf die Avenida Atlántica gezerrt und ein Taxi herbeigewinkt.

Der Wagen fuhr in nördlicher Richtung.

Die Nacht bot sich ihren Augen in flüchtigen Bildern dar, in Blitzlichtern, die ihrem Gedächtnis Erinnerungsfetzen entrissen und sofort wieder verschwanden. Im tintenschwarzen Himmel schien der Erlöser dort oben auf dem Berg seine Arme noch weiter auszubreiten als bei Tag. Dieses Mal blickte Laurent zu ihm hoch.

«Uns fangen», sagte er, «das will er.»

Auch Eva wollte dem gigantischen Blickfeld dieser Statue entfliehen und umklammerte krampfhaft Hipolitos Botschaft. Sie hatte zu verstehen versucht, warum das Treffen gerade dort, in einer Sambaschule mitten in der Favela, stattfinden sollte. Jetzt glaubte sie begriffen zu haben: totale Anonymität in einer Menschenmenge, in der sie beide untertauchen würden. Aber dann müsste er sie erkennen, er, der sie doch nie gesehen hatte. Mitten in einer wogenden Menge, die jeden Samstagabend hier zusammenströmte. Tausende in einem riesigen Schuppen, die zu den Klängen einer *bateria* für ihre jeweilige Schule antraten, sich dem Sambarhythmus hingaben und einer Atmosphäre verfielen, die während der fünf Karnevalstage ihren Höhepunkt erreichte. Jede dieser Schulen defilierte auf dem Sambodrom, um in einer Orgie von Licht, Kostümen und Körpern die eigenen Farben zu feiern. Bloß keinen Körperkontakt, bloß keine Krise bei Laurent auslösen! Ein entsetzlicher Gedanke. Aber noch viel entsetzlicher war für sie, dass sie jetzt gleich selbst brasilianischen Körpern ausgesetzt sein würde.

Ein Bild ging ihr nicht mehr aus dem Kopf, es hatte sich ihr eingeprägt, schon vorhin auf der Terrasse im Hotel. Es nutzte ihre Müdigkeit, um in ihr Ängste freizusetzen, die sie sorgfältig kaschiert, mit allerlei lindernden Mittelchen und Tricks verdrängt und erstickt und es doch nicht geschafft hatte, sie ganz loszuwerden. Glühende, zur Schau gestellte, ganz auf Leiblichkeit konzentrierte Körper. Körper in Bewegung, der sinnlichen Berührung dargeboten – völlig gegensätzlich zu der, die sie praktizierte. Die brasilianischen Körper eröffneten den Sinnen und dem Kult der Sinneslust ein tabufreies Vergnügen, sie täuschten nichts vor, heuchelten nicht, waren aber auch nicht lasterhaft. Und dieses Taxi hier fuhr direkt zu ihrer Kultstätte. Und Eva, die ihren Körper nie gezeigt hatte, höchstens um etwas herauszuschreien und sich selbst zu überzeugen, dass sie sich seiner nicht schämte, sie wäre in dieser Nacht am liebsten unsichtbar, verschwunden unter weiten, unförmigen Gewändern, die sie erst nach der Psychotherapie aus ihrem Kleiderschrank verbannt hatte.

Sie beobachtete Laurent. Laurent, für den der Körper ein Kunstwerk, eine Botschaft war. Relief, Farbe. Wenn sie bedachte, wie er sich vorhin vor ihr ausgezogen hatte, schien er dem eigenen Körper keinerlei Beachtung zu schenken. Endlich traute sie sich, ihn sich genauer anzusehen. Hager, breitschultrig, sein Körper zeigte den Rohzustand, da war nichts Gekünsteltes, wenn er sich bewegte, alles entsprach der Geringschätzung, die er ihm zumaß: eine wertlose Hülle, aus der er regelmäßig herausschlüpfte. Lebloser Panzer auf der einen, sinnlicher Körper auf der anderen Seite: Welchen Platz zwischen diesen beiden konnte sie für sich finden? Mit welchem Blick durfte sie die anderen anschauen? Sie fand keine Antwort auf diese Fragen: Alles wirkte verworren in diesem Gedankenmagma. Sie empfand nur noch das Bedürfnis, Laurent über den Arm zu streichen – was sie auch tat. Er reagierte nicht, aber das bekümmerte sie auch nicht: Sie hatte ihn nicht wie in der Therapie berührt, ihn nicht einmal dabei angeschaut. Nur den Kontakt gesucht, um sich selbst zu beruhigen. Das war ihr genug.

Plötzlich dröhnte die Stimme des Chauffeurs in ihrem Kopf:

«Mangueira … Tanzen Sie gern?»

Sie deutete ein Lächeln an.

«Frag nicht, fahr, wir wissen selbst schon nicht mehr, was wir hier wollen.»

Laurent wandte den Kopf, er wirkte erstaunlich aufmerksam. Sie ahnte, was ihn plötzlich beunruhigte; vermutlich hatte er gerade einen seiner lichten Momente, wo jedes Wort Gewicht bekam. Sie lächelte und ließ ihren Blick über die Guanabara-Bucht zum Zuckerhut hin schweifen. Er war angestrahlt, trug aber eine Wolkenkrone.

«Ja», sagte sie schließlich, «Samba, ja. Warum nicht? Tanzen, bevor man krepiert. Ist mir recht.»

Das Taxi steckte im Chaos der Autos fest. Vor ihnen brüllte ein Typ, um der Flut der gelben Wagen freie Bahn zu verschaffen. Männer und Frauen schlängelten sich zwischen den Stoßstangen hindurch, lachten und tanzten schon hier draußen. Der Fahrer beugte sich zu Eva hinüber und zeigte auf ein Gebäude aus Fertigteilen, abgestützt durch Betonpfeiler, vor dem sich eine Menschenmenge drängte. Alle paar Sekunden ging die Tür auf, ließ ein paar Musikfetzen heraus und verschlang dann, wie ein Menschenfresser seine willige Beute, eine Handvoll neuer Gäste. Der Fahrer lächelte ihr zu:

«Mangueira.»

74

VIERUNDSIEBZIG

Erwachsene. Halbwüchsige. Kinder, Eltern.

Auf spärlich gesäten Stühlen Großmütter, die Gesichter vom Lachen plissiert; rhythmisch klatschten sie in die Hände.

Männer und Frauen, die tanzten, sangen und die Worte eines Mannes oben auf einem Podium wiederholten. Seine Stimme übertönte die Musik, prallte von den Wänden zurück, erfüllte den Raum. Unisono donnerte die Stimme der Menge und stieg empor in den riesigen Saal.

Laurent tat ein paar Schritte und hielt sich mit den Händen die Ohren zu. Knallkörper explodierten in seinem Kopf, prasselten unentwegt weiter. Er entkam dem Viereck in der Mitte, suchte Zuflucht hinter einem Pfosten, wo er angerempelt wurde, weil die Menge vor dem Ausschank drängelte. Er hielt sich aufrecht, der Lärm war ohrenbetäubend, und setzen konnte man sich nirgends: An Einschlafen war nicht zu denken. Eva nahm sich die Freiheit heraus, sich ein wenig zu entfernen, um die Tanzfläche auszuspähen: Wer war Hipolito unter diesen Tausenden von Menschen? Würde er sie finden? Im gleichen Moment stockte die Musik. Der Mann auf der Empore rief ein paar Worte, die sie zwar nicht verstand, die aber allgemeine Hysterie auslösten. Er ließ sie etwas abflauen, schien befriedigt und sagte wieder etwas an. Wieder dieses Freudengeheul, nur noch lauter als zuvor. Er hob die Hand, und diese Bewegung schien sich zu vervielfachen. Fasziniert blickte Eva hin: Hinter dem Sänger saßen auf zwei Rängen etwa sechzig Personen vor sechzig Trommeln. Sechzig Trommelschlägel hoben sich und fielen wie ein einziger herunter. Der ganze Schuppen verwandelte sich in einen einzigen gigantischen Resonanzkasten. Der Rhythmus der *bateria* erfüllte den Raum und setzte sich wie eine Brandungswelle in der Menschenmenge fort. Die Harmonie zwischen den Trommlern war perfekt, die Körper wirkten wie elektrisiert. Der skandierende Rhythmus fuhr auch Eva in die Glieder. Sie wandte den Kopf: Laurents hohe Gestalt zeichnete sich vor der weißen Wand ab. Der Trommelwirbel schien ihn gar nicht zu erreichen.

Sie trat einen Schritt vor und fand sich inmitten der Tanzenden wieder.

Die Samba brannte ihr auf der Haut, nahm von ihr Besitz und zwang sie, sich zu bewegen. Erst langsam, dann energischer, um sich dem Rhythmus anzupassen. Sie verstand nicht, was sie hier tat, mitten unter ihnen, entrückt von allem, was sie hier suchen und finden sollte und weswegen sie hergekommen waren; sie versuchte auch nicht mehr zu begreifen, ließ sich einfach anstecken und mitreißen. Da spürte sie eine Berührung, eine Hand an der Taille – ein Mann, der sie umfasste. Sein Oberkörper war nackt, sein Blick finster. Das in den Hosenbund gesteckte T-Shirt folgte der Bewegung der Hüften. Er lächelte sie an. Sie wollte sich losmachen, aber er insistierte mit einer Sanftheit, die sie noch niemals bei einem Mann erlebt hatte. Auch Frauen drehten sich zu ihr um und ermunterten sie zum Tanzen. Die Männerhand glitt über ihren Rücken. Sie legte die ihre auf seinen dunkelhäutigen Unterarm. Seine Haut glühte, war ganz lebendig, so ganz anders als die von Laurent und ihren anderen Patienten. Einen solchen Hautkontakt kannte sie nicht, das war nicht gewaltsam, nicht hastig und flüchtig wie bei Karim, aber auch ein Kontakt ohne diese Distanz, die sie sich bei all ihren Behandlungen zur Regel gemacht hatte. Sie erkannte den schon vergessenen Genuss von Lust wieder, dem sie sich jetzt hingeben wollte. Sie folgte der Bewegung des an sie geschmiegten

Körpers, trunken von Müdigkeit, berauscht von Sinnlichkeit, und suchte wieder und wieder diesen Kontakt mit feuchter Haut. Um sie herum drehten sich Gesichter, verschwanden wieder, und die Musik erhob sie in andere Sphären.

Plötzlich bekam sie Angst vor diesem Exzess, fürchtete eine grenzenlose Wollust, weil alles, was sie so sehr entbehrte, sie hier so plötzlich überkam. Daher versuchte sie, sich wieder in der Wirklichkeit zu verankern, an ihren Auftrag zu denken und – an Laurent. Sie wandte den Kopf, Panik überfiel sie.

Er war verschwunden.

Sie musste sich losmachen von diesem Mann, der sie jetzt noch enger umfasste. Und von hinten drängte sich noch ein anderer Körper an sie heran. Sie steckte in einem Schraubstock aus Leibern, und Abscheu überfiel sie. Beide Männer umfingen sie jetzt, ein muskulöser Schenkel presste sich an ihren, noch mehr Hände auf ihren Schultern und um ihren Leib. Sie schrie, aber vergeblich: Die Musik übertönte ihre Stimme. Verzweifelt suchte ihr Blick das Gesicht, das sie nie hätte aus den Augen lassen dürfen. Sie fühlte sich genötigt und sah darin die Strafe für ihre Nachlässigkeit – die gleiche Strafe, die sie sich erfunden hatte, um das Trauma ihrer Jugend zu erklären. Sie brüllte den Namen des Künstlers, aber wer sollte das schon hören im rollenden Donnern der *bateria?*

Einer der beiden Männer wurde zornig; sie bekam Angst vor ihm. Der andere trat auf ihn zu, und sie boten einander die Stirn.

Eva sah eine Klinge aufblitzen. Zu viele Menschen trennten sie vom Rand der Tanzfläche, sie konnte nicht entkommen. Schwindel befiel sie, und die Beine sackten ihr weg. Da legte sich eine Hand auf ihren Arm – ein aggressiver Griff, wie eine Zwinge. Sie wandte den Kopf und nahm wie in einem Nebel das pockennarbige Gesicht des Kerls wahr, der sie der Gruppe entriss. Ihr Schrei erstickte und verlor sich in der Stimme dieses Grobians.

«Hipolito», raunte er ihr ins Ohr.

Eva schloss die Augen und ließ sich mitziehen.

Am Rande der Tanzfläche bewegte sie sich zu der Stelle, wo sie Laurent zum letzten Mal gesehen hatte. Ein Stein lag ihr im Magen, und die Übelkeit krallte sich in ihr fest. Hipolito kam ihr nach. Sein gedrungener Körper war der Inbegriff von Gewalt, und sie schreckte zurück. Er machte eine Handbewegung in Richtung Ausgang.

«Senhor Strelli.»

Blitzartig packte er die junge Frau am Handgelenk und zog sie hinter sich her, ohne dass sie auch nur den geringsten Widerstand leistete.

«Wir müssen los. Sofort.»

75
FÜNFUNDSIEBZIG

Mehrmals hatte er ihre Spur beinahe verloren.

Am Flughafen hatte er seine Mailbox abgehört: Ein paar Stunden zuvor hatte sie ihn angerufen und hinterlassen, in welchem Hotel Strelli und Eva absteigen würden. Kurz vor dem Abflug in Paris hatte sie noch seine Bedenken zerstreut:

«Keine Sorge, ich werde sie ausfindig machen und dich anrufen.»

«Und wie?»

Sie hatte gelächelt – schon lange hatte sie nicht mehr gelächelt, Angst und Besorgnis hatten ihre Züge geprägt.

«Man muss an der Quelle suchen», war ihre Antwort gewesen.

Als er vor dem *Caesar Park* ankam, kamen Strelli und die Frau gerade heraus: Es war 21.30 Uhr gewesen. Er war gar nicht erst ausgestiegen und im Taxi quer durch Rio ihrer Spur gefolgt. Mehrmals hatte er befürchtet, ihr Taxi aus den Augen verloren zu haben, aber dann war es im Strom der Autos und im Menschengewimmel wiederaufgetaucht.

In Mangueira, in diesem Schuppen, der unter Hochspannung stand, hatte er die gebeugte Gestalt schnell ausfindig gemacht. Da stand Strelli, mutterseelenallein, diesem Getümmel ausgeliefert, diesem Getöse, der Hysterie der Masse und den Gewaltausbrüchen der Favela hilflos ausgesetzt. Hier würde seine Tat nicht auffallen, und dann wären der Mann und die Gefahr, die von ihm ausging, endgültig aus dem Weg geräumt. Eva Latil konnte in den Händen dieser Brasilianer bleiben, die Anmache war ihr ja schon gelungen – sollte sie ruhig den ganzen Laden aufreißen; wäre Strelli erst einmal tot, hätte sie ohnehin keine Bedeutung mehr.

Genau in diesem Augenblick war der Typ aus dem Nichts aufgetaucht. Einer von hier, nervös, schnell; blitzartig hatte er sich Strelli geschnappt, ihn aufgescheucht aus seiner krankhaften Lethargie. Strelli war wie ein Automat mit ihm abgezogen und hatte vermutlich keine Ahnung, wer der Typ war. Danach war der Brasilianer nochmals aufgetaucht, in der Menge verschwunden, um noch diese Eva zu holen, mit der er dann in das Taxi sprang, wo Strelli schon in Sicherheit war und gewartet hatte.

Er konnte dem Wagen nur noch hinterherschauen, war dann aber ins nächste Taxi gesprungen, doch als er gerade die Tür zumachen wollte, hatte ein Mann ihn gestoppt. An der Armbinde erkannte er einen der Ordner.

«Wo willst du hin?»

Er hatte nicht sofort geantwortet, weil er dem Paar nachblickte, das in der Nacht verschwand.

«Wo die dort hinfahren», hatte er schließlich gesagt, «wir gehören zusammen.»

Der Typ beugte sich zum Fahrer hinab und zeigte auf den Wagen vor ihnen.

«Fahr hinter ihm her, Complexo do Alemão.»

76

SECHSUNDSIEBZIG

Rudimentäre Bauten – bestenfalls aufgetürmte, schlecht verfugte Ziegelsteine – standen entlang der Schlammpiste, auf der sie fuhren. Das Geruckel des Taxis schüttelte sie durch. Sie fuhren eine Hügelkette entlang, Rio und seine Bucht erstreckten sich zu ihren Füßen – eine wahre Pracht, während sie hier durchs Elendsviertel rumpelten. Der Chauffeur drehte sich um, auch er schien skeptisch.

«Noch weiter?», fragte er Hipolito. «Bist du sicher?»

Die Gesichter der Favela tauchten auf, geblendet von den Autoscheinwerfern. Kleine Kinder, die niemand ins Bett brachte, liefen über den Weg, Halbwüchsige versuchten, durch die Scheiben zu spähen, um zu sehen, wer da kam, alte Frauen drehten sich um – hier gab es nichts zu sehen und nichts zu zeigen. Eva schloss die Augen. Sie war viel zu erschöpft, viel zu niedergeschlagen, um zu ertragen, was sie hier sah. Sie wollte nur noch eines: endlich ankommen.

«Wohin fahren wir?», versuchte sie auf Spanisch zu fragen.

Hipolito antwortete nicht, er fixierte nur die Straße. Sie insistierte nicht. Laurent hatte sein Gesicht gegen die Scheibe gepresst. Die Bilder schienen sich ihm einzuprägen, er konnte sich nicht davon lösen und schien sich zum ersten Mal der Realität bewusst zu werden, denn seine Fingerspitzen kratzten über die Plastiksitze.

Seit zehn Minuten rollten sie nun schon durch ein Gewirr von ausgestorbenen und düsteren Gassen, als Hipolito endlich reagierte.

«Hier, gleich hinter der Mauer.»

«Die Armenklinik?», fragte der Fahrer erleichtert.

Hipolito nickte. Da sagte der andere zu Eva und Strelli:

«Familienbesuch für den Doktor?» Er lächelte.

Hipolito gab keine Antwort und streckte ihm nur zwei Scheine hin. Der Mann wehrte ab.

«Kommt nicht in Frage! Doch nicht von der Familie vom Doktor!»

Sie stiegen aus und hatten nicht einmal Zeit, einen Blick auf die rissige Fassade zu werfen oder gar auf ein Namensschild. Hipolito stieß die Tür auf und schleppte sie durch einen Raum, wo ein Dutzend Menschen geduldig zu warten schienen. Einige lagen auf dem Boden, schweißgebadet, andere hatten sich auf den Holzbänken zusammengerollt. Ein Ventilator an der Decke wirbelte laue Luft durch den Raum, und das Jammern und Wimmern verlor sich im Geräusch der Rotorblätter. Ohne seinen Schritt zu verlangsamen, drehte Hipolito sich zu den beiden um:

«Sie sind krank», sagte er zum ersten Mal auf Französisch. «Den ganzen Tag, die ganze Nacht ... hier müssen ständig Kranke behandelt werden.»

Eva und Laurent folgten ihm durch einen langen Gang und nahmen nicht wahr, was sich um sie herum abspielte. Bald würden sie am Ziel sein, alles Leid hinter sich lassen, für sie zählte nur noch die Zukunft. Auch Strelli schien sich bewusst zu sein, dass die Lösung und die Antwort auf all die Fragen und

Ereignisse, die sein gestörter Geist noch zu filtrieren versuchte, unmittelbar bevorstanden. Gehorsam, wenn auch in fast ständiger Benommenheit, hatte er alles mitgemacht, was Eva und der Polizist verfügt hatten. Auf diesen Augenblick jetzt kam es an, selbst wenn er die Tragweite nicht durchschaute.

Der junge Brasilianer öffnete eine Tür und trat zur Seite, um sie eintreten zu lassen.

Sie befanden sich in einem eher dunklen Büro voller Bücher. Bücher an den Wänden, auf dem Tisch, ganze Stapel, die sich wie durch ein Wunder im Gleichgewicht hielten. Ein Teppich, der sich an allen vier Ecken einrollte. Eva ging auf einen der beiden Stühle zu: haufenweise Linien und Kurven, die eine Lawine von Erinnerungen bei ihr auslösten. Laurent starrte den hinteren Teil des Raumes an: lauter Kabel, die von einer Maschine zu einem Bett verliefen. Er zuckte zusammen und wollte schon zur Tür, als Eva ihn zurückhielt.

«Keine Gefahr.»

«Doch», antwortete er. «Das will ich nicht mehr, das ist vorbei.»

Sie trat auf ihn zu und zwang ihn, ihrem Blick standzuhalten.

«Hören Sie, Laurent: Hier wird sich alles klären – und der Albtraum enden.»

Er ließ die Arme sinken.

«Ich kann nicht mehr», sagte sie noch, «und Sie auch nicht. Jetzt muss Schluss sein, deswegen sind wir hergekommen.»

Sie ließ sich an der Wand hinabgleiten und hockte sich nieder. Zum ersten Mal seit einer Ewigkeit – seit Jahren zum ersten Mal – ließ sie ihren Tränen freien Lauf. Eine Hand legte sich ihr auf die Schulter. Sie schaute hoch und sah einen Mann von etwa siebzig Jahren vor sich stehen. Die Entschlossenheit in seinem Gesicht machte ihr Mut. Sie stand auf, um ihn sich genauer anzusehen. Dunkler Teint, kräftig, das Gesicht voller

Fältchen: keinerlei Ähnlichkeit mit seiner Tochter. Nathanael Mankiewicz ging auf Strelli zu.

«Sie hat recht, deswegen sind Sie hergekommen. Jetzt müssen wir alles auf eine Karte setzen.»

Er wandte sich wieder Eva zu.

«Herzlich willkommen in Rio, Mademoiselle Latil.»

Eva antwortete nur mit einem Lächeln. In ihren Augen war der Professor zur Inkarnation einer immensen Erleichterung geworden, sein Gesicht zu einem Zeichen, das Hoffnung verhieß. Endlich hatten sie es geschafft.

«Wenn ich meine Tochter richtig verstanden habe», sagte er jetzt, «haben wir keine Zeit mehr zu verlieren.»

Die tiefe Stimme klang warmherzig. Ein leichter südamerikanischer Akzent schwang mit und fing einen Moment lang Laurents Aufmerksamkeit ein, doch dann starrte er wieder unbeweglich auf das Bett. Eva wusste, dass jedes Insistieren nutzlos war. Sie schaute sich im Raum um und suchte nach einem Detail – einem Bild, einem anheimelnden Licht, einem beruhigenden Klang –, egal, was es war, nur Zutrauen musste es wecken, damit Laurent sich wieder auf sie einließ. Sie wusste, dass ohne sein Zutun auch der Professor nichts ausrichten konnte. Dieser schien sich von Laurents Rückzug nicht beeindrucken zu lassen: Er behandelte ihn wie ein schmollendes Kind. Sie fragte sich schon, ob Mankiewicz nicht vielleicht sein vielgerühmtes ärztliches Gespür und die sprichwörtliche Beobachtungsgabe eingebüßt hatte. Krampfhaft bemühte sie sich um Konzentration auf das Wesentliche, auf alles, was sie erlebt hatten.

«All diese Leute im Wartezimmer, so spät noch ... Sind sie bei Ihnen in Therapie?»

«Nein», erwiderte der Professor. «Ihre Gesundheit verlangt andere Prioritäten, und so habe ich im Laufe der Jahre auch meine geändert.»

«Soll das heißen … dass Sie die Neuropsychiatrie aufgegeben haben?»

Sie stützte sich auf eine Stuhllehne, Mutlosigkeit überfiel sie. Am Ende eines grauenvollen Weges waren sie also im hintersten Winkel einer Favela gelandet, in einer elenden Armenklinik mit einem resignierten alten Doktor, der sich zum Sozialarbeiter berufen fühlte. Waren sie etwa deswegen bis ans Ende der Welt gereist? Ihr Finger zitterte, als sie auf Laurent zeigte.

«Dieser Mann da hat im Koma gelegen, hat Frau und Kind verloren, hat seit Ewigkeiten nicht mehr geschlafen und schließlich einen Ozean überquert in der Hoffnung, dass Sie etwas für ihn tun können. Pech, nicht wahr?»

«Ich weiß, wer er ist und warum Sie hier sind.»

Die Worte des Arztes hatten eine gewisse Schärfe. Eva schwieg und ließ ihn fortfahren.

«Ich habe die Schlafforschung nicht aufgegeben, meine Schwerpunkte nur anders gesetzt. Und wenn ich der Meinung gewesen wäre, nichts für ihn tun zu können, dann wären Sie nicht hier.»

Ihr fehlte die Kraft zu einer Antwort. Er erriet ihre Zweifel und entfernte sich ein wenig, um leichter sprechen zu können und den Schleier des Geheimnisses zu lüften, der über seiner Person, aber auch über seinem Verschwinden, seinem geheimen Aufenthaltsort und seinem neuen Tätigkeitsfeld lag.

«Ich musste etwas anderes tun», sagte er schließlich. «Meine Fehler löschen – denn ich habe Fehler gemacht.»

Seine von den Jahren gezeichnete Hand strich an der Schnittkante eines Buches entlang, während er in Erinnerungen versunken schien.

«Anstatt mich zufriedenzugeben, etwas verstanden zu haben, wollte ich im Namen einer Berufung, einer Mission eingreifen. Nur damit habe ich mich schuldig gemacht, aber es reichte aus.»

Er lächelte sie an.

«Das war der Fehler, den alle Anfänger begehen, alle, die von einer Leidenschaft besessen sind. Gestatten Sie, dass ich mich in die zweite Kategorie einordne, selbst wenn das Ergebnis so folgenschwer war, dass es durch nichts zu entschuldigen ist. Ich hatte das Geheimnis des paradoxen Schlafs ergründet, seine Rolle und seinen Platz im Schlafablauf. Warum sollte ich ihn auch noch steuern können?»

Dem vorwurfsvollen Blick der jungen Frau hielt er stand.

«Diesen Fehler beging ich um der Wissenschaft willen, aber auch im Hinblick auf meine Patienten. Trotz allem ein edleres Motiv als das derer, die sich meine Studien in böser Absicht angeeignet haben. Aber ich bin der Verantwortliche, und aus diesem Grunde habe ich meine Buße akzeptiert. Daher bin ich gegangen, um mich anderen Aufgaben zuzuwenden.»

Eva gingen die Nerven durch. Die Erschöpfung hatte die Oberhand gewonnen, die Worte sprudelten aus ihr heraus, und die Konsequenzen abzuwägen gelang ihr nicht mehr.

«Sagen wir's kurz: Sie haben gespielt, haben sich weidlich amüsiert, bis zu dem Tag, da das Spielzeug nicht mehr so recht funktionierte. Da haben Sie beschlossen, sich ein anderes Spielzeug zu suchen, auf der anderen Seite der Erdkugel, und sich eingeredet, dies sei eine ehrenwerte Buße.»

Taumelnd bewegte sie sich auf ihn zu. Das Gesicht des Professors verschwand hinter einem Nebelschleier. Sie war nur noch geballte Wut.

«Nur, der da», sagte sie, «er hat ohne seinen Willen an diesem Spielchen teilgenommen und zahlt jetzt einen viel höheren Preis, und Sie sind schuld daran. Mit Ihrem *mea culpa* kann er nichts anfangen. Wer wird ihm jetzt helfen? Sie vielleicht, mit Ihren Schmökern hier und Ihrer Urwaldmission?»

Voller Wut fegte sie einen Stapel Bücher zu Boden. Er wartete, bis sie sich wieder beruhigt hatte, und antwortete dann:

«Nein, nicht ich.»

Verdutzt starrte sie ihn an.

«Ja, wer denn, verdammt nochmal?»

«Er selbst natürlich. Er selbst.»

Er setzte sich auf die Bettkante und schaute zu Laurent hoch.

«Sie selbst werden Ihr Geheimnis aufdecken, Monsieur Strelli.»

77
SIEBENUNDSIEBZIG

Vorsichtig legte Laurent sich aufs Bett.

Er wandte den Kopf. Das Gesicht dieser Frau, die Berührung ihrer Hände waren ihm vertraut, während er wieder den Eindruck hatte, sich auf unbekanntes Terrain zu begeben. Im Grunde war es ihretwegen, dass er einwilligte, nochmals in seine innerste Festung zurückzukehren, weil sie es von ihm verlangte. Er hatte sich von allem entfernt, auch von seiner Vergangenheit, und wusste schon gar nicht mehr, was vorgefallen war. Er wollte den Schleier auch gar nicht mehr heben, den Schleier über Tod und Abwesenheit, über diesem Schmerz, der nicht überwunden, aber doch abgeklungen war. Den Biss, den stechenden Schmerz spürte er nicht mehr – es war eher ein Weh, das ihn überkam, aber in schwachen Wellen, eine Flut, die sich langsam näherte, aber nie völlig verebbte. Die Namen hallten noch in seinem Kopf wider; die damit verbundenen Gesichter wollte er lieber abtrennen. Von nun an auch den Worten ausweichen. Sie zu Tönen werden lassen, die keinen Sinn ergaben. Mit ihr wollte er sich noch verständigen und Kontakt halten. Zum Glück wusste sie, dass es auch ohne Worte ging – mit den Händen. Das war eine Sprache, auf die er sich eingelassen hatte; sogar die einzige. Aber sie weigerte sich, die Stimme völlig auszuschalten, obwohl die Bindung, die zwischen ihnen beiden bestand, ihrer gar nicht bedurfte. Und heute Abend hatte sie ihm tatsächlich *gesagt*, er solle den Kampf nicht aufgeben. Mit wenigen Worten und Gesten hatte sie ihn daran erinnert, worum es ging, und schon war alles wiederaufgetaucht. Eine Sturzflut von Bildern, Gefühlen, Schrecken und Nöten. Auch Wut war dabei gewesen. Sie hatte sogar geweint, und was Weinen bedeutete, wusste er noch, selbst wenn ihm keine Tränen zur Verfügung standen. Das Blut, das Feuer, die verbrannten Körper begehrten erneut Einlass in sein Bewusstsein, und er konnte sich nicht dagegen wehren, zumal diese Frau an seiner Seite ihm unmissverständlich klargemacht hatte, dass dies der Kampf seines Lebens war, den sie aber mit ihm auszufechten gedachte, als sei es ihr eigener Kampf. Er war nicht allein, um den Tatsachen ins Auge zu blicken. Deswegen hatte er sich hier hingelegt und ließ den alten Mann, diesen unbekannten Arzt, die Elektroden an Kopf, Gesicht, Oberkörper und Gliedern anlegen. Er war bereit, alle Worte zu hören – und endlich zu begreifen.

Der Professor beugte sich zu ihm herab.

«Bald werden Sie schlafen dürfen, Monsieur Strelli.»

«Ich kann nicht», erwiderte Laurent. «Das Gesicht …»

«Sie werden es noch einmal sehen können, wenn Sie dazu bereit sind.»

Eva wollte sich schon einschalten, aber ein Händedruck hielt sie davon ab.

«Ich bin bereit», sagte Laurent.

Sie geriet in Panik.

«Ich verstehe nicht ... Sein paradoxer Schlaf wird doch alles verschlingen, was noch an Erinnerung übrig ist, deswegen haben wir uns doch seit fast drei Tagen wach gehalten.»

Der Professor achtete nicht auf ihren Einspruch und setzte sich neben Laurent.

«Dass der paradoxe Schlaf der Traumschlaf ist, wissen Sie vermutlich, nicht wahr?»

Laurent nickte. Er sammelte all seine Kräfte, um gegen ein augenblickliches Einschlafen anzukämpfen. Er wollte schon wieder aufstehen, aber Mankiewicz hinderte ihn daran.

«Der Traum ist ein Fenster ins Gehirn. Und jetzt, heute Abend, werden wir noch ein weiteres öffnen, noch viele weitere Fenster. Und damit das gelingt, müssen Sie mir zuhören. Alle beide. Und alles, was Sie über den Schlaf schon wissen, mal beiseitelassen.»

Der Blick des alten Mannes war durchdringend. Ein für Laurent fast unbekanntes Gefühl. Selbst Eva schenkte ihm alle Aufmerksamkeit, deren sie noch fähig war. Nathanael Mankiewicz fuhr fort:

«Ich werde die Aktivität Ihres Hirns während des Schlafs aufzeichnen. Diese elektrischen Signale sind alles, was man von seiner großartigen Dynamik einfangen kann. Und es ist die einzige Spur, die sich bewahren lässt, abgesehen von einigen körperlichen Zeichen, wie Veränderung des Herz- oder Atemrhythmus oder der Muskelanspannung. Übersetzen kann man diese elektrische Sprache jedoch nicht, selbst wenn sich anhand der Aufzeichnung die verschiedenen Phasen unterscheiden lassen. Doch es gibt noch eine andere Art, durch die die Hirntätigkeit sich zu äußern vermag, und deren Sprache ist uns leichter zugänglich.»

«Der Traum», fiel Eva ihm ins Wort.

«Völlig richtig. Während des Traums, also während der

fünften Phase, hinterlässt das Hirn mit Hilfe von Bildern und Tönen noch eine weitere Spur seiner Dynamik.»

Nathanael Mankiewicz rollte eine Aufzeichnung vor ihnen aus, um das Gesagte an einem konkreten Beispiel zu illustrieren.

«Man könnte sagen», fuhr er fort, «dass unser Hirn im Schlaf arbeitet und dies auch in Form eines langen Films kenntlich macht. Doch leider sehen wir von diesem Film nur kurze Ausschnitte, und das sind unsere Träume.»

«Und warum können wir den Film nicht in voller Länge sehen?»

«Sagen wir so: Er ist codiert, überdeckt von der elektrischen Aktivität. Doch von Zeit zu Zeit gelingt es uns, die elektrische Sperre zu durchbrechen, und dann laufen die Bilder vor unserem Geist in der richtigen Reihenfolge ab.»

«Vorhin sagten Sie», fiel Eva ihm ins Wort, «Sie würden ‹Fenster aufstoßen› in Laurents Hirn. Ist das der Kern Ihrer neuen Studien? Könnten Sie den hinter der elektrischen Aktivität verborgenen Film in voller Länge ablaufen lassen, beispielsweise in Form eines langen Traums?»

Der Professor stand auf, als wäre es ihm unangenehm, sein Tun mit Worten zu benennen. Laurent rief ihn zurück.

«Wie?», fragte er nur.

«Ihr Fall ist recht speziell», antwortete Mankiewicz. «Ich will versuchen, diese elektrische Aktivität während Ihres Schlafs herauszufiltern. Die Schwingungsweite muss verringert und das Ausufern Ihres paradoxen Schlafs eingedämmt werden, um die normalen elektrischen Signale wieder durchzulassen.»

Er schien einen kurzen Moment zu zögern, bevor er fortfuhr:

«Dann erst kann ich veranlassen, dass das Hirn die Traumsprache wählt, um sich auszudrücken.»

Er erwartete die Reaktion der beiden. Die von Eva ließ nicht lange auf sich warten.

«Sie sind in der Lage ... Träume auszulösen?»

Mankiewicz ließ seinen Blick durchs Fenster schweifen.

«Es hat viel Mühe und viel Zeit erfordert, die Auslöser im Körper zu suchen und die biochemischen und physischen Veränderungen zu erforschen, die in den Traum hineinspielen und Linien und Kurven unterteilen ... Jetzt aber», sagte er, zu der jungen Frau gewandt, «ja, inzwischen ist es uns gelungen, die elektrische Sequenz zu identifizieren, die die Öffnung besagter Fenster ins Hirn bewirkt und es ermöglicht, eine Sprache in eine andere zu übersetzen.»

Das war mehr als ein Schock – auf Eva hatten diese Worte den gleichen Effekt wie ein plötzlicher Alkoholrausch.

«Träume auslösen!», sagte sie erschüttert. «Noch so ein kunstvoller Trick! Den paradoxen Schlaf zu manipulieren hat Ihnen wohl nicht genügt?»

«Sie haben mich nicht verstanden. Ich will nur eines erreichen: Enthüllung. Nichts erzwingen, beherrschen, verunstalten: nur entschlüsseln, übersetzen, nichts weiter. Das tue ich, indem ich den Traum stimuliere: Er ist nur eine andere Illustration der zerebralen Aktivität. Ich beschränke mich darauf, den Schleier zu lüften.»

«Aber warum bevorzugen Sie den Traum, warum nicht eine andere Ausdrucksweise dieser zerebralen Sprache? Warum lassen Sie dem Hirn nicht freie Wahl, wie es sich ausdrücken will?»

«Aus dem einfachen Grund, weil der Traum die einzige Sprache ist, die der Mensch versteht. Im Gegensatz zur Reaktion der Muskeln, der Atmung oder der Elektrizität hinterlässt der Traum als Einziger eine Spur, zu der das Bewusstsein Zugang hat.»

«Verstehe ... Mit anderen Worten, Sie wollen die Träume

beherrschen und ihre Bedeutung enthüllen. Sie werden nie lockerlassen.»

«Bilder zu enthüllen heißt nicht, sie zu deuten! Nein, ich will keinesfalls die Bedeutung der Träume erfassen; diese Illusion überlasse ich gerne den Psychoanalytikern. Ich bin viel bescheidener: Ich begnüge mich damit, sie auszulösen, ohne sie selbst zu sehen. Dieses Privileg überlasse ich den Träumern, Mademoiselle. Der Traum ist die ehrlichste Sprache des Gehirns und begeht niemals eine Indiskretion; seine ‹Worte› bleiben Eigentum dessen, der schläft und der anschließend damit machen kann, was er will: sich daran erinnern, erzählen, analysieren … oder auch vergessen. Ich respektiere dieses Grundprinzip, ich übersetze, aber mit verbundenen Augen.»

Ein letztes Mal wandte Nathanael Mankiewicz sich Laurent Strelli zu:

«Monsieur Strelli, das Gehirn spricht während des Schlafs, aber in einer Sprache, die Ihnen die meiste Zeit unbekannt ist. Ich werde diese Worte übersetzen, doch die Botschaft wird sich nur Ihnen enthüllen. Mit anderen Worten, ich werde, während Sie schlafen, die elektrische Zerebralsprache in für Sie sichtbare Bilder verwandeln und Ihnen die Möglichkeit verschaffen, jenes Gesicht, das Ihre fünfte Phase Ihrem Bewusstsein entzog, zu demaskieren. Es liegt allein an Ihnen, ob Sie sich nach dem Aufwachen erinnern oder es in eine Ihrem Gedächtnis unzugängliche Schublade verdrängen wollen.»

Laurent schloss die Augen. Das war seine Antwort.

78

Kaum war er eingeschlafen, spielten die Linien verrückt.

Ein monströser paradoxer Schlaf überschwemmte sämtliche Phasen. Nathanael Mankiewicz vermochte seinen Schock kaum zu verbergen: Noch nie hatte er eine derart gestörte Aufzeichnung gesehen. Eva wollte diese gezackten Linien nicht anschauen, die in frenetischem Auf und Ab über den oberen Teil des Papiers jagten. Der Professor schaltete den Filter ein: Nichts schien sich zu verändern. Er regulierte den Filter nach, und allmählich entsprach die Registrierung physiologischen Mustern. Die für die verschiedenen Phasen charakteristischen Wellen wurden erkennbar, nachdem die Störwellen endlich herausgefiltert waren.

«Der Filter hat die gigantischen Wellen dieses paradoxen Schlafs herausgeholt, und jetzt sehen wir wieder die normale elektrische Aktivität. Aber viel länger kann ich ihn nicht eingeschaltet lassen.»

Eva sprach seine Befürchtungen aus.

«Und wenn dieser Filter nicht wirkt?»

«Dann wird das Gehirn die elektrische Sprache nicht verstehen und sie nicht in Träume umwandeln können, ungeachtet meiner Bemühungen und Stimulationen.»

Er wandte sich der jungen Frau zu.

«Dann wird das Gesicht des Mörders nicht erscheinen – und womöglich für immer im Abgrund dieses maßlosen Schlafs versinken. Damit habe ich Ihre Frage beantwortet, nicht wahr?»

Ein letztes Mal warf er einen Blick auf die Aufzeichnung, dann drückte er auf einen Knopf.

«Maximale Filtrierung. Seit vier Sekunden verfügt die elektrische Aktivität über die Sequenz, die die Umwandlung der Zerebralsprache in Träume starten müsste. Jetzt hängt alles von Laurent Strelli ab.»

Eva empfand das Bedürfnis, sich zu setzen. Fieberhaft lauerte sie auf eine Reaktion Laurents. Nicht eine Zelle seines Körpers reagierte. Er wirkte so leblos und still, dass sie glaubte, in dem verwirrten Geist des Künstlers sei die Zeit stehengeblieben. Ein Wimmern, dann ein Schrei durchdrang den Raum. Eine Sekunde später saß Laurent aufrecht im Bett. Mit offenem Mund rang er nach Luft. Seine Fäuste umklammerten das Laken. Sie sprang auf und rannte zu ihm hin.

«Laurent, was ist los? Was haben Sie?»

Sofort bedauerte sie ihre Frage. In unbändiger Wut schlug er um sich und stieß sie gewaltsam zurück. Wie ein gehetztes Tier flüchtete er sich in einen dunklen Winkel des Zimmers. Ein Röcheln drang aus seiner Kehle, doch dann hörte man Wörter, sogar deutlich:

«Léa ... warum?»

Sie wollte zu ihm, ihn beruhigen, doch der Professor hielt sie zurück.

«Jetzt weiß er es», sagte er. «Die schrecklichen Bilder sind wiederaufgetaucht. Lassen Sie ihn mit dem Gesehenen erst einmal allein.»

«Wie kann ich ihm helfen?», fragte sie. Sie fühlte sich völlig machtlos.

Ein kurzer Knall, ein merkwürdiges Gefühl von Feuchtigkeit und Wärme im Nacken und am Arm – trotzdem wartete Eva immer noch auf eine Antwort. Verwundert fuhr sie sich mit der Hand durchs Haar: Ihre Handfläche und ihre Ärmel hatten rote Flecken. Wie ferngesteuert drehte sie sich um; blutbespritzt lag der Professor auf dem Boden: Die Antwort würde sie nicht mehr bekommen.

79

NEUNUNDSIEBZIG

Ihr Schrei ging unter in dem der Menge, die in Panik geraten war. Die Nacht draußen hatte sich rot und ocker gefärbt: Feuer, das sich im ganzen Gebäude ausbreitete. Eva fuhr hoch. Neben ihr zersprang der Polysomnograph, zweimal noch knallte es, und sie hörte die Kugeln pfeifen. Sie presste sich gegen die Wand und warf einen gehetzten Blick in den Winkel, wo Laurent sich geduckt hatte. Er schien außerhalb der Schusslinie zu sein.

Stimmen kamen näher, übertönten das Weinen und das Geschrei. Hipolito tauchte auf. Die Leiche des Professors in der Blutlache schien ihn einen Moment lang zu lähmen, und so blieb ihm keine Zeit, sich vor dem Schuss in Sicherheit zu bringen. Die Kugel riss einen Krater in seine Schläfe, und sein rechtes Auge schien auszulaufen. Direkt vor Eva sank er zu Boden. Auch sie legte sich flach. Sie spürte noch, wie ihr der Magen hochkam, dann erbrach sie sich neben dem leblosen Körper. Sie spürte Erleichterung und kroch in Richtung Tür.

Dicker Rauch drang in den Raum und nahm ihr die Luft. Es gelang ihr, bis zum Fenster zu robben, sich vom Tisch ein dickes Buch zu schnappen und damit die Scheibe einzuschlagen.

Sie konnte wieder besser atmen und auch besser sehen. Aber mit Entsetzen musste sie feststellen, dass Laurent verschwunden war.

Im Hof hatte man mehr schlecht als recht damit begonnen, das Feuer zu löschen. Die angrenzende Apotheke war schon verwüstet. Eva erkannte Polizeiuniformen, die überall durchzukommen versuchten. Sie schaute ins Büro hinter sich, und da wurde ihr das Ausmaß der Tragödie erst bewusst. Aber auch die Lage, in der sie sich befand: Sie war allein in diesem Raum mit zwei Leichen und hätte nichts erklären können. Alles war so verworren, aber es schien ihr das Klügste, so schnell wie möglich von hier zu verschwinden und die allgemeine Panik zu nutzen. Sie hängte sich ihre Handtasche um und stieg auf die Fensterbrüstung. Im kreiselnden Licht eines Polizeiwagens erkannte sie den Körper des Wachpostens. Er lehnte gegen eine Mauer und hatte keine Waffe mehr. Sie schaute weg und tauchte unter im Getümmel der Favela.

Sie rannte, floh vor diesem Ort voller Blut und Tod, blindlings stolperte sie die Gassen hinab. An einer Kreuzung hielt sie kurz inne, um sich für eine Richtung zu entscheiden. Vier junge Burschen versperrten ihr den Weg. Einer von ihnen griff nach ihrer Handtasche. Sie brüllte los, schnauzte sie an und schlug wie wild um sich. Ihre Reaktion und diese ungezügelte Gewalt irritierten die Burschen. Diesen Moment nutzte sie, um wie eine Irre diesem Labyrinth zu entfliehen.

Endlich war sie auf einer belebten Straße. Taumelnd vor Erschöpfung warf sie sich einem Taxi entgegen, das gerade noch bremsen konnte. Sie riss die Tür auf und brauchte etliche Sekunden, bis ihr der Name des Hotels wieder einfiel. Hastig wühlte sie in ihrer Handtasche, bis sie die Schachtel fand. Sie öffnete das Spritzen-Set und versuchte, das Zittern zu bändigen, das ihren ganzen Körper befallen hatte. Sie achtete nicht auf den Blick des Fahrers und krempelte – nein, riss die Ärmelstulpe auf. Unbeholfen desinfizierte sie ein Fleckchen Haut und zog mit den Zähnen an der Verschlusskappe der Spritze: Neuropeptid S. Sie stach sich die Nadel unter die

Haut, und verschwommen tauchten sogleich Erinnerungen auf. Sie drückte auf die Pumpe, verspürte ein Brennen und ließ ihren Kopf erleichtert nach hinten sinken.

«Du Schlampe! Mach das woanders, nicht in meinem Taxi …»

Sie war sich nicht sicher, die Worte richtig verstanden zu haben. Erst das brutale Bremsmanöver, die aufspringende Beifahrertür und die rohe Gewalt des Mannes rissen sie aus ihrer Benommenheit, gegen die das Mittel noch nicht gewirkt hatte. Unbarmherzig zerrte der Typ sie aus dem Wagen, und taumelnd fand sie sich auf dem Gehweg wieder.

«Nein, hören Sie, ich muss sofort ins Hotel zurück, ich flehe Sie an …», hörte sie sich stammeln.

Ohnmächtig glotzte sie dem Taxi nach und hatte keine Kraft mehr, sich zu rühren. Der Regen – ein paar Tropfen zuerst, dann eine wahre Sintflut – zwang sie, sich aufzurappeln und unter einem Vordach Unterschlupf zu suchen. Die plötzliche Abkühlung und die Wirkung des Mittels, das im Gehirn ankam, verhalfen ihr zu neuem Leben. Sie fand wieder Worte, um die Umstehenden zu fragen und sich klar darüber zu werden, wo sie sich befand: Aus dem nahe gelegenen Maracanã-Stadion strömten torkelnd die Fußballfans. Als Himmel und Erde sich lichteten, konnte sie auch wieder klar denken. Sie musste erraten, was Laurent vorhatte, musste seinen Entscheidungen zuvorkommen: Wo hatte er hinrennen können? Welche Wahl war für ihn die nächstliegende? Wie sollte sie herankommen an das Geheimnis, wie sich heranpirschen an seine Gedankengänge? Mühsam fügte sie Fakten zusammen, die ihr aus der Klemme helfen könnten. Allmählich tauchten die Bilder wieder auf: Laurent und seine Reaktion, bevor sie vom Hotel aus nach Mangueira fuhren. Er hatte unbedingt sein Flugticket behalten wollen und ihr ewig dieselbe Frage gestellt. Wie so oft hatte er seine ganze Aufmerksamkeit und

Besorgnis auf ein einziges Detail konzentriert – diesmal war es sein Pass gewesen, den sie ihm immer wieder hatte zeigen müssen und den sie, weil ihre Nerven es nicht mehr aushielten, ihm schließlich ausgehändigt hatte. Was hatte der Professor mit seinen Manipulationen in Laurents Gehirn bewirkt? War er selbständig und unternehmungslustig geworden? Hatte er, wenn auch nur einen Moment lang, eine Entscheidung treffen können? War ihm zuzutrauen, dieser überspannten Stadt Rio die Stirn zu bieten, zum Flughafen zu fahren und nach Hause zu fliegen?

Sie durfte nicht länger zögern. Sie hielt ein Taxi an und beugte sich zum Fahrer hinab.

Aeroporto internacional do Galeão, por favor.

Um 23.55 Uhr rannte sie durch die Abflughalle.

Erst vor der Abflugtafel holte sie erleichtert Luft: Ihr für 23.20 Uhr vorgesehener Flug war annulliert, und die Passagiere waren auf eine andere Maschine – um 0.10 Uhr – umgebucht worden. Sie hastete zum Air-France-Schalter.

«Tut mir leid, Madame, aber das Boarding ist seit einer Stunde abgeschlossen, die Maschine startet in fünfzehn Minuten.»

Sie hielt der jungen Frau ihr Ticket unter die Nase, jetzt musste sie alles auf eine Karte setzen.

«Ich bin im Auftrag der französischen Regierung hier. Rufen Sie die Botschaft an, oder lassen Sie es sich von Paris amtlich bestätigen.»

Die Stewardess zögerte, betrachtete eingehend die Magnetkarte, die ins Baumettes-Gefängnis Einlass gewährte, und kontrollierte nochmals das Erste-Klasse-Ticket. Sie hob den Telefonhörer ab, gab ein paar Anweisungen auf Portugiesisch und streckte Eva eine Boarding-Card hin.

«Sie werden warten», sagte sie.

«Mein Mitarbeiter war auch für die Maschine um 23.20 Uhr gebucht …»

«Wie ist sein Name?»

«Strelli. Laurent Strelli.»

Die Finger der anderen huschten über die Tasten.

«Er hat schon eingecheckt. Beeilen Sie sich: Sie haben vier Minuten für den Sicherheitscheck und den Weg bis Gate 32. Dort erwartet Sie ein Flugbegleiter. Beeilen Sie sich!»

Eva rang noch nach Atem, als die Gangway hochgezogen wurde. Eine Stewardess nahm ihr ihre Sachen ab.

«Nehmen Sie bitte kurz hier Platz, bis die Maschine gestartet ist. Sobald die Sicherheitsgurte gelöst werden dürfen, werde ich Sie nach oben in die Erste Klasse begleiten.»

Eva wollte protestieren, aber die andere nötigte sie, wenn auch höflich, sich zu setzen.

«Sobald die Maschine in der Luft ist, Madame. Wir können nicht länger warten, der Tower lässt uns keine Sekunde mehr.»

Kaum waren die Leuchtsignale über ihrem Kopf erloschen, stand Eva auf. Beklommen stieg sie allein die Stufen nach oben und blieb wie angewurzelt vor den Sitzreihen der ersten Klasse stehen.

80

Sie war außer sich. «Ich begreife überhaupt nichts mehr! Er hatte längst eingecheckt, das hat man mir bestätigt!»

«Einige für 23.20 Uhr gebuchte Passagiere wurden auf eine TAM-Maschine, die fünf Minuten später starten konnte, umgebucht. Die Erste-Klasse-Passagiere hatten Vorrang.»

Verzweifelt versuchte sie, der Panik Herr zu werden, die sie wie eine Welle überkam. Sie warf einen Blick auf das Satellitentelefon und kippte den Inhalt ihrer Handtasche auf den Nebensitz. Brieftasche und Handy waren verschwunden. Und damit auch Ericks Nummern. Die paar Minuten Schlaf, die sie sich während der Fahrt zum Flughafen gegönnt hatte, musste sie jetzt teuer bezahlen.

«Ich muss unbedingt mit Kommissar Flamand bei der Kripo in Paris sprechen. Es ist äußerst wichtig.»

Die Stewardess suchte sie zu beruhigen.

«Das Satellitensystem funktioniert nicht, aber vielleicht können wir über Funk den Tower verständigen.»

«Er muss erfahren, dass …»

Die Stewardess unterbrach sie.

«Beruhigen Sie sich. Er wird erfahren, dass Sie mit dieser Maschine kommen. Ich will sehen, was ich tun kann. Versuchen Sie sich auszuruhen, ich kümmere mich um alles.»

Die Worte verloren sich in weiter Ferne, und Eva versank in einen unkontrollierbaren Schlaf.

Plötzlich war sie hellwach: Dass sie hier in einem Flugzeug saß, erschien ihr irreal. Ihr erster Reflex war, neben sich zu schauen und festzustellen, dass Laurent nicht da saß. Der

Wirrwarr von Ereignissen in jüngster Zeit fiel ihr ein, überlagert von einem Schuldgefühl. Sie wusste, dass sie sich dieses Mal nicht mit ein paar Minuten Ruhe begnügt hatte. Eine tröstende Hand legte sich auf ihren Arm.

«Kommissar Flamand wurde verständigt. Er erwartet Sie bei der Ankunft auf Charles-de-Gaulle.»

Das Lächeln der Stewardess gab Eva den Rest. Sie starrte auf ihre Uhr, ohne zu wissen, nach welcher Zeitzone die Uhr gestellt war.

«Wir werden in einer halben Stunde landen», sagte die Stewardess, als hätte sie ihre Gedanken erraten. «Ich glaube, Sie hatten den Schlaf nötig.»

In einer halben Stunde! Dann hatte sie zehn Stunden am Stück geschlafen. Dann war – anders ausgedrückt – Laurent schon seit einer Viertelstunde in Paris, ohne dass sie Erick dies hatte mitteilen können! Sie war so verzweifelt, dass sie der Stewardess nicht einmal eine Antwort gab.

Im prasselnden Regen kam die Maschine auf der Landebahn zum Stillstand. Benommen kletterte sie hinaus und trottete stumm auf Erick und Laura zu, die unten an der Gangway auf sie warteten.

Sie saßen in einem Polizeibüro, abgeschirmt vom Lärm der Flughafenhalle. Laura kam zur Tür herein.

«Die Passagiere der TAM-Maschine sind längst abgefertigt. Strelli war in der Tat an Bord», sagte sie.

Eva hob niedergeschlagen den Kopf. Erick tröstete sie:

«Du kannst nichts dafür. Wir werden ihn garantiert finden.»

«Wer wird der Erste sein, wir oder dieser Irre, der eine ganze Familie ausgelöscht und dann noch den Professor und seinen Gehilfen abgeknallt hat?»

Erick wandte sich an seine Kollegin.

«Postiere sofort ein paar Leute vor Strellis Atelier und der Fondation.»

Eva kippte ihren dritten Kaffee hinunter.

«Weiß Nadine Mankiewicz schon über ihren Vater Bescheid?»

Er zögerte, ihr die Wahrheit zu sagen. Sie hatte Anrecht auf etwas Schonung nach diesen Tagen voller Angst und Tod. Aber ihr Blick war so bohrend, dass er sich schließlich doch entschloss.

«Ihr Mann hat mich am späten Vormittag angerufen. Nadine Mankiewicz ging häufig am Samstagabend in ihre Praxis, schlief sogar manchmal dort, wie Serge Kahn mir sagte, wenn es schon spät geworden war. Aber weil sie sich dieses Mal überhaupt nicht gemeldet hatte, machte er sich Sorgen.»

Eva begriff den Sinn dieser Worte nicht sofort. Sie suchte nach einer Antwort in Lauras Blick, aber erst als sie Ericks Augen ausgelotet hatte, wusste sie, was passiert war.

«Hört das niemals auf? Das ist ein Albtraum, ich erlebe einen Albtraum!»

Sie richtete sich auf.

«Was werden wir jetzt tun, frage ich euch? Brav abwarten, bis man Laurents Leiche gefunden hat? In einer Tiefgarage oder sonst wo? Habt ihr euch das für heute vorgenommen?»

Wütend und entsetzt, wie sie war, hatte sie die beiden angefaucht. Marina erschien, als die Stille kaum mehr auszuhalten war.

«Wir haben den PC und die Mailbox von Nadine Mankiewicz durchgecheckt. Eine ihrer letzten Mails war an dich adressiert, Erick.»

Er nahm ihr das Blatt aus der Hand.

«Ich habe meine Mails noch vor einer Stunde abgerufen, da war nichts von ihr dabei.»

«Die Nachricht war auf dem Server der Präfektur.»

Erick las den Text: sein Name, dann eine Adresse und eine Zimmernummer. Fragend blickte er Marina an.

«Ein Heim in Montreuil», antwortete sie. «Ein Pflegeheim. Ich habe schon angerufen: Die Schwester wollte mir keine Auskunft geben – ärztliche Schweigepflicht, Siegel der Verschwiegenheit –, kurzum, es war nichts rauszukriegen. Da muss man hinfahren.»

Abermals las er den rätselhaften Text. Welche Bedeutung und welches Gewicht diese Frau jedem Wort und jeder Geste beimaß, hatte er gelernt. Eine Mail von ihr musste er ernst nehmen, da musste er nachhaken.

«Marina, du fährst gleich hin», erklärte Erick. «Laura, du begleitest sie. Ich muss erst noch einen Künstler finden, der in Lebensgefahr ist.»

Eva sprang auf.

«Ich komme mit! Ich begleite dich.»

Marina hielt die beiden zurück.

«Auch der Mörder hat Nadines Mails abgefragt. Vielleicht war sie gerade am Schreiben, als er sie tötete. Nach Ansicht des Gerichtsmediziners könnte die Tatzeit mit der Zeit des Abschickens übereinstimmen, aber um das zu bestätigen, ist es noch etwas zu früh.»

Erick wurde ungeduldig.

«Worauf willst du hinaus?»

«Er hat sie gelesen», fuhr Marina fort, «und sich Kopien gemacht; es war im PC gespeichert. In der ersten Mail stand die Adresse des Hotels in Rio, wo Eva und Strelli abgestiegen waren. Du hattest Nadine Mankiewicz eine Kopie geschickt.»

«Die brauchte sie, um sie Hipolito mitzuteilen.»

Er bereute es schon, sich gerechtfertigt zu haben, wich aber Evas Blick aus.

«Und die andere Mail?», fragte er.

«War diese hier», antwortete Marina. «Seit gestern Abend kennt auch der Mörder diese Adresse in Montreuil.»

Erick platzte vor Wut.

«Verdammt nochmal, wie oft will dieses Schwein mir noch zuvorkommen?»

«Dieses Mal nicht», antwortete Marina. «Besuchszeit ist erst ab 14.30 Uhr. In zwanzig Minuten», präzisierte sie nach einem Blick auf die Wanduhr.

«Er wird vor uns dort sein», murmelte Eva. «Wir sind schließlich erst in Roissy.»

«Soll ich eine Streife losschicken?», fragte Laura.

Mit einer Geste fegte Erick diesen Vorschlag beiseite.

«Nein! Damit treiben wir ihn nur in die Flucht. Dieses Mal wird er mir nicht entkommen!»

In der Nähe war ein Telefon. Er hob den Hörer ab. Zum ersten Mal seit Beginn dieser teuflischen Fahndungsaktion schien das Schicksal ihm gewogen.

«Dieses Mal werden wir vor ihm dort sein.»

81

EINUNDACHTZIG

Der Wagen raste mit voller Geschwindigkeit über die Autobahn. Eva hatte sich nach hinten gesetzt und blieb stumm. Die düsteren Gedanken, die sie mit Laurent verbanden, ließen sich nicht abschütteln. Erst nur Patient, dann mehr und mehr Opfer. Jagdbeute, dann Gefährte, ein komischer Kauz, der keine Berührung ertrug, und letztlich ein Mann von ungeahnten Ressourcen, der die Wahrheit suchte. Was hatte er gesehen? Wo konnte er sein? Das Einzige, was sie sich eingestand, war dieses Gefühl von Besorgnis, das nichts mehr mit ihrem polizeilichen Auftrag zu tun hatte, aber auch nichts mehr mit ihrer Pflicht als Therapeutin. Beide Aufgaben hatte sie erfüllt. Was sie wirklich mit ihm verband, was ganz allmählich entstanden war, wollte sie sich nicht so recht eingestehen. Sie wusste nur eines: Sie hatte Angst um ihn.

Mit heulender Sirene ging es auf den Périphérique, an den im Stau steckenden Autos vorbei. Ein perfektes GPS und Lauras sportliche Fahrweise lenkten sie durch die Straßen der östlichen Vorstadt von Paris.

«Stell das Geheul ab», sagte Erick. «Wir sind gleich da.»

Mit Schwung ging es in ein enges und kurviges Sträßchen hinein: eine Sackgasse. Sie fuhren langsamer und stoppten vor einem weißen Gebäude, einem viereckigen Klotz aus Beton und Glas. Es war 14.37 Uhr.

Auf dem Besucherparkplatz standen schon, schräg aufgereiht, etliche Wagen. Erick stieg als Erster aus.

«Marina, du überwachst jede Bewegung und notierst sämtliche Autonummern.»

Eva und Laura folgten ihm in die Eingangshalle. Man wies ihnen den Weg zu Station B. Sie liefen einen langen gefliesten Flur entlang. Obwohl sie schon außer Atem war, fand Eva die Kraft, mit ihnen zu rennen. Eine wachsende Unruhe trieb sie an. Laura hakte sich bei ihr ein.

«Wir sind am Ziel», sagte sie. «Fast … nur Mut!»

Zwei Minuten später stießen sie die Türen zu Station B auf. Erick polterte sofort ins Schwesternzimmer.

«Zimmer 307?», fragte die Schwester erstaunt. «Schon wieder? Heute ist aber auch wirklich …»

«Wo ist das Zimmer?», fragte Erick zum zweiten Mal.

«Tut mir leid, ohne Zustimmung der Oberin ist jeglicher Besuch dort verboten.»

Er knallte ihr seine Marke hin.

«Ich sagte, wo?»

Verschreckt stand die junge Schwester auf, ging mit ihnen hinaus, ihnen voran und wies dann auf eine Zwischentür am Eingang zur Station.

«305 bis 309», sagte sie, «das sind Einzelzimmer, sie liegen isoliert in einer Sonderabteilung, unter ständiger Aufsicht.»

Im selben Moment flog die Tür auf. Die Schwester war empört.

«Woher kommen Sie, Madame? Ich habe Ihnen doch gesagt, dass Sie ohne Erlaubnis ...»

Als die Polizisten und Eva sich umwandten, blieb ihnen nur noch die Zeit, die Gestalt, kurzes, dunkles Haar und eine hastige Bewegung wahrzunehmen. Erick raste durch den Flur, und Laura holte ihn vor den Aufzügen ein: Die Tür war geschlossen, und der Aufzug fuhr nach unten.

«Bin schon weg», rief sie und rannte zum Treppenhaus.

Erick ergriff sein Funksprechgerät:

«Marina, hörst du? Eine Frau, eins siebzig groß, dunkle, kurze Haare. Sie kommt mit den Aufzügen von B.»

Ich werde die Halle leer fegen und sie mir schnappen!

Erick kehrte um und lief zu den Einzelzimmern.

Die Tür zu Zimmer 307 stand sperrangelweit offen, das Bett war nicht gemacht – und das Zimmer leer. Er ging wieder hinaus und blieb vor einem anderen Zimmer stehen. Da stand schon Eva und neben ihr, in weißem Kittel, eine Frau reiferen Alters.

«Wo ist der Patient von Zimmer 307?», fragte er.

«Er ist in Sicherheit, da, wo er ist. Gut, dass wir vorgewarnt waren. So konnte, wie mir scheint, ein unliebsamer Besuch abgewendet werden.»

Erleichtert schloss Erick die Augen. Die Oberschwester kam auf sie zu.

«Ich hatte Sie ohnehin schon erwartet, Kommissar. Und Sie

sind Eva Latil, nicht wahr? Nadine Mankiewicz hat mich Freitagnacht noch angerufen, trotz des Feiertags. Es war ausnehmend wichtig. Sie hat mir Ihre Namen genannt und Ihren Besuch angekündigt, in ein paar Tagen oder auch schon in ein paar Stunden, wie sie sagte.»

Sie ging auf eine andere Tür zu und drückte die Klinke.

«Das war der letzte Auftrag, den ich von Nadine Mankiewicz erhielt: Ihnen die Tür zu diesem Zimmer zu öffnen.»

Sie betraten den Raum.

Erick ging auf einen alten Mann mit weißem, struppigem Haar zu. Mühsam hob der Greis den Kopf. Seine Augen suchten das Zimmer ab, ohne bei einem Gesicht innezuhalten. Unbeholfen spielten seine Finger auf den Armlehnen des Rollstuhls.

Erick tat einen Schritt auf ihn zu und betrachtete die Gesichtszüge. Die gleiche Nase, die blauen Augen, deren Blick durchdringend gewesen sein dürfte. Bilder flogen vor seinem inneren Auge vorbei: die Fondation, die Bibliothek mit den gerahmten Fotos. Ihm fehlten die Worte, um seinem Erstaunen Ausdruck zu verleihen. Die Oberin beugte sich zu dem hinfälligen Patienten hinab, wischte ihm den Speichel aus den Mundwinkeln und sagte lächelnd:

«Sie haben Besuch, Professor Mankiewicz.»

82

ZWEIUNDACHTZIG

Im Büro der Oberschwester musste Eva sich erst einmal setzen. Wer war der Mann gewesen, der in der Armenklinik zu ihren Füßen gestorben war? Und wer war Nadine Mankiewicz wirklich gewesen, und was hatte sie beabsichtigt, als sie so radikal und in so kurzer Zeit auf den Lauf der Dinge Einfluss nahm? Sie fand sich nicht zurecht, musste sich an Erick halten. Die Geschehnisse waren ihr über den Kopf gewachsen. Sie sehnte sich nur noch nach etwas Frieden, daheim, weit weg von dieser höllischen Geschichte. Nur den Gedanken an Laurent wollte sie noch nicht fallenlassen, er hielt sie hier noch zurück.

Die Schwester schaute sie an und schien ihre Verwirrung zu erraten.

«Madame Mankiewicz muss man vertrauen, selbst nach ihrem Tod.»

Sie öffnete eine Schublade, zog einen Briefumschlag hervor und hielt ihn dem Polizisten hin.

«Dieses Schreiben erhielt ich von ihr Samstagabend. Es ist für Sie bestimmt. Indem ich Ihnen dieses Dokument übergebe, habe ich meine Mission erfüllt», sagte sie sichtlich bewegt. «Und wenn Sie dies lesen, wird gewiss auch Ihnen klar, wie Sie Ihre erfüllen können.»

«Wenn Sie hier sind und meinen Brief lesen, ist mir egal, was mit mir geschieht; dann habe ich endlich meinen Frieden gefunden, wo immer ich auch sein werde.
Ich habe Sie nicht hinters Licht geführt. Wenn ich die Wahrheit über meinen Vater verbarg, dann nur, um meinen – und auch seinen – Kampf zu einem guten Ende zu führen. Nie aber, um Ihren zu durchkreuzen.
Heute erkennen Sie, welchen Preis mein Vater tatsächlich bezahlt hat für seinen Ehrgeiz, den paradoxen Schlaf in den Griff zu bekommen. Ein einziges ‹Versuchskaninchen› hat er dafür geopfert: sich selbst. An ihm haben wir getestet, ob sich die fünfte Phase künstlich auslösen lässt. Auf seine Bitte hin verkabelte ich ihn und drückte auf den

Knopf. Ein finsteres Bild dürften Sie jetzt von mir bekommen, aber mein Vater war es, der mir die Waffe reichte, mit der ich ihn töten sollte. Was kann man einer Tochter Schlimmeres antun, als sie zum Vatermord zu zwingen und ihr diese Schuld aufzuladen? Mir blieb keine Wahl – nur die, ihm blind zu vertrauen. Dann verstand ich sein Ansinnen: Dieses Risiko konnte er nur mit mir eingehen. Er wusste, dass ich, wenn es nicht klappte, fähig war, die Fackel weiterzutragen und nicht in Schuldgefühlen zu versinken. Wie grausam das war, wird mir erst jetzt bewusst, da ich Ihnen schreibe.

Doch ich habe es getan.

Bei den ersten Anzeichen seines Verfalls, gleich, als sich der unaufhaltsame Absturz in geistige Umnachtung bemerkbar machte, habe ich ihn aus Brasilien zurückgeholt und die Fackel übernommen. Nach seiner Abreise hatte ich mich schon wie tot gefühlt, aber als die Zerstörung seines Gehirns sich immer deutlicher bemerkbar machte, war das für mich der Todesstoß. Das wenige an Energie, das mir noch verblieb, musste ich folglich in sein Lebenswerk stecken – und in seine Rehabilitierung. Man hatte ihn mit Dreck beworfen, ich musste seine Ehre wieder reinwaschen, das war ich uns beiden – unserem Vertrauensverhältnis, unserer Einmütigkeit – schuldig. Aber ich musste im Dunkeln agieren. Um seinetwillen, unser beider willen. Und so habe ich seit zwei Jahren tatsächlich unermüdlich gearbeitet. Ich hatte den Pakt, der uns verband, einzulösen. Blieb mir eine andere Wahl, nach dem, wozu er mich gezwungen hatte?

Dann kamen Sie und drangen in mein Geheimnis ein. Sie brachen in mein geordnetes Leben ein, zwangen mir diesen Mann, diesen Laurent Strelli auf. Wie hätte ich nicht ahnen, nicht wissen sollen, was mit ihm los war, nachdem

mein Vater nur mehr der Schatten seiner selbst war, unfähig, unsere gemeinsamen Ziele noch zu erkennen? Ich hatte geglaubt, mich auf einen langsamen Tod einrichten zu dürfen, als ich mit seinem brasilianischen Partner den neuen, von ihm skizzierten Weg zu bahnen begann: dem Schlafenden die nächtliche Sprache unseres Hirns in Form des Traums zu entschlüsseln und zu enthüllen.
Das war uns endlich gelungen, und nun glaubte ich wirklich, den Tod erwarten zu dürfen, wie mein Vater, auf unsere Art, in langsamer Agonie. Aber dann kamen Sie, und alles überstürzte sich.
Mit etwas Abstand könnte ich fast sagen, Sie seien mir von der Vorsehung gesandt worden. Im Grunde ist der brutale Tod, zu dem Sie mich verurteilen, ohnehin angenehmer als dieses Abwarten, und dafür danke ich Ihnen. Doch nur unter einer Bedingung: dass mein Tod zu einer triumphalen Auferstehung meines Vaters führen und sich nicht mehr nur auf diese Rehabilitierung im Geheimen beschränken möge, mit der wir ihn abgespeist haben, als wir in aller Heimlichkeit seine neuesten Studien vorantrieben. Ich hatte nämlich die wichtigste Botschaft meines Vaters vergessen, diejenige, die ich zum ersten Mal in meinen Kreisen, im Judentum, zu entdecken geglaubt hatte und die auch die meines Mannes und meiner Gemeinde ist: die Pflicht der Weitergabe. Ich war schon geneigt, mich abzukapseln, ohne begriffen zu haben, dass ja auch mein Vater sein Ziel nicht erreicht hätte, wenn ich nichts weitergeben würde. Das verstand er unter ‹die Fackel hochhalten›.
Ihnen zu helfen und für Laurent Strelli alles zu tun, war meine Pflicht: Deswegen schlüpfte der Partner meines Vaters in seine Gestalt und empfing die beiden in Brasilien. Doch als Sie, Monsieur Flamand, diese Hilfe annahmen,

besiegelten auch Sie einen Pakt zwischen uns. Daher zwinge ich Sie, wie mein Vater mich zwang: Führen Sie Ihre Mission zu Ende, auch Sie! Demaskieren Sie jene, die Verrat an ihm begangen haben, und geben Sie weiter, was Sie in beiliegendem USB-Memory-Stick finden.
Die Fackel war schwer, sie fügte mir Brandwunden zu, bis sie mich verzehrte. Ich habe die Kraft nicht mehr, sie noch weiter zu tragen, tun Sie es für mich.»

Nadine Mankiewicz

83

DREIUNDACHTZIG

Erick verließ das Gebäude, das Sakko in der Hand. Kälte und Feuchtigkeit umfingen ihn; das brauchte er jetzt. Marina kam auf ihn zu.

«Ich weiß», sagte er unvermittelt. «Es tauchte keine dunkelhaarige Frau mit Kurzhaarschnitt auf. Wahrscheinlich war sie blond, als sie aus dem Aufzug kam. Vielleicht Pagenkopf? Um die fünfzig? Ich habe da eine Ahnung. Ich muss in der Tat noch viel lernen. Aber das ist jetzt nicht wichtig. Zumindest nicht in diesem Moment.»

Er ging ein paar Schritte und vergegenwärtigte sich noch einmal den bisherigen Ablauf. Strellis Schlaf war in der Fondation manipuliert worden: Man hatte verfrüht eine artifizielle fünfte Phase ausgelöst und in seinem Hirn Pforten aufgestoßen, vor allem die der Wissensverarbeitung. Man war in die Zeit des Geistes eingebrochen, um ihr Informationen einzuimpfen, eine Art Gehirnwäsche auf dem Königsweg: über den paradoxen Schlaf. Ein verheerender Einbruch, der ein Monster hervorgebracht hatte, eine alles verwüstende Phase, die über kurz oder lang Strelli in den Abgrund stürzen würde.

Als Letztes hatte Nadine Mankiewicz dem Künstler das Geschenk gemacht, das Gesicht des Mörders noch einmal zu sehen. Noch immer war er der einzige Zeuge – und verschwunden. Aber nur das wissenschaftliche Rätsel zu lösen genügte nicht. Doch um den Mord, die tödliche Bedrohung Strellis und den Zusammenhang mit dem Rätsel begreifen zu können, fehlte ihnen noch ein Detail. Er steckte seine Hand in die Tasche. Er fühlte den Briefumschlag, und bei der Berührung fielen ihm die letzten Hinweise, die die Therapeutin ihm gegeben hatte, wieder ein: Er solle zur Fondation zurückgehen, zum Ursprung des Dramas, zu dem Ort, wo durch die Vermessenheit von Psychiatern das Unheil ausgelöst worden war, das das Hirn ihrer Patienten zerstörte. Er solle nach der Aufzeichnung jener letzten Nacht fahnden, jener Nacht, die Strelli das Leben zur Hölle machte. Dort würde er den Schlüssel finden.

Er dachte an die junge Frau, die Ehefrau und Mutter, und wie er durch den Tod insgeheim an sie gebunden war. Genau wie sie hatte auch er keine Wahl, und auch er würde den besiegelten Pakt einlösen. Er drehte sich zu Laura um.

«Ich kann mir vorstellen, wohin Strelli geflohen sein könnte. Du fährst jetzt sofort zur Fondation und treibst mir diese verdammte Aufzeichnung auf. Um jeden Preis!»

«Nein, ich werde gehen.»

Von neuer Entschlusskraft beflügelt, war Eva vorgetreten.

«Okay», sagte Laura, «dann gehen wir eben zusammen. Ich wusste ja, dass wir uns eines Tages verstehen würden.»

«Ich gehe allein», präzisierte Eva. «Mich kennen sie. Ich werde leichter Zutritt erhalten.»

«Mich kennen sie auch», gab die Afrikanerin zurück. «Fragen Sie nur den Pfleger, er ist ein Kumpel von mir, Sie werden sehen …»

Eva stellte sich demonstrativ vor Erick auf.

«Auch ich habe einen Pakt einzulösen. Er besteht zwischen Laurent und mir. Ich habe ihn unterschrieben, ohne es zu merken, aber ich habe mich nun einmal darauf eingelassen und kann jetzt keinen Rückzieher machen. Das verstehst du doch, oder?»

Er nickte und fasste kurz nach ihrer Hand. Sie lächelte, um sich Mut zuzusprechen. Den brauchten sie weiß Gott noch.

«Dann ziehe ich mal los. Und ihr – findet ihn mir!»

84

Der Wagen hielt vor der Fondation. Ein Gewitter entlud sich, der Regen prasselte auf die Windschutzscheibe und trommelte aufs Dach, aber Eva ließ sich durch nichts von ihrem Entschluss abbringen. Laura fasste sie am Arm.

«Bist du sicher, dass du allein gehen willst?»

Eva lächelte zurück.

«Absolut sicher. Erick braucht dich, und danach wird er hierherkommen.»

Sie stieg aus, öffnete den Schirm und beugte sich zu Laura hinunter, bevor sie die Wagentür schloss.

«Ich glaube, er mag dich.»

«Würde dir das genügen?»

Eva dachte an Laurent, an die Gefühle, die sich ihr ohne ihr Zutun aufdrängten, die aber womöglich in einer Sackgasse enden, sich totlaufen würden. Sie nickte.

«Ja, ich glaube, es würde mir genügen. Aber wir haben ohnehin keine Wahl, weder du noch ich.»

In der Halle der Fondation wurde sie bereits von Stéphane Mathis erwartet. Wie eine Statue aus Eis stand er unten an der Treppe.

Sie folgte ihm durch die Wohlfühlstation, wo kein Mensch zu sehen war, bis zu den Archiven der Abteilung. Er schloss die Tür, trat vor die Computer, sprach aber kein Wort.

«Erick Flamand hat Ihnen gewiss schon gesagt, was ich hier abholen soll», sagte sie vorsichtshalber.

«Nein. Sagen Sie es mir.»

Sie wollte gar nicht wissen, ob er log.

«Eine polysomnographische Aufzeichnung von Laurent Strelli.»

«Die hat Monsieur Flamand bereits.»

«Nicht alle. Eine fehlt – die letzte. Die von seiner letzten Behandlung mit der Kombinationstherapie. Von der Nacht, als …»

Sie wusste nicht, wie sie den Satz beenden sollte: als Laurents Frau und Tochter umgebracht wurden, als das Leben dieses Mannes zerstört wurde, als Erick sich gezwungen sah, das seine in ein Chaos zu stürzen, als eine ganze Serie von Dramen begann, eine Nacht, geprägt von Schrecken, Erschöpfung und Tod. Die schaurige Nacht – eine von so vielen anderen. Der Pfleger begnugte sich mit dem unvollendeten Satz.

Er machte den ersten Schrank auf und kontrollierte sämtliche CD-ROMs. Umsonst. Beim zweiten, der noch viel voller war, leistete Eva ihm Unterstützung. Nach einer Viertelstunde angespannten Schweigens hatten sie sämtliche Kästen durchgecheckt, doch keiner enthielt die letzte Aufzeichnung.

«Probieren Sie's auf den Computern», sagte sie und setzte sich vor eines der Geräte.

«Mehr ist da auch nicht drin.»

«Versuchen Sie's trotzdem.»

Vor ihren Augen lief Strellis Patientenakte ab; Verwaltungsdaten flimmerten über den Bildschirm. Evas Blick huschte von Zeile zu Zeile. Sie versuchte inmitten dieser Daten das Indiz auszumachen, das ihre Nachforschungen nicht geliefert hatten, welches sie aber auf die Spur der geheimnisvollen Aufzeichnungen bringen könnte. Auch hier mussten sie kapitulieren. Sie beobachtete Mathis, versuchte, von seinem Verhalten abzulesen, ob er ehrlich mitmachte oder – was nicht so recht erkennbar war – Widerstand leistete. Er gab sich neutral, mehr war im Moment nicht auszumachen. Jetzt schien er ihr sogar aus der Klemme helfen zu wollen.

«Es geht um die Aufzeichnung von vor drei Tagen, nicht wahr?»

Sie nickte.

«Um die Nacht von Mittwoch auf Donnerstag, genauer gesagt.»

Er stand auf.

«Es gibt noch einen Ort, wo wir fündig werden könnten. Kommen Sie.»

Sie betraten den Raum, wo die Somnographien gemacht wurden. Stéphane startete die Geräte, und das fluoreszierende Licht der Bildschirme tauchte alles in einen fahlen Schein.

«Donnerstag war Feiertag, und Freitag war Brückentag im Schlaflabor. Die Kontrollaufzeichnung von Strelli wurde Freitagmorgen gemacht, auf Ersuchen von Frau Dr. Meer. Dieses Gerät hier speichert die letzten zwei Aufzeichnungen. Wenn Strelli tatsächlich der letzte Patient war, dessen Somnographie in der fraglichen Nacht hier erstellt wurde, was ich übrigens glaube, dann müssten die Aufzeichnungen noch im Speicher sein.»

Von neuer Hoffnung beflügelt, ließ Eva ihm freie Hand, und Mathis setzte sich vor den Bildschirm.

Eva entfernte sich und ging in den Raum jenseits der Glasscheibe. Sie strich über das Bett, über die Kabel und Elektroden, die noch auf dem Kopfkissen lagen. Die Ereignisse von Rio stürmten auf sie ein. Ruckartig drehte sie sich um. Mathis beobachtete sie hinter der Scheibe. Die Tür fiel zu, sie fuhr zusammen und machte einen Satz, um sie wieder aufzustoßen. Wie wahnsinnig hieb sie mit der Faust gegen den Türpfosten.

«Nein! Machen Sie auf! Machen Sie sofort die Tür wieder auf!»

Mathis erhob sich und drückte nur die Klinke nieder. Sie stürzte in die Aufnahmekabine. Völlig verdattert starrte der Pfleger sie an. Sie war schweißgebadet, presste sich gegen die Wand.

«Alles in Ordnung?», fragte er. «Leiden Sie an Klaustrophobie?»

Sie schloss die Augen und ärgerte sich, dass sie der Panik nachgegeben hatte. Von dem Verdacht, der sie befallen hatte, als sie sich eingeschlossen glaubte, sagte sie wohlweislich nichts.

«Keine Sorge. Bin nur ein bisschen nervös nach diesen letzten Tagen. Entschuldigen Sie.»

Er wandte sich wieder dem Bildschirm zu.

«Ich habe sie!»

Sie trat näher. Das Herzrasen hatte wieder begonnen. Sie bezähmte ihre Aufregung und las Strellis Namen und das Datum der Aufzeichnung. Jetzt würde es nur noch Sekunden dauern, dann hätten sie den Schlüssel, dann würden sie den Zusammenhang zwischen Wissenschaft, Mord und tödlicher

Bedrohung, der Strelli immer noch ausgesetzt war, endlich verstehen. Gleich würde sie es wissen. Endlich. Diese Perspektive wirkte wie ein Donnerschlag, trotzdem setzte sie sich neben Mathis und schwieg.

Der Pfleger ließ den ersten Schlafzyklus ablaufen. Mit dem Finger wies er auf den Beginn des zweiten: Der paradoxe Schlaf war ausgelöst worden, da tobten schon die gigantischen und unregelmäßigen Wellen über den Bildschirm. Mit der roten Linie darüber.

«Sie entspricht der Projektion von Bildern und Tönen, dem Film der Therapiesitzung, der während der fünften Phase dem Patienten vorgespielt wird. Würden wir jetzt mit dem Cursor auf das rote Symbol fahren, wüssten Sie, was Strelli im Schlaf ‹gesehen› und ‹gehört› hat.»

Im gleichen Augenblick meldete sich der Piepser an seiner Kitteltasche. Er las die Mitteilung.

«Ich muss auf die Pflegestation, bin aber gleich zurück, warten Sie hier. Heute ist Sonntag, da wird niemand Sie stören.»

Das Geräusch von Mathis' Schritten verlor sich im Ventilatorenrauschen des Computers. Eva blickte sich im Raum um. Das Alleinsein machte sie noch nervöser, und in dieser Enge konnte sie kaum mehr atmen. Hin- und hergerissen zwischen der Furcht vor der Enthüllung und dem dringenden Bedürfnis, es endlich hinter sich zu bringen, nahm sie die Maus und fuhr mit dem Cursor auf das Symbol.

85

FÜNFUNDACHTZIG

Trotz des unwirtlichen Wetters war die Rue de Mouzaïa voll mit Spaziergängern, die sich wenigstens die Illusion von Grün mitten in Paris gönnen wollten und die schlammigen Alleen der Buttes-Chaumont hinaufstapften.

Erick musste ein paar hundert Meter zu Fuß gehen, um zum Eingang der Wohnanlage in der Sackgasse zu gelangen, wo ein paar Wagen parkten. Er ging weiter, inzwischen nieselte es nur noch.

Laurent Strelli hatte in Rio das Gesicht des Mörders gesehen – und wiedererkannt. Seine Reaktion und die anschließende Flucht waren eindeutig. Aber was beabsichtigte er? Würde er sich wieder in sich zurückziehen wie schon so oft? Oder plante er, sich zu rächen? Würde es ihm gelingen, sich in Sicherheit zu bringen, bevor er, Erick, ihn fand? War ihm die Gefahr noch bewusst, die ihm drohte? Auf all diese Fragen hatte er noch keine klare Antwort gefunden: Strellis Logik, sofern es die noch gab, gehorchte anderen Kriterien, die ihm fremd waren. Die Mechanismen seines Geistes, die sein Verhalten steuerten, hatten allzu oft schon ihre Eigenwilligkeit bewiesen, als dass er, der Polizist, auch nur den Versuch unternehmen würde, sie zu definieren oder gar im Voraus zu erahnen.

Aus seiner Sicht schien allerdings eines wahrscheinlich: Strelli würde bestimmt an den Ausgangspunkt zurückkehren und versuchen, dieses Puzzle zusammenzusetzen, um das Drama bewältigen zu können. Und dafür musste er seine eigenen Schritte zurückverfolgen, wieder den vertrauten Boden seines Hauses unter den Füßen spüren, wo er sich ein fragiles Gleichgewicht geschaffen hatte, das der Tod rücksichtslos hinweggefegt hatte.

Strellis Haus war das letzte am Ende der Sackgasse. Erick ließ sich Zeit, in der leisen Hoffnung, von einem Nachbarn zu hören, er habe den Künstler gesehen. Er war fast schon bei den orangefarbenen Bändern, die die Brandstelle sicherten, als sein Handy klingelte.

«Du musst sofort die Gerichtsmedizin anrufen, Erick!»

In Marinas Stimme schwang eine ungewöhnliche Spannung mit, als könnte, wie es manchmal geschah, auch diese Ermittlung eine unerwartete Wendung nehmen.

«Sie haben die letzten Ergebnisse der Autopsie und der DNA-Tests. Sehr aufschlussreich!»

«DNA-Tests? Ich dachte, dazu wären die Verbrennungen viel zu stark gewesen?»

«Der Körper des Kindes war besser geschützt. Und der von Stefania Strelli war feucht und mit einem feuchten Tuch umwickelt, bevor das Feuer alles verzehrte. Sie dürfte kurz vorher noch ein Bad genommen haben, das war wohl ein gewisser Schutz. Aber das ist noch nicht alles: Ich habe noch etwas entdeckt, was die Psychiaterin im Dienste der Wissenschaft praktizierte und was gewisse Schatten über unseren Ermittlungen lichten dürfte.»

«Lass hören!»

Als er das Gespräch beendete, hatte sich auch in seinem Kopf so manches gelichtet. Mehr denn je empfand auch er das Bedürfnis, zum Ursprung einer Geschichte zurückzukehren, die sie noch alle verrückt machen würde. Ohne Ausnahme.

86

SECHSUNDACHTZIG

Der Ton, obgleich schwach, erfüllte den Überwachungsraum. Merkwürdigerweise war es keine Stimme. Da war auch kein weißer Kittel, Eva erkannte weder den Psychiater noch Laurent.

Es war keine Psychotherapiesitzung.

Auf dem Bildschirm sah sie eine Frau von etwa vierzig Jahren mit dunklem Haar. Die Strähnen fielen bis auf die nackten Schultern herab und waren nass. Die Frau schlüpfte in einen Bademantel. Das war auch keine Arztpraxis, sondern ein Badezimmer. Eine Alltagsszene, nichts Besonderes: plätscherndes Wasser, Stoffgeraschel, ein Flakon, der wieder hingestellt wird. Verärgert unterbrach Eva diesen Film und fing noch einmal von vorne an: die gleichen Bilder! Schnitt, neue Einstellung. Jetzt steht die Frau vor dem Spiegel. Sie verteilt Creme in ihrem Gesicht und bemerkt den Schatten hinter sich nicht, auch nicht den zu ihrem Hals hin ausgestreckten Arm. Schnitt: totale Dunkelheit.

Eva fühlte eine unheimliche Angst in sich aufsteigen, es war wie ein Donnergrollen vor Ausbruch eines Gewitters. Sie konzentrierte sich auf die neuen Bilder, während die monoton wiederholten Gesprächsfetzen der letzten Tage, der letzten Stunden, in Zweisamkeit in Marseille oder in Rio, wie eine Abfolge von Blitzlichtaufnahmen vor ihrem inneren Auge abliefen.

Jetzt bewegt sich jemand – der im Spiegel im Hintergrund stand – in einen Flur hinaus. Er ist über den Körper der Frau im Bademantel hinweggestiegen und geht nun auf eine Tür zu, die er aufstößt. Jetzt ist er im Zimmer, einem Kinderzimmer, wie es Eva scheint. Er beugt sich über eine Wiege mitten im Raum. Ein schlafender Säugling. Großaufnahme: eine behandschuhte Hand mit Waffe. Die andere Hand greift nach einer Stoffpuppe und drückt sie dem Kind auf den Kopf. Eva verspürte nur noch ein Hämmern in den Schläfen, sie japste nach Luft vor diesen Bildern – und dem, was ihr da allmählich schemenhaft klar wurde. Jetzt wird der Lauf der Waffe auf die Stoffpuppe gedrückt …

«O Gott, nein! …»

Sie erstickte ihren Schrei, als sie das Echo des Knalls im Raum hörte. Entsetzt und fasziniert zugleich verfolgte sie die Blutlache, die sich unter dem leblosen Körper des Kindes ausbreitete. Viermal die gleiche Szene, die Tötungsszene, völlig identisch, inklusive Knall. Ihr wurde speiübel, aber wegschauen konnte sie nicht.

Jetzt ging die Tür hinter ihr auf. Das war vermutlich Mathis, der zurückkam, daher schaute sie gar nicht erst hin. Zumal auf dem Bildschirm jetzt eine neue Einstellung kam: In blendend weißem Licht fuhr die Kamera am Arm des Mörders entlang bis hinauf zu Schulter und Hals und stoppte dann vor dem Gesicht. Es war das Gesicht einer *Frau* – derselben, die kurz zuvor noch gebadet, dann leblos auf dem Boden gelegen hatte, dann über dem ermordeten Kind eine Waffe in der Hand hielt. Eva stoppte das Bild – wer sollte das begreifen?

Zu längerem Nachdenken blieb ihr keine Zeit.

Ihr war, als wäre das Gesicht aus dem Bildschirm gesprungen und hätte hinter ihrem Rücken Gestalt angenommen, eine Gestalt aus Fleisch und Blut, wie auch die Waffe, die sie auf sich gerichtet sah, unleugbar echt war.

87

SIEBENUNDACHTZIG

Erick stieg durch den verkohlten Rahmen eines Panoramafensters ein.

Die vom Feuer herausgesprengten Glasscherben knirschten unter seinen Sohlen. Im Ascheteppich über dem Boden entdeckte er Fußspuren, die der Wind noch nicht hatte verwehen können. Sie bestärkten ihn in seiner Vermutung.

«Ich bin's, Laurent. Erick. Haben Sie keine Angst. Sie können sich ruhig zeigen, ich bin allein.»

Aber nur der Wind antwortete ihm, er war stärker geworden und peitschte die rostroten Äste der Bäume. Ein Luftzug fuhr durch die Asche am Boden. Die aufgewirbelten Partikel blieben kurz in der Luft hängen und fielen wieder herab. Erick presste sich ein Taschentuch vor den Mund. Ein anderes, knapperes Geräusch fesselte seine Aufmerksamkeit. Es schien hinten aus dem Wohnraum zu kommen oder – besser gesagt – aus dem Gerippe, das davon noch übrig war. Instinktiv griff er nach seiner Waffe.

Der anthrazitfarbene Bodenbelag dämpfte seine Schritte. Er stoppte auf der Schwelle zur Küche. Leer. Von den Einbauten waren nur stellenweise noch dünne schwarze Flecken geblieben, alles andere war in den Flammen zerborsten. Er schaute um sich und machte vor einer offen stehenden Tür halt. Er passte auf, dass er nicht auf den Fliesen ausrutschte, und stieß mit der Fußspitze den Türflügel auf.

Der Raum lag im Dunkeln. Mit seiner linken Hand tastete er nach dem Lichtschalter. Aber das Feuer hatte natürlich die gesamte elektrische Anlage lahmgelegt. Er musste warten, bis seine Augen sich an die Dunkelheit gewöhnten. Allmählich erkannte er die Umrisse einer verkohlten Autokarosserie.

Vorsichtig schlich er um sie herum, sein Herz klopfte bis in die Schläfen hinauf. Er atmete einmal tief durch und versuchte das Dröhnen im Kopf einzudämmen. Blitzartig drehte er sich um, sah einen Schatten über sich, der laute Schreie auszustoßen und wild um sich zu schlagen schien. Er presste sich gegen eine Wand und schoss blindlings. Als Echo auf den Knall flog ein Vogelschwarm auf. In grauen Nebelschwaden hinter der offenen Tür entflohen die Tauben.

Erick verließ den Raum, er japste nach Luft. Langsam richtete er sich wieder auf. Überall Asche, nichts als Asche, und wieder diese Stille über dem Haus. Der Wind, der durch den Wohnraum fegte, ließ ihn frösteln; er war schweißgebadet, und auf sein Hemd hatte der Schweiß schwarze Schatten gezeichnet. Er ging durch den Wohnraum, um in den Garten zu gelangen.

In diesem Moment nahm er kein Geräusch wahr, es bewegte sich nichts, als er den Fuß auf den Metallrahmen setzte. Nur ein feines Stäuben ließ ihn in der Bewegung innehalten. Er schaute hoch: Vereinzelt rieselten Staubpartikel von der verkohlten Decke herab. Er wartete ein paar Sekunden, dann fiel sein Blick auf eine andere Stelle: Etwa fünfzig Zentimeter weiter rieselte es Asche. Dann wieder. Dann nichts mehr. Er hielt den Atem an, drehte sich unendlich langsam um die eigene Achse und hielt wieder für ein paar Sekunden inne – die ihm endlos vorkamen. Über ihm nicht mehr das geringste Anzeichen, das auf die Anwesenheit eines Menschen schließen ließ. Es sei denn – dieser Jemand bewegte sich nicht mehr.

Die Waffe in der Hand, setzte er den Fuß auf die erste Stufe. Die Treppe, die nur noch in den Tauen hing, schwankte bedrohlich. Die nächsten Stufen hielten seinem Gewicht stand.

Erick verwechselte seinen keuchenden Atem mit dem Knarren von Holz. Das letzte Eichenbrett gab unter ihm nach, und er musste sich am stählernen Tau festklammern.

Sein Körper pendelte im Leeren, und eine erste Kugel verfehlte ihn. Der zweite Einschlag zersprengte eine Rigipswand. Erick verfeuerte sein ganzes Magazin in Richtung auf einen Raum, aus dem die Schüsse zu kommen schienen. Er spannte die Bauchmuskeln an, zog die Beine unter sich und hangelte sich mit der Kraft seiner Oberarme hinauf auf einen Stahlträger. Er duckte sich auf den Boden des Zwischengeschosses und lud seine Waffe nach.

Direkt vor ihm war die Zimmertür zugeschlagen. Er presste sich gegen einen Mauervorsprung und gönnte sich ein paar Augenblicke, bis seine Sinne sich wieder beruhigt hatten und er über eine Strategie nachdenken konnte. Offensichtlich war er nicht der Einzige gewesen, dem es logisch erschien, dass Strelli in sein verwüstetes Haus zurückkehren würde, um das Drama der letzten Tage zu rekonstruieren und zu begreifen, wieso sein Leben so restlos aus den Fugen geraten war. Aber er befand sich nicht mehr in der Polizeischule und hatte auch keine Zeit mehr, lange nachzudenken. Mit galantem Geplänkel und sushigarnierten Akten hatte das hier nichts zu tun. Die Kugeln waren echte Kugeln, und wenige Meter von ihm entfernt stand jemand, der ihn töten wollte. Zu einer polizeilichen Ermittlung gehörten eben auch – und vor allem – Staub, Schweiß, Blut und Angst. Und diese Angst war gerade dabei, seinen ganzen Körper zu erobern, seine Eingeweide zu verkrampfen, gegen seine Brust zu hämmern und unter seinem Schädel ein Dröhnen auszulösen. *Man will dich töten, Erick. Rühr dich, entscheide dich. Danach ist's zu spät.* Er gab sich einen Ruck und schlich an der Wand entlang. Seine Hand zitterte, er umfasste den Kolben mit beiden Händen und ging auf das Zimmer zu. Schweißtropfen perlten in seinem Nacken und rannen wie ein eisiges Nass die Wirbel entlang. Er spannte die Muskeln an und trat mit vorgehaltener Waffe die Tür ein. Der Raum war leer. Er durchquerte ihn und drang auf gleiche

Art ins anliegende Badezimmer ein. Dort hinten war eine Tür zum Treppenhaus offen. Er hörte das Echo von Schritten, machte kehrt, rannte durch das Schlafzimmer und hatte gerade noch Zeit, sich an die Wand zu pressen, um der ersten Kugel auszuweichen. Die zweite zerriss ihm den Ärmel und hinterließ im Unterarm ein heftiges Brennen. Er zielte auf die Beine der Gestalt, die jetzt von Balken zu Balken zur Treppe sprang. Erick wollte ihn lebend haben. Er machte einen Satz nach vorn und duckte sich nieder, um den Angreifer an den Knöcheln zu packen. Der Kerl stürzte kopfüber zu Boden und ließ seine Waffe los. Doch mit der Ferse des Fußes, den er dem Zangengriff zu entwinden vermochte, trat er dem Polizisten gegen das Nasenbein. Ein kurzes Knacken, Blut sprudelte, Erick ließ unter der Welle des Schmerzes locker, und schon war der Killer auf den Beinen und rannte davon. Durch einen roten Schleier sah Erick noch, wie der Fuß des anderen auf das brüchige Parkett trat, das unter ihm nachgab. Der Kerl stürzte, das Geländer krachte, das Holz brach, und der Körper kippte ins Leere.

Erick hörte nur den dumpfen Aufprall. Er stand auf und beugte sich hinunter. Als der Aschewirbel die Sicht freigab, erkannte er die Umrisse eines geschundenen Körpers, der über der Metallumrandung eines Tisches hing. An mehreren Stellen hatte das Aluminium ihn durchbohrt. Erick sprang hinunter und ging auf den Röchelnden zu. Die Blutrinnsale schimmerten im Dämmerlicht, das aus dem Garten hereindrang. Er hob die blutgetränkte Gesichtsmaske an.

Lionel Vullierme machte den Mund auf und versuchte etwas zu sagen. Erick beugte sich über ihn, um die letzten Worte zu hören. Als er sich wieder aufrichtete, war der Psychiater tot. Seine Beichte hatte er noch abgelegt.

Erick rannte los.

88

ACHTUNDACHTZIG

«Wir kennen uns nicht wirklich», sagte die Frau, «aber ich kann mir vorstellen, dass mein Mann Ihnen von mir erzählt hat.»

Eva antwortete nicht. Ihr Blick flog vom Bildschirm zu der Frau, die vor ihr stand. In ihrem Kopf fügte sie die Teile des Puzzles zusammen.

Langsam, aber ohne sie aus den Augen zu lassen, ging Stefania Strelli um die junge Frau herum. Endlich brachte Eva ein paar Worte heraus.

«Schmierentheater ... Ihr Tod, der Ihrer Tochter, das alles war nur inszeniert, mitsamt Bild und Ton Ihrem Mann in seinem paradoxen Schlaf vorgespielt, unter dem Deckmäntelchen einer letzten Behandlung mit Kombinationstherapie! Nichts anderes war es.»

«Zwei Tote weniger! Ist das etwa nichts?»

Eva lehnte sich zurück. Ihr fiel nur noch eine Frage ein.

«Warum das Ganze?»

Die Psychiaterin musterte sie ein Weilchen, bevor sie antwortete:

«Ihre Frage ist legitim, Sie haben ein Recht, es zu erfahren.»

Schritte im Flur ließen sie verstummen. Sie versteckte sich in der dunklen Ecke hinter dem Türflügel.

Erick betrat den Überwachungsraum.

«Ich weiß schon, Eva, was wir in der Aufzeichnung finden werden, und ich weiß auch, wessen Gesicht Strelli keinesfalls sehen will.»

«Sie weiß es mittlerweile auch», sagte die Psychiaterin, als sie die Tür schloss.

Von neuem hielt sie den Lauf auf Eva gerichtet. Als Erick

deren angstvollen Blick auffing, ließ er seine Waffe fallen. Vorsichtig hob die Ärztin sie auf und legte sie auf einen Tisch, wo keiner der beiden sie erreichen konnte.

«Sie gehen jetzt beide ins Zimmer 1.»

Erick zögerte. Stefania Strelli war nicht weiter als zwei Meter von ihm entfernt. Aber der Raum war eng, und Eva bliebe womöglich keine Zeit, einer verirrten Kugel auszuweichen, wenn er die Ärztin zu entwaffnen versuchte. Sie schien seine Gedanken erraten zu haben.

«Ich werde skrupellos schießen, das können Sie mir glauben.»

Sie schob sie vor sich her, hinein in das schmale Zimmer.

«Legen Sie sich hin, Kommissar. Mademoiselle Latil wird Sie festbinden, mit den Gurten da.»

Erick legte sich. Evas Blick schien zu flehen.

«Tu, was sie sagt», erwiderte er.

Stefania Strelli stellte sich in die Zimmerecke, ließ sie aber nicht aus den Augen.

«Auch Hand- und Fußgelenke! Ziehen Sie stramm! So ist's recht. Und jetzt treten Sie zurück.»

Sie ging auf den jungen Mann zu.

«Dieses System kommt nur bei gewissen Patienten, deren Schlaf sehr unruhig ist, zur Anwendung. Ich vermute, Sie gehören dazu.»

Jetzt wandte sie sich an Eva.

«Und nun sind Sie an der Reihe.»

Die beiden Frauen gingen hinaus. Stefania Strelli schob Eva ins Nebenzimmer.

«Übrigens das meines Mannes», sagte sie. «Dürfte Ihnen gefallen, oder etwa nicht?»

Sie zog die Hand- und Fußgurte fest und schloss hinter sich die Tür.

Seit sie hier gefangen und gefesselt war, kamen Eva die Sekunden wie Jahrhunderte vor. Panik befiel sie, verzweifelt versuchte sie, ihre Gliedmaßen freizubekommen, und hörte mit ihrem vergeblichen Tun erst auf, als ihr die Gurte schon ins Fleisch schnitten. Sie wollte sich aufrichten, einen Blick von Erick auffangen, doch die Trennwand zwischen den beiden Zimmern war undurchsichtig und schallisoliert. Der einzige Kontakt zur Außenwelt waren ein an der Decke befestigter Lautsprecher und ein Mikrophon.

Erick lag unbeweglich auf seinem Bett und suchte krampfhaft nach einer Lösung. Am Ende ihres Telefongesprächs, kurz bevor er in Strellis Haus eingedrungen war, hatte Marina ihm noch vorgeschlagen, ihn zu begleiten oder Verstärkung zu schicken. Er hatte abgelehnt. Sie wusste, dass er hier war, in der Fondation, weil er Eva hier treffen wollte. Würde sie die Initiative ergreifen und kommen? Käme sie früh genug, oder respektierte sie die Autorität eines Vorgesetzten, der sich seine Sporen verdienen wollte? Er stellte sich Eva vor, die auf einem gleichen Bett liegen dürfte, gefesselt wie ein Tier, das geopfert werden sollte. Im Namen eines unvorsichtigen jungen Polizeibeamten, der offensichtlich tatsächlich zu jung war und sie rücksichtslos über einen Weg voller Fußangeln und Mordopfer mitgeschleift hatte. Sie hatte es geahnt, aber er hatte nicht auf sie gehört, und heute musste sie genauso teuer dafür bezahlen wie er. Es blieb ihm keine Zeit für weitere Schuldgefühle oder Planungen, denn Stefania Strelli hatte den Raum betreten und brachte eine Infusionslösung.

Er spürte, wie die Nadel in seine Haut stach und ein Gefühl der Wärme durch seine Venen strömte. Die Psychiaterin stellte den Tropf etwas langsamer und verließ den Raum.

Sie stand vor einem Mikrophon, direkt vor den Glasscheiben, die sie von ihren beiden Opfern trennten; drüben hallte ihre Stimme.

«Ich will Ihnen beiden noch erklären, was Ihnen in dieser

Story noch fehlt – in *unserer* Story, besser gesagt. Sie haben den reibungslosen Ablauf gestört und das meiste, was in den letzten Tagen passiert ist, selbst herbeigeführt.»

Sie hielt kurz inne. Die beiden jungen Leute starrten auf die Glasscheibe, um ihren Blick einzufangen. Die Worte durchschnitten die Stille in den beiden Zellen.

«Sie werden mich noch anhören, dann werden Sie schlafen.»

89

NEUNUNDACHTZIG

«Alles, was geschieht, egal, worum es sich handelt, folgt einer inneren Logik», hörten sie Stefania Strelli sagen. «Alles endet hier, in einem Überwachungsraum, hier, wo alles begann.»

Sie ließ sich Zeit, bevor sie mit ihrem Bericht begann. Erick und Eva befürchteten schon, er würde ihnen tröpfchenweise von dem Röhrchen über ihrem Kopf eingeflößt. Eva spürte, wie ihr vor Angst schon jetzt das Bewusstsein schwand. Beide konzentrierten ihre Aufmerksamkeit auf die Worte der Psychiaterin.

«Hier», sagte sie jetzt, «hier wurde mir klar, wie genial Nathanael Mankiewicz war. Mit einer Linie, einem Strich, einer Phase – der fünften und natürlich faszinierendsten – hatte er mich überzeugt. Ich nahm es ihm fast schon übel, dass er gespürt, begriffen und dann auch meisterlich vorgeführt hat, was ich, genauso wenig wie alle anderen Schlafexperten, nicht zu erkennen vermocht hatte, dass nämlich die Persönlichkeit des Menschen – und das war seine großartige Erkenntnis – sich auf der Basis eines Energiestroms entfaltet, des Schlafs.»

«Die mentale Pyramide», ergänzte Erick mit einer Stimme, in der Wut und Angst mitschwangen. «Drei Energieströme in genetisch bedingten Proportionen, tagsüber beansprucht und regelmäßig im paradoxen Schlaf wieder ausgeglichen.»

Er hatte fast geschrien, seinem Gedächtnis und seinem Atem alles abverlangt, um nur nicht einzudämmern.

Sprechen, hören, sich einschalten, antworten. Präsent, schlagfertig bleiben, den Geist wach halten, sich nur nicht benebeln lassen. Würde er einschlafen, wäre alles verloren.

«Es ist so einfach und dennoch revolutionär», fuhr Stefania Strelli fort. «Obwohl Sie Laie sind, Monsieur Flamand, hat Ihnen die mentale Pyramide sofort eingeleuchtet, genau wie allen anderen, die sich mit der geistigen Gesundheit befassen. Damals waren wir alle Laien, und er war der Meister. Leider ein Meister ohne Ambitionen.»

Sie stand auf, fasziniert von ihrer eigenen Rhetorik.

«Dabei hatte er sich nicht damit begnügt, seine bahnbrechende Theorie aufzustellen, er hatte auch ein phantastisches Werkzeug entwickelt, um diese Pyramide in den Griff zu bekommen. Nathanael Mankiewicz hatte den Schlüssel gefunden, um die Pforten des Gehirns zu öffnen, in die Pyramide einzudringen und den Aufbau zu verändern. Es war ihm gelungen, den paradoxen Schlaf auszulösen.»

«Das war also Ihr Ziel!» Erick begriff. «Sie wollten die Persönlichkeit modellieren, die Identität zurechtstutzen …»

«Was nützt die brillanteste Theorie, wenn sie nicht in die Praxis umgesetzt wird?»

«Das war Ihr Problem: Er weigerte sich, an seinen Patienten zu erproben, was ihm noch zu ungewiss schien.»

«Sie haben weniger Skrupel, stimmt's?», schaltete sich Eva ein. Auch sie hatte beschlossen, gegen den Schatten anzukämpfen, der sie bezwingen wollte.

Stefania Strelli lachte.

«Kommen Sie mir nicht mit Skrupel oder Ethik. In der Wissenschaft lässt Ethik sich unter einem Wort subsumieren, und das heißt Fortschritt.»

Außer sich, schlug sie mit der Hand auf den Tisch.

«Die Persönlichkeit in den Griff zu bekommen, der Geisteskrankheit zuvorzukommen – das ist mehr als ein Traum für einen Psychiater. Es ist eine *Pflicht*! Und diese Pflicht hat der Professor nicht erfüllt, als er sich weigerte, seine Studien zu vertiefen.»

Eva verlor die Selbstkontrolle. Wie eine Verrückte warf sie sich hin und her. Das Röhrchen und der Galgen prallten aneinander.

«Versuchen Sie bloß nicht, uns weiszumachen, dass alles Ihrer Berufung entsprang», sagte sie mit erstickter Stimme. «Ich halte Sie nicht einmal für verrückt! Ihre Mission, das ist nichts anderes als Ihr persönlicher Ehrgeiz! Dazu braucht man kein Psychiater zu sein. Was hat man Ihnen versprochen? Na, sagen Sie's schon, Ruhm und Knete?»

Stefania Strelli trat näher an die Scheibe heran.

«Als Psychiater könnte ich Ihnen viel über Ihr Verhalten sagen. Aber das wäre vergeudete Zeit.»

Erick schüttelte den Kopf: Die Wände wellten sich vor seinen Augen, das Röhrchen verdoppelte sich. Weiterreden – Zeit gewinnen. Widerstand leisten – dieser Frau, dem Schlaf.

«Sie haben niemals Ihre Zeit vergeudet», sagte er, «Sie haben sehr bald beschlossen, sich über den Widerstand Ihres Chefs hinwegzusetzen. Und das ideale Material hatten Sie zur Hand: Kriminelle, den Abschaum der Menschheit, das ideale Testmaterial.»

«Was konnte ihnen Besseres passieren?», erwiderte sie. «Ihre Persönlichkeit war dermaßen gestört, dass sie unweigerlich in eine schwere psychiatrische Erkrankung abstürzten, aus der herkömmliche Mittel sie niemals hätten herausholen können.

Es war illusorisch, so etwas zu glauben. Wie viele von ihnen wurden sofort wieder rückfällig, als man die Behandlung beendete und sich einredete, sie wären geheilt? An ihrem Schlaf zu arbeiten war für sie ein Segen, es war ihre einzige Chance, den Wahn zu bewältigen.»

«Und für Sie der ideale Vorwand, um zu testen, was die Mankiewicz-Methode wirklich taugte», kreischte Eva. Die Substanz, die durch ihre Venen lief, hatte sie hemmungslos gemacht.

Erick fielen die Worte von Françoise Meer wieder ein.

«Jetzt verstehe ich Ihr Vorgehen besser: Um das Menschenmaterial gleich zur Hand zu haben, erklärten Sie sich bereit, Frau Dr. Meer im Sicherheitstrakt zur Hand zu gehen.»

Obgleich sein Körper immer gefühlloser wurde, gelang es ihm, sich mit den Unterarmen hochzustemmen. All seine Muskeln waren angespannt.

«Frau Dr. Strelli, wissen Sie eigentlich, was Sie angerichtet haben? Haben Sie auch nur die geringste Ahnung, was aus diesen Patienten geworden ist? Verdammt nochmal, besuchen Sie doch einmal Franck Berlin, bewundern Sic das Wrack, die leere Hülle, das zerstörte Gehirn!»

Stefania Strelli sah ihn sich lange an, bevor sie eine Antwort gab.

«Sie haben sie gesehen», sagte sic. «Sie waren bei ihnen und konnten feststellen, was für ‹Wracks› sie jetzt schon sind. Würden Sie das Gegenteil zu behaupten wagen? Wenn ich glaube, was man mir berichtet, dann waren Sie sogar bereit, noch viel Schlimmeres zu tun als ich.»

Ihre Stimme hatte rau geklungen, wurde nun aber sanfter.

«Es war in der Tat ein Fehler», sagte sie. «Eine falsche Entscheidung von mir. Die mentale Pyramide dieser Patienten war schon zu stark erschüttert, zu instabil, um aus einem Misserfolg Schlüsse ziehen zu können. Um herauszufinden, ob der ausgelöste paradoxe Schlaf tatsächlich die Tore zur Pyramide und zur Persönlichkeit öffnete, war es unabdingbar, an Testpersonen zu arbeiten, deren Gleichgewicht nicht derart gestört war.»

Erick sackte auf das Bett zurück. Der Absturz war nicht mehr aufzuhalten, seine Kräfte verließen ihn.

«Deswegen», murmelte er, «haben Sie die ‹Wohlfühlstation› gegründet, damit Ihnen geistig gesundes Material ins Netz ging.»

«Und darin auch die Kombinationstherapie zur Anwendung gebracht, aber bei gesunden Patienten, oder zumindest solchen, die an keiner psychiatrischen Erkrankung litten. Eine stabilere mentale Pyramide und folglich auch aussagekräftigere Ergebnisse.»

In Evas Hirn klang alles nur noch wie ein Echo. Auch sie spürte ihre Widerstandskräfte versiegen. In ihrer Verzweiflung konnte sie nur noch lächeln.

«Und aus rein moralischen Gründen haben Sie sich an Ihrem eigenen Ehemann als Zauberlehrling versucht!»

Jetzt verlor die Ärztin die Fassung, ihr Gesicht verzerrte sich und hatte keine Ähnlichkeit mehr mit dem auf dem Bildschirm.

«Was wissen Sie schon von ihm, von seinem Leben und von meinem an seiner Seite? Nichts wissen Sie! Die achtundvierzig Stunden mit ihm ... da wagen Sie es zu urteilen?»

Nervös rannte sie in der engen Kabine auf und ab.

«Zehn Jahre Geduld, zehn Jahre gegen eine Mauer anrennen, immer wieder versuchen, eine Bresche zu schlagen, und nichts als Schweigen. Trotzdem habe ich die Kraft und den Willen aufgebracht, etwas für ihn zu tun, indem ich den paradoxen Schlaf auslöste und versuchte, seinem hermetisch verschlossenen Hirn wenigstens die Rudimente sozialen Lebens einzutrichtern. Er müsste mir eigentlich dankbar sein.»

«Nur Sie sind erleichtert», erwiderte Eva mit schwacher Stimme. «Ihn haben Sie zerrüttet. Er wird Ihnen nicht danken, genauso wenig wie all die anderen, ob sie nun lebendig sind oder tot.»

Erick riskierte noch eine letzte Frage, obwohl sich seine Gedanken schon in einem hypnotischen Nebel verloren.

«Und Sie haben sehr bald begriffen, dass Sie bei ihm auch gescheitert waren. Warum haben Sie so verbissen weitergemacht?»

«Das stimmt», gestand sie ein, «diese fünfte, künstlich ausgelöste Phase, die anarchische, hat blitzschnell seinen Schlaf überwältigt, seine Lern- und Merkfähigkeiten verzehrt und seine Pyramide vollends ins Wanken gebracht. Seine Persönlichkeit wurde von Tag zu Tag schwächer. Das Resultat war das Gegenteil dessen, was ich mir erhofft hatte. Daher wollte ich auch ihm noch eine letzte Chance geben.»

«Nein», widersprach Eva, «*sich selbst* wollten Sie eine letzte Chance geben, um doch noch einen Erfolg zu erringen. Das ist das Einzige, was für Sie zählt, geben Sie's endlich zu! Wir brauchen uns jetzt nichts mehr vorzumachen», sagte sie kleinlaut.

Stefania Strelli blickte düster drein, fast melancholisch.

«Ich sagte bereits: Versuchen Sie nicht, unsere Ehe zu interpretieren, und auch nicht, was ich für ihn erreichen wollte. Aber wie ich sehe, hat mein Gemahl seinen Charme als geheimnisumwobener Mann nicht eingebüßt. Das war auch der Grund, warum ich mich in ihn verliebte und damals genauso geredet hätte wie Sie.»

Unter schweren Lidern blinzelte Eva zur Infusionslösung hoch. Sie spürte, dass der Schlaf, der ihren Untergang besiegeln sollte, gleich da sein würde. Von neuem überfiel sie die Angst, und in ihrer Benommenheit wusste sie, dass ihre Gefühle für Laurent, die sie gegen ihren Willen verraten hatte, sie nicht mehr in die gefürchtete Klemme bringen würden.

Und was aus der Frau jenseits der Glasscheibe werden würde, würde sie auch nicht mehr erfahren.

«Sie irren sich», fuhr die andere fort. «Auch seinetwegen oder – wenn Ihnen das lieber ist – unseretwegen habe ich nicht lockergelassen. Laurent widersetzte sich der Therapie, es wurde immer schwieriger, ihn zu überzeugen, er wollte abbrechen. Ich musste handeln, schnell und entschieden: einen massiven psychologischen Schock auslösen, eine radikale mentale Deflagration, um alles auf null herunterzuschalten. Dann den Brand löschen, diesen monströsen paradoxen Schlaf eindämmen und am gesunden Schlaf weiterarbeiten.»

Jetzt erst begriff Erick, was Vullierme ihm zum Schluss hatte erklären wollen. Er sammelte seine letzten Kräfte, um die Lethargie abzuschütteln.

«Was könnte es für einen Mann, der sich ausschließlich durch seine Familie definiert, Traumatisierenderes geben als den Tod seiner Frau und die Ermordung seiner kleinen Tochter?», sagte er mit erstaunlich klarer Stimme. «Vor allem, wenn die Mutter, dank einer Videomontage, dem Mörder ihre Züge verleiht … Sie haben diese beiden Todesfälle geschickt inszeniert und ihm dann, während er schlief, den Film eingetrichtert, inklusive Großaufnahme von Ihrem Gesicht, damit der Schock so heftig wie möglich war.»

«Und der paradoxe Schlaf hat diese letzte Erinnerung, die inkohärente Abfolge meines Todes und virtuellen Verbrechens, ausgelöscht», ergänzte die Psychiaterin. «In jedem Fall hätte mein Mann, wenn er sich daran erinnert hätte, für einen Mörder und Irren gegolten, dem niemand geglaubt hätte: seine tote Frau eine Mörderin?»

«Aber die Toten, die Leichen …», murmelte Eva, «wie haben Sie das gemacht?»

Stefania Strelli musste nicht antworten, Erick sprudelte die Worte, wenn auch kaum hörbar, hervor:

«Frau Dr. Strelli arbeitet einmal in der Woche – in der Anatomie», keuchte er. «Dort hat sie zwei namenlose, der Wissenschaft überlassene Leichen verlangt … sie ins Haus gebracht, bevor sie es anzündete … Aus diesem Grunde … schloss die Autopsie auf einen viel früher eingetretenen Tod, viel früher als in dieser makabren Nacht … und ergab der DNA-Test, den Sie, Frau Doktor, für unmöglich hielten, dass das Kind … *nicht* die Tochter der verkohlten Erwachsenen war.»

Die Ärztin schwieg, sie wollte erst noch die Fortsetzung hören.

«Nur … leider …» Erick war kaum mehr zu verstehen: «Leider ist auch diese Strategie verpufft … auch damit war das Monster nicht zu bändigen …»

«Ja, leider», gab sie zu. «So viel Mühe und alles umsonst. Nicht nur, dass ich die erhofften Resultate nicht erhielt, das Drama, das sich im Hirn meines Mannes abspielte, wurde immer schlimmer. Bei ihm hatte ich endgültig versagt, und das war nicht gerade ermutigend für meine wissenschaftlichen Vorhaben.»

Sie ließ sich Zeit, den langsamen Verfall ihrer beiden Opfer zu beobachten, bevor sie fortfuhr:

«Wir haben eine Schlacht verloren», sagte sie vertrauensselig, «aber nicht den Krieg. Ich konnte es leicht akzeptieren, zu sterben und zu verschwinden, denn ein neues Leben erwartet mich schon, anderswo, mit ganz neuen Möglichkeiten. Vielen Möglichkeiten.»

Sie genoss es offensichtlich, die Wirkung ihrer Droge zu beobachten. Aber das gönnte Erick ihr nicht. Mühsam presste er Wort um Wort heraus:

«Noch … ein … Hindernis: Laurent! Er … wurde … zur … Gefahr … für … Sie …»

«Nur weil Sie, Monsieur Flamand, sich eingemischt haben. Er war zur Regression verurteilt, innerlich ausgehöhlt von einer unkontrollierbaren fünften Phase, er war verloren … und keine Gefahr mehr. Aber Sie, Sie mussten ihn ja unbedingt zum Sprechen bringen, mit Hilfe dieser jungen Person und dann auch noch mit Nadine Mankiewicz.»

Einen Moment lang klang so etwas wie Bewunderung durch.

«Ich gestehe, Sie haben mich beeindruckt. Wer hätte denn auch nur im Traum daran gedacht, diese seltsame, längst vergessene und geheimnisvolle Frau zu Rate zu ziehen? Indes, Sie hatten recht. Und als die beiden nach Ihren Treffen mit Nadine nach Rio flogen, war klar, dass sie der Drahtzieher war. Doch diesmal bin ich Ihnen zuvorgekommen.»

«Und … haben … sie … getötet», sagte Erick mit erlöschender Stimme.

«Das hatte ich nicht beabsichtigt. Noch heute Abend werde ich weit weg sein: eine andere, mit anderem Namen, reich, mit neuen Perspektiven. Dort wird mir alles geboten. Nein, sie hat mich dazu gezwungen. Sie mögen mich für zynisch halten, aber ich hatte den Eindruck, als hätte sie es in gewisser Weise so gewollt.»

Sie öffnete die Tür und ging auf Erick zu, drehte an dem Röhrchen, damit der Tropf schneller lief.

Als sie kurz darauf aus Evas Zimmer kam, war Erick bereits benebelt. Die Stimme war nur noch ein fernes Raunen.

«Tod finde ich abstoßend», sagte sie, «ich habe immer alles getan, dass es so weit nicht kam, niemals hätte er meinen Weg kreuzen dürfen. Deshalb werden auch Sie nicht sterben. Sobald dieses Hypnotikum Sie im Griff hat, werde ich einen künstlichen paradoxen Schlaf auslösen und so oft wiederholen, bis Sie in dem gleichen Zustand sind wie die, für deren Vergangenheit und Zukunft Sie sich so eingesetzt haben. Wie Sie sehen, kein Misserfolg auf der ganzen Linie.»

«Stéphane Mathis … hat Dienst an diesem Wochenende …

Der ideale … Sündenbock für Ihr Tun», presste Eva noch mühsam hervor.

Stefania Strelli sagte nichts mehr.

Die Stille war so frappierend, dass Erick sogar nochmals die Kraft fand, die Augen zu öffnen und den Kopf zu heben. In dem Nebel um sich herum glaubte er eine hohe, hagere Gestalt wahrzunehmen, hinter dem Glas, hinter der Ärztin. Eine Männerstimme dröhnte in den beiden Zimmern und hielt sie wach.

«Du hast sie umgebracht!»

Der Neuankömmling sah nicht Stefania Strelli an, sein Blick war auf den Bildschirm geheftet, auf das Bild, das er so gut kannte, das sich ihm weit weg von hier, in einem anderen Land, im hintersten Winkel einer Favela, am Ende einer Höllenfahrt im Schlaf enthüllt hatte. Dieses Bild hatte von ihm Besitz ergriffen, suchte ihn schon seit vielen Stunden heim, als hätten sein Körper und auch sein Geist Feuer gefangen.

Ericks Waffe, die er lautlos vom Tisch genommen hatte, war jetzt auf seine Frau gerichtet.

«Nein, Laurent, das stimmt nicht, das ist alles falsch, es war nur ein Film, lass es mich dir erklären, es war deinetwegen …»

«Meine Tochter», wiederholte er immer wieder, taub gegenüber Stefanias Worten. «Du hast sie getötet. Du warst es, die ich gesehen habe.»

Er wandte die Augen vom Bildschirm ab und schloss sie für den Bruchteil einer Sekunde, so lange, wie es brauchte, um abzudrücken.

In Stefania Strellis Blick blieb eine Botschaft stehen, die nicht mehr zu deuten war. Ihr Körper sank auf den Stuhl, und der Kopf sackte auf den Tisch – als hätte der Schlaf sie übermannt.

Laurent ließ die Waffe fallen und betrat Zimmer 2. Es war

seines. Er setzte sich auf die Bettkante, strich über Evas tränenüberströmtes Gesicht und legte ihr die Hand auf den Arm.

90

Ein kalter und trockener Tag.

Den ganzen Morgen schon hatte er sich bemüht, Nadine Mankiewicz' Gesicht aus seinem Geist zu verbannen, sich dann aber vor Erschöpfung und Erschütterung dazu durchgerungen, sie freizugeben, die junge Frau in der schmerzlichen Erinnerung der Hinterbliebenen weiterleben zu lassen.

Er stieg die steinernen Stufen hinauf, ging über den weichen Teppich unter den Nadelholzgewächsen und näherte sich den Grabstätten mit dem Davidstern. Der Wind trug ihm ein befremdliches Klagelied zu, einen Klang wie Sabbatgesang, der allmählich verklang und von der Stimme eines Rabbiners abgelöst wurde.

Zahlreich umstanden sie das Grab. Schwarze lange Mäntel, traurige Gesichter, würdevoll die Frauen. Er ging ein paar Schritte auf die Gruppe zu und stellte sich dann in den Kreis.

Ein Mann wandte sich um und reichte ihm ein weißes Käppchen.

«Er spricht das *Kaddisch*», sagte der Mann, «das Totengebet.»

Erick setzte die Kopfbedeckung auf. Dem Gebet antwortete eine dünne, erloschene Stimme. Es war die von Serge Kahn, Nadines Mann, zu dem es Erick innerlich hindrängte. Er schlängelte sich durch die Menge. Serge Kahn hob kurz den Kopf. Ohne den Polizisten aus den Augen zu lassen, zerriss er den Stoff seines Hemdes als Zeichen der Trauer. In Zukunft würde er sich nicht mehr in die Spiritualität flüchten können. Dieser Riss würde ihm Mahnung sein, eine ewige Wunde, das unauslöschliche Zeichen von Abwesenheit. Erick senkte den Blick. Auch er hatte einen Bruch in seinem Innersten verspürt, so gewaltsam wie die rituelle Geste.

Er nahm an der langsamen Prozession der Beileidsbekundungen nicht teil und entfernte sich.

«Monsieur Flamand!»

Erick blieb stehen. Serge Kahn war kurz zur Seite getreten.

«Was ist aus ihm geworden?»

Der Polizist zögerte.

«Aus diesem Mann», fragte der Witwer nochmals, «seinetwegen hatten Sie doch meine Frau aufgesucht.»

Bei den letzten Worten zitterte die Stimme. Erick würgte an dem Knoten in seinem Hals, der ihm die Kehle zuschnürte. Was wusste Serge Kahn von seiner Frau, von den Verpflichtungen, die sie eingegangen war, von ihren inneren Kämpfen? Er erinnerte sich an die Zeilen, die sie noch kurz vor ihrem Tod geschrieben hatte, an das Wort «weitergeben», das sie als Verpflichtung, als Grundlage ihrer Ehe und ihres gemeinsamen Glaubens gedeutet hatte. Dafür jetzt den Beweis liefern zu können stimmte ihn glücklich.

«Sie hat ihn vermutlich gerettet.»

Die Antwort schien den Schmerz zu lindern, denn Serge Kahn wandte sich wieder der Trauergemeinde zu.

Erick glaubte, jetzt gehen zu dürfen, aber da war noch jemand, der nach ihm rief – jemand, vor dem er nicht weglaufen durfte, eine Vorladung, die er nicht ignorieren konnte. Er wandte sich um. Ein rothaariger Junge blickte ihn an, aber es war ein anderer Blick als der des Vaters – ein Blick voller Groll, der keine Ähnlichkeit mehr mit dem des Kindes hatte, das ihm ein paar Tage zuvor die Tür geöffnet hatte. Das Leid hatte ihn verwandelt, hatte aus dem Knaben ein Zwitterwesen gemacht, hin- und hergerissen zwischen einer zerstörten Kindheit und dem Ernst des Lebens.

Der Vater trat näher an den Sohn heran, fasste nach seiner Hand, entriss ihn der Konfrontation und beraubte ihn damit der stummen Botschaft, von der es sich zu lösen galt.

Erick wartete, bis alle gegangen waren. Stumm, umfangen von der Einsamkeit der Toten und ihrer Heimstätte, blieb er neben den Totengräbern stehen, bis sie ihre Arbeit verrichtet hatten. Wie die Erde auf dem Sarg lastete auf ihm das Schuldgefühl.

91

Seit Stunden schon saß sie bei ihm am Bett.

Ein nacktes Zimmer ohne Maschinen, ohne Infusion. Ein Bett und ein Tisch. Und er. Und sie, die ihm den Arm massierte, langsam und behutsam, während er schlief.

«Machen Sie sich keine Sorgen», sagte Françoise Meer. «Es gehört zu den Geheimnissen des Schlafs, dass er auch ungeahnte Wohltaten bringen kann.»

Eva hob den Kopf.

«Ich dachte, Sie wären verreist …»

«Ich habe diesen Kongress sausenlassen. Es wird andere geben. Und hier wird jede Hand gebraucht.»

Ihre Miene verdüsterte sich, doch dann betrachtete sie das undurchdringliche Gesicht des jungen Mannes.

«Durch das Vermächtnis seiner Tochter wird Professor Mankiewicz uns nochmals helfen. Wir werden ihn herausholen aus diesem Albtraum, sofern er uns einschreiten lässt.»

«Er will gar nichts mehr machen lassen, das wissen Sie so gut wie ich. Nichts mehr, Schluss, Ende.»

Françoise Meer schien sich damit abzufinden.

Stéphane Mathis betrat den Raum. Eva versuchte, etwas von seinem Gesicht abzulesen, aber da war nur die übliche, kaltherzige Distanz. Dabei wusste sie doch, dass er es gewesen war, der Erick zum Überwachungsraum geschickt und sich dann, als er sie beide gefunden, um sie gekümmert hatte. Er hatte auch bereitwillig als Zeuge zugunsten von Laurent ausgesagt, als die Polizei aufgetaucht war und weder Erick noch sie ansprechbar waren oder gar eine Aussage hätten machen können. Sie lächelte ihm zu, aber er reagierte nicht. Er stellte nur ein Tablett auf den Tisch und trat neben das Bett.

«Aber essen wird er doch wohl wollen, oder? Jeder Mensch muss essen.»

Françoise Meer entfernte sich.

«Ich schau später wieder rein. Wenn er wach ist», sagte sie zögernd.

Sie ging hinaus, und der Pfleger folgte ihr.

Eva setzte sich wieder neben Laurent und wiederholte für sich seine letzten Worte – ein ausdrücklicher Befehl war es gewesen. Er hatte verboten, dass irgendetwas aufgezeichnet, dass auch nur die winzigste Elektrode an seinen Körper angelegt würde. Er hatte nur schlafen wollen, ganz einfach schlafen, dieses Risiko auf sich nehmen wollen, doch mit einer Geste nach ihrer Anwesenheit verlangt. Sie hatte seine Entscheidung respektiert, dann war er eingeschlafen, seinem Gehirn und dem eigenen Schlafrhythmus ausgeliefert. Und sie hatte die Angst um ihn abgelegt.

Sie verdrängte den Gedanken an die Unterlagen, die Nadine Erick für Françoise Meer anvertraut hatte. Sie wollte keine Hoffnung mehr auf die eine oder die andere Theorie stützen, sich an keine neue Technik mehr klammern, an die Kraft des Traums und die entschlüsselte Sprache des Gehirns, an all das Zeug, das die Medizin anbot oder ausprobierte. Sie wollte nur noch an ihn glauben, an seine Wünsche, seine Entschlüsse, seinen inneren Frieden. Und an das, was sie ihm geben konnte. Das würde ihr genügen.

Eine Hand legte sich ihr auf die Schulter. Sie wandte unmerklich den Kopf und lächelte.

«Ich benutze die Sprache, die er immer verstanden hat», sagte sie, ohne den Kontakt mit Laurent zu unterbrechen. «Und ich werde so lange warten, bis die Wörter in unserer Kommunikation ihren Platz gefunden haben.»

Erick setzte sich neben sie und entdeckte das Kinderbett hinten im Raum.

«Sie schläft», sagte Eva. «Er soll sie sehen, wenn er wach wird.»

«Er wird sie wiedererkennen.»

Sie antwortete nicht, und der Polizist spürte die Unruhe in diesem Schweigen.

«Er vertraut dir», sagte er noch. «Du wirst das Bindeglied zwischen ihnen sein. Alles kommt wieder ins Lot.»

Sie zuckte mit den Achseln, als sei sie sich nicht sicher.

Mit prüfendem Blick sah sie Erick an – er hatte sich verändert, sah er nicht älter aus? Wie hätten sie auch unbeschadet überstehen sollen, was sie alle miteinander hatten erleben müssen? Auch er musterte sie, als müssten sie nach diesen Erschütterungen sich erst einmal wiedererkennen.

«Ich weiß», sagte sie. «Ich bin richtig dünn geworden – fast schon mitleiderregend.»

Er stand auf.

«Mach dir nichts vor. Du verdrehst jedem den Kopf.»

«Deswegen haust du schon wieder ab? Weil du meinen Charme fürchtest? Dich lieber in Sicherheit bringst?»

Er zögerte mit der Antwort.

«Ich habe jemanden zum Essen eingeladen ... eine Kollegin. War schon lange versprochen ... Eine ziemlich störrische Person ...», sagte er lachend. «Da muss ich pünktlich sein.»

Als sie wieder allein war, verspürte sie das Bedürfnis, sich ein wenig die Beine zu vertreten. Sie blieb in einer gewissen Entfernung vom Kinderbett stehen, trat aber dann doch näher heran. Versehentlich stieß ihr Fuß gegen das Wiegengestell, und das Kind schreckte auf. Eva nahm es auf den Arm, damit es nicht weinte, denn der Gedanke, Laurent könnte aufwachen, erschreckte sie. Die Kleine schaute neugierig um sich und ließ ihren Blick dann auf Eva ruhen. Sie machte das Mündchen auf, und ein Ton kam heraus, es war aber kein Weinen, es kamen auch keine Tränen. Es war eher ein *Schrei.* Ein Schrei, der einer Revolte ähnelte. Irritiert begann Eva das Kind zu wiegen. Nun war es wieder still. Eva spürte, dass jemand hinter ihr stand.

Laurent war aufgestanden.

Reglos stand er vor dem Bett und starrte sie beide an. Nichts vermochte Eva in diesem Blick zu lesen. Eine Sekunde lang sah sie nur die Abwesenheit, wie in all den Tagen zuvor. Ratlosigkeit befiel sie. Der Schlaf hatte also wieder zugeschlagen, das Gemetzel vollendet.

Sie trat auf ihn zu, hielt ihm den kleinen, stillen Körper hin und wartete auf eine Reaktion. Nach anfänglichem Zögern nahm Laurent ihr das Kind aus dem Arm. Sein Gesicht hellte sich auf.

«Léa», sagte er. «Léa.»

DANKSAGUNG

Meine Bewunderung gilt vor allem den Professoren Michel Jouvet, Pierre Magnin, Jean-Michel Gaillard und Jean-Louis Valatx. Ein ganzes Jahr lang habe ich ihre Nähe gesucht, um von ihrem faszinierenden Wissen und ihren großartigen Erkenntnissen im Rahmen der Schlafforschung zu profitieren. Eine grenzenlose Neugier ist mir geblieben hinsichtlich der Geheimnisse, die der Schlaf auch weiterhin verbirgt.

Danken möchte ich Patrick Demouny, dem Meister der Berührungskunst. Geduldig hat er mich als Schüler akzeptiert und seit zwei Jahren auch begreifen gelehrt, welchen Sinn es hat, andere – auch sich selbst – zu beobachten, und zwar mit Hilfe der ayurvedischen und chinesischen Spiritualität.

Ich danke auch meinen Freunden Francesco Dossa und Arnaldo Moro. Sie ließen mich ihr Land erleben, dieses faszinierende Brasilien, wo ich so bald wie möglich wieder hinreisen möchte.

Eucy und Leopoldo, ich war ganz gerührt über eure herzliche Aufnahme und all die Aufmerksamkeiten, die aus der *pousada* do Alto ein paradiesisches Fleckchen machten, wo ich mein Buch zu Ende schreiben konnte. Ich fühle mich, als betrachtete ich noch immer den Ozean an der wilden Küste des brasilianischen «Nordeste» von meinem kleinen Tisch aus, hinter dem Panoramafenster.

Danke sage ich aber auch und ganz besonders Françoise Chaffanel-Ferrand für ihr Interesse und ihr sorgfältiges Lesen, wie auch Francis Esménard.

Patrick, deine Unterstützung und dein Blick sind für mich ein kostbares Gut.